A Gentleman Never Tells
by Juliana Gray

星空のめぐり逢いに

ジュリアナ・グレイ
井上絵里奈[訳]

ライムブックス

A GENTLEMAN NEVER TELLS
by Juliana Gray

Japanese translation rights arranged with
Janklow & Nesbit Associates
through Japan UNI Agency, Inc., Tokyo

星空のめぐり逢いに

主要登場人物

リリベット（エリザベス）・ソマートン……伯爵夫人
ローランド・ペンハロー卿……公爵家の次男
フィリップ……リリベットの息子
アレクサンドラ・モーリー……リリベットのいとこ。侯爵未亡人
アビゲイル・ヘアウッド……リリベットのいとこ。アレクサンドラの妹
ウォリングフォード公爵……ローランドの兄
フィニアス・バーク……ローランドの友人。科学者
ソマートン伯爵……リリベットの夫
オリンピア公爵……ローランドの祖父
モリーニ……城の家政婦
ジャコモ……城の管理人
マーカム……ソマートン伯爵の秘書

プロローグ

一八九〇年二月
ロンドン

ローランド・ペンハローが諜報《ちようほう》機関の一員となって六年になるが、局長個人の書斎に呼び出されたのはこれがはじめてだった。

意味するところはひとつしかない。誰かを殺した際に、ミスを犯したのだ。

どこをどうミスしたのかは想像がつかない。この前の任務は抜かりがなかった。ほとんど音をたてず、血も流れなかった。〝どんな悪党にも、使い道はある〟サー・エドワードは磨き抜かれたマホガニー材の机に太い人差し指を押しつけ、淡々と言ったものだ。〝だが、死体はなんの役にも立たない〟新人だったローランドはその忠告を胸に刻みつけ、ここまでやってきた。

いま、彼はロンドンのメイフェアにある、サー・エドワード邸のみすぼらしい玄関ホールに立っている。欠けた大理石のタイルに靴のつま先をきちんとそろえ、気難しい顔が並ぶ一族の肖像画に視線をさまよわせながら、イートン校時代にいたずらがばれて寮監に呼び出されたときと同じ、かすかな不安を覚えていた。冷たい指を背中で組み、埃《ほこり》っぽい天井を見あげる。〝心配することはない〟そう自分に言い聞かせた。〝ペンハロー、おまえは口が立つ。切り抜けられるさ〟天井の隅のほうに水の染みが広がっているようだ。あれはどうにかしないと。水もれは厄介だ……。

「閣下」

ローランドはびくりとした。サー・エドワードの執事が前に立っていた。さながら怒ったペンギンだ。白熱灯の黄色っぽい光のもと、黒髪が光沢を放ち、上着の襟からのぞく染みひとつないシャツがまぶしいほどに白く見える。「閣下」猟犬を呼びつけるような口調だ。「サー・エドワードが書斎でお待ちです」

執事は返事を待たず、くるりと向きを変え、漆黒の背中をローランドに向けて、書斎があると思われる方向へ歩きだした。

「それはありがとう」あとについて一歩進むごとに、ローランドは自分がウォリングフォード公爵の弟ではなく、掃除係のような気分になってきた。

「おお、ペンハロー！」できるかぎり冷静を装って書斎に入ると、サー・エドワードが呼びかけてきた。ローランドもだてにウォリングフォード公爵家の一員なのではない。はたからは、落ち着き払って見えたはずだ。

「サー・エドワード」

男爵はがっしりした手で、机の前の古びた肘掛け椅子を指し示した。

「座りなさい。パンクハースト、もうさがっていい。いや、待て。ペンハロー、食事はすんでいるかね?」

「はい、紳士クラブですませてきました」

「なら、けっこう。パンクハースト、さがっていいぞ。ほかの者は通さないように。おい、ペンハロー、座れと言っただろう。ここでは堅苦しい礼儀は無視してよろしい」

ローランドはいつもの無造作ながら優雅な身のこなしで肘掛け椅子に座った。とはいえ、首のうしろあたりの神経がぴりぴりしている。貿易海運情報局の局長であるサー・エドワード・ペニントンは、ふだんなら部下との会話を社交辞令ではじめたりしない。

背後で扉が閉まり、執事のいらだたしげな足音が遠ざかっていった。

サー・エドワードはぐるりと目をまわした。「パンクハーストめ。首にしてやりたいところだが、口のかたいやつでな。ところで何か飲むか?」立ちあがって、奥の半月形のテーブルまで歩く。テーブルの上にはクリスタルのデカンタが誘うようにきらめいていた。「シェリーか、ウィスキーか? いまなら最高級のポートワインがあるぞ。わたしが生まれた記念に父が仕込んだ九本のうち、最後の一本だ」

「そんな貴重なものをいただくわけにはいきません」そうは言ったものの、ポートワインには心を引かれた。

「何を言う。機会を待ってばかりいたら、飲まないうちに死んでしまう」サー・エドワードはデカンタを取りあげ、栓を抜いた。「さあ、美男子殿」

「うちの兄より、ずっと気前がよくていらっしゃる」ローランドは目を細めて、グラスにワインを注ぐサー・エドワードを見つめた。深紅のワインが縁までなみなみと注がれる。本で埋まった静かな部屋の中で、液体がクリスタルを打つ音がアマゾンの滝のように耳を聾《ろう》した。

「兄は貴重な酒のそばには近寄らせてもくれません」

「はは、そうか。きょうだいなんてそんなものだ」サー・エドワードはローランドにグラスを手渡した。「女王陛下に」

「女王陛下に」

グラスが触れ合う陽気な音が響いた。サー・エドワードは机に戻る代わりに、裏庭を見おろす窓に近づいた。片手で重たげなワイン色のカーテンをよけ、霧の立ちこめた暗闇に目をやる。「思うに」やがて、ぼそりと切り出した。「きみは、なぜ今夜ここに呼ばれたのかといぶかっていることだろう」

「少々驚きました」

「ふん、慎重な答えだな」サー・エドワードはグラスの中のワインをまわした。「ここ数年、きみは非常によくやってくれている。最初にきみを押しつけられたときは、お荷物だと思ったものだよ。派手な見た目と、たぐいまれな血筋でな。だが、うれしいことに第一印象は間違いだった」彼は振り返り、ローランドと向き合った。その表情からはわざとらしい陽気さが消え、骨張った顔はいつも以上に厳格に見えた。

「お役に立てたこと、うれしく思っています」ローランドは言った。「女王陛下とお国のために働くことができて光栄です。ぼく自身、仕事を楽しんできました」細長いグラスを、切り子面が指先に食い込むほどきつく握る。

「そうだろう。それは一瞬たりとも疑っておらん」サー・エドワードは深紅のワインをじっと見つめた。

「サー？」口の中が乾いて、日ごろ饒舌《じょうぜつ》なローランドもそれ以上は言葉が出なかった。思い出したようにワインを口に運び、一気に飲む。

サー・エドワードは咳払《せきばら》いした。「ちょっと問題が起きた。きみも知っていることと思うが、情報を集めるのが仕事である政府機関はわれわれだけではない」

「もちろん知っています。しじゅう鉢合わせしていますし」ローランドはとっておきの笑みを浮かべてみせた。「先週も、危うくまずいことになるところでした。海軍のやつらの罠に、もろにはまってしまって。ひと騒動でしたよ」

「ああ、報告書は読んだ」サー・エドワードは机に戻り、椅子に座った。笑みと呼べそうなものがうっすら唇の端に浮かんだ。「おおかた、よく書けている。きみの報告書のことだ。少々文章が表現豊かすぎるきらいはあるがな」

ローランドは謙虚に肩をすくめた。「でないと退屈な報告書になってしまうので」

「まあ、いい。それで、どうやらその――きみが言った海軍の連中だが、その件に関して、われわれとはちょっと考えが違うようなのだ」

「違う？　どういうことでしょう。彼ら全員、一、二週間もすれば立てるようになったはずですが」ローランドは上着の袖から埃を払った。

「ああ。それでもだ。きみが最高水準の手当てをしてやったにもかかわらず……」

「当然のことです」

「聞いた話だが――」サー・エドワードはグラスを置き、机の中央にある四角い紙をめくった。「連中はわれわれが、長期にわたる大事な捜査を故意に妨害したと非難しているらしい」

ローランドは両眉をつりあげた。どれだけ訓練しても、眉が自然にあがるのだけはどうしようもない。「冗談でしょう。海軍はぼくが、彼らの失墜を画策するほど暇だと思っているんですか。まったく。ぼくの情報源によれば……」

「情報源」サー・エドワードは一番上の書類を持ちあげ、目を通した。「ジョンソンのことだな」

「そうです。ぼくはあの男を知っています。完全に信頼できます。ロシアの件でも、いい仕事をしてくれました」

「そして今朝、アルゼンチン行きの蒸気船の一等客室に乗ったそうだ。小さな重たいトランクを山ほどを持って」

ローランドはがくりと椅子の背にもたれた。「まさか。信じられない」

「ああ、わたしも信じられなかった」

「アルゼンチンですって！」

「そうらしい。しかも本名で乗った」

「そんな」

「もちろん海軍はかんかんだ。きみが金を払ってジョンソンを厄介払いしたと思ってる。それも海軍を出し抜く計画のひとつだろうというわけだ。いや、人によっては――」

ローランドははじかれたように立ちあがり、書類に手をついた。「やめてください！」

「落ち着け。誰もきみを責めてはおらん」

「でも、誰かが責めている」ローランドの声はいつになく低く、感情がなかった。

サー・エドワードは骨張った顔を傾け、しばしローランドを見つめた。「そう。誰かが責めている」

「誰です？」

「わからない」男爵は眉をひそめた。「いいか、ペンハロー。率直に言おう。わたしは人を見る目があると自負している。きみほど無私無欲に英国国家のために尽くしている男は、ほかに知らない」

ローランドの体から、わずかに緊張が解けた。

「何かが起きている。それが何かはわからない。むろん以前から対抗意識はあった。それが激化することもあった。この手の仕事では当然のことだ。大きな利益があがるわけでも、勲章がもらえるわけでもない。ものを言うのは力のみなのだからな。だが、このところ聞く話やときおり感じることが……はっきりとは言葉にできないが、どこかおかしいのだ」

神経のざわつきを覚えながら、ローランドは椅子の背にもたれた。「何がおかしいんです？」

サー・エドワードは上質の白い紙の上で両の手の指を合わせた。「知っていたら、いまごろ行動に出ているさ」

「ぼくはどうすれば？」

「それが問題なのだ」男爵は指先をとんとんと打ち合わせた。体と同じくいかつい、がっしりとした農夫みたいな指だ。紳士らしい上質な仕立ての上着が、軍馬を飾るシルクの布のように見える。

「ペンハロー、きみには敵がいるか？　もちろん、数週間前きみが活動不能にした連中は別として」

「それはたくさんいますよ。何人かの鼻をもぎ取ってやらなければ、ぼくのような評判は得られません」

「きみを破滅させようとしている人間は？」

「カードで負けたとか、愛人を寝取られたとかいった理由で他人の破滅を願う者は大勢いるでしょう」

「本当の意味での破滅だ。社会的にも、肉体的にも。その男はおそらくきみに反逆の罪を着せようとしている」

反逆の罪。

その言葉が部屋にこだました。本や家具にあたっては跳ね返り、最後に鈍い音をたててふたりのあいだに落ちた。

「心当たりはありません」ローランドは静かに告げた。

「とはいえ」サー・エドワードが同じように声を落として言う。「そういう男がいることは断言していいと思う」

「名前を教えてください。一時間のうちに片づけてみせます」

「名前は知らない。謎なんだ」男爵は立ちあがり、窓際の本棚の真ん中まで歩いた。革の背表紙の本のあいだに小さな地球儀が置いてある。彼は手を蜘蛛《くも》のように広げ、大西洋の上にあてた。「一、二カ月、いや、もう少し長い期間、姿を隠せる場所はないか？　人目につかないところがいい」

「なんですって？　隠れる？　ぼくは――」

「隠れるんじゃない。ただ、一時的に表舞台から姿を消すんだ」

「そんな。尻尾を巻いて逃げろというんですか？」

「こういう場合は勇気よりも慎重さが必要だ」サー・エドワードは振り返り、黒く鋭い目でローランドを見据えた。「相手をおびき出し、真の目的を探る。向こうに勝ったと思わせるんだ。容易な勝利は過信を生む」

「そのために、ぼくはどこかの片田舎で手をこまねいていなくてはならないのですか？」

「できたら国外がいい」

「国外ですって？　パリは我慢ならないし、ほかの場所には友人もいないし……」ふと言葉を切った。ある考えが毒ウナギのように、混沌《こんとん》とした思考の波からくねくねと姿を現した。

「どうした？」

「いえ……なんでもありません。友だちの思いつきで」

「どういう友だちの、どういう思いつきだ？」

「科学者で、バークという男なんですが、ぼくと兄の親しい友人なんです。研究のため、一年間トスカーナの山中の城で過ごすそうです。車だかなんだかを開発中だとか。とてもじゃないが、つき合っていられない……」

「すばらしい、完璧だ！」

「なんですって？　いえ、冗談じゃありません。古ぼけた城にこもって、酒も女性も、ありとあらゆる楽しみを断って、ひたすら……」

「ちょうどいいじゃないか、ペンハロー。決まりだ。すぐに必要な手紙を書こう。連絡手段をひとつは確保しておかなくては」

「連絡手段？」

サー・エドワードはすでに覚え書きを記しはじめていた。「たしかフィレンツェにビードルがいた。必要なものは彼がすべてそろえてくれるだろう。トスカーナと言ったな？　太陽がさんさんと降り注ぐ土地らしいじゃないか。きっと楽しいぞ。ミスター・バークに感謝せんといかんな」

ローランドはサー・エドワードのペンの動きを見つめていたが、しだいに居心地が悪くなってきた。「申し訳ありませんが、ぼくとしては……」

「なんだ？　ペンハロー、安心しろ。こちらのことはわたしが目を光らせておく。戻っても安心となったら知らせるよ。休暇みたいなものだと思えばいい。気晴らしをして、気力と体力を充実させてくるんだ。せいぜい楽しんでこい」

ローランドはいつになく言葉も落ち着きも失い、ただ口をぱくぱくさせるしかなかった。

サー・エドワードが紙を折り、顔をあげた。「どうかしたのか？　おいおい、ペンハロー、死刑を言い渡されたような顔をしているな。考えるんだ。太陽。ワイン、おいしい料理。英語を話せない、熟れた若い娘たち」

男爵は椅子から立ちあがり、手紙を差し出すと悪魔のようににやりとした。

「悪い話じゃないだろう？」

1

一八九〇年三月
フィレンツェの南一二〇キロ

この少年はせいぜい四、五歳だろう。宿屋の戸口をふさぐように立ち、敵意のこもった黒い目でローランドをにらみつけている。眉をぎゅっと寄せ、親指を歯のあいだに突っ込んでいた。

「ねえ、きみ」ローランドは片足を階段にかけたまま言った。「そこを通ってかまわないかい?」

少年は親指を抜いた。「お父さまがあなたを叩きのめすよ」

ひさしから滴る雨粒が、帽子のてっぺんをぱたぱた打つのが感じられる。雨は帽子のつばを伝い、上着の襟に落ちて、シャツを濡らした。水を吸ったシャツが冷たく肌に張りついてくる。「そうだろうね」ローランドは片手で上着の襟をかき合わせながら言った。「でも、せめてそれまでのあいだ、ほら、きみのうしろにあるあたたかな暖炉の火で体を乾かせたら、ありがたいんだが。もちろん、きみさえかまわなければ」

「お父さまが」少年は指を一本持ちあげ、ローランドの鼻に向けた。「あなたの顔や腕や脚を砕いちゃうよ。どんなに泣いたって無駄だ」最後のひと言には、どことなく意地の悪い喜びがこめられていた。

ローランドは目をぱちくりさせた。少年の小さな体の背後には宿屋の歓談室が見える。長いテーブルと、そこに座る人々。湯気のあがる料理の皿と地元産ワインの瓶。勢いよく燃える火が三月の冷たい湿気を追い払い、なんとも心地よさそうだ。「そうだろうね。きみの言うとおりだ。ただ、それでも暖炉は……」

「フィリップ！　そこにいたの！」

ローランドのうしろ、彼がたったいま通ってきたぬかるみだらけの中庭の真ん中あたりから、女性の声がした。疲れのにじむ、少ししゃがれた声だったが、聞き覚えがあった。それどころか、よく知った声だった。

まさか。ローランドは身をこわばらせた。こんなところで、ありえない。間違いに決まっている。イタリアの片田舎の宿屋で。快適な都市フィレンツェから何キロも離れ、以前この甘美な声音を聞いたロンドンの温室からは遠く離れた、こんな人里離れた丘の中腹で。

空耳に違いない。

「フィリップ、あなた、この気の毒な紳士にご迷惑をかけていたんでしょう」女性はいらだたしげな口調で言いながら、ローランドの右肩のあたりに足早に近づいてくる。

まったく。よりによってこんなところで彼女を思い出すとは。

「サー、申し訳ありません。この子、疲れているせいで……」

彼は振り返った。

「まあ」レディがはっと足を止めた。もう二、三歩分しか離れていなかった。顔は帽子のつばに隠れてほとんど見えなかったが、その下からのぞく唇と顎は、ローランドがまさに夢の中で見ていたとおりのカーブを描いていた。いま、首には——その首が長くてしなやかなことを彼は知っている——縞《しま》模様のスカーフが巻かれ、肩から胸にかけての美しい線は慎み深く濃い色のウールのコートに包まれている。

「ローランド」ささやくような声で、彼女が言った。

もちろん夢を見ているのだ。これが現実なわけがない。長旅の疲れが見せた、単なる幻影だ。

「レディ・ソマートン」ローランドは軽く一礼した。雨粒が帽子から垂れてシャツにかかった。夢なら、せいぜい自分の役割を演じればいい。「これはうれしい驚きだな。たったいま、きみのご子息とお近づきになったところですよ」

〝ご子息〟その言葉が彼の脳裏にこだました。

「ローランド卿」彼女は手袋をはめた手を体の前で組み、軽く頭をさげて言った。「本当に驚きましたわ。まさかこんなところで……まあ、フィリップ！」

ローランドがくるりと振り返ると、ちょうど少年の舌先がその天使のような唇の中に引っ込んだところだった。

「ごめんなさいね」レディ・ソマートンはローランドの脇をすり抜け、少年の手を取った。「ふだんはいい子なんですけど。長旅でしたし、子守りがミラノで病気になってしまって、そのうえ……ほら、フィリップ、いい子にして、この方に謝りなさい」

「雨があたらないところで待ってなさいって言ったじゃないか」フィリップは母親を見あげた。

「言ったわ」彼女は少年の脇で身をかがめた。「でも、戸口で紳士のお邪魔をしろとは言わなかったでしょう。ごめんなさいと言いなさい、フィリップ。そしてこの方を通してさしあげて。ずぶ濡れなんだから」

「ごめんなさい」フィリップは言った。

「フィリップ、もっとちゃんと」

少年はため息をつき、ローランドのほうに向き直った。「本当にごめんなさい。もう二度としません」

ローランドは大真面目な顔でうなずいた。「立派だよ、きみ。よくわかった。ぼくだって、子どもの頃はいろいろ悪さをしたものさ」

「ええ、ほんとにお利口だこと、フィリップ」レディ・ソマートンは言った。「さあ、通してさしあげて」

フィリップはしぶしぶ脇にどいた。

「ありがとう」ローランドは真面目な顔のままで言い、階段をのぼった。戸口で振り返り、帽子を脱ぐ。「マダム、いま着いたところですか？　今夜は宿が満杯のようですね」

「ええ、いま到着したばかりなんです」レディ・ソマートンがちらと顔をあげた。ブルーの瞳がまっすぐにローランドへ向けられ、とても夢とは思えない衝撃で彼を貫いた。「でも、部屋はなんとかなると思うの。いま、レディ・モーリーが宿屋の主人と交渉しているところだから。ほら、レディ・モーリーのことはあなたもよくご存じでしょう」

「レディ・モーリーが一緒なんですか？」ローランドは微笑んだ。「あなたたちふたりで旅を？　こんな時期に？」

レディ・ソマートンはフィリップの手を握ったまま、体をまっすぐに起こした。笑みは返さなかった。「それを言うなら、あなたこそだわ、ローランド卿。フィレンツェに向かうところなんでしょうね？」

「いや、フィレンツェから来たんですよ。ぼくの兄と……友人の三人で。ぼくらは……」

〝ぼくらは隙間風の入るようなイタリアの古城に一年滞在する予定でね。修道士さながらに世俗の楽しみを断って、代数やらプラトンやら、ほかにもわけのわからない研究をすることになってる。楽しそうだろう〟

彼女は続きを待つかのように眉をあげた。

ローランドはわれに返った。「いや、なんでもない。それより……そう、何かお手伝いできることはあるかな？」

「いえ」レディ・ソマートンは視線を落とした。「わたしたちは大丈夫です」

「中に入りますか？」

「いいえ。わたしは……人を待っているの」

ローランドは彼女の背後の暗がりを見やった。「中で待ったらどうです？　そこでは濡れてしまう」

「すぐに来ると思うので」レディ・ソマートンの声は記憶にあるとおり、物静かで決然としていた。ローランドはもどかしさを覚えた。どうせ彼女の夢を見るなら、もう少し劇的な展開があってもいいではないか。現実にはありえないようなこと、たとえば彼女がいきなりドレスを脱いでぼくの腕の中に飛び込み、雨に濡れた体を押しつけてくるとか——。

そう、それなら夢を見た甲斐もあるというものだ。

「わかりました」ローランドは軽く頭をさげた。「では、また。のちほどお会いできるでしょう」

「そうでしょうね」歯医者の予約を確認するような口調で言うと、レディ・ソマートンはあっさりと向きを変え、少年の手を腕にかけた。

いきなり中庭から甲高い叫び声が聞こえた。「リリベット、馬小屋で何を見つけたと思う？」

フィリップが叫び返す。「アビゲイル、来て！　おかしな人がいるよ！」

夢が望ましくない展開を見せはじめた。

ローランドは足早に戸口を抜け、レディ・ソマートンとその息子をポーチに残し、騒がしくあたたかな室内に入った。

「まったく、ローランド。何時間待ったと思っているんだ」ウォリングフォード公爵は手にしていたカップを置いて、うんざりしたように言った。だが弟の顔を見ると、両眉をつりあげた。「どうした？　幽霊でも見たか？」

「見たような気がする」ローランドは帽子をテーブルに放り、水滴を飛ばしながら上着を脱いだ。「誰の幻だったか、兄上にも想像がつかないだろうよ。こんな地の果ての宿屋の中庭に誰が現れたと思う？　ところで、それはワインかい？」

「地元の酒さ」公爵は答え、水差しから空のカップに注いだ。「ぼくは原則としてあてっこはしないが、おまえが見た幽霊というのがモーリー侯爵未亡人と何か関係あるというのは間違いなさそうだ。あたりだろう？」

ローランドは兄の向かいの椅子にどさりと腰をおろした。頑丈な枠組みに心地よく体を沈める。「会ったのか？」

「声を聞いた。気づかないふりをしたが」ウォリングフォードは弟のほうへカップを押しやった。「一杯飲め。じき食事もはじまるだろう。そう願いたい」

隣の椅子に座っていたフィニアス・バークが身を乗り出した。「彼女、ここ一五分ほど宿屋の主人とやり合ってる。やかましいことこのうえない。それで部屋を見に二階へ行った」

「まあ、見てろ」ウォリングフォードが言う。「おそらくわれわれは部屋から放り出され、やむなく歓談室で寝ることになる」

「まさか」ローランドは言った。「兄上はウォリングフォード公爵だぞ。宿屋で部屋も確保できないようで、公爵をやってる意味はあるのか？」

「まあ、見てろ」ウォリングフォードは陰鬱な声で繰り返した。

バークが人差し指を目の前の、古ぼけた木製のテーブルに押しつける。「ひとつ、相手は女性だ」彼は続けた。「ふたつ、それもレディ・モーリーだ。彼女にかなう者はいない。たいした女性だよ」

「まだ若いんだが」ローランドはかばうように言った。「三〇歳にもなっていないと思う。おや、あれが夕食か？」

娘がひとり、よろよろとこちらに近づいてきた。素朴なスカートを脚に絡ませ、チキンや分厚い田舎パンが山盛りになった大きな錫《すず》製のトレイを持っている。かわいい娘だ、とローランドは横目で品定めしながら考えた。娘はその視線に気づき、不作法な音をたててトレイを置いた。と同時に、ほかの宿泊客が交わすイタリア語のざわめきを縫って、階段のほうからアレクサンドラ、すなわちレディ・モーリーの声が聞こえてきた。「だめよ。ありえない《ノン・ポッシブロ》。わかった？　わたしたちは英国人。英国人《エングリーゼ》よ。どんなときも……まあ！　公爵！」

「言っただろう」ウォリングフォードはつぶやくと、ナプキンを放って立ちあがった。「レディ・モーリー」彼は言った。「こんばんは。お元気そうで」

侯爵未亡人は階段に傲然と立っていた。ブラウンの髪はうなじあたりに不自然なほどきっちりとまとめられている。数年前、モーリー侯爵と結婚する前から魅力的な女性だった。そしていま、さらに魅力を増している。頬骨は高く、ブラウンの瞳はきらきらと輝いていた。そのくっきりとして力強い顔立ちはローランドの好みではなかったが、整形式庭園に置かれた古典的な彫刻を美しいと思うのと同じで、その美しさは認めざるをえない。抱きしめたいという気持ちにはならないものの。

「ウォリングフォード」レディ・モーリーは階段をおりながら言った。高圧的な物言いが、自然と甘い口調に変わっている。「まさにあなたに会いたいと思っていたの。わたしがいくら言っても、宿の主人にわかってもらえないのよ。いくら勇敢で進歩的だろうと、英国人女性のわたしたちが見知らぬ人と同じ部屋で寝ることなんかできないわ。見知らぬ男性、しかも外国人の男性と一緒に寝るなんて」そう言って、ぴたりと彼らの前で足を止める。

「上の階に空室はないのかい?」

彼女は優雅に肩をすくめた。あつらえの黒い上着に包まれた肩が、練習の成果か上品な弧を描いた。「とても狭くて小さな部屋なの。あんな部屋では、わたしたちはともかくレディ・ソマートンの坊やを寝かせられないわ」レディ・モーリーは視線をローランドに移した。そして、はっとしたようにあとずさりした。「ローランド・ペンハロー卿! ちっとも気がつかなかったわ! あなたはもしかして、さっきわたしのいとこに……レディ・ソマートンに……ああ、なんてこと!」

ローランドは愛想よく一礼した。そうすべきだと思ったからだ。「レディ・ソマートンにはついさっき……玄関ポーチでお目にかかりました。もちろん愛らしいご子息にも」レディ・モーリーの喉から、笑いをこらえたようなむせた声がもれた。「ええ、フィリップは本当に愛らしい子なのよ」口を開き、また閉じる。それから咳払いした。

あわてる彼女を見るうち、ローランドはしだいに衝撃が薄れ、頭がまわりはじめた。レディ・モーリーが現実であるのは間違いない。ということは……。

夢を見たのではなかった。レディ・ソマートン――リリベットとたしかに再会したのだ。やめろ。自分の想像力に歯止めをかけようとしたが、効果はなかった。リリベットの姿がいっそう鮮やかに脳裏によみがえる。勇み足で何か愚かなことをしてしまいそうな、不吉な予感がする。

レディ・モーリーは手を握り合わせ、懇願するように公爵のほうを振り返った。「ねえ、ウォリングフォード、こうなったらもうあなたの善意にすがるしかないの。わたしたちが困っているのがわかるでしょう？　あなたたちの部屋はずっと広くて……続き部屋まであるじゃない！　もし心ある人なら……」声が裏返った。ローランドを振り返って続ける。「ローランド卿、かわいそうなリリベットのことを考えてあげて。彼女は今夜、椅子で寝ることになるかもしれないのよ！　見ず知らずの男性たちと一緒に」

ローランドの隣に立つバークが大きな咳払いをした。「レディ・モーリー、前もって宿の予約をしておこうとは思わなかったのですか？」

ローランドはひるんだ。怖いもの知らずめ。この石頭の科学者は、傲慢な侯爵未亡人に我慢ならないのだろう。いまは辛抱と細やかな気配りが何より大切な場面なのに。

リリベットがここにいる。すぐ手の届くところにいるのだから。

レディ・モーリーの猫のような目が、かの有名な〝モーリーのまなざし〟でバークをとらえた。「まあ。そのことでしたら、ミスター……」彼女は表情豊かに眉をあげた。「ごめんあそばせ。あなたのお名前をうかがいそびれましたわ」

「これは失礼、レディ・モーリー」ウォリングフォードが割って入った。「まったくうっかりしていた。紹介させていただくよ。おそらくきみもどこかで彼の名前を聞いたことがあるだろう。王立協会のミスター・フィニアス・フィッツウィリアム・バークだよ」

「お初にお目にかかります、マダム」バークは軽く会釈をした。

「バーク」ややあって、レディ・モーリーは目を見開いた。「フィニアス・バーク。王立協会の。ええ、もちろん存じあげているわ！　ミスター・バークの名前を知らない人なんていないもの。ええと……先月の『タイムズ』だったかしら……何かについて発言していらしたわね。たしか、電気による新しい……」彼女は大きく息を吸うと、にっこりした。「もちろん予約はしましたのよ。何日も前に電報を打ったと記憶しています。でも、ミラノの滞在が思いのほか長引いてしまって。坊やの子守りが急に体調を崩してしまったんですの。どうやらその連絡が間に合わなかったようだわ」宿屋の主人に辛辣な一瞥《いちべつ》をくれる。

「まあまあ、もういいじゃありませんか」ローランドは自分の声に驚いた。思ったとおりだ。

ぼくは勇み足で愚かなことをしようとしている。晩餐の席のジュリア大おばの猥談《わいだん》を止めることは誰にもできないように、止めようとしても止められない。「われわれは、あなたとお連れの女性たちに不自由をさせようなんて夢にも思っていませんよ。そうだろう、兄上？」

「ああ、残念ながら」公爵は腕組みしながらうなった。

「バークは？」

「もちろんだ」バークもぼそりと言った。

「ほうらね、ぼくの言ったとおりでしょう、レディ・モーリー。これで万事解決だ。バークには上階の小さな部屋で寝てもらいます。人間嫌いの退屈な男だからちょうどいい。ぼくと兄は下の歓談室でかまわない。それでご満足でしょう？」

レディ・モーリーは手袋をはめた優雅な手をぱちんと合わせた。「ああ、ローランド卿。あなたならそうしてくれるとわかっていたわ。本当にありがとう。わたしがあなたのご親切をどれほどありがたく感じているか、きっとわからないでしょうね」彼女は宿屋の主人のほうを向いた。「いまの話でわかった？　理解《コンプレンド》できた？　上の階にある公爵の荷物を下におろして、代わりにわたしたちの旅行かばんをすぐに運んでちょうだい。ああ、リリベット！やっと来たのね。荷物は全部そろった？」

ローランドは振り返らずにいられなかった。リリベットの姿を見たくて、思わず戸口のほうを向いた。現実とわかったいま、ひと目でいいから、雨や暗がりや帽子に邪魔されない、彼女の姿を見たかった。すべてが知りたかった。彼女は変わっただろうか？　世間ずれして、皮肉屋になっただろうか？　あの初々しい美しさは、悪名高いソマートン伯爵との結婚で損なわれてしまっただろうか？

ぼくはそう願っているのか？

リリベットは扉のそばでひざまずき、少年のコートのボタンをはずしていた。彼女らしい。息子を第一に考える。いとこの問いに答えようとこちらを向いたとき、その声はふだんと変わらず落ち着いた、抑制のきいた声だった。先ほどと同じで、わずかにかすれてはいたけれど。「ええ、全部おろしてもらったわよ。あとから宿の使用人が運んでくるわ」彼女は体を起こし、息子にコートを手渡すと、自分のコートのボタンをはずしはじめた。

ローランドは息を詰めた。手袋をはめた指が巧みにボタンを探り、穴をくぐらせ、濃いブルーの実用的な旅行用スーツを少しずつあらわにしていく。レディらしく高い白襟がついており、完璧な仕立ての上着は胸元で――前より豊かになっただろうか？　それは気のせいか？――控えめな曲線を描いていた。

脇から、いきなり肋骨《ろっこつ》を鋭く突かれた。「まったく、しようがないな。その口を閉じてろ」兄だった。

宿屋の主人がリリベットに手を貸そうと急いで階段をおりてきた。誰もが彼女には手を貸したくなるらしい――ローランドはむっつりとそう思った。「コートを預かりましょう」主人はおもねるように言うと、濡れた毛織のコートを金の布か何かのように腕にかけた。「それから帽子も。おやおや、すっかり濡れて。暖炉で体を乾かさないと。気の毒な方《ミア・ボーヴェラ・ドンナ》」

「ありがとう《グラッツェ》」リリベットは暖炉に近づくと、片手でダークブラウンの髪を撫でつけ、もう片方の手でフィリップを抱き寄せた。炎の明かりが青白い肌を黄金色に輝かせて、頬骨の下に影を作る。疲れているようだ。ローランドは思わず彼女のほうへ一歩踏み出し、われに返った。レディ・ソマートンを心配してどうなる？　彼女はぼくがいなくてはだめだと、自分で自分の面倒は見られないとでも思っているのか？　ぼくなしでもやっていけると、彼女はこれまではっきり証明してきたじゃないか。

　まわりを見ると、バークとウォリングフォードはふたりとも席についていた。ローランドはひとり間抜け顔で立ち尽くし、リリベットのうしろ姿を見つめていたのだった。

2

折りたたまれた小さな紙切れ一枚がありえない熱量を持ち、リリベットの高級な旅行服の生地を通して、肌を焦がすようだった。

もちろん、すぐに捨ててしまうべきだった。夕食前の挨拶を交わす人たちのざわめきの中で、ローランドがそのメモを手に押しつけてきたとき、すぐに。けれどもリリベットは、驚きのあまり何もできなかった。つんと顎をあげてメモを暖炉に投げ捨てるなりなんなり、貞淑なレディに期待されるような行動に出ることができなかったのだ。

いまとなっては捨てることもできない。アビゲイルとフィリップの視線が常にあとを追ってきている中では。

ことにフィリップ。リリベットの息子である無邪気な天使は、同時に頑固な敵でもあり、六年間のみじめな生活で唯一彼女が守り抜いた美しいものでもあった。

フィリップはベッドに入りたがらなかった。五歳の男の子としては珍しいことではない。しかしリリベットのほうはいますぐベッドに倒れ込みたい心境で、息子の抵抗に我慢がならなかった。「ダーリン、疲れているはずよ。ともかく横になって、目をつむりなさい」

蹴飛ばす。

「疲れてないもん」息子は目をぐるりとまわした。「疲れてない！」そう叫んで、上掛けを蹴飛ばす。

リリベットは上掛けをかけ直した。

フィリップがまた蹴飛ばした。

強い怒りがこみあげるのをリリベットは感じた。抑えつけるには超人的な努力が必要だった。落ち着いて。いつものように自分に言い聞かせる。威厳を持って。明快に。目を閉じて、ゆっくり一〇数えるのよ。

いいわ。彼女は目を開けた。

フィリップはいなかった。

うしろを振り向くと、アビゲイルが笑いながら、扉にたどり着く直前の息子を抱きあげていた。「いけない子ね」そう言って、少年のおなかに鼻を押しつける。「まったく困った子なんだから。いけない子」ぶっと鼻息を吹きかけると、フィリップはくすくす笑いながら、うれしそうに身をよじった。

「アビゲイル、そんなことしたら、この子、余計に興奮するわ」リリベットはこめかみに指をあてて言った。

たかがメモがどうしてこんなに重いのだろう？　一枚の紙切れが石のように――中世の頃、不義を犯した者に投げつけられた大きな石のように――ポケットを沈ませている。

「悪い子にはお話を聞かせてあげられないのよ。まあ、いずれにしても、お話はしてあげるけど」アビゲイルはフィリップをぽんとベッドに落とした。「ただし、聞いてるあいだにこのパンを食べなきゃだめ。これは魔法のパンなの」ポケットからパンを取り出し、息子の前に差し出す。「本当に不思議なパンなのよ。これを食べると、お話がよくわかるの……わたしが全部、イタリア語で話しても」

「イタリア語！　嘘だ。イタリア語なんて知らないくせに」

「あら、知ってるわよ」リリベットは毛布をかけてやりながら言った。「アビゲイルはイタリア語が得意なの」

「でも、このパンを食べると」アビゲイルは神妙な顔で、パンをぐるぐるまわした。「イタリア語が英語みたいに聞こえるのよ」

「へえ」フィリップが疑り深げに目を細める。

アビゲイルは肩をすくめた。「信じないなら、それでもいいわ。チェラ・ウナ・ボルタ、ヴィーヴェレ……」

フィリップは彼女の唇から目を離さず、その手からパンをひったくった。

「ウン・カステッロ・アンティコ・ソリターリオ……」

少年がパンを口に押し込む。

「女王はとうの昔に亡くなり、王は悲しみに打ちひしがれ、城に住む女性全員に、出ていくよう命じました。もう二度と女性の姿を目にしたくなかったのです」アビゲイルは平然と続けた。

パンをかじりながらも、フィリップの目はアビゲイルの口元に釘づけだった。しだいにその体から力が抜けていくのがわかる。まぶたがおりてきて、パンをつかんでいる手も枕の上に落ちた。さらに一、二分お話が続くと、少年は穏やかで深い、規則的な寝息をたてはじめた。ろうそくの明かりが、丸々としたなめらかな頬をやさしく照らしている。

「眠っていると、子どもって本当に無邪気に見えるわね」息子の額から髪を払ってやりながら、リリベットは小声で言った。「怒ってごめんね、って思えてくるわ」

「怒ったの？」アビゲイルがきいた。リリベットが振り返って見ると、アビゲイルは驚いているようだ。

「もちろん怒ったわ」

アビゲイルは体を起こして微笑んだ。卵形の顔いっぱいの大きな笑みだった。

「いつも穏やかなリリベット。あなたが怒ったところなんて見たことない気がする」

彼女は眠っている息子のほうへ向き直った。「しょっちゅうよ。わたしは年じゅう怒ってるわ。ただ、怒りを隠すのが得意なだけ」

「隠す必要なんてないのに」アビゲイルは言った。「あなたの気持ちはわかるつもりよ」

いいえ、わかるはずないわ。リリベットは内心でつぶやいた。わたしの中には怒りや、みだらでよこしまな感情が渦巻いている。細い糸が絡まり合ってできた網でかろうじて抑えているけれど、その網も張りつめ、いまにもぱちんと切れそうだ。あなたにはわからないわ、アビゲイル。あなたのように純粋な心の処女には。

「あの男に怒ってるの？」アビゲイルがきいた。「ソマートン卿に？」

「もちろん違うわ」嘘だった。「どうしてそんなことをきくの？」

「わたしだってばかではないのよ、リリベット。結婚していないからって、何も耳に入ってこないわけじゃない。あの男から逃げるためにヨーロッパを縦断しているなら……」

「立ち聞きしたわね」

「もちろんしたわ。内緒の話を探り出すのに、それ以上の方法はないもの」アビゲイルはためらい、やがて手を伸ばしてリリベットの手を握った。「だから、彼がけだものだってことも知ってる」

「彼は男なの、それだけよ」

アビゲイルは手を握る指に力をこめた。「明日、お城に着けば気分もよくなるわ。考えてみて。一年間、わたしたちだけで暮らすのよ。親しい人間に囲まれて、あなたは絶対に安全だわ。アレクサンドラがいるんだもの、誰も押し入ってはこられない。何もかもうまくいくわよ」

「ええ、そうでしょうね」リリベットは手を引き抜くと、落ち着きなく肘掛け椅子まで歩いた。素朴な漆喰《しっくい》の壁とはちぐはぐな椅子で、英国人旅行客が宿泊代を払えなくなり、たまま運んでいた趣味の悪い緑色の椅子を代わりに置いていったのかと思いたくなるような品だ。リリベットはその椅子に座ると、息子の寝顔を見つめた。「階下《した》に戻っていて、アビゲイル。わたしはこの子を見ているわ」

「あなたをひとりにして？」

リリベットは微笑んだ。「アビゲイル、陛下に戻りたくてたまらないんでしょう。あなたがウォリングフォード公爵を見る目つきに、わたしが気づかなかったとでも思う？」

アビゲイルは胸の前で腕を組んだ。「とんでもない。あの人、どこから見ても平凡な、ただの公爵よ。イタリアには皇子がいるのよ、リリベット。退屈な英国の公爵より、はるかに面白いわ」

「アビゲイル、とにかくもう行って。こっちは大丈夫だから」手で払うようなしぐさをする。

「ね、お願いよ」

ようやくアビゲイルは部屋を出ていった。リリベットはほっとして椅子の背に頭をもたせかけ、抑えつけていた言葉を頭の中に解き放った。ローランド。

最初は衝撃が大きすぎて、感じることすらできなかった。自分の疲れた脳が作り出した亡霊なのかと思った。ローランド・ペンハローがここに、雨が降りしきるトスカーナの丘の中腹にいる。わたしが入ろうとしていた宿の戸口に立ち、息子をなんとか説き伏せようとしていた。こんな偶然が本当に起こるなんて信じられない。

荷物の確認を終えると、リリベットはフィリップを脇に呼び、宿屋の中に入った。生まれてこのかた、あれほど緊張したことはない。フィリップのコートを脱がせ、自分も脱ぐあいだ、ローランドの視線がこちらに向けられているのがわかった。手が震えた。それも見られたかしら？　見たとしたら、彼はどう思っただろう？

六年、いえ、正確には六年半になる。最後に会ってから。もちろんローランドの情熱は冷めた。噂を信じるなら、またたくまに冷めたのだろう。ローランド卿の道楽ぶりはもはや伝説だった。数えきれないほどの愛人たち。何カ月も続く郊外でのパーティ。独創的で常軌を逸した、軽薄ないたずら——たとえば皇太子の寝室に競走馬を持ち込むとか。

彼が独創的な発想の持ち主であることは知っていた。けれども軽薄とは思わなかった。噂に聞くローランド卿は、七年前にリッチモンドで催された川辺のパーティで出会った男性と同一人物とは思えなかった。ウォリングフォード公爵の弟で、美男子でよく笑い、よくしゃべり、悲しいくらい滑稽で、息が止まるくらいロマンティックな即興詩を作っては聞かせてくれたあの人とは。学校を出て、ロンドンに来たばかりだったリリベットは、たちまち恋に落ちてしまった。「こちらはローランド・ペンハロー卿。ウォリングフォード公爵の弟君よ。三〇分ほど前から、あなたを紹介してくれとせっつかれていたの」パーティの主催者の女性はそう言った。ローランドはしばしば色の瞳をきらめかせ、リリベットの手に向かってお辞儀をした。彼女はすでにローランドに心を奪われていた。

ふたりは都合よく、低木の茂みの中で迷子になった。ほかの招待客たちは川辺でお茶の席についていた。彼はリリベットのすべてを知りたがった。話すようなことはたいしてなかったが、ローランドは彼女のひと言ひと言に聞き入った。「でも、すばらしい！」そう叫ぶ彼の声が、いまも聞こえる気がする。花粉が舞う五月の空気、わずかに赤みを帯びた彼の頬。彼がっしりとしてあたたかな腕。「ぼくは前々から、詩人のブラウニングの大ファンでね。彼を師と仰いでいる。同じ考えの女性がいるとは思ってもみなかったな」

「彼は不世出の詩人ね」そう応えたのをリリベットは覚えていた。「でも作品を見ると、結婚したあとはぱっとしないわ」

「きみは結婚制度に反対なのかい、ミス・ヘアウッド？」ローランドは陽気な目をして、リリベットのほうへ身を乗り出した。

「わたしは結婚するつもりはないの」彼女は言った。「相手に対して、何にせよ義務を負いたくないから。自由で純粋な関係の中では、結婚の誓いなどたいして意味を持たないわ」

ローランドは首をのけぞらせて笑った。屈託のない、若者らしい喜びに満ちた笑いだった。リリベットもつられて笑った。しばらくして茂みから出るとき、ローランドはふと彼女を引きとめ、手の甲に唇を押しつけた。吐息の熱さが薄手の山羊革の手袋越しに伝わり、骨の髄をあたためるかのようだった。彼の指が一度だけ手首の、手袋と袖のあいだの素肌をなぞった。「社交シーズン中はずっとロンドンにいるのかい、ミス・ヘアウッド？」

「ええ」リリベットは答えた。それ以上は何も言えなかった。

「なら、ぼくもそうしよう」ローランドは言い、ふたりはパーティに戻った。頬を赤らめ、胸を高鳴らせて。ふたりのまわりだけ、空気が熱を帯びているようだった。いまでも、さまざまなことがあったあとでも、思い出すだけで興奮し、脈が速くなってくる。結婚前夜、手紙やメモは全部燃やし、思い出はすべて封じ込めた。ほかの男性と結婚するにあたってそうすべきだと思ったから、そして、もはやリリベットにとって意味のないものとなったからだ。

ただ、出会いの場面だけは別だった。この先には長い年月が控えている。なんということはない午後の、ほんの数時間の記憶を胸にとどめておくことくらい、神さまもお許しになるだろう。

リリベットはポケットに手を滑り込ませ、折りたたんだ紙の端を指でなぞった。それを手に押しつけたときの、ローランドのまなざし――妙に意味ありげなまなざし。あれは、たとえば女性に〝服に染みがついてる。すぐ重曹水に浸したほうがいい〟などというメモを渡すときのような、他意のない目ではなかった。

気持ちを完全に制御することはできない。それはとうの昔にあきらめた。けれど行動なら制御できる。夫にどんなことをされたとしても、自分と息子の身を守るためにこんなところまで来なくてはいけなかったとしても、自分の行いは穢《けが》れのない、非の打ちどころのないものでなくてはならない。このメモは開いてはいけないのだ。

手を上へと滑らせ、ポケットから出した。メモは親指と人差し指のあいだに挟まれたままだ。

その罪のない白い紙をしばし見つめ、それからフィリップを見た。小さなベッドの中でぐっすり眠っている。まつげが扇のように頬の上に広がっていた。

息子から顔をそむけて、メモを開いた。

〝かねてから、大切な友人が幸せに暮らしていらっしゃるか、それだけ確かめたいと思っていました。神にかけて名誉はお守りします。もし、彼女が一一時半にわずかばかりでも時間を取れるなら、馬小屋の奥でお待ちしています〟

当然ながら署名はない。思慮深く紳士的。ローランドらしい。世間の噂の的であるローランドではなく、リリベットが信じるローランドだ。

わたしのローランド。

もう一度メモを読み、指で黒い文字に触れた。持ちあげて鼻に近づけ、ありふれた紙とインクのにおいを嗅ぐ。それからたたんでポケットに戻し、時計を取り出した。

まだ九時にもなっていない。

足音をたてないようにベッドへ近づき、眠っている息子の横に膝をついた。巻き毛がひと房、額にかかっている。リリベットはその髪を指に巻きつけたり、ほどいたりしながら、シルクのような感触を楽しんだ。細くて丈夫で切れにくい。階下の音が木の床を通して聞こえてくる。くぐもった笑い声や会話のざわめき、テーブルを打つ音。人々はつながり、人生は続いている。

彼女は立ちあがり、ベッド脇のテーブルから本を取りあげた。そして、英国製の趣味の悪い肘掛け椅子に座って読みはじめた。時計を膝の上にのせたままで。

生来賭けを好むローランドは、一一時半にリリベットが現れる可能性を四分の一と踏んでいた。

3

可能性が低いのは気にならない。いちかばちかの場面には幾度となく直面している。手にしていたランタンを木製の棚に置き、馬小屋の壁に寄りかかって、屋根を打つかすかな雨音の中に人の気配を探した。馬小屋には、馬や革、干し草やこやしが発する、あたたかなにおいが充満している。懐かしさに心がなごんだ。少年時代を——軽薄さを装った仮面の下にいまでもいる、ありのままの自分を思い出させるにおいだった。

当然のことながら、リリベットはさまざまな噂を聞いているに違いない。ローランドが与えられた役になりきると心を決めた理由のひとつは、腹立たしいことに、リリベットがどこかの噂好きな伯爵未亡人から彼の無軌道ぶりについて聞かされたと知ったからだった。ローランド・ペンハローは女優たちと数々の浮名を流し、悪質ないたずらを仕掛け、放蕩《ほうとう》のかぎりを尽くしている。かつて恋い焦がれた美しいリリベットを思い出したり、その青い瞳と鈴のような笑い声を惜しんだりして時間を無駄にはしなかった——彼女はそう信じている。

ああ、どれほど彼女が恋しかったことか。いまでも鮮明によみがえってくる。出会いはレディ・なんとかの川辺のパーティだった。もちろん、はじめて社交界に出る娘《デビュタント》は山ほどいたし、どの娘もそれぞれに魅力的で美しく、彼女たちの笑いさざめく声が心地よい春の風に乗ってあたりを漂っていた。けれどもエリザベス・ヘアウッドは別格だった。美貌だけではない――もちろん彼女は美しかった。奇跡のような色合いと、均整と、初々しさを合わせ持つ比類なき美しさだったが、それだけではなかった。はにかみながらも愉快そうな瞳の輝きや、王女のごとき物腰、周囲に向ける慎みと奔放さの入り混じったまなざしに何かがあったのだ。どこか人と違う、気高くて控えめで、同時に不遜な雰囲気。注意深く隠してあるけれど、内面の奥深くには生々しい情熱を秘めていると感じさせる何か。ローランドは無理を言って彼女を紹介してもらい、灌木《かんぼく》の茂みに入ってふたりで話をした。五分後には、彼女なしでは生きられないと悟っていた。

求愛は急がなかった。本気であることを示すために、夏の終わりまで気持ちを告げるのは待つと決めた。八月の末頃、ノルウェーでの仕事を成功裏に終えて国に戻り、遅い夕食をとろうとまっすぐに紳士クラブへ行った。翌日は朝一番に、花束を持って彼女の屋敷を訪ねるつもりでいた。チキンと赤ワインの食事をしていると、サー・アンドリュー・グリーンツリー――きざで嫌味な男だった――が向かいの椅子に座った。〝やあ、ローランド、面白い話があるぞ〟ローランドは間抜けにも、どんな話だと尋ねた。〝ヘアウッドのところの娘がソマートンと婚約したんだと。クリスマスに結婚式を挙げるそうだ〟

ローランドはグリーンツリーの首を絞めそうになった。

自分の首も絞めそうになった。

そしていまは？　まだリリベットに怒っているか？　どうしてあんなメモを書いた？　彼女が来たとして、なんと言うつもりだ？　そもそも、これだけ年月が経ったあとに何が言える？

身をかがめて干し草を一本拾いあげ、指に巻きつけた。ランタンがくっきりとした金色の光を投げかけ、ローランドが立つ隅を照らしている。バークの自動車が毛布で覆われ、干し草置き場に置かれていた。その先には馬房が並んでいるのがぼんやり見える。ポケットから時計を取り出し、明かりにかざしてみた。歯車の回転が静寂の中、チクタクと時を刻んだ。

一二時一五分前。

視界の隅に動きがあった。

ローランドは身をこわばらせた。脈が速く、激しくなった。声をかけるべきなのだろう。いまは身の危険がある状況ではない。ところが六年の経験と訓練をもってしても、凍りついた舌はどうしようもなかった。

小さな、黒っぽい人影が戸口の暗がりを通り、ランタンの明かりを横切った。

「ローランド？」ささやくような、そのかすかな声が、こぶしのように彼の腹を直撃した。

彼は前に出た。「ああ、ぼくだ」

リリベットは優雅でしなやかな足取りで近づいてきた。ぎこちなさはまったくない。朝の訪問者を迎えるために客間を横切っているときと、なんら変わらない。かつての求愛者に会おうとイタリアの片田舎の馬小屋を歩いているなどと思わせるものは何もなかった。雨粒が光り、帽子の縁からぽつぽつと垂れ落ちる。彼女は頭を小さく振って、雨粒を払った。

「イタリアって、雨は降らないものと思っていたのに」

「そんなことはないさ」ローランドは言った。口が乾いて、頭からはたったひとつの言葉以外、すべて抜け落ちていた。〝リリベット〟彼女がここに、目の前にいる。現実の彼女が、かぎりなく魅力的な姿で。

リリベットは手を差し出した。「ご機嫌いかが、ローランド卿？　玄関ポーチでは本当に驚いたわ。無愛想に見えなかったらいいんですけれど。久しぶりにお会いできて、わたし、とてもうれしく思っているのよ」

彼女の口調は誠実で、友好的だった。ローランドは彼女の手を取り、短く握った。

「もちろん、ぼくも会えてうれしい。ただ、ほかの場所で会えたら――もっと再会にふさわしい場所で会えたらと思わずにはいられない」

「あら、そんな」帽子の下で、リリベットのピンク色の唇が上向きに弧を描いた。瞳は陰になって見えない。「面白いじゃない。ちゃんとした既婚女性にとって、イタリアの馬小屋で逢い引きする機会なんてめったにあるものではないもの」

ローランドはごくりと唾をのみ込んだ。ランタンの明かりのもと、雨に濡れた彼女の頬が光って見える。コートの襟から首筋の白い肌がほんの少しのぞいていた。

「来てもらえるとは思わなかった、実を言うと」

リリベットは手袋を脱いだ。「もちろん来るわ」声を落として続ける。「当然でしょう。友だちとして別れたんですもの。わたしは……常々あなたが元気でいますように、幸せでありますようにと願っていたのよ」

「ぼくも同じだ」

彼女は何も言わなかった。靴のつま先に次のせりふが書いてあるかのように、少しうつむいた。

「それで、幸せかい、レディ・ソマートン？」ローランドはそっときいた。

「もちろんよ。満たされた人生を送っているわ」

「後悔はない？」

リリベットが顔をあげた。「もちろん後悔はあるわ。人生に後悔のない人なんているのかしら？　でも人は決断を、重要な決断をしたら、うしろを振り返ってはいけないのよ。別の選択をしていたらどうだったろう、なんて考えてはだめ。でないと頭がどうかなってしまうもの」

ローランドは一歩だけ、彼女に近づいた。「別の選択をしていたら、どうだったと思う、レディ・ソマートン？」

リリベットは唇を開き、小さく息を吸い込んだ。「それは……わからないわ。答えを知る機会もない。あなたはノルウェーへサーモン釣りに出かけてしまった」

「ああ、サーモンをね」体の脇でこぶしを握りしめた。ノルウェー。最初の任務。唐突だった。水曜日にサー・エドワードの事務室に呼ばれたと思ったら、金曜日の夜中にはフィヨルドでボートを漕《こ》いでいた。何も考える余裕はなかった。

「何週間も帰ってこなかった。きっと英国人の半分を満腹にできるくらいのサーモンを釣ったんでしょうね」

「ぼくにとっては大冒険だったからね」ローランドは言った。「時間の感覚をなくしていたんだろう。帰ったらきみが婚約しているとは思いもしなかった。しかも、よりによってソマートン卿と」

「ええ、そうね。わたしも思いもしなかったわ。でも、あなたはひと言もなく出かけたまま、いつまで待っても帰ってこなかった。便りのひとつもない。そんな中、みんながわたしを説得にかかったの。両親も、主人も」

「わかるよ」

「手紙を書こうとしたのよ。でも、誰もあなたの行先を知らなかった。わたし……」彼女は小さく笑った。「ばかみたいよ、きっと笑うわ。ある日の午後、ノルウェー領事館に行ったの。母には買い物をしていると思わせて。それで、ホテルの一覧をくださいって頼んだわ。変な女だと思われたでしょうね」

「なんてことだ、リリベット……」

「おかしいでしょう?」彼女はまた笑い、ローランドの脇をすり抜けて、壁にかかった古い馬具に近づいた。革は年月を経て、乾き、丸まっている。彼女はそれを片手でなぞった。

「ともかく、あまり力になってはもらえなかったわ」

「ぼくが知っていたら……」

「でも、あなたは知らなかった。それにわたしは後悔はできないの。何かを後悔するということは、フィリップを否定することになるから。あの子は……あなたもいずれ子どもを持つことでしょう。そうすればわかると思うけれど……」声が震えて途切れた。

「本当にすまなかった、リリベット。ぼくはばかだった。発《た》つ前にひと言告げるべきだった。ただ計画では……いや、ともかく時間がなかったんだ。ぼくは……きみが同じように感じていないのはわかるが、ぼくはそのことを一生後悔するだろう」

「やめて、ローランド……」

「いや、言わせてくれ。きみは明日にはここを発つ。ぼくもだ。次にいつ会えるかは誰にもわからない。誰かの客間でばったり会うかもしれない」彼はかぶりを振った。

リリベットの肩が震えた。ローランドのほうへ向き直る。ランタンの光がまともにあたり、どこまでも青い瞳と、濡れて光るまつげを照らし出した。彼女はまぶしそうに額に手をあてた。「来たのは間違いだったわ。こんな話をしても意味がないもの。ただ、わかってもらいたかったのよ――わたしは大丈夫だと。友人として話をするつもりだったのに、つい……」

「何も言わないでくれ」ローランドは言った。「言わなくていい。きみには夫と子どもがいる。ぼくは……ふたりがうらやましいと言いたかっただけだ。状況が違っていたらと願わずにはいられない。ぼくがばかだった。自分がいないあいだ、世界はじっと待っていてくれると思うような、未熟で間抜けな男だったんだ」

言葉が詰まり、それ以上は言えなかった。

脳が背後の物音を認識する前に、ローランドは前に飛び出し、ランタンの明かりを消していた。

「ローラ――」リリベットは叫んだが、彼の手が口をふさいだ。

「静かに」彼女の耳元でささやく。「誰かが入ってくる」


ローランドの体を間近に感じ、リリベットはめまいを覚えた。彼の指が唇を覆っている。広い胸が押しつけられ、彼の吐息が――ワインと砂糖を使ったデザートの甘い、濃厚な香りのする息が顔にかかる。一瞬、呼吸ができなくなった。

ローランド。これはローランドの体。ローランドの手。

こわばった体がしだいにほぐれてきた。皮膚、筋肉、骨が少しずつやわらかくなっていくのがわかる。

それが合図だったかのように、ローランドの体からも力が抜け、彼は手をリリベットの口元からおろすと、胸の脇と腰を軽くなぞって背後の壁についた。

彼女には何も見えなかった。何も聞こえない。彼の息遣い以外は何も。

「誰なの？」思い出したように声をひそめてきく。ローランドはあまりにも近くにいた。唇が彼の首に触れそうだ。

「しいっ」ローランドが声を殺して言う。「動かないで」

やがてリリベットにも聞こえてきた。衣《きぬ》ずれと、ブーツのかかとが木の床を打つかすかな音。足音をたてないよう、慎重に誰かがこちらに向かって歩いてきているらしい。ローランドも耳を澄ませていた。全身から緊張感が伝わってくる。リリベットに覆いかぶさるように立ちながら、人形か彫刻を抱いているようで、彼女にはまったく注意を払っていなかった。

足音はさらに近づき、やがて止まった。リリベットはあえて足音の主を確かめようとはしなかった。けれども侵入者がそばにいるのは感じられた。毛布をかぶせた大きな荷物がある、干し草置き場のあたりだ。

長い間があった。やがて侵入者はまた歩を進めた。今度はもっとゆっくりとした不規則な足取りだ。リリベットは目を閉じ、壁に頭をもたせかけた。この侵入者が何をしているのか想像しても意味がない。こうしてローランドと暗がりにひそみ、気づかれずにいるかぎりは。それより、彼と身を寄せ合う贅沢《ぜいたく》を味わったほうがいい。思ってもみなかった幸運。二度と経験できないと思っていた至福の時。

腕を持ちあげ、ローランドを抱きしめようとは思わなかった。それはいけないことだ。リリベットはただ立っていた。指を冷たい壁にぎゅっと押しつけ、不思議なほどしっくりくる彼の体を感じていた。顔はローランドの首元にぴたりとおさまり、肩は彼の胸に抱かれ、おなかは彼の腰にあたっている。そのすべてを意識せずにはいられない。すぐ近くでは衣ずれの音と、妙な小さな音が続いている。なんの音なのかはわからない。無意識の領域で見る夢のようだ。

鼻がローランドの首筋に触れる。ウールと雨のにおいがした。そのほかにも何か、懐かしいにおい——石鹼《せっけん》だろうか？　リリベットはひそかに、深々と息を吸い込んだ。次の瞬間、彼女はヘンリーにいた。テムズ川沿いの町、ヘンリー・オン・テムズでは毎年、大学対抗ボートレースが行われる。ローランドはレースを終え、〈リアンダー・ボートクラブ〉から出てきたところだ。入浴と着替えをすませて、勝利に顔を上気させていた。

たちまち、彼は祝福する人々に囲まれた。時の英雄なのだから当然だ。由緒あるレースでエイト（八人の漕ぎ手とひとりの舵手が乗る種目）に出場し、息づまる接戦を半艇身差で制したのだ。誰もがローランドの背中を叩き、握手を求め、強運にあやかろうとした。彼は満面の笑みを浮かべてうなずき、礼を言いながらも、その視線は川辺をさまよい、群がる帽子や肩を通り越して何かを探していた。

リリベットを探していたのだ。

ようやく目が合ったとき、ローランドが見せた輝くような笑みはいまでも忘れられない。リリベットの母親は娘を人込みに加わらせなかったので、彼は女性たちの色目を無視し、もごもごと言い訳をしながら、人々のあいだをすり抜けてこなくてはならなかった。そしてようやく近くに来ると、母親に向かって麦わら帽を傾け、リリベットの耳元でささやいた。

「レースは見たかい？」

〝もちろん〟彼女は答えた。「あなた、すてきだった。応援しすぎて、もう声が出ないわ」

六月の暑い日差しが帽子に照りつけ、周囲は人のざわめきに満ちていた。ローランドはリリベットの声を聞き取るために、顔が頬に触れるほど身を乗り出さなくてはならなかった。そのとき彼の首筋から漂ってきた清潔な石鹸の香りに、リリベットは頭がくらくらした。不謹慎なのはわかっている。でも、そのときは彼の肌をなめたい、彼のすべてを知りたいとさえ思った。

ローランドが耳元でくすりと笑った。帽子のつばが触れ、震動が伝わってきた。母親には聞こえないと承知のうえで、彼はささやき返した。「愛しい人、今夜ぼくはすべての栄誉をきみに捧げるよ。約束する」

応える前に、母に腕を引っぱられた。離れながら、〝ええ、ええ〟と目顔で伝えた。石鹸の香りは、その日の午後いっぱい鼻孔に残っていた。いや、夜になってもだ。兄の舞踏室で行われた祝賀会で、ローランドはずっとワルツのパートナーを務めてくれた。この世に女性はリリベットただひとりというように。

いまも白い服を着た人々のおしゃべりが聞こえるような気がする。帽子に降り注ぐ日差しを感じ、永遠の夏が目の前に広がっているような。あのとき、母がどこかの公爵家の跡継ぎと握手をさせようとリリベットを引っぱっていかなければ。ソマートン卿と結婚していなければ。いまも耳元でやさしくささやくローランド・ペンハローの声を聞き、石鹸の香りを吸い込みながら川辺に立っているなら。

ローランドが身をこわばらせた。リリベットははっとしてわれに返った。いまの、この冷たい現実に。

やわらかな足音がやみ、馬小屋に入ってくるまた別の足音が聞こえた。こっそり忍び込むというのではない、堂々とした足音だ。こちらに向かってくる。見つかると覚悟して、リリベットは思わず目を閉じ、壁に背中を押しつけた。ローランドは彼女をかばうような姿勢のまま、身じろぎひとつしない。

新しい足音がふいに止まった。男性の低い、険しい声が暗がりに響いた。言葉までは聞き取れなかったが、間違いなく英語だった。

ひとり目の侵入者である女性の声が応えた。

なんてこと。誰かしら？　アビゲイルではないわ。

アレクサンドラ？

まさか。彼女がイタリアの馬小屋で男性と逢い引きするなんて。

ありえない。

ローランドの胸が小刻みに震えた。彼が耳元でささやく。「信じられない、レディ・モーリーだ」

笑わないで、ローランド。リリベットは念じた。お願いだから、いまここで笑わないで。

もっとも彼女自身、笑いたいという欲求と闘っていた。笑いと安堵《あんど》と恐怖が一緒くたになっている。暗がりでローランドと抱き合っているところを――恋人同士の抱擁にしか見えないだろう――見つかったらどうしよう？

アレクサンドラと男性は何やら言葉を交わしている。相手は誰？　たぶんウォリングフォードだ。たしかふたりのあいだには遠い昔、何かあったのでは？　リリベットは思いきって目を開け、ローランドの背後の闇に目を凝らした。が、明かりといえば戸口付近にかけてあるふたつのランタンだけで、人の顔までは見分けられない。

ローランドの胸がまた、今度はもっと大きく震えた。男性のほうが誰かわかったのだろう。

会話は続いている。ふたりは親密そうだ。まさか。本当に逢い引きなの？　アレクサンドラとウォリングフォードが？

本当にあのふたりなの？

リリベットはローランドの肩に額を押しつけた。こんなことがあるものかしら？　よりによってローランド・ペンハローの腕の中で、いとことウォリングフォード公爵の密会の様子を聞いているなんて。

やめて、神さま、お願い、やめさせて。

内容まではわからないものの、会話の声が高くなったり低くなったりするのを、リリベットはただじっと聞いていた。ときおりもれてくる言葉は、〝襲い〟〝はしご〟〝偶然〟だった。いったいなんの話？

声がさらに低くなった。

それから、ふいに会話が途切れた。

リリベットは息を詰め、衣ずれの音がするのを待った。あえぎ声やため息、肌の重なる音、ふたりの体が壁に――自分がいま寄りかかっているのと同じ壁に倒れ込む音が続くのではないかと思い、息を凝らした。

ところが聞こえてきたのは足音だけだった。ふいに遠ざかる足音がして、ふたりはそろって馬小屋を出ていった。

4

リリベットはローランドの肩にもたれ、ようやく押し殺した笑いに体を震わせた。ローランドも笑いながら、彼女の体を支えてくれた。「まったく。見つかると思ったよ。一巻の終わりだと思った」

「あのふたりが、その……はじめちゃうんじゃないかとひやひやしたわ」笑いすぎて目の端に涙がたまり、リリベットは互いの体に挟まれた手を持ちあげてぬぐった。

「何をはじめるって?」

気がつくと、ずばりと答えていた。「愛を交わすつもりかと思ったのよ」

ローランドがくすりと笑う。「まさか。それはないだろう。ぼくはただ、自分が笑いを抑えきれなくて、気づかれるんじゃないかとひやひやしてた」

「まあ」リリベットは手で顔を覆った。「もし見つかっていたら、わたしたち……誤解されたわね」

「たぶんね。ぼくらはただ……」

ふたりのあいだの空気がふいに凍りついた。ローランドは彼女を抱いていた手をおろし、一歩うしろにさがった。体が離れると、リリベットは心臓を抜き取られたような気がした。

「わたしたちはただ……」小声で繰り返す。

「……さよならを言っていただけだ」ランタンの明かりがないと、声があの整った顔からではなく、虚空から発せられているみたいだ。

もっとも、ローランドの顔を見る必要はなかった。顔立ちははっきりと思い描くことができる。微笑むと、はしばみ色の目の端にかすかにしわが寄る。額には金茶色の巻き毛がかかっている。がっしりした顎が頑丈そうな首につながり、話をはじめる直前に唇が少し開く。あの唇にキスをされたら、どんな感じだろう？

リリベットはそれを知らない。かつての求愛の時期にも、優雅な言葉を交わし、ひそかに見つめ合うくらいがせいぜいで、肉体的な接触はほとんどなかった。英国のまっとうなレディは、婚約指輪をもらう前にキスを許すことはありえない。

けれども想像はしたことがある。一度ならず。夜、暗い部屋でひとりベッドに横になっているとき。目が乾き、うずくのを感じながら、さまざまな想像をめぐらせた。キスだけではない。体が重なるところ。自分を見おろすローランドの顔が情熱をたたえ、脚や腹部がこすれ合い、終わったあと手足を絡ませながら眠りにつくところを。

想像しては、冷たい朝の光の中、自己嫌悪に陥った。

誰にもわからないわ、とリリベットは思った。明日にはフィリップを連れ、いとこたちとともに人里離れた城へ向かう。ローランドはまた、ローマかヴェニスか、どこかお楽しみがふんだんにある街へと向かうのだろう。このあとはもう何年も会うことがない。彼は名誉を重んじる人だ。誰にも言わないだろう。死ぬまで秘密を守ってくれる。

だったら、どうしていけないの？

彼は男。拒絶することはないはずだ。

知るのは神のみ。そして神も理解し、許してくださるだろう。いえ、神がわたしのためにこの再会を計らってくれたのではないかしら。そうとしか思えない。

思いきってやるのよ。後悔は、必要ならあとですればいい。いましかないんだから。機会を逃してはだめ。もう永久に会えないかもしれない。

リリベットは手を持ちあげ、指でローランドの頬をなぞった。「ええ、これはさよならよ」反応を見ることはできなかった。けれども指先で感じ取れた。彼がびくりとしたのがわかった。

どこからともなくローランドの手が現れ、リリベットの手を包み込んだ。

「さよならじゃない」彼は言った。「別れられない、きみとぼくは」

あとから思い出してみても、どちらからキスをしたのかよくわからない。さっきまで離れて立ち、ローランドの頰にあてた手だけが触れ合い、互いの吐息が混ざっているだけと思っていたら、次の瞬間にはやさしく唇が重なり、彼の手が赤子を抱くように彼女の頭を包んでいた。

「リリベット」ローランドがささやく。「ああ、リリベット」

「何も言わないで。お願いだから、何も……」

彼はリリベットを抱きしめ、激しいキスをした。舌で彼女の唇を開く。ローランドの唇はシルクの、シャンパンの、あらゆる禁断の味がした。彼女はもう自分を抑えられなかった。夢中でキスに応え、舌を絡め、彼の頬にあてた指を広げて、体を押しつけた。

キスはいつまでも続いた。六年分の思いをこめたキスだ。やさしく、激しく、またやさしく。ローランドの唇が顔から耳へと滑っていく。顎、首を通って唇に戻り、リリベットのため息をのみ込んだ。そんなささいな動きのひとつひとつが、彼女の芯を包む覆いをはがしていき、電流を送って、指先からつま先、脳までを歓びに震わせる。生きている。わたしは生きている。リリベットは指に力をこめ、彼のやわらかな巻き毛をかきあげた。

ローランドの手が下へとおりてきた。片方の手はウエストで止まり、もう片方の手はコートの一番上のボタンを探っている。

イエスとは言えなかった。けれども唇を突き出して首をのけぞらせることはできた。手をおろし、もう冷たくもない、麻痺してもいない指で彼のコートのボタンをはずすことはできた。コートの前を広げ、その広い肩をなぞることも。コートはかすかな音をたてて、干し草の散らばる床に落ちた。

ローランドは何も言わず、リリベットのコートのボタンをまたひとつずつ、はずしにかかった。前かがみになり、その息遣いで彼女の頬をあたためながら。リリベットの頭の中では、さまざまな言葉が渦巻いていた。〝ダーリン、愛してる。お願い、もっと、お願い〟しかし彼女はそのすべてを封印し、ローランドだけに、その指、その顔だけに意識を集中した。暗がりに慣れた目には、遠くのランタンから届くぼんやりとした明かりで表情も見分けられた。まぶたが半分ほどおりているのがわかる。しっかりと開けていられないみたいだ。

最後のボタンがはずれた。けれどもローランドはコートを脱がせようとはしなかった。代わりにうなじに手をやり、上着の留め具をはずして左右に開いた。ふたりのあいだにあるのは白いブラウスと肌着だけになった。

リリベットの心臓が狂ったように打ちはじめた。彼の指が今度はブラウスのボタンをはずしていく。彼の手の甲が肌をなぞると、びくりとして鳥肌が立った。

ローランドが手を止めた。「本当にいいのか？」神妙な口調できく。

イエスとは言えなかった。でもローランドの手をつかみ、ブラウスの下へと導くことはできた。彼の上着のボタンをはずすことも。彼の熱い指が胸の曲線をなぞり、コルセットの端に触れる。全身がぞくぞくした。ローランドの上着の前を開き、シャツを引っぱり出して、手で彼のウエストから腹部をなぞった。リリベットは声には出さずにうめき、首をのけぞらせた。彼はいまや大胆に、性急に胸のふくらみを愛撫している。やがて膝をついて、むさぼるように乳首を吸いはじめた。舌がじっくりとそのまわりに円を描く。手はドレスの下から脚を這《は》いあがってくる。リリベットはあえぎ、身を震わせて、万華鏡のようにめくるめく快感に酔いしれた。

ローランドの指が下ばきに届き、留めていた紐《ひも》を引くと、飾り気のない綿の生地ははらりと床に落ちた。ひんやりとした空気が長靴下の上の素肌にあたる。すぐに彼の熱い手が腿やヒップ、そして脚のあいだを撫でていった。唇は胸をとらえたままだ。吐息が腹部にぬくもりを広げていく。やがて彼はためらいがちに腿の内側へと指を滑らせ、そっと体の奥に沈めた。うめき声が肌を伝って、リリベットの声と混じり合った。

ローランドがすばやく立ちあがり、彼女の首筋に顔をうずめた。彼の筋肉の震えが伝わってくる。肌は汗で濡れていた。かすれた声が訴えた。「リリベット、愛しい人。ぼくのすべて。愛さずにはいられない、もう止められない」

やめないで、とは言えなかった。けれどもズボンのボタンをはずし、下腹部に触れることはできた。かたく美しいそれのなめらかな表面を愛撫し、ローランドを見つめ、キスすることはできた。舌で自分の求めるものを表現することも。彼に抱きかかえられ、干し草の束の上に寝かされたとき、その首に腕をまわすこともできた。

「すまない」ローランドがささやく。「すまない」その意味はリリベットにもよくわかった。謝らなくていいのよ、と言いたかった。ローランドと一緒なら、このざらざらした壁も宮殿に思える。彼と横たわるなら、干し草の山もベルベット張りの長椅子だ。彼が中に入ってきて、わたしたちがついにひとつになれるなら。

この瞬間の思い出はこの先一生、大切に心の奥にしまっておくことになるのだろう。リリベットはただローランドの体を抱きしめ、肩に顔をうずめ、ともにリズムを刻み、震え、頂上へと急ぎたい気持ちと闘った。

長くは耐えられなかった。体の奥から欲求があふれ出て、全身が熱を発している。ついにローランドは肘をつき、腰を突き出した。最初はやさしく、徐々に深く、力強く、リリベットの中に分け入った。彼女は手を伸ばしてローランドの顔に触れた。頬骨に、顎に、髪に。大切な彼のすべてに、この手で烙印《らくいん》を押したいというように。

彼がわたしの中にいる。わたしたちはひとつになっている。ああ、一生こうしていたい。このまま終わらないでほしい。永久に、このまま、高まって、高まって――。

歓喜の波は大きくうねり、ローランドの動きはますます速く、激しくなっていった。リリベットの中でゆっくりとした爆発が起こり、時間をかけて腹部に、胸に、手足に広がっていった。喉から叫び声がもれる。ローランド自身も声をあげながら身をかがめ、唇で彼女の声をふさいだ。そして痙攣《けいれん》とともに自らを解放した。


ふだんは明敏で、かつよどみなく回転するローランドの頭脳も、いまや糖蜜漬けになってしまったらしい。

魅惑的な糖蜜だ。濃厚で甘く、脳のひだのあいだにゆっくりと広がり、その活動を鈍らせる。いまあるのは感覚だけだった。リリベットの体のやわらかさ。ラベンダー入りの蜜のような豊かな香り。耳にかかるやさしい吐息。

頭を持ちあげようとしたが、糖蜜は石のように重かった。

代わりに彼女の耳にキスをする。「ダーリン。愛しい人、ぼくのリリベット……」

「しいっ」彼女の手はローランドの髪と背中を撫でていた。「何も言わないで」

彼は目を閉じ、言われたとおりにした。だが幸せな倦怠《けんたい》感にしばらく浸っていると、しだいにほかの、不愉快な感覚が主張をはじめた。

膝と肘の下は木の床なのだ。

頭を持ちあげてみた。今回は成功し、リリベットの顔が見えた。感嘆の思いで眺める。まるで夢から抜け出た人形のようだ。かすかに青みを帯びた光が顔の輪郭をぼやけさせ、乱れた髪を光輪のように見せている。まさに天使、ぼくの天使だ。

醜聞になるだろう。しばらくのあいだ、ひょっとすると長いあいだ外国で暮らさなくてはならないかもしれない。諜報機関の仕事は辞めなくてはいけなくなる。でなければ、外国での任務にかぎるか。ソマートン卿の問題もある。古い考えの男のようだから、体面を保つために決闘を申し込んでくるかもしれない。

決闘ならば受けて立とう。リリベットが自分のものになるのなら。ローランドは湖畔のコテージを思い浮かべた。遠くの山は雪をいただき、太陽が赤いタイルの屋根に反射している。かねてから書きたいと思っていた詩に挑戦するのもいい。彼女は……なんでもいい、女性のすることをするだろう。本を読むとか。ベッドをあたためるとか、子どもを育てるとか。子どものことを思うと胸がうずいた。彼女のおなかから子どもが生まれ、おっぱいを飲んで育ち、コテージをよちよちと歩く。純粋無垢で、しつけの行き届いた、いつも笑っている子ども。適当な間隔を置いて、ふたり目もできるだろう。

そうだ。決闘に応じる価値はある。

リリベットの閉じたまぶたにキスをした。「ダーリン、ついにきみはぼくのものになった。明日、ぼくらは――」

彼女がぱっと目を開けた。「どうしましょう！」

「でなければ、ソマートンと話をつけに行くまで待つか」急いでつけ加えた。「きちんとしたいんだ。説明すれば離婚は認めてくれるだろう」

リリベットは彼を押しのけ、体を起こした。「離婚ですって！　だめよ！　なんてこと。あなた、何を考えているの？」

怖いのか。ローランドは微笑み、身を乗り出して彼女にキスをした。「きみを愛しているのさ。前より一〇〇〇倍も。ほかのことはどうでもいい。大事なのは……」

「息子よ、そしてわたしの名誉！」リリベットは乳房をコルセットに押し込み、ブラウスのボタンをまさぐった。怯《おび》えたように目を見開いている。「彼に見つかったら、どうなると思う？」

「立腹するのは間違いないな。でも、ぼくはきっぱりと……」

彼女がうめき声とすすり泣きの混じったような音を喉から発した。ボタンをはめる手が震えている。「ローランド、あなたって何もわかっていないのね。もちろん、彼に知れたら離婚になるでしょう。でも、フィリップを渡してはくれないわ。わたしは二度と息子に会えなくなってしまう。あの人は絶対に……もう、いまいましいボタンね！」手で顔を覆う。

「ダーリン、落ち着いて。彼はそんなことはしないよ、ほら」ローランドは手を伸ばし、代わりにそっとボタンをはめた。

「やめて！」ローランドの手を払い、リリベットは立ちあがった。「わたしに触らないで！　お願いだから……ああ、わたしはなんてことをしたのかしら」

彼も立ちあがった。そして、ズボンが無様にくるぶしまで落ちていることに気づき、急いで引っぱりあげた。「きみのしたこと……ぼくらのしたことは、ずっと前からふたりの願いだった。ぼくはきみを愛している、リリベット。はじめて会った日から愛していた。償いをする機会をくれないか」

「償い？　償いですって？」彼女は驚いた顔で立ち尽くした。ブラウスも上着もコートも、きちんと前を留めないままだ。つい胸元の曲線に目が吸い寄せられる。さっきはローランドの手からこぼれんばかりだった。そしていまはコルセットから。呼吸に合わせ、小さく上下している。

こんなときに胸に見とれるとは。

「ほら、あなたったら！」リリベットが叫んだ。「まだわたしをじろじろ見て。これがどういうことか、あなたにはまったくわかっていないんだわ」

ローランドはあとずさりした。「わかっているさ。きみと結婚したい、リリベット。二度とそばを離れないよ。大切にする。誠実な夫になる。いつまでもきみを愛し続け――」

「誠実な、ですって？」彼女はぴしゃりと言った。指がまたせわしげにボタンをいじる。

「毎週、愛人をとっかえひっかえしている男の人の言うことかしら。カードで賭けて、皇太子と女性を交換する人の言うこと？　道徳観念のまったくない放蕩者だと、ロンドンでも伝説になっているほどじゃないの！」

ローランドは口を開き、また閉じた。なんと言えばいいのだろう？　〝ああ、あれはぼくに与えられた役なんだ。国家のために働く諜報員という真の姿を隠すための仮面なんだよ〟すべては任務の名のもとなのだ。

リリベットはじっとこちらを見ている。その視線が針のように彼の心に突き刺さった。彼女の指が、いまはボタンを的確に穴にくぐらせ、体を閉じていく。馬小屋のあちこちで馬が落ち着きなく動きまわり、足を踏み鳴らす音がしていた。〝おい、ペンハロー〟そう言っているかのようだ。〝うまく言い逃れしてみろよ、得意だろう、口がうまいペンハロー〟

リリベットは無言でかぶりを振り、下を見た。コートのボタンはすべてはめられ、襟もちゃんと立っている。彼女はウール地から干し草を一本つまみ取った。「あなたには誠実という意味がわからないと思うわ、ローランド卿。あなたは子どもなのよ。何もわかっていない」

「自分がきみを愛していることはわかる」彼はしゃがれた、いらだった声で訴えた。「きみがぼくを愛していることもわかる。少なくとも一度は愛したはずだ。ぼくは」わずかに皮肉をこめて強調する。「それが永遠に続く愛だと思った」

リリベットは首を横に振った。「あなたにはわからないわ」

「だったら、どうしてこんなことを？」むっとして地面を示した。「なぜこんなイタリアの馬小屋の床で、ぼくに向かって脚を広げた？　よくあることなのか？　貞淑なレディ・ソマートン！　もしロンドンの人々が知ったら……」

リリベットの手が稲妻のようにひらめき、彼の頬を打った。「なんて人！　わからないの、これがわたしにとってどういう意味を持つか？　どれだけのものを危険にさらしたか？　それなのに、台なしにせずにいられないのね。わたしの人生における一番大切な思い出を、そんな卑しい言葉で……」彼女は声を詰まらせ、そっぽを向いた。

「ああ、リリベット。ダーリン、違うんだ……」ローランドは手を伸ばした。だが、彼女はすでに馬小屋の扉に向かっていた。「待ってくれ、行かないでくれ」

リリベットはいきなり走りだした。

「待て、止まれ！」ローランドはあとを追い、腕をつかんだ。

「放して。もう言うことは何もないわ！」彼女は腕を引き抜こうともがき、向こうずねを蹴りつけてきた。近くのランタンの弱い明かりを受けて目がきらめく。

いま、彼女はなんと言った？　〝一番大切な思い出〟

ふいに自信を取り戻して、彼は微笑んだ。「やめるんだ、まったく。そういう意味じゃない」

「だったらなんなの？」リリベットは顔をそむけている。

「だから……それより、干し草を取るのを手伝おうか？」

「干し草?」

「ああ、コートの背中が干し草だらけだ」そう言いながら、彼女の腰のあたりをはたく。

「何をやってるの!」リリベットは彼の手を払いのけ、右を向いたり左を向いたりしながら、自分で干し草を取りはじめた。

「いいから、じっとして」ローランドは手早くコートから干し草を払った。そのあいだ、彼女は身じろぎひとつせずに扉を見つめていた。「ほら、きれいになった」

「ありがとう」リリベットが歩きだした。

今度は軽く腕をつかんで引きとめ、身を乗り出して耳元でささやいた。「ぼくはきみと結婚する、リリベット・ソマートン。覚えておいてくれ」

腕を引き抜きながら、彼女はきっぱりと言った。「あなたがわたしと結婚するとしたら、ペンハロー、それはあなたが根本的に生活を改め、結婚における義務をまっとうする気になったときよ。でも、本当にそうなったら」人差し指で彼の胸を突く。「地獄は仲間を失った悲しみに、いっせいに喪に服すことでしょうね」

彼女は早足で扉に向かい、雨の降る暗闇へと出ていった。そのうしろ姿を見送って、ローランドは指先で頬を撫でた。平手打ちされた痛みは消えていたが、手のぬくもりはまだ残っていた。

姦通《かんつう》。

本にある、あの気の毒な女性のように額に大きく緋《ひ》文字で書かれたその言葉を雨が洗い流してくれたら、とリリベットは祈った。

わたしはなんてことをしたのだろう。

このわたしがイタリアの片田舎の馬小屋で、床に仰向けになり、ローランド・ペンハローの前で脚を広げたなんて。ありえない。彼を体の中に受け入れ、熱い肌をじかに感じ、胸に口づけされたなんて。

これが現実だとしたら、わたしが自分にあると思っていたすべて——強さ、名誉を重んじる心、揺るぎない義務感——が偽物だったことになる。

それでも、ああ、後悔なんてできない。それくらい彼を愛している。六年以上、思いを奥深くに隠し、自分自身にすらその存在を否定してきた。けれども秘めた愛は、いざ白日のもとに引き出されてみると、想像もしなかったほど完璧で無限だった。ローランドの手をいまだに肌に感じる。永遠に忘れないだろう。死の床でも思い出すに違いない。

〝きみのしたこと……ぼくらのしたことは、ずっと前からふたりの願いだった〟

違う。美しい物語だけれど、結局のところは単なる物語だ。神のご意思は、わたしをソマートン伯爵へ嫁がせることだった。そして彼の息子を、跡継ぎを産み、その子を立派に育てさせることだった。

〝説明すれば離婚は認めてくれるだろう〟

リリベットは笑いをこらえて足を速めた。これは見ものだわ。話を聞かされたとき、ソマートンはどんな表情をするかしら？　数えきれないほどの女性と、それも知るかぎり相当いかがわしい女性たちと姦通を重ねてきた彼が、今度は妻を寝取られるなんて。

たぶん、怒りが静まれば、ソマートンも離婚には同意するだろう。いえ、しないかもしれない。どちらでもかまわない。いずれにせよフィリップは奪われてしまう。いまこの瞬間にも妻がどこにいるか知ったら、夫は即座に人を送り込んで息子を連れ去るに違いない。そうなった場合、心配なのは自分よりもフィリップだ。息子と別れるのは死ぬほどつらいけれど、自分のことだけなら、この先離婚され、捨てられ、子どもも失って空虚な人生が続くとしても、まだ耐えられる。でも、フィリップをあの父親に任せることはできない。ソマートンの考える男性像に合わせて育っていく息子は見たくない。

裏口にはひとけがなかった。歓談室はしんとしていた。リリベットは足音を忍ばせて、二階の自分たちの部屋に入った。帽子、コート、上着、ブラウス、スカートを順番に脱いでいき、コルセットだけの姿になる。どの服も、まるでやすりのようにほてった素肌をこすり、全身に甘いうずきを走らせた。

寝室は静かで、まわりからは規則的な寝息が聞こえてくるだけだった。アレクサンドラとアビゲイルが大きなベッドに並んで眠っている。隣のベッドにはフィリップひとりだ。暖炉の火は消してあった。肌着越しに冷気が肌を刺し、リリベットは身震いした。ゆっくりと、眠っている息子を起こさないようベッドにあがり、上掛けの下にもぐり込む。目の粗い寝具が体に重くのしかかった。脚のあいだからあがってくる生々しく鈍いうずきが、たったいま犯した罪を思い出させた。

あれは一瞬の気の迷いよ。それでも、ローランド・ペンハローと、あのひとときをわたしは一生忘れない。

幸い、もう二度と会うこともないだろうから。

5

「親愛なる弟よ」ウォリングフォード公爵が言った。「さて、これまでのところ、禁欲の一年を楽しんでいるか？」

ローランドは思わず咳《せ》き込んだ。「まあまあかな」こぶしを握った手に向けて、もうひとつ咳をする。「とはいえ、まだはじまったばかりだ」陰気な灰色の霧に覆われた、石ころだらけの道に目をやった。昨夜の激しい雨はやんでいたが、空気はまだ湿ってひんやりとし、服を通して足先を凍えさせた。

ウォリングフォードは手綱をつかんでいた片手をあげ、自分の上唇をさすった。

「どうせ、ロンドンを発つ前にとことんやることはやってきたんだろう」

「ああ、まあ、もちろんね。酒池肉林の日々だった」

「ならいい。おまえが一番危なっかしいからな。レディ・モーリーは、あの賭けのことは忘れないだろうし」

「賭けだって？　なんの賭けだ？」ローランドは不穏な空を見あげ、おかげで大粒の冷たい雨を目で受けとめることになった。今日の天気はまさに彼の気分をそのまま反映している。

昨晩ベッドに入るときは、リリベットを口説き落とすさまざまな計画を思い描いて胸を高鳴らせていた。まずは朝食で顔を合わせたら、かの有名な〝ローランド・ペンハローの笑顔〟で彼女を魅了して――。ところが翌朝、宿屋の主人から、レディたちはすでに夜明けとともに出発したと聞かされた。〝さあ、シニョーレ、行先は存じあげませんねえ〟

「おいおい」ウォリングフォードがあきれたようにうなった。「忘れたなんて言わないでくれよ。ゆうべの夕食のときだ。若いレディたちと子どもが部屋へ引きあげたあと、レディ・モーリーと賭けをしたじゃないか」

ゆうべの記憶を探り、おぼろげながら思い出した。「ああ、そうだった。勉強を続けられるかとかなんとか」

公爵の反対隣で、バークがぶっと吹き出した。「きみが正しかったな、ウォリングフォード。あのとき、ローランドの頭は脚のあいだにもぐっていたらしい」

「それも自分の脚のあいだじゃないと思うぞ」ウォリングフォードがぼそりと言う。

「何を……」

「で、覚えているか、賭けになったんだ」バークが親切にも説明をはじめた。「レディ・モーリーによると、彼女たちもぼくらと同じような計画らしい。一年間、田舎で学問にいそしむというわけだ。きみたちふたりもロンドンの喧騒を離れて、ぼくが自動車の設計に取り組むあいだ、学問に打ち込む予定だろう」

「女の誘惑から離れて、じゃないのか」ウォリングフォードが口を挟む。

「女性にかぎらず、あらゆる誘惑から離れて、だ」バークが言った。「いずれにせよ、勝ったほうが――」

「ああ、思い出した」ローランドはじめじめした冷たい空気を思いきり吸い込んだ。濡れた石の金属的なにおいが、頭をすっきりさせてくれた。「長く誘惑に耐えたほうが勝者だ。まあ、勝敗は最初から明らかだけどね」

「どうしてそう言いきれる？」バークが言った。

ウォリングフォードが肩をすくめた。「なんといっても向こうは女だ。長く我慢はできないさ。意志の強さの問題だからな。レディ・ソマートンは問題ないだろうが――」

ローランドはまたひとつ咳をした。

「レディ・モーリーは、男なしでは一週間ともたないだろうよ。あのこしゃくな妹に関しては……」

「しかし妙だな」バークが言う。「彼女たちがぼくらと同じ時期に、同じ計画を立てているなんて」

「ああ、妙だ」ウォリングフォードも同意した。「どうも気に入らない。さっさと賭けを終わらせたいものだ。実際のところ、彼女たちがあきらめて国へ帰ってくれたらありがたい。そうすれば、これ以上わずらわされずにすむ」

「残るのは広告だけか」ローランドは言った。

「広告？」

「敗者は『タイムズ』に広告を載せるんだろう。そのあたりのことはよく覚えてるよ」バークに向かって片目をつぶってみせた。

「ああ、そうだ。賭けの対象はそれだった」ウォリングフォードも横目でバークをちらりと見た。バークはウールの帽子の下で仏頂面をしている。「おまえのせいだぞ、バーク。いったい何を考えていたんだ？　〝だとすれば、負けたほうが相手の優越性を認める広告記事を『タイムズ』に出すのはどうでしょう？　そうだな、半ページくらいスペースをとって〟」歌うような声で、昨夜のバークのせりふを復唱する。「ロンドンじゅうに賭けのことが知れ渡ることになるぞ」

「匿名で載せても意味はない」バークはもっともらしく言った。「賭けるものがなくては賭けは成立しないし、女性相手に金を賭けるわけにもいかないだろう」彼は帽子を取り、燃えるような赤毛を指でかきあげて、降りだした雨越しに道の先に目を凝らした。「なんてことだ」そうつぶやき、突然馬を速歩《はやあし》で走らせる。

「まったく、こんなところで偶然会うとはな」小さくなっていくバークの背中に向かって、ウォリングフォードが言った。

「彼女たちがイタリアの片田舎に来たのには、たぶんほかにも理由があるんだろう」ローランドは言った。たとえば、あの気の毒なリリベットをろくでなしの夫から引き離すとか。

「いずれにせよ」駆け足になったバークを見守りながら、ウォリングフォードは続けた。「彼女たちはとうに出発した。われわれとは反対方向に向かったと願いたいものだ。まあ、いずれにしても今日じゅうにはバークが見つけてきた城にたどり着いているだろうし、そうすればもう誘惑にさらされることもない。じき、おまえの言う美しいトスカーナの太陽も顔を出して……おや、バークのやつ、何をしている？　あれはなんだ？」

ローランドが道の先を見ると、濡れそぼった一団が目に飛び込んできた。泥の中に立ち尽くし、馬車から荷物をおろしている。どうやら女性たちのようだ。女性たち……。

まさか、あれは——。

ローランドは毒づき、馬の腹をかかとで蹴った。

彼の太陽が、たったいま顔を出したのだ。


空が暗くなっていく。

少なくともリリベットにはそう見えた。不吉な予兆のようだと思っていたら、ローランド・ペンハローが、窮地に陥った乙女を助ける騎士よろしく馬に乗って駆けつけてきた。天罰に違いない。できるだけのことはした。男性たちが起きる前にと必死になって、眠気で朦朧《もうろう》としているアビゲイルとアレクサンドラ、こちらはすっかり目が覚めて元気いっぱいの息子を夜明けとともになんとか馬車に乗せた。朝食はパンと水だけ。フィリップを抱きしめながら、目的地に着くことだけに意識を集中した。アレクサンドラが見つけてきた城。誰も知らない安全な避難場所。暴力的な夫も、魅惑的な愛人も、そこまでは追ってこられないはずだ。

けれども、やはり神さまの目を逃れることはできなかった。それにしても天罰がこんなに早く、しかもローランド・ペンハローという美しい姿を取って、下されるとは。彼はその肩幅の広い、運動選手のような体を優雅にひねって馬からおりると、心配そうに眉根を寄せてこちらを見た。帽子の下で、金茶色の巻き毛がトスカーナの弱い朝日に染まっている。

ああ、ゆうべわたしがこの指に絡めた髪。

わたしの胸を這った、カーブを描く唇。

重なり合ってともに揺れた、あの引きしまった体……。

やめなさい。リリベットはそんな映像を心から追い出した。近づいてくるローランドをにらみつける、彼はぬかるみにはまった馬車に近づくと、重量を軽くするために荷物をおろしはじめた。

フィリップがリリベットの膝の上で身をよじった。「お母さま、ぼくも手伝いたい」

「何を言ってるの。殿方の邪魔をしてはだめよ」

だが、少年の動きはすばやかった。身軽な体で泥の上を滑るようにして馬車に駆け寄り、乗馬靴を履いたローランドの横に立った。リリベットはあとを追おうとしたが、ぬかるみに足を取られて思うように進めない。その間にフィリップは車輪をよじのぼって、馬車の中にもぐり込んでいた。

「やめなさい、フィリップ！　すぐに馬車から出なさい！」息子に向かって腕を広げる。

少年は小さな指で革製の旅行かばんの取っ手をつかんだ。「ぼく、お手伝いしてるの！」

「手伝ってなんて、頼まれていないでしょう、フィリップ。こっちに戻りなさい！」

「かばん一個だけ、お母さま」

「フィリップ、いいかげんに……」

「やあ、きみ」ローランドがやさしく声をかけた。「元気がいいな。飛びおりても大丈夫だよ。ぼくが受けとめるから」

「でも、ぼく、かばん運ぶよ！」

「ああ、それは偉いね。でも、もうちょっと力の強い人がやったほうがいい仕事もあるんだ。貸してごらん」彼は長い腕を伸ばし、少年の手からかばんを取りあげた。

重たい沈黙がおりた。フィリップはぷいと顔をそむけたが、その目に涙が浮かぶのをリリベットは見逃さなかった。

「こっちへいらっしゃい、かわいい子」彼女が呼ぶとフィリップは飛んできて、母親の胸に飛び込んだ。「いい子ね。あの方のおっしゃったことは正しいわ。あなたももっとお兄さんになって、大きくなったら、重たいかばんだって運べるようになるから」

ローランドのほうは見なかった。彼に対する非難は顔に出ていないはず。それでも周囲の空気が重く感じられた。ウォリングフォードとフィニアス・バークはわざとらしく目をそらしたまま荷物を運んでいるし、アレクサンドラとアビゲイルはブーツについた泥を落としている。フィリップはリリベットに顔をすり寄せ、声に出さずにすすり泣いた。

「すまない……」ローランドが小声で言う。「悪気はなかったんだが……」

リリベットは肩をすくめた。彼が目の前にいるということに胸がかき乱され、何も言うことはできなかった。ローランドが困惑しているのもわかったが、彼女自身、言い得ぬ失望を感じていた。いまのいままで自分が胸に抱いているとも知らなかった無意識の期待が裏切られたような気持ちだった。いまはただフィリップを抱きしめ、息子に愛情を伝えることしかできなかった。「あなたはなんでもやってみたいのよね。でも、あの方は正しいわ。荷物を早くおろせれば、その分早く出発できるでしょう。こんなふうに助けてくださって、この方たち、親切だと思わない？」

熱いため息がウールのコート越しに伝わってきた。

「さあ、いい子にして、助けてもらったお礼を言いなさい」

フィリップは頭を動かし、目をぬぐった。リリベットはそれ以上何も言わず、息子の落ち着きが戻るのを待った。まだぐったりと母親の胸に体を預けている。

しばらくして、フィリップはようやくうしろを振り返り、しっかりとした声で言った。

「ありがとう」

「いいんだよ」ローランドが応える。「よく考えてみれば……」

「ねえ、フィリップ」アビゲイルが割って入った。「ものすごく面白い話を聞いたのよ。絶対に信じないと思うけど」

フィリップが体を起こし、彼女のほうを見た。「何、アビゲイル？」

「いえ、いいわ。どうせ信じないから。忘れて」

「ねえ、お願い、信じるよ。教えて！」さっきまでの失望をコートのように脱ぎ捨て、少年はもどかしげに体を揺すった。

アビゲイルが首を横に振る。「だめだめ、絶対に信じないもの」

「お願いだから、アビゲイル！」リリベットから離れ、彼女のほうへ手を伸ばす。「教えてよ！」

「そうねえ」わざとらしく語尾を伸ばしながら、アビゲイルはフィリップを抱きあげた。

「この馬のことなんだけれどね。いい、この馬が言うには——」

「馬はしゃべんないよ！」

アビゲイルはうなった。「ほらね。信じないと思った！」

「そんなことない、信じるよ！　この馬、なんて言ったの？」

「悲しそうにこう言ったのよ、馬車を引く馬っていうのはこの世で一番哀れな生き物だって。ともかく、ものすごく、苦しくなるくらい……」

「何、なんなの？」

「おなかがすくって」

ふたりは頭を上下に振っている馬に近づき、フィリップは手を持ちあげて白い縞の入った額を撫でてやった。アビゲイルがポケットから魔法のようにニンジンを取り出した。

数メートル離れたところでは、ローランドがまた荷おろしをはじめていた。「本当にすまなかった」リリベットの前にあるトランクに手を伸ばしながら低い声で言う。「息子さんの信用を失ってしまったようだな」

「かまわないのよ」彼女は冷ややかに応えた。「それにどうでもいいことだわ。そうでしょう？　あの子はもう二度とあなたに会うことはないんだもの」

リリベットは向きを変え、馬にニンジンをやっているアビゲイルとフィリップに近づいた。あと数時間もすれば、と自分に言い聞かせる。無事に城へ到着する。

数時間後には、耳に残っているローランドの声も、永遠に消えてなくなるだろう。

数時間後

「まったく、これはすばらしい！」ローランドは精いっぱい愛想のいい口調で言った。「古い友人たちがともに旅をするとは。われながら、またとない思いつきだ」

「たしかに愉快ね」リリベットの声は明らかに冷ややかだ。フィリップとともに馬に乗った彼女は、前で体をもじもじさせている息子をしっかりと抱きしめている。「こんな快適な旅は記憶にないくらいよ」

少年は分厚い手袋をした手で馬の首を軽く叩いた。「最高だよ、馬に乗るの、馬車に乗るよりずっと面白いもん！」

「ぼくもそう思う」ローランドはフィリップに親しみをこめた視線を送った。少年の顔が見えているわけではなかったが。何しろ寒くないようにと、頭から足元まですっぽりくるまれているのだ。まるで完璧主義の看護婦に全身ウールの包帯を巻かれたかのようだ。唯一のぞいている瞳は、数時間前ウォリングフォード公爵の立派な馬に乗せてもらって以来、抑えきれない喜びに輝いている。

一方、フィリップの母親のほうはあまりうれしそうな顔ではなかった。濃いまつげに縁取られた目をまっすぐ前に向け、一瞬たりともローランドのほうを見ようとはしない。「馬に乗せていただいて、ご親切に。本当に感謝しています」彼女は先ほどと変わらない、冷ややかな口調で言った。「もっとも、ここまでしていただく必要はなかったのに。馬車もいずれぬかるみを抜けたでしょうし」

ローランドはこれくらいの冷淡さにはひるまなかった。もっと厳しい挑戦をしたことはいくらでもある。「レディ・ソマートン、ぼくらはあと数時間もすれば、修道士並みの禁欲生活に入る。最後に女性のお供をする喜びを奪わないでいただきたい」笑いながら言う。「その手の喜びはじゅうぶん味わい尽くしたでしょうに」リリベットがぴしゃりと返した。

彼はまた笑った。皮肉は大歓迎だ。少なくとも何かしら感じたという証拠だから。

「親愛なるレディ・ソマートン、一度きりではとても満足できないよ」

彼女の体から怒りが吹き出し、空気がぶるぶる震えるのが伝わってくるようだ。ぴんと伸ばした背中がいっそうこわばった。「あなたはあきらめるということを学んだほうがよさそうね、ローランド卿。わたしたちの宿はじきに見えてきます。そうすれば面倒な付き添い役から解放されるはずですから」

「そんなことは言わないでほしいな」ローランドは悲しげにかぶりを振った。「せっかくの話ができる機会だというのに」

「わたしがその機会を避けているというふうには思わないのかしら？」

「なら、ぼくは幸運だったわけだ。幼いフィリップが十字路で用を足したくなって」手を伸ばし、少年の肩をぽんと叩く。だがリリベットにきつく手首をつかまれ、あわてて腕をおろし、咳払いをした。「礼には及ばないさ。ただ、彼をくるんだ布をすべてほどくあいだ誰かが馬を押さえていなかったらどうなったかと想像すると、いまでもどきどきする」

「本当に助かったわ。親切にしていただいたと知ったら、夫も喜ぶでしょう」

夫。ローランドはついに顔をしかめた。「ただ、伯爵のお耳にも入るかどうか。ずいぶん遠く離れてるからね」

「それほど遠くはないけれど」

「お父さまにはわかるよ！」急にフィリップが声をあげた。「お父さまにはなんでもわかるんだ。お父さまは……ええと、なんて言うんだっけ？」

「千里眼」リリベットがうんざりしたように答える。

ソマートン伯爵が？　何もかも知っている？　娼婦と酒のことならなんでも知っているかもしれないが。それでもローランドは無頓着を装って尋ねた。「千里眼だって？　本当なのか？」

「そうなんだ」少年は得意げだった。「お母さまがいつも言うよ、お父さまは本物の――」

「フィリップ!」リリベットが鋭くさえぎった。

フィリップは申し訳なさそうにため息をついた。「そっか、あれは秘密だった」

「きみの母君にはたくさん秘密があるみたいだね」ローランドは言った。「どうやって頭の中で整理をつけているのか、知りたいくらいだよ」

「強い自制心があれば、どうということはないわ」リリベットが言う。「あなたも身につけたほうがいいんじゃないかしら」

「そうかな」ローランドは心ならずも彼女の背中から腰にいたる完璧な曲線に目をやった。馬にまたがるのはたぶん生まれてはじめてなのだろう。濃い色のスカートがハーレムのズボンのように脚に絡まっている。彼は長々とため息をつき、おかげで小さな石につまずいた。「いまこの瞬間も、精いっぱいの自制心を働かせているよ」

リリベットがいらだたしげな声をもらした。顔を見ると、青白い頬が真っ赤に染まっている。

「失礼していいかしら。レディ・モーリーと話し合いたいことがあるの」

彼女は急に馬を前に進め、ほかのみなに追いついた。霧雨の中ひとり取り残されたローランドはとぼとぼ歩きながら、この先のことを思いめぐらせていた。リリベットが宿に着き、いままたぼくの人生から出ていってしまったら、どうすればいいのだろう?

何かしら方法を考えなくては。もはやぼくと彼女を隔てるものは何もない。ろくでなしの夫も。彼女の間違った道徳心も、禁欲生活を送るという自分の誓いもどうでもいい。

だが、どんな方法がある？　いまはそれがわからない。

「こんなことがあるなんて」霧の中からローランドの声がする。「信じられない話だな」

リリベットは呆然《ぼうぜん》とウォリングフォードを見つめた。「それはたしかなんですか、公爵？」

ウォリングフォードは頭を振り、手紙を見直した。「ほかの説明は思いつかない。くそっ、ロセッティのやつ――いや、失礼、レディ・ソマートン――ぼくたちとレディ・モーリーのどちらにも城を貸していたらしい」

城。

リリベットは西の方角を見た。数百メートル先の灰色がかった茶色い丘の斜面に、いかめしい石の小塔がいくつも突き出ている。風雨にさらされた感のある、不ぞろいな糸杉並木が正面玄関に続いていた。セント・アガタ城。その約束された安息の地は、霧と岩、まばらな冬の草木に囲まれ、堅牢《けんろう》で近寄りがたく見えた。アレクサンドラとアビゲイルは、すでに駆け足で城に向かっている。

「あとを追ったほうがよさそうだ」フィニアス・バークが言い、彼女たちのほうへ走りだした。

「ありえないわ」リリベットは小声で言った。自分の耳にすら力なく聞こえ、咳払いすると、言葉を押し出すようにして続けた。「手紙を見せて」

「レディ・ソマートン、見たところで……」

「いいから見せて！」

ウォリングフォードはびくりとした。「どうしてもというなら」公爵然とした冷ややかな口調で言うと、手紙を差し出し、道の先を見やった。「ぼくも先を急ごう。バークがことをややこしくする前に」

公爵もまた城へ向かって走りだすと、リリベットは手元の紙に視線を落とした。一枚はアレクサンドラのものだ。内容はもう覚えている。暗記するくらい読み返した。これは現実なのだと確かめ、自分を安心させるために。本当にこれから一年間、イタリアの城で暮らすのだ。夫から、そして容赦なく好奇の目を向けてくるロンドン社交界から逃れて。〝賃貸契約書〟一番上にはブロック体でそう書かれていた。〝モーリー侯爵未亡人レディ・アレクサンドラとイタリアのシニョール・アルベルト・ロセッティの両者は当該物件の一年間の賃貸契約を結んだ。一八九〇年三月一五日から――〟

なんら問題はないと見える。最後に優雅な飾字体でアレクサンドラの署名があり、その隣にロセッティのものと思われる署名が並んでいる。セント・アガタ城の名前は三度登場し、ここトスカーナ地方のアレッツォに位置していると明記されている。この城――伸びすぎた糸杉に囲まれ、いくつもの尖塔《せんとう》の上に鉛色の重たげな空がのしかかる城の正式な借主がアレクサンドラとその一行であることは疑いの余地がない。

もう一枚の手紙を見た。

〝賃貸契約書〟と書いてある。〝英国、ロンドンのミスター・フィニアス・バークとイタリアのシニョール・アルベルト・ロセッティの両者は当該物件の一年間の賃貸契約を結んだ。一八九〇年三月一五日から――〟

リリベットの手が馬の背に落ちた。フィリップの髪が顎をくすぐる。「お母さま、その紙に何が書いてあるの？」少年がきく。

「わからないわ」彼女は答えた。「なんだか……おかしなことになってるの」

ひと言も発しないが、ローランドがすぐうしろにいるのはわかっていた。彼の存在を、彼が発する電気のようなぴりぴりしたエネルギーを感じることができる。

「あなたはこれに関係していないんでしょうね」リリベットは思わず言った。

「どういう意味かわからないが」ぬかるみを歩いてくるブーツの足音が聞こえ、ふと見るとローランドが脇に現れた。三月のじめじめした灰色の空気の中でも、まばゆいばかりに、そして腹立たしいほどにハンサムだった。「ぼくが仕組んだとでも言いたいのかい？　いいか、リリベット――」

「わたしのことを名前で呼んでいいと言った覚えはないわ」

「レディ・ソマートン、ぼくはきみがイタリアにいることすら知らなかった」

「そう、では大いなる偶然というわけね。最初にあのみすぼらしい宿で会い、道端で会い、今度はこれ！」手紙を握ったままの手を城の方角へ突き出した。「一年間を勉学に費やすという目的まで、わたしたちとまったく同じ！　こんな不思議なことってあるかしら？」

ローランドは笑った。「すべてぼくのもくろみだと言うのかい？　まあ、お世辞と受け取っておこう。ぼくがこんな悪ふざけを思いつくほど機知に富んでいると認めてくれる女性は、ヨーロッパ広しといえどもきみくらいではないかな」

「あら、あなたはじゅうぶん機知に富んでいるじゃない」

「残念ながら、ぼくは……」ちらりとフィリップを見る。「その、何も考えてないからね。いわば、空っぽの牛乳瓶みたいな……」

「何言ってんのか、わかんないよ」とフィリップ。

「ほらね？」ローランドは勝ち誇ったように言った。「こんな小さい子にも、ばかにされてしまう」

リリベットは横目でちらりと彼を見て、すぐに後悔した。最上級のウールのコートに包まれた、いまいましいほど広くてたくましい肩に目が釘づけになる。帽子は少し斜めにかぶっていて、すてきにカールした髪がうなじのあたりからのぞいていた。唇にはかすかに笑みが浮かんでいる。「頭が鈍いふりはしないで」彼女はぴしゃりと言った。「そうでないことは、お互いよくわかっているんだから」

彼はかぶりを振った。「きみの魅力で盲目になっているのさ。いや、ぼくはきみが言ったとおりの人間だよ。ロンドンでも悪名高い放蕩者。名刺にそう印刷したくらいだ。ローランド・ペンハロー卿。ろくでなし。遊び人。軽佻浮薄《けいちょうふはく》。誰もぼくのことを間違えない」

「わたしを誘惑しようとしているわけではないでしょうね」リリベットは小声で言った。

ローランドがにっこりした。頭上の鉛色の空から、突然太陽が現れたかのようだ。

「もちろんきみを誘惑しているのさ。いま、まさにね」

ささやくような彼の声に、胸の奥がうずきだし、リリベットはフィリップの頭に顎をのせて、息子の体で自分を支えた。ようやく声が出たが、期待したような力はなかった。「お願いだからやめて。無駄よ」

「そうは思わないな」ローランドは言った。「結局のところ、ぼくらは同じ城に泊まるわけだし……」

「冗談でしょう！　神がお許しにならないわ」

「逆だよ。神の采配としか思えない」

「でなければ悪魔か」

「お母さま！」フィリップが声をあげた。振り返り、目を見開いて母親を見あげる。父親と同じ目だった。黒く、夜の海のように底知れない。「そんな言葉、口にしちゃだめだって、ぼくにいつも言ってるじゃない」

「わかってるわ」リリベットは必死に落ち着きを取り戻そうとした。いずれ解決策が見つかるだろう。見つかってもらわないと困る。ローランドが何をたくらんでいようと、何が目的だろうと、思うようにはさせない。馬小屋での出来事を繰り返すわけにはいかないのだ。

「お母さまが悪かったわ。今日は長くて疲れる一日だった。そこへ来て、お城のことでごたごたしたでしょう」

「公爵も一緒に泊まるなら」フィリップは言った。「また馬に乗せてもらえるかな？」

ローランドは笑いだした。「もちろん乗せてくれるさ。だめだと言ったら、ぼくの馬に乗ればいい」

「そんなことは……」リリベットは毅然《きぜん》とした口調で言いかけた。

「大丈夫。ぼく、公爵の馬のほうがいいの。だって、やっぱりこれが一番かっこいいんだもん。そう思わない？」

「ええ、思うわ」彼女は答え、ローランドから城に視線を戻した。「でも、どうでもいいことよ。だって、この殿方たちはわたしたちと同じ城には泊まらないんですもの。今夜も、もちろんこの先一年も。一緒に暮らすなんて無理に決まってる」

絶望を追いやろうと、自信たっぷりの口調でそう言った。信じれば、きっとそれが現実になることを願って。

ローランドはリリベットの乗った馬が城に向かって速歩で進むのを見守った。濡れた岩を蹄《ひづめ》が打つ音が響く。あとを追おうとはしなかった。急ぐことはない。自分は信心深いほうではないが、神の贈り物は見ればそれとわかる。今回はへまはしない。慎重にことを進める。

陰鬱な厚い雲を見あげた。冷たい雨が絶え間なく降ってくる。だが、冬はまもなく終わる。春には何もかもが新たに芽吹きはじめるのだ。

6

一八九〇年四月
セント・アガタ城

当初、リリベットは兆候を無視していた。

やらなければいけないことは山ほどあった。ギリシア哲学の研究に打ち込み、厨房では家政婦やメイドを手伝い、フィリップに勉強を教え、ピクニックに連れていった。

もちろん、男性陣のことは細心の注意を払って避けていた。計画によれば、難しいことではないはずだった。最初の晩、双方は食堂のどっしりしたテーブルを囲んで、きわめて分別ある取り決めを行った。ロセッティが見つかって問題が解決するまで、城を南北の線で分け、東の翼棟は女性陣、西の翼棟は男性陣が使うというものだった。従って、食事どき以外（残念ながら食堂はひとつしかない）互いが顔を合わせることはないはずだ。外でばったり会ってしまわないかぎり。

ところが現実はそう簡単ではなかった。フィニアス・バークはほとんどの時間を丘のふもとの作業小屋で過ごしているし、ウォリングフォードは馬に乗っているか、不機嫌な顔で書斎にこもっているかだが、ローランドはあちこちに出没するのだ。だからリリベットとしてはいかに彼を避けるべきかに心を砕いたあげく、しまいにはほとんど反射的に体が動くようになっていた。彼が口笛を吹きながら散歩しているのを見かければ、木のうしろに隠れる。廊下を歩いてくれれば、するりと厨房に入る、といった具合に。

けれども今朝、目を覚ましたとき、リリベットは気づいたのだった。

「お母さま」フィリップが、いつもどおり六時半に彼女を揺り起こした。「もう起きていい？」

「ええ、いいわよ」彼女も毎朝そう答える。「階下へ行って、フランチェスカに牛乳を一杯もらってらっしゃい」

少年は母親の頬にキスをし、部屋を出ていった。扉がきしみ、古い敷石をこする音がする。それも毎朝のことだ。リリベットはしばらく天井の黒い木製の梁《はり》や、そのあいだの黄色くなった漆喰を見つめた。この城は建てられてから何年くらい経つのだろう？　少なくとも数百年。その長い年月のあいだに、たくさんの女性が目を開け、この天井を見つめたに違いない。

横を向き、窓に目をやった。昨夜少しだけ開けておいたので、いまはうっすらと朝日が差し込み、朝の空気が部屋を満たしている。若草の緑の香り、馬小屋の干し草とこやしのにおい。果樹園に咲くリンゴの花の甘い芳香。さほど遠くないところで誰かが笑った。軽やかで豊かな笑い声。アビゲイルだろう。たぶん山羊の乳しぼりに行くところだ。

それにしても、なんて不公平なのかしら。レディ・ペンブロークは毎週愛人をとっかえひっかえしていることで知られているけれど、そのせいで子どもができたという話は聞かない。リリベットの夫、ソマートン伯爵もロンドンじゅうの娼婦と寝ているようだが、その気の毒な女性たちが婚外子を抱いてベルグレイヴ・スクエアの豪奢《ごうしゃ》な玄関に現れたことはない。

リリベットは一度だけ罪を犯した。一度だけ、われを忘れて無謀な過ちに身をゆだねた。二度と繰り返すつもりはない。

彼女はベッドからおりて化粧台に近づいた。台の上には濃い色の枠組みがついた鏡が据えられている。表面はどことなくたわみ、年月のせいで銀色の斑点が浮いていた。自分の顔がこちらを見返している。ゆがんで、早朝の淡い光の中で幽霊のように青ざめて見えた。ブルーの目が大きく見開かれている。

水差しに手を伸ばし、縁の欠けた白いたらいに水を注いだ。震える手で顔や首に水をかける。冷たい水滴がネグリジェの高い襟をくぐり、胸の谷間へおりていく。そして腹部のあたたかな肌のあたりで蒸発して消えた。

罪を永久に隠し通せるなんて、どうして思ったりしたのだろう？　二度としなければ平気だと、ローランド・ペンハローと結ばれるという歓びに満ちた罪深い行いを二度と、頭の中でさえ繰り返さなければ大丈夫だと、本気で信じていたのだろうか？

計画をすべて台なしにして、フィリップを手元に置きたいという望みを脅かす、まさかの妊娠……。

扉を軽くノックする音がした。

リリベットははっと振り返った。「どな――」言いかけたが、早朝のせいかかすれた声しか出なかった。咳払いして、もう一度言う。「どなた？」

「わたしよ」アビゲイルの声がして、素朴な黄色のドレス姿の彼女が現れた。同時に山羊のにおいが漂ってくる。

「乳しぼりは終わったの？」リリベットはきいた。

「山羊たち、今朝は協力的だったの。なんてすてきな日なんでしょう。あなた、どうして着替えていないの？」

「なんだか面倒で」

アビゲイルは大きなため息をつき、衣装戸棚に近づいた。「あまり選択肢がないわね。どうしてもっとドレスを持ってこなかったの？」

「急いでいたんだもの。それに着る物なんて、どうでもいいと思ったの」

「ふうん」アビゲイルは衣装戸棚の戸を開け、思案顔でわずかなドレスの前に立った。「今日は何色の気分？」

リリベットは笑った。「とくに何色って気分になることはないけど」

「あら、わたしはいつも気分で色を選ぶわよ。今朝は黄色。空に美しい太陽がのぼっているのを見る前からね。昨日はなんとなくグリーンの気分だった。もっともグリーンのドレスは持ってなくて、結局嫌いな暗褐色の上着で間に合わせたわ」

「嫌いなのに、どうして着たの？」

「それはね」答えは子どもにもわかると言わんばかりの口調だった。「暗褐色だからよ」げんなりしたように唇をゆがめて言う。

「おかしな人。だったらわたしは、あえて言うならブルーね」

「ブルー？　今日はブルーなのね？」アビゲイルは衣装戸棚の中を探り、長袖で、後腰部にバスルと呼ばれるふくらみのあるドレスを引っぱり出した。そして鼻にしわを寄せた。「これ、いつのドレス？」

「一、二年前に作ったものよ。三年前だったかしら」リリベットは眉をひそめた。

「そう。さすがにバスルのあるドレスは着られないわ。年にひとつ新しいドレスの型紙が手に入れば幸運っていう村娘だって、いまどき着ないわよ。これはどう？　どちらかといえば紫だけど、少なくとも仕立ては悪くない」アビゲイルは振り返った。ちょうどリリベットがネグリジェを脱いだところだった。「まあ、あなたって、こういう明かりのもとで見るといっそうきれいね。絵に描いてみたいものだわ。わたしに絵心があればだけど」

リリベットは肌着に手を伸ばし、神経質に笑った。「きれいなんて。子どもも産んでいるのよ」

「知ってるわ。それでも完璧よ。肌はなめらかだし、体は見事に均整が取れている。ペンハローが夢中になるのも無理はないわね」

「何を言ってるの」リリベットは鋭く言った。引き出しからコルセットを取り出す。

「しらばくれないで。笑っちゃうくらい一目瞭然よ。彼のあなたを見る目ときたら。ところがあなたのほうは傲然と見返して、冷たく彼を追い払う。結びましょうか？」

「お願い。でも、あまりきつくしないでね」あわててつけ加えた。アビゲイルの手が腰に触れるのを感じる。紐を引っぱり、腹部を軽く締めあげてから、すばやく器用に結んでいく。気のせいだろうか？　コルセットの上の胸が少し張っているようだ。

乳首が以前より色濃くなっていないかしら？

ああ、なんてこと。

「できたわ。きつすぎないでしょう。これなら湖まで散歩に行くこともできるわ」アビゲイルは一歩うしろにさがった。「どうしてブルーなの？」

リリベットは向きを変え、いとこの鋭いブラウンの目を避けてドレスに手を伸ばした。

「ブルー？」

「今朝はブルーの気分だって言ったじゃない」

「ああ、それは、今日はブルーを着たい気分っていう意味よ。わたしがブルーな気分というわけじゃないわ。その正反対よ」上着を羽織り、いとこのほうに向き直る。「ボタンをはめるの、手伝ってもらえる？」

「ええ、もちろん。わたしの勘違いだったのね」アビゲイルはとぼけた口調で言った。また器用にボタンをはめていく。アビゲイルにはメイドは必要ない。そもそも、彼女の身支度が手伝えるほど朝早く起きられるメイドもめったにいない。

「ありがとう」リリベットは言った。「階下へ行って、朝食にしましょうか」

「そうね。アリストパネスの本を忘れないで。アレクサンドラが書斎で勉強会をするって」

リリベットは化粧台にあった、古代アテナイの喜劇作家アリストパネスの本を手に取って、アビゲイルのあとから部屋を出た。

「それにしても、ちょっと妙ね」城の中央にある幅の広い石造りの階段をおりながら、アビゲイルは続けた。「ブルーのこと。部屋に入ったとき、あなたがブルーに見えたの。それでブルーって言ったから、わたし、心を読まれた気がしたわ」

「それはたしかに妙ね。どうしてかしら？　想像もつかないわ」

「別にこれといって理由はないのね？　ブルーと言ったのは」

「ないわ」リリベットはきっぱり言うと、壁に手をついて、急な階段を一歩一歩おりていった。「理由なんて何も」


セント・アガタ城の食堂はやたらと広く、石柱が並び、モンゴル草原並みに長大なテーブルが置かれている。細長いふたつの窓の外は寒々しい風景だ。見ただけで、いつもリリベットは食欲が失せてしまう。

妊娠も食欲をかきたててはくれない。

「今朝は腎臓《キドニー》を食べてみる？」アビゲイルが明るい声できいてきた。山盛りの皿を前に喜色満面だ。「バターたっぷりよ。モリーニにそう言っておいたの。オリーブオイルも悪くないけど、やっぱり正統派の英国の朝食はバターたっぷりのキドニーが……あなた、大丈夫、リリベット？」

「え、ええ」トーストをかじりながら答えた。

「顔色が悪いわ。緑色に見える。明かりのせいかしら。フィリップ、あなたは今朝も食欲旺盛ね。塩漬けニシンはどう？」

「最高だよ、ありがとう、アビゲイル」

「たいしたものよね、わたしたちのためにキドニーとニシンを用意してくれたんだもの。どうやって調達したのか、わからないけれど」

リリベットはやっとのことでトーストをのみ込んだ。「注文すれば届けてくれるんじゃないかしら。フィレンツェには何百人と英国人がいるんだもの」

「そうかもしれないわね。でも、ここの人たちがどうしてそれを知っているの？」アビゲイルは身を乗り出し、声をひそめて続けた。「この城、どこか奇妙なところがあると思わない？」

「どういう意味かわからないわ」リリベットはティーカップを口元に運んだ。香りのよい蒸気が胃をなだめてくれるようだ。「古い城だってこと以外に？」

「本当にそう思う？　あなた、感じない？　ありとあらゆる隅に幽霊がいるみたいじゃない？」アビゲイルはそれを指し示そうと片腕を振り、自分のティーカップを倒しそうになった。

「幽霊！」フィリップが椅子の上で跳ねる。「ほんとの、生きてる幽霊？」

「いいえ、幽霊っていうのは普通、死んでいるの」アビゲイルが丁寧に説明した。「でも、本物の、死んだ幽霊よ」

「ばかなこと言わないで」リリベットは背筋が寒くなるのを無視して言った。古い建物はあちこちで隙間風が吹き抜けたり、音がしたりする。それだけのことだ。具体的に何かあるわけではない。「幽霊なんて」

出入り口に人影が浮かびあがり、リリベットはびくりとした。家政婦のシニョリーナ・モリーニだ。「トースト、まだありますよ。シニョーラ・ソマートン、お茶のお代わりはいかがです？」

「ありがとう、モリーニ」リリベットは言った。「殿方たちはお食事はまだ？　レディ・モーリーは？」

モリーニは食堂に入ってきて、リリベットの皿のそばにトーストのお代わりを置いた。実に印象的な女性だった。ほっそりとした体つきに、黒髪を鮮やかな色のスカーフできっちりと包んでいる。三週間前、英国人一行が雨に濡れて城に到着してすぐに、彼女は並々ならぬ手腕を発揮した。寝具や食べ物を調達し、ひとけのない部屋を案内してまわり、村に人をやって厨房で働くメイドをかき集めたのだ。そしてだいたいは厨房にいながら、巫女《みこ》のごとく城の中のすべてに采配を振るった。「シニョール・バークとシニョール・ペンハローは朝食をすまされました。一時間ほど前に。公爵さまに関しては存じません」

を起こした。

「モリーニ！　お茶が！」リリベットが声をあげると、家政婦はぎりぎりのところでポット

リリベットのティーカップに紅茶のお代わりを注いでいたモリーニの手が止まった。

「モリーニ」アビゲイルは言った。「幽霊のこと、ちょっときたいんだけど」

「幽霊」モリーニはリリベットとアビゲイルを交互に見やりながら言った。「幽霊なんてものはいません」

「じゃあ、ほかのもの？」アビゲイルがさらに尋ねる。「空気がざわつくのを感じるのよ、わたし」

「気のせいです、シニョリーナ。古い建物に古い石壁。風が抜け、音がするのでしょう。お茶のお代わりはいかがです？」アビゲイルのほうへポットを差し出す。

しばしの沈黙があり、リリベットがふとアビゲイルのほうを見ると、彼女は奇妙な表情でじっと家政婦を見つめていた。

「そうかしらね」ややあってつぶやき、それから言った。「ええ、お代わりをお願い。あなたがブレンドした紅茶、とてもおいしいわ」

「でも、幽霊はどうなったの？」フィリップが、リリベットの皿に手を伸ばしてトーストをつかみながら言った。

「ダーリン、人の前に手を出さないで。幽霊はいないって、モリーニが言ったじゃないの」

リリベットはバターナイフを手に取り、フィリップのトーストにたっぷりバターを塗ってや

った。

「幽霊はいません」モリーニは聞き取れないくらいの声でぼそりと言うと、厨房のにおいとともに部屋を出ていった。

「絶対あれは嘘よ」アビゲイルがティーカップの縁越しに扉を見ながら言う。「彼女の表情、見た?」

「何を言ってるの。フィリップ、お願いだからトーストのバターをなめないで。お行儀が悪いわよ」

アビゲイルは椅子の背にもたれ、ティーカップの端を指で叩いた。「面白いわね」

「言っておくけれど、この子、ふだんは――」

「バターの話じゃないの、リリベット。モリーニのことよ」

「どうして?」リリベットはバターのついた手を、きれいにたたまれたナプキンで拭いた。食堂の石壁がいつにも増してひんやりと暗く感じる。北向きの窓から差し込むわずかな光だけでは、部屋を明るくしてあたためるにはいたらないようだ。彼女は喉のしこりをのみ込み、両眉をあげてアビゲイルを見た。「彼女が何か隠しているとでもいうの?」

「そのとおり」アビゲイルの目がきらりと光った。「見ていて。何を隠しているか、そのうち探りあててみせるわ」

この世の厄介ごとをすべて背負い込んだような顔で、管理人はローランドをにらみつけた。

「手紙が来てる」ひと言ひと言、吐き捨てるように言う。ジャコモは不愛想な男だった。到着したその晩から、英国人一行を正式な借主というよりは侵入者と見なしているようだ。

「手紙！　ぼくに！　それは楽しみだな」ローランドは少し間を置いて続けた。「ひょっとして、その手紙をちょうどいま、きみが持っているということかな？」

管理人は何やら考え込むように唇をすぼめ、帽子を持ちあげると、汚れた手でその下の髪を撫でて帽子を戻した。それから擦り切れたチュニックのポケットに手を突っ込んだ。「わからない」そう言って、手紙を差し出す。

「何がだ？　ぼくが手紙を受け取ることが？　ごくあたりまえのことだと思うが」ローランドは相手が気を変える前に、ひったくるようにして手紙を取った。ちらりと封印を見る。思ったとおりだ。茶色の封蠟《ふうろう》に小さな狐の紋章がついている。手紙を上着のポケットにしまい、雲ひとつない空を見あげる。「今日はあたたかいな、そう思わないか？」

「手紙。どういうことかわからない」

「きみの言うことこそ、よくわからないよ。ええと、ジャコモといったな？」ローランドは管理人の仏頂面から、その背後の私道に視線を移した。馬小屋の入り口近くに立ち、太陽のもと山の澄んだ空気の中で見ると、本街道へ続く長い私道が、三週間前リリベットが彼を置き去りにして馬を走らせたあの角までくっきりと見通せる。「ところで、誰がこの手紙を届けてきたか、ひょっとして知っているのか？」

ジャコモは腕を組んだ。「村の小僧だ。だが、なんだってそんなわけのわからない手紙が来るんだか」

この数週間、ローランドの頭はいつになくぼんやりしていた。もちろんときには書物を何冊かぱらぱらとめくり、本来の目的である勉学にいそしもうと試みてはいた。しかし何年ものあいだロンドンで二重生活を送り、いつも酔っ払っているろくでなしを演じつつ全身の神経を尖《とが》らせてきたあと、城にこもって刺激のない時間を過ごしていると、なんだか頭に霞《かすみ》がかかったような感じになってしまう。いや、ひょっとするとリベットがひとつ屋根の下にいるからかもしれない。彼女のラベンダーの香りがそこここに漂い、その姿があらゆる想像を喚起するからか。いずれにせよ、寒々しい冬のロンドンにいるときと違って、すばやく物事に反応できなかった。

一、二秒経ってようやく、うなじに感じたひんやりとした違和感が、脳の思考を司《つかさど》る部分にまで達したようだった。

〝わけのわからない手紙〟

この男はなぜそんなことを知っている？

ローランドは慎重に切り出した。「いいかい、気を悪くしないでもらいたいが、ぼくの母国ではいささか風変わりな習慣ながら、個人宛の手紙というのは本人以外の人間が見てはいけないことになってるんだ」

ジャコモはふんと鼻を鳴らした。英国の風変わりな習慣が気に入らなかったようだ。

「おれの仕事だ、すべて知っておくのは」

ローランドは手を背中にまわした。万が一にも抑えがきかなくなって、こぶしを握ることがないように。どうもこのゲームは思うように進まない。「なら、きみがまだ英語が習得できていないということだろう」

「その手紙は英語じゃない」

背後で小鳥がさえずり、ふたりのあいだの沈黙を場違いに高い声で貫いた。ローランドは管理人の顔を眺めた。ジャコモは疑り深げに眉をひそめ、小さな黒い目をぎゅっと細めている。昼の太陽が真上からあたり、帽子のつばの下に影を作って、顔をちょうど二分していた。ローランドはポケットから手紙を取り出した。封印は破かれていない。指を差し入れ、慣れたしぐさで封蠟をはがす。薄い便箋はすぐに開けた。暗号で書かれているのはひと目でわかった。「なるほど」彼は言った。「これのことか。祖父からの手紙でね。もうずいぶんな年だし、ブランデーを一本か二本空けたあとなんだろう。ふむ」便箋をたたんで、またポケットにしまう。「実を言うと、ぼくにもさっぱり意味がわからない」

ジャコモの顔から不信感が消え、ローランドはほっとし、微笑んでみせた。

「さてと、ジャコモ。ぼくは厨房に行って、昼食をとらせてもらえないかきいてみるよ。一緒にどうだい？」

管理人の唇がまた、さらに不機嫌そうにゆがんだ。そして今度は大きくふんと鼻を鳴らした。

「そうか。では、きみの分は必要ないと厨房に伝えておこう。ひょっとすると――」

だが、ジャコモはすでに足音も荒く馬小屋のほうへ戻っていた。

ローランドは早く手紙を見たくてしかたがなかった。サー・エドワード本人からの暗号文書だ。最近の、しかもかなり複雑な暗号。大切なメッセージに違いない。彼は厨房のある東の翼棟のほうを向くと、脇の入り口に向かってしっかりとした足取りで歩きはじめた。

ところが二、三歩進んだところでレディ・ソマートンの姿が見え、ふと足を止めた。片手に大きなバスケットを持ち、もう片方の手で息子の手を引いている。深い紫色の上着が、谷間から吹きあげてくる一陣の風に大きくふくらんでいた。

彼女はこちらに気づいていない。顔を南の、遠くまで続く丘のほうへ向けている。どこでピクニックをしようか考えているのだろう。

ローランドは一瞬迷い、二人の背中を追った。

「なんで湖へピクニックに行っちゃいけないの？　なんで、お母さま？」フィリップは駄々をこねた。半ば涙声になっている。

一時間前、窓の外を見ていたら、ローランドがそちらのほうへ歩いていくのが目に入ったからよ。「まだ水が冷たすぎるからよ。桃の果樹園でピクニックをしたほうがいいわ」

「そんなことない！　全然冷たくないよ。もう四月なんだよ、お母さま。冬じゃないんだ」

今度は本物の涙声だ。五歳の子どもらしく、立派にごねている。

「それでもよ」

フィリップはいったん黙り込み、別の方向から切り込んできた。「だけど、ぼく、泳ぐわけじゃないもん。ただ湖のそばに行くだけだもん」

「フィリップ、いい子ね。でも、あなたはまだ小さいでしょう。湖のそばでピクニックをしたら、いつびしょ濡れになるかわからないわ。下着の替えは持ってないし……」

「レディ・ソマートン！　こんなところでお会いできるとは！」

リリベットはびくりとして振り返った。「ローランド卿！　どうして……」頭がくらくらした。彼は湖にいるんじゃなかったの？

けれどもローランドはすぐ目の前にいる。帽子もかぶらず、太陽のもとで金茶色の髪がきらめき、顔には笑みを浮かべていた。リリベットの中で育つ命の――ああ、神よ、源なのだ。

「ピクニックへ行くところかい？」彼がきいた。

「ええ、そうなの。でも――」

「バスケットを持とう。ひどく重そうだ」

驚きのあまり断ることもできず、彼女はバスケットを放した。穏やかな午後は粉々に砕け散った。「でも、あなたは……まさか、あなたが――」

「ぼくが、なんだい？　レディ・ソマートン、ぼくをピクニックの仲間に入れてくれないつもりじゃないだろうね？」

「でも……」何か考えなくては。「でも、ウォリングフォード公爵が。あの賭けがあるでしょう。相手と一緒に行動してはいけないと……」

「ああ、あの賭けか。ぼくがきみたちふたりを誘拐したんだと言うよ。それでぼくが負けを認めるさ。『タイムズ』に広告を打つんだろう。なんとも屈辱的な謝罪だな」ローランドはにっこりした。はしばみ色の目に陽光が躍る。「ご一緒させてくれるね。絶対にお行儀よくしているよ」

目の隅にしわを寄せた、このいまいましい笑み。「そう願うわ」気がつくと、そう応えていた。「バスケットの中身を全部食べてしまわないと約束するなら」

彼はバスケットを少し持ちあげた。「この重さからすると、たっぷり入っていそうだ」

「あなたも一緒に来るの？」フィリップがきいた。そしていきなり前に走っていき、肩越しに叫んだ。「ぼくたち、湖に行くんだ！」

「湖か！　それはいい」

「湖には行かないのよ！　言ったでしょう、わたしたちは――」リリベットは息子をつかまえようと、よろめくようにして走りだした。

「どうしてだめなんだ？　すてきなところなのに。澄んだ山の水、岸に打ち寄せる波、何もかも最高だよ」

「でも……」反対する理由が見つからなかった。結局のところ、湖に行きたくない唯一の理由はローランドがそこにいるからで、いまとなってはもうどこでも同じだった。「なら、いいわ」しまいには弱々しく同意した。

「よかった。あわてるな、フィリップ！」ローランドは少年のあとを追って駆けだした。すらりとした長身を、優雅に力強く動かして。

そのあとから、リリベットは葡萄《ぶどう》の段々畑をひとつひとつおりていった。羊が草を食《は》む牧草地に入る。リンゴや桃の木は豊かな香りを発する花をいっぱいにつけていた。やさしい春の風を頬に受け、新たに芽吹いた大地のにおいを嗅いでいると、おなかに抱えた心配ごとは溶けて、別のもっと心地よいものへと変化していった。

別の何か——期待に近い何かへ。

7

レディの心を射止めるために、その子どもを褒めちぎるのは公明正大なやり方と言えるのだろうか？　ローランドはしばし考え込み、やがて倫理的に微妙な問題にぶつかったとき、いつもたどり着く結論に達した。余計なことは考えない、と。

「いい子だね」湖畔に石を並べているフィリップを見ながら、ローランドは言った。それからしばし頭の中を探って適切な言葉を見つけ、つけ加えた。「それに賢い」

「賢すぎると思うときもあるわ」リリベットが穏やかな口調で応えた。どっしりとしたオリーブの木の幹に背中を預けて座り、息子の一挙手一投足を見守っている。「あまり水の近くに行ってはだめよ、フィリップ！」

少年は聞こえないふりをしていた。ローランドも子どもの頃、同じ手を使ったからよくわかる。いや、実を言えば、いまも都合が悪いことは聞こえないふりをする。彼は横たわって片肘をつき、目の端でリリベットを見た。

今日はいまのところ、きわめて友好的だ。数週間前、馬小屋に入ったときに見せた他人行儀な愛想のよさ――まるでふたりのあいだに特別なことは何もなかったかのような態度――

に似ている。ローランドは手を伸ばしてチーズをもうひと切れ取り、その刺激的な味を口の中に満たした。

「きいてもいいかな？」リリベットのほうを向いて言う。「きみのご主人はどういう人だった？」

「過去形ではないわ」彼女は答えた。「いまもわたしの夫よ」

「それで、どういう人なんだ？」

「質問の意味がよくわからないわ」リリベットはまっすぐにローランドを見た。「あの人のことはわたし同様、よく知っているでしょう。交友関係は重なっているし」

「直接は知らないんだ。いろいろ話に聞くだけで」

彼女は肩をすくめた。「人の話って、本質的な部分ではそう間違ってはいないものよ」頭のうしろに手をやり、帽子を留めている長いピンを一本引き抜く。「でもあなたは、彼がベッドの中でどうだったかときいているのかしら。それが本当に知りたいことなんじゃなくて？」

ローランドは喉を詰まらせて体を起こした。「驚いたな」

リリベットは微笑み、帽子を脱ぐと脇の地面に置いた。「わたしにはそんなこと、口にできないと思った？　六年前と同じ小娘だと思っているの？」

「そんなことはない。前よりいっそうすてきになったよ」

彼女は笑った。「ほら、変な詮索をするから、無理なお世辞を言わなきゃいけなくなったでしょう。今後そういうことをきくときは、よく考えてからにするのね」

リリベットは離れて座っているので、手を触れることはできなかった。少しでいいから彼女と触れ合いたい――そう思ったが、つばの長い帽子が、しかつめらしいお目付け役のごとくふたりのあいだに居座っていた。ぼくは本当にこの体を隅々まで愛したのだろうか？　あの腰が、せがむようにぼくの腰に押しつけられたのか？

「答えたいことだけ答えればいい」

彼女はフィリップに視線を戻した。「答えたいことなんてないわ。わたしはあなたのことを忘れなくてはならないの。ソマートンのため。結婚生活のため。もちろん……彼が人からどう言われているかは知っているわ。でも、わたしは世間知らずだった。それがどういう意味か知らなかった。男の人とベッドをともにするというのがどういうことかも、それでどうなるのかもわかっていなかったの」

「まさか、嘘だろう！」ローランドは驚いて言った。「何も知らなかったなんて」

リリベットは意味ありげなまなざしで彼を見やった。「基本的な仕組みは知っていたわ。でも、それ以外のことはわかっていなかった」

「一番いいところは、ということか。その手のことで、ぼくはどれだけ想像をたくましくしたか」

「そうなの？」

彼女の口調に挑発的な響きはあるだろうか？　ローランドの胸は高鳴った。こういうゲームなら心得ている。得意分野だ。「愛しいリリベット。舞踏室できみと踊りながら、ぼくがどんなにみだらな想像で頭をいっぱいにしていたかを知ったら、きみはきっとレモネードをぼくの顔にかけていたと思うよ」

リリベットは笑わなかった。眉をあげることも、冗談で返すこともなかった。電光石火の速さでフィリップに視線を向け、またローランドに戻す。その表情の何かが気になり、彼は身を乗り出してやわらかなブルーの瞳をのぞき込もうとした。懐かしさ？　それとも欲求？

「驚くでしょうけれど」彼女は言った。「それを知ったら、うれしくてぞくぞくしたと思うわ。女にだって欲求はあるの。自分が何を求めているか、はっきりわかっていなくてもね」

「だったら、ぼくたちは結局のところ、同じようなことを考えていたのかな？」言葉が自然と口から出た。口説き文句のつもりではなかった。

しばらくリリベットは答えなかった。心の中を探るようにじっとローランドを見つめていたが、やがて言った。「そうは思わない。あなたはわたしほど初心《うぶ》ではなかったはずだもの」

彼はためらった。「たしかにそうだ」

リリベットがため息をつく。襟の高い紫色のドレスの下で、胸が大きく上下した。

「不公平だと思わない？　あなたが先に申し込んでくれていたら、わたしたちが結婚していたら、わたしは無垢で、純真なままあなたのもとに嫁いでいた。一方、あなたは――」そこで言葉を切る。

ローランドは自分の手を見つめた。「誓うよ、リリベット。きみと出会った瞬間から、ぼくはもうほかの女性のことは考えられなかった。あの夏は本当にきみだけだった。結婚していたら、ぼくは……ぼくらのベッドには幽霊すらもぐり込めなかっただろう。ほかの女性は言うに及ばず」

彼女はほんの少しかじったゆで卵をナプキンの上に置くと、皮肉たっぷりな口調で言った。

「まあ、男の人はたいていそういうことを言うのね。永遠の愛を誓う。ソマートンでさえ、結婚前は似たようなことを言ったわ。わたしはといえば、言葉にする必要があるということに驚いたのを覚えてる。いずれにしても、わたしは貞節を貫いた。彼のほうはそうではなかったみたいだけれど」

「ああ」

リリベットの頰にうっすらと赤みが広がった。なんとも美しかった。「努力したのよ。懸命に夫を愛そうとした。求められればいつも……」

ローランドは脇に置いた手で思わず草を握りつぶした。チーズをもうひと切れ取り、湖のほうを見る。もっとも、目をそらしたところで意味はなかった。彼女のしなやかな裸体がソマートンと絡み合っている映像が、輝く湖水の中に浮かびあがった。彼女は感じなかったのだろうか？　ソマートンとの行為に歓びや興奮はなかったのか？　ひたすら受け身で横になっていたのか、それとも夫を挑発し、上になったり、口を使ったりしていたのか？

リリベットは淡々と事実のみを語っている。「わたし……でも、すぐに子どもができたの。最初の一カ月が過ぎて、お医者さまが間違いないと念を押したあと、夫は……危険を冒したくないんだとわたしは思ったわ。何より跡継ぎを望んでいたから」そよ風が吹いて、ピンからほつれた巻き毛が額にかかった。彼女はぼんやりと髪を耳のうしろにかけた。「愚かだったわ。彼がわたしのために我慢してくれていると思っていたの。でも、彼の欲求は……」咳払いをして続ける。「それでも最初は隠していたのよ。でもフィリップが生まれる頃には、わたしも気づかざるをえなかった」

なんてことだ。「かわいそうに」そんな穏やかな言葉は、ローランドの体内に荒れ狂っている怒りにはそぐわなかった。ソマートンと戦いたかった。銃や剣の勝負といった紳士的な戦いではなく、このこぶしで。

リリベットは続けた。「彼に問いただしてみたの。激しい言い争いになったわ。そして、はっきりと言われた。この結婚にわたしが何を期待すべきか。それ以来……どうしたの？」

ローランドが顔をあげると、フィリップが岸から大急ぎで走ってくるのが見えた。興奮して目を見開いている。

「お母さま」彼女の顔の前で石を振る。「金を見つけたよ！」

「まあ、見せて」リリベットは優雅なしぐさで立ちあがり、息子から石を受け取った。「ほんと、すごいわ！　きらきら光ってる」

「本物の金だよね、お母さま。カリフォルニアで見つかったのと同じでしょう？」

リリベットは石に顔を近づけ、太陽にかざし、あちこちに向けてみた。考え込むように眉根を寄せ、やがて言った。「そうね、フィリップ。そうだと思うわ。金以外には考えられない。ここで金が見つかるなんて！　わたしたち、大金持ちね」

　少年は顔を輝かせ、ローランドのほうを向いた。「ほら、金だよ！」

　リリベットは微笑み、彼に石を差し出した。「見てみて」

　ローランドは石を受け取り、ひっくり返してみた。中央と脇にきらきら光る黄鉄鉱が走っている。顔をあげ、フィリップの顔、その黒い目を見た。ソマートンと同じ色と形をしている。ソマートンは美男子とは言えなかった。ずんぐりした体格にオリーブ色の肌、陰気な顔立ち。フィリップは基本的に母親似だ。だが、目だけは間違いなく父親譲りだった。最後に紳士クラブで会ったときのソマートンの目を思い出させる。彼はいつも数人の仲間とつるんでいた。酒と女に目のない連中で、ひとりだったらつまはじきにあっているであろう面々だ。そろって嫌われ者なので、クラブではほかのメンバーと接触しないよう個室で賭けごとにふけり、そのあとまたどこへやら快楽を求めて消えていく。

　だが、その夜は特別だった。新年が明けてすぐのことで、クラブのメンバーはほとんどが地元に帰っており、ローランドは革のにおいがする暗い書斎でひとり座って、シェリーを片手に新聞を読んでいた。内密の話があるという仕事仲間を待っていたのだ。だが、ふと前に人が立ったのを感じて新聞を閉じると、ソマートンが冷ややかな黒い目でこちらを見おろしていた。〝ぼくに何かご用かな？〟ローランドは礼儀正しく尋ねた。するとソマートンは首を横に振った。〝別に〟そして強烈な敵意を周囲にまき散らしながら、きっちり折りたたまれた『タイムズ』を持って部屋の反対隅にある肘掛け椅子に座った。まもなく仕事仲間のマクドゥーガルが現れ、人目につかないよう情報交換を行ったが、そのあいだもずっと背中にソマートンの黒い視線の不快な重みを感じていた。一五分後、彼が席を立ち、部屋を出ていくまで。

「サー？」

フィリップの声で、ローランドは物思いから覚めた。目をしばたたき、ソマートンの顔を頭から追い払う。少年の黒い目はじっとこちらを見ていた。「なんだい？」

「この石だよ。どう思う？」

ローランドは手にした石を見おろし、何も考えずに言った。「これは残念ながら黄鉄鉱だよ。色が金と似ているからよく間違えられるんだが、違う金属だ。もっとよく探してごらん。忍耐が肝心だよ」

フィリップの表情がみるみる曇った。左側でリリベットが息をのむ声が聞こえる。

「わかった。ありがとう」少年は向きを変え、とぼとぼと湖畔に戻っていった。

まったく。

ちらりとリリベットのほうを見て、見なければよかったと思った。ブルーの瞳に燃える怒りの炎は、手にした石も溶かしそうだった。彼女は無言でくるりと向きを変えると、フィリップのあとを追った。

ローランドは草の上に倒れ込むようにして仰向けになり、トスカーナの青い空を見あげた。うずく下半身が言葉をしゃべれたら、いま絶望に嘆いていることだろう。

今夜は幸運はなさそうだ。それは間違いない。

リリベットが金とみまがう黄金色の筋の入った石でポケットをいっぱいにし、機嫌も直ったフィリップを連れてピクニックの場所に戻ってみると、もうすべて片づけがすんでいた。料理と食器はバスケットの中にしまわれ、白い敷布がその上にたたんで重ねてある。ローランドはオリーブの木に寄りかかり、厚い胸の前で腕を組んでいた。

「片づけてくれてありがとう」リリベットはバスケットに手を伸ばした。

それを持ちあげる前に、ローランドがバスケットを取った。「城に戻るんだろう？」

彼女はかがんで帽子を拾い、かぶり直した。「ええ」ピンを刺しながら答える。その動作で、ありがたいことに緊張をごまかせた。そもそも、あんなあからさまな話をするつもりはなかったのだ。あたたかな陽気とピクニックの楽しさで、ふたりのあいだに妙な気安さが生まれた。そういう雰囲気こそが危険なのだとわかっていたから、いままで必死に避けてきたのに。フィリップがいなかったら、いったいどうなっていただろう？

もう自分で自分が信用できない。

リリベットは早口で続けた。「午後にはいろいろやることがあるの。フィリップはアビゲイルとお勉強だし、わたしはアリストパネスに取りかからなくては。すっかり遅れているのよ」

「ねえ、お母さま、勉強しなきゃだめ？　こんなにいい天気なのに」

「もちろん、お勉強はしないとだめよ。あなた、アビゲイルのことは大好きでしょう。文句を言わないで。でないと、お母さまがお勉強を見ることになるわよ。どっちがいい？」

ローランドはふたりの先に立って湖を離れた。オリーブの木のあいだを縫って斜面をのぼっていく。葡萄は葉が出はじめたところだ。あたたかな日差しのもと、淡い黄緑色の葉が芽吹いている。男たちが数人、剪定《せんてい》したり、長い柳の支柱をあてて伸びた枝をまっすぐにしたりと手入れに励んでいた。フィリップは来たときとは違って先頭を歩こうとはせず、リリベットの手にまとわりついている。

ローランドは振り返り、数メートルうしろを歩く母子を見た。そして足を止めて、ふたりが追いつくのを待った。「すまない、考えごとをしていた」

「かまわないのよ。なんなら先に行って。一緒のところを見られないほうがいいでしょう」

「賭けのことか。ウォリングフォードなんか関係ないさ」

リリベットはうつむいた。「フィリップ、走っていって、向こうの木から桃の花を取ってきてくれない？」

少年は白いセーラージャケットをはためかせて駆けだした。

「謝らなくてはいけないな」ローランドは言った。「子どもには慣れてなくて」

リリベットがため息をつく。「わたしからすれば、あたりまえのことなんだけど。いま、わたしの世界はあの子を中心にまわっているから。でも、あなたは子どもと話をしたこともほとんどないんでしょうね」

「それに引きかえ、きみの子どもの扱い方はすばらしいよ。どこでそういうことを習ったんだい？」答えにはさして興味がないかのように、ひやかすような口調できいた。

「ねえ、本当に一緒のところを人に見られないほうがいいわ。わたしとしては……」彼女は言葉を切った。「あなたは口がかたいと信じるしかない。わたしがここにいることが知れたら……ソマートンが知ったら……そしてあなたもここにいると知ったら……」

「まさか！」ローランドは叫んだ。「ぼくがしゃべるとでも思っているのか？」

腹立たしいことに目に涙があふれてきた。遺志の力で、まぶたの奥に押し戻す。

「夫に居場所を知られるわけにはいかないの。お願いだから、わかって。いまでも大きな危険を冒しているのよ」

彼の声にあざけりが混じった。「ソマートンになど知られるわけがない。年じゅう酔っ払って、自分の鼻も見分けられないような男だ。毎晩のように……」

「ばかね」リリベットはかぶりを振り、足元の草を見おろした。どう説明すればいいのだろう？「考えてみて。あの賭け。『タイムズ』に広告を載せるのよ。名前は伏せてあっても、夫にはわかってしまうわ。何もかも知られてしまうのよ。彼にどんなことができるか、あなたは知らないでしょうけれど」

ローランドはリンゴの木陰で足を止め、彼女の腕をつかんだ。「殴られるのか？　くそっ、もしきみに危害を加えるようなら……」

「やめて。あなたには関係のないことよ」

「関係はある！」ローランドは燃えるような目でリリベットを見つめた。片方の手が彼女の体にまわされる。ソマートンほど大柄ではなく、威圧感はないが、がっしりとした体はしなやかで力強かった。広い肩を覆う格子柄のウールの上着がぴんと張りつめている。

「やめて！　誰かに見られるわ！」

「かまわない。これだけ答えてくれ。あいつに危害を加えられたことはあるのか？」

激しい情熱を秘めた口調に、リリベットは凍りついたように動きを止めた。

「いえ……そういう形では……ないわ。お願いだから放して。見られたら、あなたのお兄さまと賭けが……あの人、勝つと心に決めているでしょう。プライドにかけて。そのうえアビゲイルが挑発して……」

ローランドは木陰にリリベットを引っぱり込んだ。濃厚なリンゴの花の香りがふたりを包む。葉をいっぱいにつけた枝が彼女の帽子をかすめた。「なぜあんな男に義理立てする？　ぼくがきみを守る。きみのために戦うよ。なんでもする。あのけだものめ。どうして結婚の誓いを守らなくちゃならないんだ？　そんな誓い、向こうにとってはなんの意味もないのに」

ローランドを見ていると喉が苦しくなった。美しい顔が怒りと愛、欲求に燃えている。夏のガーデンパーティやロンドンの舞踏室の、いつも笑っている記憶のなかの彼とは別人のようだ。視線を落とすと、ゆるめたネクタイや一番上のボタンをはずしたシャツが目に入った。喉のくぼみの素肌がたまらず魅力的で——。

そんなことを考えてはだめ。自制しなくては。視線をあげ、彼のはしばみ色の瞳を見つめる。「本気でそんなことをきいているなら」喉に居座るしこりをのみ下した。「あなたはわたしのことをまったく知らないということになるわ」

ローランドのまなざしがリリベットの瞳を探った。「きみは間違っている。ぼくはきみをきみ自身よりよく知っているよ、リリベット」指で彼女の頬を撫でる。ハチドリの羽で撫でるようにそっと。「きみがああいう男とは結婚生活を続けていけないことも知っている。ぼくの知っているリリベットは、ソマートンのような酔っ払いの女好きに我慢しているくらいなら、ロンドンのうるさ型連中に面と向かって失せろと言い放つだろう」

〝酔っ払いの女好き〟という言葉で、彼女の中の何かがはじけた。ローランドの手を振りほどき、声を殺して言う。「それでどうするの？　代わりにあなたと結婚するの？　そしてそのあとの六年間、また家で子どもを育てながら、あなたがロンドンじゅうの、まだ手をつけていない女性のベッドを渡り歩くのを黙って見ているわけ？」

彼がびくりとしてあとずさりした。みるみる顔が怒りに染まる。「それはどういう意味だ？」

「あなたは夫よりはるかにうまくやるんでしょうね。ローランド・ペンハロー卿は女性の胸をときめかせる術《すべ》を心得ているようだから」指で彼の胸を突いた。「でも、結局はみんな同じよ。発情した雄牛ほどの誠実さも持ち合わせていない。ほしいものを手にしたが最後、ほかの美人を口説きにかかるんでしょう。次のお楽しみ、次の獲物をね」

ローランドは衝撃を受けた顔で彼女を見つめた。「ばかなことを！　ぼくは決して――」かろうじて、あとの言葉をのみ込んだ。

リリベットは顔を真っ赤にして言った。「わたしのこと、ばかだと思っているの？」きつい口調で問いつめる。「知らないとでも思ってる？　あなたの火遊びの話はこの数年間、毎週のようにいろんな友人から事細かに聞かされてきたわ。訳知りな笑みと、持ってまわった話しぶりでね。〝ねえ、たったいまどんな噂を聞いたか、きっとあなたには想像もつかないわよ。あのいけないお友だちの、とっておきの面白い話――〟」

彼は目を閉じた。「ぼくはソマートンとは違う。約束は守る」

「そうでしょうね。あの夏、約束を守ったように」

「あれは違う。あのときのことを持ち出すのは公平じゃない。あれは――」先は続けられなかった。言葉は胸のどこかでつかえてしまった。訴えるような目でリリベットの顔を探り、少し口調をやわらげて続ける。「あのときはまだ、ぼくも若かった。ひとりよがりの、すねた少年だったんだ。愛したものを奪われるという経験をしたこともなかった。ぼくは……きみにもそう思ってもらえたらと思うが、あのときから少しは成長したはずだ」

ローランドは謙虚で、傷つきやすく見えた。まるで自分の心臓を、その大きなふたつの手にのせて差し出しているかのようだ。その真剣な顔を見ていると、リリベットの胸の痛みが大きくなり、いまにもはじけそうになった。

彼女は手を持ちあげ、てのひらを外に向けた。「もうやめて、ローランド。放っておいてちょうだい。ただでさえ、山ほど悩みを抱えているの」

リリベットは向きを変え、斜面をのぼりはじめた。その先にはフィリップが腕いっぱいの桃の花を抱え、もどかしげな表情で母親を待っていた。

8

ローランドとしては、ポケットにある手紙を読まずに破り捨てたい心境だった。燃やして、唾を吐きかけ、送り主に地獄へ落ちろと言いたい。相手が業火に焼かれ、そのまわりを胸の大きな裸の女たちが踊り続ける――そんな図が頭に浮かんだ。因果応報というものだ。

これほどのもどかしさを感じたのは生まれてはじめてだった。リリベットに女性関係をなじられて、弁解することもできないとは！　否定できない、弁解できない。笑ってごまかすこともできない。

ましてや真実を話すことはできない。すべて、いまいましいサー・エドワードとその秘密、そして諜報機関の仕事のせいだ。まとめて地獄に送ってやりたい。

ローランドは乱暴に厨房の扉を開け、中央の大きなテーブルにバスケットをどすんと置いた。隅にのっていた豆料理のキャセロールが、驚いたようにかたかた鳴った。

「シニョーレ！」

ローランドはびくりとして振り返った。開いた扉の前にメイドが立ち、目を丸くしてこわごわごわした手で、ごこちらを見ている。

「なんてことだ」ローランドはつぶやいた。信じられない。人里離れた山の中の生活で、さっそく勘が鈍ったのか？　それともリリベットのことばかり考えているせいだろうか？　ローランド・ペンハローにうしろからこっそり忍び寄ろうとした者は過去に何人もいたが、誰ひとり成功しなかった。

ところがいま、イタリア人のメイドの存在に気づかなかったとは。

メイドは力なく口をぱくぱくさせた。「シニョーレ……そのバスケット……シニョーラ・ソマートンが……」彼女はバスケットを見て、またローランドに視線を戻し、思わず手にしていた水差しを落とした。水差しは床に落ちて粉々に割れた。「オオ！　ディオ！」あわてかがみ込み、顔を真っ赤にして、イタリア語で何やら悪態らしきものをつきながら、破片をエプロンにのせていく。

ローランドは緊張をゆるめ、気の毒な娘の隣に膝をついた。「大丈夫だよ。ぼくが片づける。ただの水差しじゃないか」彼女の手を押しやり、割れた破片を集めてテーブルの上に重ねる。終わるとポケットからハンカチを取り出した。「ほら、心配することは何もない。ぼくだって、しじゅう皿を割ってる」ハンカチを渡すと、メイドはそれで何度も洟《はな》をかんだ。「そう、それでいい。ハンカチは持っていてくれ。返す必要はない」手振りを交えて言う。

娘はローランドを見あげ、まだ涙を浮かべながらも微笑んだ。かわいい娘だ。輝く黒髪に、ぽっちゃりした頬をしている。ローランドは微笑み返した。「よし。元気が出たかい？

よかった《ヴォン》」

潤んだ黒い目がうっとりと輝きはじめた。「ありがとう《グラッツェ》、シニョール・ペンハロー」イタリア語の響きが音楽的で、耳に心地よい声だった。

「どういたしまして、シニョリーナ……」

笑みがいっそう広がり、ふっくらした頬に愛らしいえくぼができた。「フランチェスカ、シニョール。わたしの名前《ミ・キアーマノ》はフランチェスカ」

「フランチェスカ！　すてきな名前だね。ぼくの母はフランシスといったんだ。もう亡くなったが。同じ名前だろう、英語読みというだけで」彼はポケットをぽんと叩いた。手の下で、手紙がかさかさと音をたてる。テーブルの上のバスケットをちらりと見た。「では、ぼくは失礼するよ。バスケットを返しに来ただけだ。すてきな昼食だった。チーズがとくにすばらしかったよ。ええと……」フランチェスカのほうを振り返ると、彼女はさらに頬を赤くした。小首をかしげて、ゆっくりとまばたきしながらローランドを見つめている。彼は咳払いした。

「ええと、もう失礼するよ」

そう言ってするりと扉を抜け、厨房から脱出した。

セント・アガタ城に到着した最初の晩、雨が降り、ごたごたがあり、リリベット・ヘアウッド——可能なかぎり、彼女の姓が〝ソマートン〟であることは忘れることにしている——が同じ屋根の下で寝ていると思って心が乱されてはいたが、ローランドは時間を見つけ、古いイタリア製の化粧台の三番目の引き出しに二重底を作っておいた。

その狭い空間に、いくつかの大切な品を隠した。サー・エドワードから渡された連絡相手のリスト。金貨の入った木製の四角い箱――サー・エドワードの几帳面《きちょうめん》な会計係から三重にチェックを受けたうえで預けられた、必要とあらば賄賂として使うための金だ――そして暗号表。

暗号表を見るのは面倒だった。ふだんなら新しい表が出ると、すぐに暗記してしまう。ローランドの数学の才能は、それを知る人の中では伝説的だった。だが、サー・エドワードの書斎に呼び出されてからのこの数カ月は忙しく、フィレンツェの事務所にビードルを訪ねた以外は同僚と連絡も取っていなかった。手紙をひと目見て、最新の複雑な暗号が使用されているとわかった。

扉を閉め、鍵をかけてから化粧台に向かう。

引き出しは簡単に開いた。長らく暑さや湿気にさらされた古い木材は滑りがよく、なめらかに動いた。ローランドは中に手を入れ、二重底を静かに開けると暗号表を取り出した。

〝数学教本〟――一応中身をごまかすため、水色の表紙にはそう書いてある。もっとも諜報員が見れば、何が記されているかは一目瞭然だ。ローランドはポケットから手紙を取り出し、封蠟をあらためて見て、どの暗号が使われているか調べた。狐《フォックス》は間違いない。右耳に目を凝らすと、先端に小さく〝6〟の文字が刷り込まれているのがわかった。暗号表をめくり、〝フォックス6〟のページを開く。

この狭い部屋には机がなかった。ローランドはトランクまで歩き、携帯用の文具箱を取り出した。蓋を開けると、甘いヒマラヤ杉のにおいがあたりに広がった。ペン先の細い万年筆を出し、また蓋を閉める。古い木製の椅子に座って長い脚をベッドの枠にかけ、箱を膝にのせた。

女性に関する悩みを忘れるには、数字に取り組むのが一番だ。万年筆はなめらかに紙の上を走り、窓からはいい香りのする風が頬をくすぐる。ローランドの脳は嬉々《きき》として目の前の複雑なパズルに没頭した。まもなく照合の必要はなくなり、彼は暗号表をベッドの上に放った。数字が立体的な形を伴って、目の前に立ちあがってくる。すぐに数字の羅列に読み込まれたメッセージが読み解けた。

ペンが床に落ちた。「まさか」思わずつぶやく。

ペンを拾おうとしたところで、乱暴に扉を叩く音がした。

ローランドははじかれたように立ちあがり、膝から滑り落ちた文具箱を間一髪でつかんだ。

「誰だ?」

「おまえの兄だよ。おい、開けろ!」

彼は息を吐いた。ウォリングフォードか。文具箱をトランクの中にぽんと投げ入れ、重い蓋を閉めた。

「いったいどうして扉に鍵をかけた?」兄は挨拶代わりに問いつめた。いつものように木の床にブーツの足音を響かせ、わがもの顔で部屋に入ってくる。今日はとりわけ不機嫌そうで、端整な顔に険悪な表情を浮かべている。まるでたったいま、メイフェアにある自宅が留守中に無政府主義者に不法占拠されたと聞かされたかのようだ。

「やあ、兄上。ああ、ぼくはすこぶる元気だ、そっちは？」ローランドは兄の大柄な体のうしろを見やり、しっかりと扉を閉めた。

ウォリングフォードの口調がいっそう険しくなった。「なんで扉に鍵をかけてる？　あいつらがわれわれを監視していると思ってるんじゃないだろうな？」

はっとして、ローランドは振り返った。「なんだって？」

「女たちだよ」ウォリングフォードはこぶしで自分のてのひらを打ちつけた。体の中にくすぶる、あり余る精力をどうしていいかわからないようだ。見ると、髪はうなじのあたりが少し濡れているし、頬はフィリップみたいに洗いたてのようなピンク色をしている。「そうだ！　間違いない。監視しているんだ。でなければ……」

ローランドはのけぞって笑った。「監視だって？　女性たちが？　何を言ってるんだ、兄上。幻覚でも見たのか？」

ウォリングフォードは顔をしかめた。「おまえはだまされやすいからな。だが、彼女たちならやりかねない。油断のならない連中なんだ。いいか、今朝レディ・モーリーがバークの作業小屋にいたんだぞ」

ローランドは驚いて、手を胸にあてた。「嘘だろう！」

公爵は指を一本持ちあげ、ローランドの胸を突いた。「まったく、厚かましい女だ。われわれに先に音をあげさせたいんだ。賭けに勝とうというだけじゃない。ロセッティが見つかって、こちらの正当性が明らかになる前に、われわれをこの城から追い出そうという算段なんだよ。だからレディ・モーリーは、ぼくの目の前でバークを誘惑していたのさ。彼女、どんな言い訳をしたと思う?」

「想像もつかないね」

「バークに手紙を届けたんだ。手紙だぞ!」もう一度、てのひらにこぶしを打ちつける。

「見え透いているな。とんでもない悪女だ」

「そうだ! だからぼくは——」ウォリングフォードは言葉を切り、眉をひそめた。「おまえにも、ようやくわかったようだな」

ローランドは身を乗り出し、兄の左耳の上をまじまじと見た。「ところで、その髪についているのは鳥の羽じゃないか?」

ウォリングフォードは頭の横を手でぱしんと叩いた。「どこだ?」

「そこだよ。手の下あたり。白くてふわふわの……」

「気にするな」公爵はいらだたしげに黒髪をかきあげ、向きを変えて窓際まで歩いた。「大切なのは彼女たちの裏をかくことだ。負けを認めさせて、出ていかせること。気の毒なバークがレディ・モーリーの魅力に屈し、われわれを自滅へ追い込む前に」

「悪いが、ちょっと話についていけない」ローランドの目の端にちらりと水色が映った。ベッドのほうを見る。〝数学教本〟が色あせた黄色のベッドカバーの上に無造作に広げてあった。

しまった。

「賭けだよ、あの賭け!」ウォリングフォードは黒い瞳で射るようにローランドを見た。「レディ・モーリーが誘惑に成功したら、われわれの負けだぞ。『タイムズ』に広告を出さなくちゃならない。そんなことになったら……」その結果はあまりにおぞましくて言葉にできないというように口をつぐむ。

「そんなことになったら?」ローランドは先を促した。

「わかるだろう。われわれはロンドンじゅうの笑い物だ。街にはいられなくなる。みじめな生活になるだろう。いま以上のみじめな生活に」

ローランドは肩をすくめた。「ぼくはいま、別にみじめじゃないけどね。それどころか、けっこう楽しんでる。女性たちと暮らすというのはなかなか刺激的だ」

ウォリングフォードのピンク色に染まった顔が、トマトのように真っ赤になった。

「なるほど、おまえはよろしくやってるわけだ。あのレディ・ソマートンと」

ふいに一陣の風が吹き込み、両開きの窓が音をたてて壁にあたって、〝数学教本〟のページがめくれた。ローランドは一歩前に出た。「彼女の——」氷のように冷ややかな口調で言う。「名前は口にするな」

ウォリングフォードは口を開き、やがて視線を落とした。「悪かった。言いすぎたよ。彼女は貞淑な女性だ」

「あれほど立派な女性はいない」ローランドは化粧台に近づき、指をついてうしろを振り返った。兄は弟の動きを追って、ベッドに背を向けた。

「ああ、そうだ」公爵は眉を曇らせた。「ところが、一方のおまえは意志が弱い。彼女には近づくな。彼女のことは信用できるが、おまえの下半身は――」

ローランドは片手をあげて制した。「兄上、言葉に気をつけてくれ」

「わかったよ」ウォリングフォードはため息をついた。「ただ、おまえは誘惑に弱い。それが破滅を招きかねないんだ。われわれの、そしてレディ・ソマートンのな」

ローランドは腕を組んだ。果樹園でリリベットが言った言葉が耳に残っている。彼女はソマートン伯爵に見つかることを本気で恐れていた。サー・エドワードの暗号文書のことで埋まっていたローランドの脳が、兄の話に反応しはじめた。「いいか、兄上。彼女がここにいることは絶対に言うな。あのけだものみたいな夫が知ったら……」

「それはどういう意味だ？」ウォリングフォードが驚いたように尋ねる。

「あいつはろくでなしだ。しばらくのあいだ夫に居場所が知られずにすんだら、彼女は安心していられるだろうってことさ」

公爵は疑り深げに目を細めた。「つまり、われわれは家出妻をかくまってるということか？」

ローランドは身を乗り出し、声をひそめて早口に言った。「ソマートンには犬一匹でさえ世話をさせたくない。そして兄上にもだ。その空虚な人生の中で、一度くらい他人への思いやりを持ったらどうだ？」

いきなり攻撃の矛先を向けられ、ウォリングフォードは目をぱちくりさせた。

「おまえ、まさか……」

「まさか、なんだ？」

「いや。だから彼女たちはぼくたちに出ていってもらいたがっているのか？　ソマートンに知られることを恐れているのか？」

ローランドは視線を床に落とした。「かもしれない」

「なるほど」しばしの沈黙のあと、ウォリングフォードは続けた。「まあ、いずれにしても、ぼくはおめおめと出ていくつもりはない。このあたりには、人の住んでいない城はごまんとある。彼女たちがほかを見つければいいだけの話だ」

床を見つめたまま、ローランドはため息をついた。「どうしてそんなに勝負にこだわるんだ？　賭けはやめたと宣言して、仲よく暮らせばいいじゃないか」

「冗談だろう？　あの小賢《こざか》しい姉妹と仲よく暮らすだと？　ところでローランド、〝数学教本〟というのはなんだ？」

ローランドははっとした。

公爵はすでにウールに包まれた長い腕をベッドに伸ばし、水色の暗号表を拾いあげていた。

「これはなんだ？　どういう数学の本なんだ？」

ローランドは優雅とは言えない動作で前に飛び出すと、兄の手から〝数学教本〟をひったたくった。「なんでもない。ただ……フランスでたまたま手に取った小冊子だよ。新しい数学らしい。なかなか面白いよ。兄上には理解できないだろうがね」

本を取り返そうとウォリングフォードは手を伸ばしたが、失敗に終わった。「何を言う。ぼくは数学は得意なんだぞ。それに……」

ローランドは本を化粧台の一番上の引き出しに入れ、そのまま閉めた。「なんでもないんだ。気にしないでくれ。いま話していたのは――」

公爵は一歩弟に近づき、威嚇するような低い声で言った。「待て。その数学の本について、もう少し聞きたい」

「なんでもないと言ったじゃないか。ページも少ないし――」

「だが、大切なものなんだろう？」ウォリングフォードはにおいを嗅ぐかのように、顔を突き出した。実際、嗅いでいるのかもしれない。兄は妙に鼻がきく。「ずいぶんと苦心して、ぼくから隠しているところからして」

心臓が不自然なリズムで打ちはじめた。落ち着け。自分に言い聞かせる。兄は何も知らない。それを忘れるな。気持ちを静めるためにひとつ深呼吸をし、目を閉じる。一瞬ののちに目を開けたときには、いつもの魅力的で頭が空っぽなローランド・ペンハローの顔になっていた。

「まったく」軽い口調で言う。「兄上は疑り深いな。この本をなんだと思っているんだい？　計算機が書いた愛の手紙？　東洋の国の暗号文書？」困ったように、右手の二本の指をくるくるまわしてみせた。

「何にせよ、ともかくおまえは必死に隠していた」

ローランドは大げさにため息をついてみせた。「隠す？　冗談だろう？　そんな価値のあるものかどうか、自分で中身を見てみてくれよ」うしろを向き、本を引っぱり出すと、兄の胸に向けて放った。「内容が理解できるというなら、五ポンド進呈しよう」

ウォリングフォードは腹立たしげに弟をひとにらみすると、親指でページをめくった。

「〝数学教本〟か。まったく」そうつぶやいて一ページ選び、左から右へと何度か指で行をなぞりながら目を通した。

やがて顔をあげた。「わかったぞ」

ローランドは腕を組み、天井を仰いで、漆喰を区切るがっしりした梁の数を数えているふりをした。そうしながら懸命に頭をめぐらせ、さまざまな言い訳と筋書きを考えていた。

「じゃあ、教えてくれないか」無頓着な口調で言う。

ウォリングフォードがぱたんと本を閉じた。「化学式だよ。バッテリーの件で、バークの手伝いをしてるのか？　なぜそう言わなかった？」

ローランドの顎がぷるぷると震えた。「バッテリー？」

「ああ。方程式は読み取れた。物質と力と……なんたらかんたらの関係だ」

「イオンのことかな」

「そう、イオンだ」皆目理解できていないにもかかわらず、兄は公爵ならではの自信をみなぎらせて本を差し出した。

ローランドは見もせずにそれを受け取ると、手の中で折りたたんだ。安堵で体から力が抜けていく。「バークにはまだ話してないんだ。二、三日中に驚かせてやろうと思ってる。いきなり作業小屋に行って、バッテリーだの点火装置だのって話をまくしたててね。彼、腰を抜かすんじゃないかな」

「そうだろうな。だが、女性たちのことは――」

ローランドは兄の腕をつかみ、扉のほうへ引っぱった。「いいかい、兄上。ぼくには戦略を考えるだけの頭脳はない。ややこしいことを考えていると、頭がくらくらしてくる。そのうえ女性を前にしたら、たちまちでれでれだ。兄上も知ってるだろう。だから、女性たちの裏をかくなんて技は到底できないよ」

「ああ、そうだろう。おまえは昔からロマンティストだからな」ウォリングフォードは慈しむような口調で言った。

「だろう？　だから、この件に関しては兄上に任せるよ。ぼくは……目立たないようにうしろに引っ込んでる」いかにも無邪気な笑みを浮かべてみせる。「それでいいだろう？」

「ああ」ウォリングフォードは弟の肩を叩き、扉の取っ手に手を伸ばした。「今日の午後は作戦を練って、今夜の夕食のときにでも仕掛けてみる。ミス・ヘアウッドといまいましいガチョウの羽に、一矢報いてやらなくては」

「ミス・ヘアウッド？」ローランドは両眉をつりあげた。「ガチョウの羽？」

「ああ。いや、気にしなくていい。ところで」公爵は肩越しに振り返った。「気を悪くしないでもらいたいが、おまえには数学は向いていないんじゃないかな。そういう高度な学問はバークかぼくに任せておけ。おまえは詩作に専念しろ。そのほうがいい」

「ああ、そうだね。実を言えばいまも、一四行詩を作っていたところなんだ。すごくいい詩でね。もしかして聞きたいかい？」

ウォリングフォードは青ざめた。「ああ、いや。夕食後にでもな。うん……楽しみにしてるよ」そう言うと、廊下へ飛び出していった。

ローランドも廊下に出て片手をあげた。「わかった。じゃあ、あとで！」

兄も片手をあげて応じ、小走りに階段を下って見えなくなった。

念のために一、二秒待ってから、ローランドはそっと部屋に戻り、扉を閉めた。しばらく古い木製の扉に寄りかかって、さんさんと差し込む午後の陽光に目を細め、気持ちを静めた。ポケットに手を入れ、手が切れそうな上質の紙をつかむ。

イタリアに来てから数週間。ローランドは母国での自分の立場についてはまったく考えなかった。善処するとサー・エドワードは約束した。きみを陥れようとしている人物を探り出す、と。この仕事のそういう側面がローランドは苦手だった。内部抗争。政治。諜報員同士のせめぎ合い——無駄な労力としか思えない。現場の興奮や緊張感が好きなのだ。サー・エドワードがなんとしても内部にいる裏切者をあぶり出すつもりなら、もちろんそれはありがたいが。

リリベットと再会したことで、隠遁《いんとん》生活が思ったよりもはるかに楽しいものになったというのもある。

そうだ。リリベット。愛しい人。ポケットの中の情報は、彼女とどうかかわっているのだろう？

ローランドは手紙を取り出して開いた。暗号を解読したいま、数字と文字の羅列は完全な英語に変換された。メッセージそのものは短くて端的だ。だが、答えよりもさらに多くの疑問を生むばかりだった。

〝証拠からして、海軍のS伯爵が絡んでいると思われる。現状、彼の妻と子どもの行方がわかっていない。現在地にとどまり、指示を待て〟

つまり、リリベットがイタリアに現れたのは偶然ではないかもしれないということだ。

9

いまやセント・アガタ城はすべてが真ん中で二分されているが、食堂のテーブルも例外ではなかった。毎晩、女性陣は片側に、男性陣はテーブルを挟んで反対側に一列に並んで座る。その配置は、実は討論にうってつけだった。

リリベットは果樹園でのローランドとの会話が頭を離れず、塩を取ってと頼むことすらままならない状態だったが、ほかの面々は遠慮がなかった。アレクサンドラは今朝、ミスター・バークの作業小屋に郵便物を届けに行ったらしく、それを知ったウォリングフォード公爵は彼女がよからぬことをたくらんでいると確信していた。

もちろんアビゲイルの意見は違った。「でも、そんなのおかしいわ。たとえお姉さまが首尾よくミスター・バークを誘惑したとしても、その場合、賭けは引き分けになるはずでしょう?」

アレクサンドラが喉を詰まらせた。

「それもそうだ」ミスター・バークがうなずく。「あなたの言うとおりです」

アビゲイルはウォリングフォードのほうを向いた。「これでおわかりでしょう、閣下?

誘惑うんぬんのことはきれいに忘れてくださってけっこうです。まともな人ならそんなこと考えませんから。『タイムズ』に敗北宣言がふたつ並ぶことになるんですもの！　そんなわけのわからない話ってないでしょう」

公爵の顔がみるみる真っ赤になった。

「ねえ、ウォリングフォード」アレクサンドラが言った。「お願いだから少し冷静になってちょうだい。脳卒中でも起こしかねないわよ。ミスター・バーク、あなたに医学の心得はおありかしら？」

「ほんの基礎なら」ミスター・バークはオリーブをひと粒、口に放り込んだ。「せいぜい首巻き《クラヴァット》をゆるめてやるくらいのことですが」

「光栄だ。そこまで入念に笑い物にしてもらえるとは。しかしきみと……」ウォリングフォードはミスター・バークの胸に指を突きつけた。「それからおまえは……」今度はその指をローランドに向ける。「ここにいる女性たちが何をたくらんでいるか、まったくわかっていない。先月ここに到着したとき以来、彼女たちはわれわれを痛めつけ、追い出し、城を自分たちだけのものにするためにあれこれ策を練っているんだ。レディ・モーリー、くれぐれも言っておくが、この期に及んでしらばくれるようなふざけた真似だけはしないように」

「あなたが尻尾を巻いて逃げていくのを見送ることができたら、さぞかし愉快でしょうね。そのことを否定する気はないわよ、ウォリングフォード」アレクサンドラが応えた。

リリベットはワイングラスを手に取って飲んだ。ワインは熟成がじゅうぶんでなく、口には合わなかった。アレクサンドラがまた相手をあおるようなことを言いませんように、と念じながらグラスを置き直す。テーブルの向かいから、ローランドがこちらを見つめていた。視線の重みが感じられるようだ。服を一枚一枚はがされていくみたいな気がする。

ウォリングフォードが冷ややかな口調で言った。「いいだろう、レディ・モーリー。例の賭けについて修正を加えたい。罰を増やそう」

「いったい何を言いだすんだ？」ミスター・バークが言った。「もう少しましなことに時間を使えないのか、ウォリングフォード？　図書室の立派な蔵書でも紐解いてみたらどうだい？　そういうことをするためにここへやってきたのだから」

アレクサンドラは笑った。「わたしたちのサロンで文学の話に加わってくれてもいいのよ。男性の意見も聞いてみたいわ。ただし傘を持ってくるのを忘れないでね。急にお天気が悪くなるかもしれないから」

「くそくらえだ！　失礼、レディ・ソマートン」

どうして誰も彼もわたしのことを、マナーの完璧な淑女の鑑《かがみ》と思うのだろう？

「お気になさらずに、閣下」

「こういう提案はどうだ？」ウォリングフォードは身を乗り出し、眉根を寄せて黒い目を光らせた。「バークが言いだした『タイムズ』への広告記事に加え、負けたほうがただちに城を去る」

〝城を去る〟リリベットは背筋がぞくりとした。ワイングラスの脚を握り、助けを求めるようにローランドを見る。

彼はまったく表情を変えず、平然としていた。金茶色の髪がひと房、額にかかっている。自信に満ちた態度で首を横に振り、小さく口笛を吹いた。「そいつは厳しいな。本気か、兄上？　われわれのほうが叩き出される側だったらどうするんだ？」

「たしかにおまえが一番危ない」公爵は言った。「しかし幸い、その点についてわれわれはレディ・ソマートンの道徳心を大いにあてにできる」

「いいかげんになさって、閣下」リリベットはやっとのことで言った。気を失うかと思った。なんとか場を取り繕おうとしたが、頭がくらくらし、胃がよじれて、言葉が出てこない。

アレクサンドラが口を挟んだ。「ウォリングフォード、さっきから聞いていればわたしたちが策を練っているとかなんとか、あなたは本当にどうかしているわよ。わたしはミスター・バークを誘惑する気なんてさらさらないわ。彼もわたしに誘惑される気なんてこれっぽっちもないでしょうし。さては今朝のガチョウの羽の一件を根に持っているんじゃないの？　だから仕返ししようと……」

ウォリングフォードはテーブルにあるワインの瓶から自分でお代わりを注いだ。キャンティワインの未熟さはまったく気にならないようだ。「レディ・モーリー、きみの言うとおりだとしたら、罰を増やすことに反対する理由はないはずだ。違うか？」

アレクサンドラがちらりとリリベットのほうを見る。リリベットは訴えるように、いとこの目を見つめた。ウォリングフォードの挑発なんかに乗らないで。あなたは分別のある人でしょう。わたしの苦境もわかってくれているはず……。

「もちろん反対する理由はないけれど」アレクサンドラは慎重に言葉を選びながら言った。

「ただ……あまりにもばかばかしくて」

ミスター・バークが咳払いした。「ウォリングフォード、そんなことをする必要はまったくないよ。今のままでいいじゃないか。少しばかりガチョウの羽をくっつけたってまったく気にしなくていい。そしてぼくも、たとえレディ・モーリーに言い寄られても彼女の魅力に屈しないと約束する」彼は感心するほど真顔で言った。

ウォリングフォードは椅子の背にもたれ、澄ました笑みを浮かべてみせた。

「ということは、この場にぼくの提案を受けるという人間はひとりもいないのか？　どうなんだ、レディ・モーリー？　いつもの負けん気はどうした？」

「あなたって本当にいやな人ね、ウォリングフォード」アレクサンドラはかぶりを振った。

リリベットの脈が、ようやく正常なリズムで打ちはじめた。アレクサンドラはうまくやってくれるだろう。公爵の言葉を巧みに逆手に取り、こちらの有利になるよう話を持っていくはずだ。間違っても、この城に住む権利を危うくするようなことはしない――。

「いいんじゃないかしら」

アレクサンドラの反対隣から、邪気のない、明朗な声が聞こえてきた。

アビゲイル。ああ、だめよ、アビゲイル。

だが、彼女は楽しんでいるような口調で続けた。「やってみましょう。そちらのことはよく知りませんけど、わたしたち三人は、はじめに決めたとおり学問に取り組むだけのことですから。それを、罰則を増やして刺激的なゲームにしたほうが楽しいとおっしゃるなら、どうぞご自由に。わたしたちは痛くもかゆくもないですもの。違う、お姉さま？」

隣のアレクサンドラは、空の皿の上にのせたナイフの柄を握りしめていた。関節が白くなっている。「そうよ、もちろん」もう片方の手をテーブルの下にくぐらせ、リリベットの膝を軽く叩く。「わかったわ。受けて立ちましょう、ウォリングフォード。あなたが的はずれな疑念を抱いているだけで、実際はこんなことになんの意味もないけれど。もっと言わせてもらえば、いまはあなたそのものがどうかしてしまっているみたいね。おかしな妄想は忘れて、そもそもの目的に取り組むことをお勧めするわ。わたしたちはアリストパネスを学んでいるところで、アビゲイルはギリシア語で二回も読んだのよ。きっとあなたのためになる助言をくれると思うわ。困っていることについて何から何まで」

慎重にそろそろと、リリベットはアレクサンドラの手を膝から持ちあげ、いとこの膝に戻した。

ウォリングフォードは立ちあがるところだった。「レディ・モーリー、こちらはおかげさまでまったく順調だ。ご婦人方、失礼ながらお先に。ぼくなど足元にも及ばぬくらい魅力にあふれた学者をふたり残していくので、どうぞごゆっくり」

公爵は部屋を出ていった。あとには気まずい沈黙が残った。

アレクサンドラがあいまいに笑った。「どういうことかしら。すっかりばかにされた気分だわ」

「そうかもしれない」ローランドが言った。「なかなか面白かった」

ミスター・バークもナプキンをたたんで立ちあがった。「ぼくもそろそろ部屋に引きあげよう。みなさん、おやすみなさい」

ローランドはがっかりしたようにため息をついたが、作法を無視して男ひとり残るわけにもいかなかった。「そうだな」席を立って言う。「ぼくも書斎に戻って、興味深い研究の続きをしよう。実に楽しい。これぞ真の人生だな」

リリベットは忍耐強い性質だった。男性たちが部屋を出て、足音が廊下の先に消えるまで必死にこらえてから、爪をむき出しにしていとこたちに飛びかかった。

もちろん比喩的な意味でだが。

「あなたたち、いったい何を考えてるの？」怒った猫のような、押し殺した声で言う。

アレクサンドラとアビゲイルはびくりとし、リリベットを見つめた。ふたりが驚くのも無理はない。リリベットがこんな尖った口調でものを言うことなどめったにないのだ。

「リリベット、どういう意味？」フランチェスカが皿を片づけられるよう、アレクサンドラは体を脇に寄せた。

「どういう意味かですって？　わかっているでしょう」リリベットはアビゲイルのほうを向くと、歌うような作り声で言った。「〝罰則を増やして刺激的なゲームにしたほうが楽しいとおっしゃるなら、どうぞご自由に〟」

「ちょっと待って……」アレクサンドラが口を挟む。

「あなただってそうよ！」リリベットはアレクサンドラに人差し指を向けた。「〝受けて立ちましょう、ウォリングフォード。あなたが的はずれな疑念を抱いているだけで、実際はこんなことになんの意味もないけれど〟――なんの意味もないと、あなたは言ったのよ」こぶしを握り、怒りに任せてテーブルに落とす。フランチェスカが飛びあがり、腕に重ねてのせていた皿を落としそうになって、あわてて部屋から出ていった。

「リリベット」アレクサンドラが片手を彼女の手に重ね、なだめるように言った。「あなたはやさしい、まっすぐな心の持ち主ね。だから駆け引きの初歩もわからないのよ」

「駆け引きですって！」リリベットははじかれたように立ちあがり、両手を腰にあてた。「あなたにとっても単なるゲームなのね、アレクサンドラ？　そうなんでしょう？　わたしは――わたしにとっては人生がかかってるの。大事なフィリップの人生もよ」

アレクサンドラはゆっくりと立ちあがり、椅子のうしろにまわると、長い指をその椅子の扇形の背にかけた。「言い方が悪かったかもしれないけれど……」

「そのとおりね。さらに言うなら、戦略も悪かったんじゃないかしら。だって……」

ふと腕に手が触れるのを感じて見ると、アビゲイルが立っていた。真剣な顔をして、ブラウンの目を大きく見開いている。「もちろん、わたしたちはわかってるわ、リリベット。わかってるし、あなたとフィリップを愛してる。でも、あの人たちに城を出ていってもらいたいと思わない？　ウォリングフォードの提案はわたしたちにとって好都合なのよ」

「でも、彼は勝つ気でいるのよ。わたしたちを負けに追い込み、ここから出ていかせようとしているの」

扉の外でどすんという音がした。リリベットは凍りつき、アレクサンドラの顔を見つめた。アビゲイルが扉を開けて様子を見た。「なんでもないわ。フランチェスカがお皿を角にぶつけたみたい」

アレクサンドラはリリベットの腕を指でとんとん叩きながら、彼女の頭越しに妹へ目配せをした。「厨房で話をしたほうがいいかもしれないわね」

リリベットはいとこたちを交互に見て言った。「そうね」

厨房では、フィリップが広い木製のテーブルにつき、家政婦とメイドに見守られてデザートを食べていた。パネットーネ（イタリアの伝統的な菓子パンのひとつ）の皿から目をあげ、リリベットを認めると、少年は喜びに顔を輝かせた。「お母さま！」そう叫んで、母親の腕の中に飛び込む。

リリベットは膝をついて息子を受けとめ、パンの香りがするあたたかな髪に顔をうずめた。小さな体が意外なほどの力でしがみついてくる。「こんばんは、ダーリン。いい子にして、ちゃんと夕食をとった？」

家政婦が微笑みながら立ちあがった。「とてもいい子でした。子羊肉と豆《ファジョッリ》、アーティチョークを召しあがりましたよ。元気で、たくましく《フォルテ》育ってます」白いシャツに包まれた腕を広げ、身振りで示す。

「ありがとう、シニョリーナ・モリーニ」リリベットは微笑み返した。

「シニョリーナ・モリーニがパネットーネを一個おまけしてくれたんだ」フィリップがリリベットの耳元でささやいた。「食べていいでしょ？」

「夕食を残さず食べたなら、もちろんいいわよ」リリベットは息子の髪をくしゃくしゃにして、体を起こした。「ダーリン、大人はちょっとお話があるの。フランチェスカとお部屋に行って、先にお風呂に入っていて。お母さまもすぐに行くから。寝る前にお話を読んであげましょうね」

「お風呂！」フィリップがうめく。

フランチェスカもうんざりしたようにため息をつくのが、リリベットの目の端に映った。この娘はあまり英語を解さないが、風呂という言葉は、この数週間でいやでも覚えざるをえなかったようだ。

「そうよ、さあ、ぐずぐずしないで。フランチェスカの言うことをよく聞いたら、今夜は特別なお話を読んであげるわ」息子の好きな本を思い浮かべる。「ウサギのお話にしましょう。あなた、好きだったでしょう」

「ほかのがいいよ、お母さま。それはもう何度も読んだもん。赤ちゃん向けだよ」

しばらく脅したり、なだめたり、もので釣ったりしたあげく、ようやくフィリップはフランチェスカに手を取られて二階へあがった。リリベットはアビゲイルの横の擦り切れた椅子に倒れ込むようにして座った。

「あの子」アビゲイルが言う。「今日の午後、お勉強中にとってもすてきな話をしてくれたのよ。わたしたちも知っているある紳士と、湖畔でピクニックした話」

「話題を変えないで」リリベットは鋭く言った。「あなた、ウォリングフォード相手に何をたくらんでいるの？」

「あら、いたって単純よ」アビゲイルはフィリップの皿に残ったパネットーネの最後のひと切れに手を伸ばすと、ぽんと口に放り込んだ。「ペンハローがあなたを誘惑する場面を押さえて、彼らを追い出そうというだけ」

「なんですって？」リリベットは声をあげた。

「なんですって？」アレクサンドラも同時に叫ぶ。

「なんですって《ケ・コザ》？」モリーニもテーブルの端でつぶやいた。

アビゲイルは無邪気にみんなの顔を見渡した。「わからない？　わたしがあの人を――ウォリングフォードをけしかけてたの。この数週間ずっとね。で、今日みたいなことを言いだすように仕向けた。完璧よ。これでペンハローを現行犯でつかまえたら、彼らは城を出るしかなくなるわ」

リリベットは椅子から飛びあがった。「現行犯ですって！　ペンハローを？」

「そう、ペンハローよ」アビゲイルはてのひらを上にして片手をあげた。「ほかに誰がいる？　ミスター・バーク？」

「ミスター・バークはありえないわ」アレクサンドラがぴしゃりと言う。

アビゲイルは首をすくめて笑みを隠した。「ええ、もちろんそうね。わたし、どうかしてたわ。でも、あなたとペンハローは……リリベット、申し分ないわ。彼はあなたにぞっこんだもの。ひょいと指を曲げれば、彼はあなたのもとへ飛んでくる。そして女性を誘惑するために男性がするようなことをなんでもするでしょうね。それどころか、あなたのドレスを引き裂きかねないわ。そこへ……」

「ちょっと、どこでそんなこと覚えてきたの？」アレクサンドラが問いつめた。

「小説よ。そこへ、わたしたちがいっせいに〝見たわよ〟と言いながら登場するの。お芝居でよくあるみたいに」アビゲイルはぽんと手を叩いた。「完璧よ！」

「でも、できないわ」リリベットは言った。こめかみがずきずきしてくる。またしても、くずおれるようにして椅子に座った。「わたしにはできない」

アビゲイルが手を伸ばし、リリベットの手を軽く叩いた。「もちろん、それ以上ことが進む前にちゃんと止めるわよ。あなたとあなたの大切な操は絶対に守るから」

「論外よ」リリベットはぐいと手を引っ込め、膝の上で両手を握り合わせた。深呼吸をすると、厨房に漂うローズマリーと焼きたてのパンの香りが鼻孔に広がった。あたたかな、心休まる香りだ。

「ほんのちょっとドレスが破れるくらいよ、リリベット。わたしが縫ってあげる。ソマートン卿には知られるはずもないし」

「どうかしら。いずれは知られるわ」リリベットはドレスをつまんだ。「『タイムズ』に広告が出たときに」

　まさかというようにアビゲイルは手を振った。「広告は必要ないと彼らに言えばいいのよ」

「でも人に話すでしょう、ロンドンに帰ったら」

「口止めすれば大丈夫よ」アビゲイルが微笑む。「ウォリングフォードは最低な男だけど、約束は守ると思う」

　ずっと無言でひたすらテーブルを見つめていたアレクサンドラが、咳払いをして言った。

「いずれにしても、そんなことをする必要性が理解できないわね。いまでも男性陣は東の翼棟、わたしたちは西の翼棟を使ってる。追い出したからって、たいして違いはないと思うけど」その口調は妙にやわらかかった。

「でも、この作戦、面白いじゃないの。ねえ」アビゲイルはそう言うと、リリベットのほうを向いた。ブラウンの瞳がきらきら輝いている。「この城をわたしたちだけで使えたらすてきだと思わない？　彼らの顔はもう二度と見なくてすむわけだし」

　モリーニのいるほうから物思いに沈んだ声がした。リリベットが振り向くと、ちょうど家政婦が小さく頭を振ったところだった。つやのある黒髪がスカーフからはみ出て、額やうなじでカールを作っている。そのうしろでは巨大な炉に残り火が燃え、心地よいリズムでシューシュー音をたてたり、炎をあげたりしていた。燭台《しょくだい》の上では、白いろうそくが漆喰の壁にあたたかな黄色い光の輪を投げかけている。

　リリベットはテーブルの上に手をつき、擦り切れた木の天板に円を描いた。下腹部で小さな命が生きようと闘っているのが感じられる。数カ月のうちには、この存在を隠しきれなくなるだろう。気づいたら、ローランドはなんと言うかしら？　どうするだろう？

答えはわかっている。自分の子どもをソマートンの名で育てることは断固拒否するに違いない。夫に面と向かって離婚を迫るはずだ。リリベットは息子を失い、友人を失い、名誉を失う。残るのはおなかの中で育つこの新たな命と、ローランドのつかのまの愛情だけ。彼の愛情はじきに薄れ、関心はほかへと移っていく。彼女は社交界を追放され、恥にまみれ、絶望を抱えて生きていくことになる。いまでも舌を刺す苦い絶望の味が口に感じられるほどだ。それがゆっくりと心を冒していく。

リリベットは、アビゲイルの妖精のように無邪気な顔を見返した。「わかったわ。じゃあ、あなたはどうやってわたしたちをふたりきりにするつもり？」


書斎の外で床板のきしむかすかな音がした。誰かいるようだ。

ローランドは椅子に座ったまま神経を研ぎ澄まし、周囲の状況を細部にいたるまで頭に叩き込んだ。古くなった革と湿った木材、あたたまった漆喰のかびくさいにおいが鼻孔を満たした。天井まである高い本棚に囲まれた空気はよどんで重い。開いた扉の向こうに、ためらいがちに進む小さな影が壁に映っている。

ローランドは微笑んだ。

「入っておいで」親指をページのあいだに挟み、本を閉じた。「こちらは男性専用棟だ」

小さな頭が戸枠からのぞいた。「サー？」

「おいで」ローランドは本を脇に置いて立ちあがった。「母君はきみがここに来てること、知ってるのかな?」

フィリップは一歩前に出た。「ううん、知らないと思う。ぼく、これからお風呂に入ることになってるんだ」

「なるほど、わかるよ。きみのように元気な男の子が、お風呂大好きって話はあまり聞かない。何か飲むかい……ええと」ランプテーブルの上のデカンタをちらりと見た。「水でも?」

「いらないよ、ありがとう」フィリップはさらに二、三歩入ってきて足を止めた。肩をそびやかし、指で袖口をつまんでいる。白いセーラージャケットは脱いでいるし、靴と靴下もはいていない。だが、シャツとズボンを奪われる前に首尾よく脱出に成功したらしかった。

「そうか。だったら」ローランドは背中で手を組んだ。「何かぼくに話があるのかな?」

「うん、まあ」フィリップはごくりと唾をのみ込んだ。ローランドと同じく背中で手を組み、緊張した、それでもいじらしいほど決然とした表情を浮かべている。ひとつ大きく深呼吸してから、一気に言った。「あなたのことで話があるんだ」

「ぼくのこと?」

「そう。だって、あなた……今日、果樹園で……お母さまを泣かせたでしょう」

ローランドは足元の床が崩れ落ちたような気がした。椅子の背に手を置き、危ういところで体を支える。「それは……すまなかった……でも、ぼくが、何をしたって?」

思ったとおりだったと知ってか、フィリップの幼い声に力強さが加わった。

「あなたと話したあと、ぼく、お母さまに花をあげたんだ。そしたら……お母さまは泣いてた。いつもみたいに隠そうとしてたけど、ぼくにはわかったんだ」

〝いつもみたいに隠そうと……〟

「ぼくは……いや、本当にすまなかった」自分の声が遠くから聞こえた。頭の中では思考があちこち這いまわり、どこかに足場を確保しよう、体勢を立て直そうとしていた。「まるで知らなかったよ。あのときはまったく普通にしていたのに」

「なんの話をしてたの？」

「いや、それは……」まったく、ペンハロー。おまえは大人だろう。しかも諜報部員だ。少しは頭を使え。「ところで、きみ、まずは座ったらどうだ」椅子の背を叩く。「ほら、ここ、暖炉のそばに。石造りの部屋は冷えるからね」

少年はためらい、警戒するように椅子からローランドへ、また椅子へと視線を移した。火が大きな音をたててはぜ、沈黙を破った。その音が合図のように、フィリップは近づいてきて、椅子によじのぼるようにして座った。

ローランドは微笑み、デカンタがのっているテーブルに近づいた。この城に来てウォリングフォードがまず最初にしたのは城内から酒を一掃することだったが、暗黙の了解でワインだけは廃棄を免れた。そして話し合いの結果、アルコール度数の強い酒精強化ワインも残されることになった。シェリーの一杯でもなければ、人は品位ある暮らしができないというわけだ。もっとも、書斎のデカンタには水しか入っていない。朝と晩に厨房から汲《く》んでくる、新鮮で雑味がいっさいない水だ。ローランドはグラスを見つけ、フィリップのためになみなみと注いだ。

「さあ、どうぞ」少年にグラスを渡す。「寝る時間になって城の中をうろうろしていたら、喉が渇くだろう」

「ありがとう、サー」フィリップはおそるおそるグラスに口をつけた。

ローランドは近くのソファに座り、身を乗り出した。ズボンの上質なウール地を押さえつけるように、前腕を腿にのせる。「さて。きみも知っていると思うが、いや、知らないかもしれないが、ぼくはきみの母君とずっと昔、ロンドンで会ったことがある。彼女がきみの父君と出会う前のことだ」

フィリップはうなずいた。「友だちだったの?」

「とてもいい友だちだった。ぼくはきみの母君のことを、とてもすてきな女性だと思っていたよ。許されるなら……いまもいい友だちだと思いたい」

少年はもう一度うなずき、コップの水を飲んだ。「なら、どうしてお母さまを泣かせたの?」

ローランドは、爪が皮膚に食い込みそうなほど指を握り合わせた。目の前の、古ぼけて擦り切れた絨毯《じゅうたん》に視線を落とす。色や模様は無数のブーツに踏まれたせいか、ほとんど判別できなくなっている。「そんなつもりはなかった。昔の話をしていたんだ。たぶん、それでちょっと郷愁に駆られたんじゃないかな」

「何それ？」

「そうだな、昔のことを、自分が若かった頃のことを思い出すときに感じるものだよ。当時は楽しかったけれど、いまはいろいろと変わってしまったから、ときどき懐かしくてたまらなくなる」ローランドは顔をあげた。「わかるかい？」

「わかんない」

フィリップは丸い、子どもらしい顔に驚くほど真剣な表情を浮かべて聞いていた。

だからお母さまは泣いてたの？」

「そうだと思う。きみの母君を悲しませるようなことは言っていないはずだ。そう願うよ。母君を悲しませたくはないからね」

「そのほうがいいよ」フィリップは言った。「お母さまを悲しませたりしたら、ぼくがげんこつ食らわすから」

ローランドは目をぱちくりさせた。「そうか。それは気をつけないとな」

「お父さまにも知れるよ。そしたらきっと、お父さまもげんこつ食らわすよ」

ローランドの顔がかっと熱くなるのを感じた。「父君が？」

フィリップがため息をつく。「うん」

注意深く言葉を選んだ。「父君はよくそういうことをするのかい？」

少年は肩をすくめた。「お父さまはいっつも怒ってるんだ。ぼくが三つか、四つか、四つと七カ月のときだったかな。ベッドの下にお母さまの人形を見つけたんだ。で、一緒に馬に乗ってたら――」

「ぼくの部屋にあるやつだよ。子ども部屋の馬さ」頭の鈍い大人への侮蔑が混じった口調で言う。

「馬？」

「ああ、そうか。揺り木馬か」

「そう、それ！　一緒に馬で野原や道を走ったんだ。そこへお父さまが入ってきて、怒鳴って……」フィリップは言葉を切った。目を丸くして懇願するように言う。「お母さまには言わないで」

「もちろん言わないよ。でも……」ローランドは唾をのみ込んだ。「父君はほかにどんなことをしたんだい？」

フィリップは革製の椅子から滑りおりた。「それって馬の本？」

ローランドはとっさに本を取りあげた。「いや、違う。大人向けの退屈な本さ。全然面白くないよ」椅子から立ちあがって続ける。「きみは馬の本が好き？」

「大好き。大人になったらダービーで走りたいんだ。お母さまは許してくれないだろうけど。面白いことはなんでもだめって言うんだもん」少年は首を伸ばし、ローランドの背中越しに隠された本を見ようとした。

ローランドは高い棚へ手を伸ばし、ローマ建築に関する学術論文のあいだに本を押し込んだ。「まあ、母親っていうのはそういうものさ。いずれにしても、きみは騎手になるには体が大きくなりすぎるかもしれないな。いまでも年のわりに肩幅が広くて、がっしりしている。

ほら、あった。馬の本だ」古い本を引っぱり出し、袖口でかびを拭き取る。

「わあ！」フィリップは叫び、ローランドの手から本をひったくると、擦り切れた絨毯の上にじかに広げた。「軍馬だ！」

ローランドは少年の前に腰をおろした。小首をかしげて表紙を見やる。「エクウス・ベリ。そう、ラテン語で軍馬という意味だ」

フィリップはすでにうっとりとした顔でページをめくっていた。「これ見て！　すごい！　なんて書いてあるの？」

ラテン語の解説を読んだ。「ブケパロス。アレクサンダー大王の愛した軍馬だよ。伝説的な名馬だ」

「アレクサンダー大王って誰？」

「歴史上まれにみる偉大な王だ。マケドニア王国から小アジアまで支配した。彼は誰に勉強を教わったと思う？」

「知らない」

「アリストテレスだよ。アリストテレス本人から学んだんだ」

フィリップは目を細めた。「ギリシア人？」

「そのとおり。きみは賢いな」ローランドは版画を指差した。「アレクサンダーは一〇歳のとき、この暴れ馬を手なずけたと言われている。ほかの誰にもできなかったのに」

「ぼくもやってみたいな！」フィリップの手はうやうやしく版画の上を通り、さらにページをめくった。小さな頭をうつむけて本に見入っている。もつれたブラウンの髪が近くのランプの明かりを反射し、肩甲骨が白いシャツの地をくっきりと押しあげていた。

暖炉の火に勢いがなくなってきたことに気づき、ローランドは立ちあがって、鉄のバケツから石炭を加えた。それから、またさっきと同じ場所に腰をおろした。膝が大判の『エクウス・ベリ』の革表紙に触れた。

ソマートンの息子。けれどもなぜかこの数時間、彼はソマートンの息子であるのをやめ、リリベットの息子になっていた。頬の曲線。やわらかなうなじ。シャツの下の健康そうな肩の線。すべて彼女にそっくりだ。彼女の体の中で育ち、彼女の乳房を吸い、彼女の腕に抱かれて眠ってきたのだ。惜しみない愛情を受けながら。

フィリップが顔をあげ、期待に満ちた黒い目でローランドを見た。今度はソマートンの顔は浮かばなかった。「これ、読んでくれる?」

ローランドは咳払いした。「ああ。ただ、全部ラテン語だからな。ラテン語ってやつは厄介でね。兄とぼくが子どもの頃、なんて言ってたかわかるかい?」

「兄って、公爵のこと?」

「そう。ふたりでよく言ったものさ。ラテン語は死の言語だ、まさに死神だ、ローマ人を殺し、いまではぼくを殺そうとしてるって」

フィリップはくすくす笑った。

「家庭教師に向かって、よくそうやってはやしたてたよ」

「それで家庭教師はどうしたの？　怒った？」少年の声がおかしそうに高くなった。

「いや、怒ろうとしたけど、ぼくらは逃げちゃったんだ。しまいには、おじいさまがぼくらにお仕置きをしなきゃならなくなった」

「おじいさま？」

ローランドは微笑み、フィリップの顎の下を軽く叩いた。「オリンピア公爵だよ。おっかない人なんだ」

フィリップは微笑み返し、目の前のページを見おろした。「オリンピア公爵か。きっと、すごくたくさん馬を持ってるんだろうね」

「ああ、たくさん馬を持ってる」ローランドはページが見えるよう体の位置をずらし、読みはじめた。ギリシア人の伝記作家プルタルコスが書いた、アレクサンダー大王がブケパロスを手なずけたときの話を的確に訳していく。

あまりに夢中になっていたので、廊下をこちらに向かってくる荒い足音には気づかなかった。気づいたときには手遅れだった。


ローランド。

その言葉はリリベットの口から発せられる前に息絶えた。大きな本を挟んで書斎の床に座っている、ローランド・ペンハローと息子の驚いた顔を交互に見やる。

フィリップが最初にわれに返った。「お母さま！」そう叫び、走って母親の胸に飛び込んだ。

「ダーリン、ここにいたのね。みんなどれほど心配したか！」彼女は小さくしなやかな体を自分の胸に焼きつけるかのように、きつく抱きしめた。

「大変申し訳ない」ローランドのあたたかな声がリリベットの耳に届いた。「彼がこっそり部屋を抜け出したことに気づくべきだった」

「ひと言、知らせてくれるべきだったわ！」彼女はぴしゃりと言った。目を閉じ、フィリップのやわらかな髪に顔をうずめて、息子のにおいを嗅ぐ。太陽と緑の香りに、厨房のパンのにおいがわずかに混じっていた。

「この人のせいじゃないよ！」母親の胸に抱かれたフィリップの声はくぐもって聞こえた。「ぼくがこの本を読んでって頼んだんだ。ブル……ブケ……」

「ブケパロス」ローランドが言う。「でも、きみの母君の言うとおりだ。ぼくはきみをすぐに部屋へ連れ戻すべきだった」

リリベットはようやく顔をあげた。ローランドは暖炉のそばに立っていた。いかにも申し訳なさそうな顔で手をうしろに組み、小首をかしげている。頬に暖炉の明かりがあたっていた。上着はボタンがはずされ、すらりとした上体を包むベストがのぞいている。まるでギリシア神話の神のようだ。どこからどこまで美しい。「フランチェスカがベルを鳴らすものだから——」自分の声が不自然に高く聞こえた。

「もう、フランチェスカはばかだなあ」フィリップは母親の腕を振りほどいた。「すぐに戻るって言ったのに」

「彼女にはわからなかったんだろう」ローランドが言う。「英語があまりできないんだ。ばかなんて言ってはいけないよ」

リリベットは体を起こし、フィリップの手をつかんだ。「いずれにしても、あなたはすぐに知らせてくれるべきだったわ。わたしたちが心配することくらい、わかったでしょうに」

「本当にすまなかった、リリベット。次からはそうするよ。約束する」ローランドは誠意のこもったまなざしで彼女を見つめた。ふたりのあいだに電流のようなものが走った。

リリベットは半歩うしろにさがった。「息子がうろついているのを見つけたら、すぐにわたしたちに知らせてちょうだい。わたしも努力しているんだけれど、この子、じっとしてるってことがないの」

ローランドは笑った。「男の子なんてそんなものだよ」

フィリップは母親の手を引っぱった。「この人、ラテン語がわかるんだよ、お母さま！ぺらぺらなんだから。明日、一緒に馬に乗ってもいい？」

「そんなのだめよ。ローランド卿はお忙しいの」

「ぼくはかまわない」ローランドは広い肩をすくめ、リリベットに微笑みかけた。腹が立つほど魅力的な笑み。部屋じゅうが、ぱっと明るくなるようだ。

「その話はあとでしましょう」彼女は冷ややかに言った。

ローランドが小さく一礼する。「仰せのままに」

勘違いしないでと言ってやろうと口を開いたが、ふとアビゲイルの言葉を思い出してやめた。

〝この城をわたしたちだけで使えたらすてきだと思わない?〟

フィリップの手をぎゅっと握る。

いいじゃないの。本気ではない、彼らを追い出すための策略よ。

「あとでまた、この書斎で会える?」

ローランドの目がきらりと光った。「ああ、でも、きみからしたら立ち入り禁止区域だろう? いまだって、厳密にいえば規則を破っていることになる」

「緊急時には例外も認められると思うわ」リリベットは微笑んだ。「お互い、話のわかる大人なんだもの」

「もちろんだ。なら、兄には内緒ということで」ローランドは問いかけるように眉をあげた。けれども足は暖炉の前に据えたままで、近づいてはこなかった。

「お母さま、ぼく、お風呂に入らないとだめ?」フィリップが甘えた声で言う。

「母君の言うことは聞かないとだめだ」ローランドが厳しい口調で言った。「風呂に入るのが面倒なのはわかるが、文明人には欠かせないことなんだよ」

「ローランド卿にお風呂に入れてもらいたいな」

「だめだ。フランチェスカにやってもらいなさい。かわいい子じゃないか、フランチェスカは。彼女と一緒にいれば、そのうちイタリア語がぺらぺらになるぞ」ローランドはようやく前に出て、片膝をつき、フィリップの目をのぞき込んだ。「さあ、風呂に入っておいで。この本は持っていくといい。ほら」

「ほんとに？」フィリップは目を輝かせて母親を見あげた、「いい、お母さま？」

「ええ、もちろん」

ローランドは絨毯の上に広げてあった本を拾いあげると、少年に向かって厳かに差し出した。

「ありがとう」リリベットはそう言うと、大きな革表紙の本を腕に抱えて立つ息子に目をやった。「じゃあ、あとで会えるわね？」あえて目を合わせず、ローランドの左耳に向けてささやく。

「言っただろう、仰せのままに」

彼の笑みの重みを頰に感じた気がした。

10

書斎の両開きの扉は片方が少しだけ開いていた。その木製の扉には何頭ものライオンが彫られている。

リリベットはあくびをしている雌ライオンの顎に手を置き、足を止めた。化粧着はやわらかな薔薇色のひだを作って、足元に垂れている。開いた胸元からは、ネグリジェのレースの縁飾りと乳房のふくらみがのぞいていた。これ、こんなに襟ぐりが深かったかしら？　あわてて空いた手で化粧着の前をかき合わせる。

それから手を離した。

ローランドを誘惑するのが目的だったはず。この城から追い出すために、ほんの少し誘いをかけるのだ。そうすれば二度と会わずにすむし、心もかき乱されない。そう、わたしは正しいことをしているのよ。

思いきって扉を押し、書斎に入った。「ローランド」小声で呼んでみる。

誰もいなかった。

室内を見まわした。いまも炎をあげている暖炉。そびえるばかりの本棚。薄暗がりの中にぼんやりとした形を浮かびあがらせている家具類。奥のほうにあるたったひとつのランプは消えかけ、ほのかな明かりの輪を作っているだけだ。

「ローランド？」もう一度呼んでみた。背後に何か動きを感じたかと思うと、扉がごく小さな音をたてて閉まった。

はっとして振り返った。ローランドが扉に鍵をかけ、その鍵をポケットにしまった。

「何をしているの？」リリベットは思わず声をあげた。

「ウォリングフォードが乱入して、賭けがどうこう言いだしたら面倒だろう」彼はにっこりした。「まあ、兄も紳士だから、きみを困った立場に追い込むことはないだろうが」

「笑いごとじゃないわ」心臓が狂ったように打っていた。ローランドがすぐそばに、あまりにも近くに立っている。広い肩がのしかかってくるようで、自分が小さく感じられた。ふたりのあいだの狭い空間に、彼の清潔な、革に似たにおいが満ちた。

「おいで、ダーリン。兄には邪魔はさせないよ」

「ダーリンなんて呼ばないで」きっぱりと言ったつもりだったが、われながら弱々しく聞こえた。

ローランドは手を取っ手にかけたまま扉に寄りかかった。はしばみ色の瞳がリリベットの顔を探り、やがてちらりと胸元に落ちた。三角形にのぞくむき出しの肌が、そのまなざしを受けてかっと熱くなった。「なぜだい？」彼は言った。「きみはぼくの愛しい人《ダーリン》。この世で一番大切な人だ。ぼくは単に事実を述べただけだよ」

「いますぐに扉の鍵を開けて」

「出ていきたいのか？」

リリベットはためらった。「いえ、まだ」

「出ていきたくなったら、そう言ってくれ」ローランドは扉から離れた。「鍵はすぐに開ける」彼女の手を取って続ける。「さあ、座って、話をしよう」

大きな手に手を包まれ、リリベットは呆然として異議を唱えることもできなかった。暖炉の前のソファへと導かれ、ところどころ糸のほつれたベルベット地の上に力なく腰をおろす。ローランドはその隣の、少し離れたところに座った。それでも膝が触れ合う距離だ。手はリリベットの手を包んだまま。彼女はその手を引き抜こうとしたが無理だった。絡めた指が彼の左脚と彼女の右脚のあいだにかかる橋のように、ふたりをつないでいる。ローランドの体のぬくもりが伝わってきてリリベットを包み、磁石のように引きつけた。

「何か勘違いしているようね……」彼女は言った。「わたしはただ……フィリップの面倒を見てくれたことにお礼を言いたくて来ただけよ。もちろん、本当ならすぐにわたしのところへ連れてきてほしかったけれど、少なくとも本を読んでもらって、あの子は喜んでいたわ。馬が好きなの、それに……」

「いいんだ、ぼくも楽しかったよ。面白い子だね。とても賢いし」

リリベットはわずかにうなじの緊張を解いた。「ええ、賢い子なのよ。ただ、今後はあまりかまわないでほしいわ」

「なぜだい？」

彼女はローランドの手の中にある自分の手を見つめた。ほっそりとした白い指と日に焼けた太い指が、理想的な形に組み合わされている。「あの子があなたにあまりなつくと困るからよ。いずれは去っていく人だから」

彼はリリベットをソファの背に寄りかからせ、わずかに自分の肩のほうへ引き寄せた。

「去らないとしたらどうする？」

「あの子には父親がいるのよ」ぴしゃりと言った。

ローランドがゆっくりとかぶりを振る。「それは知っている。あの子の父親になろうとしてるわけじゃない。ただ……そうだな、おじみたいなものになれたらとは思う。あの子はきみの子どもだろう、リリベット。親しくなりたいと思うのは当然じゃないか？」

何を言うの。目の隅が潤むのを感じて激しくまばたきをし、涙を押し戻した。喉の奥に鈍い痛みを感じる。ローランドは反対の手をリリベットの手に重ね、近いほうの手は離して、腕を彼女の肩にまわした。リリベットは何も言わなかった。振りほどく気力さえも失っていた。

これも策略のうち、と自分に言い聞かせる。わたしは計画どおりに彼を誘惑しているだけよ。扉に鍵がかかっているから、アビゲイルが〝見たわよ！〟と言いながら飛び込んできて、彼を止めることができないけれど。

「いいえ」小声で言った。「それでも、だめなのよ」

ローランドは黙り込んだ。口にされなかった言葉、共通の思いに、ふたりのあいだの空気がぴりぴりと脈打った。熱いものがリリベットのつま先から脚へと広がっていく。ローランドの体が腿に、腰に、胸に押しつけられている。ほんのわずかに首を動かせば、頭が彼の肩のくぼみにおさまりそうだ。

「あなた、どこか違うわ」ようやく低い声で言った。

「どういう意味だい？」

「あなたは……あの頃と違うの。やさしくて、まっすぐで、誠実だったあなたじゃない。でも、いま人前で見せている顔とも違う。陽気で気楽な顔とも違って……」親指がひとりでに動き、気がつくとローランドの人差し指をさすっていた。

彼が体をわずかにこわばらせた。「言っている意味がわからないな。ぼくはいつも同じ男だよ」

「そうかしら。わたしはあなたを知っているのよ、ローランド、忘れないで。わたしは誰よりもあなたをよく知っているの」

「どうかな」彼の人差し指が、今度はリリベットの親指の爪をなぞった。「ところで教えてくれ、ダーリン。きみはどうやってこの城を見つけた？」

「わからないわ。アレクサンドラが広告を見たんだと思う。突然のことだったの」リリベットは目を閉じ、ひとときの魔法に身を任せた。いまの彼はすばらしかった。どこまでもやさしく、細やかで、決して先走らない。あくまでこちらのペースに合わせ、間違ったことも、無理なこともしない。リリベットはただ……安心感に包まれ、心がなごんでいくのを感じた。愛されている、愛しているとたしかに信じられる。いまはほかに何も必要なかった。

「突然のこと？　どういう意味だい？　何かあったのか？」ローランドの口調はさりげなく、淡々とさえしていた。

「わたしたち……いえ、ソマートンとわたし……口論して」リリベットは目を開けた。「かなり激しい口論になって、彼がわたしを責めたの。それだけじゃなく、到底我慢できないようなことをした。それで、もう一緒にいられないと思ったの」

肩にまわされた彼の腕に緊張が走るのがわかった。重ねられた手が小さく震える。

「殴られたのか？　危害を加えられたのか？」

「いえ……そうではないの」リリベットは暖炉の火の、黒い石炭と赤い炎が描き出す模様を見つめた。ソマートンとの最後の夜。どう説明すればいいだろう？　すでに脳から記憶をはぎ取り、紙に包んできっちり紐を巻いたうえ、奥底にしまい込んだ。それでもときおり映像がもれ出て、つかのま脳裏をよぎることがある。むき出しの肌。怒った黒い目。獰猛《どうもう》で容赦ない熱を帯びた体。

「なら、何をされた？」

リリベットは大きく息を吸い、慎重に言葉を選んだ。「ソマートンは長いこと妻の存在を無視してきたわ。家にはめったに帰ってこなかった。でもけんかになった晩、彼は……まだわたしが彼の妻であることを示そうとした。いいえ、乱暴なことをしたわけではないのよ」ローランドの体がこわばるのを感じ、あわててつけ加える。「ただ……わたしはまだ妻なんだ、夫を拒絶することはできないんだと思い知らせたの。けれど翌朝、彼が出かけたあとになって気づいたのよ。拒絶してもいいんだって。彼にはもう、わたしに……夫婦関係を強要する権利はないのよ」化粧着のベルトを片手でつかみ、絹地の上に親指を滑らせる。「これ以上は我慢しないと心に決めたわ。わたしには自分自身と息子を守る義務がある。その義務のほうが、ずっと昔、わたしがまだ何も知らない小娘だったときに交わした夫婦の誓いよりもはるかに大切だと気づいたの」

「あいつを殺してやる……」

「やめて！」リリベットは彼の腕の中で身をよじった。「だめよ！　あなたは何もしないで。あなたにはなんの関係もないんだから、ローランド・ペンハロー。夫から愛人に乗り換えるなんて真似、わたしは決してしないわ」

「したじゃないか」ローランドは激した口調で言った。

彼女はソファから立ちあがった。「してないわ！　あれは間違い。愚かな過ちよ。夕食にワインを飲んだせいで……」

ローランドも立ちあがる。「ワインは関係ない」自信に満ちた、きっぱりした口調だった。顔からは陽気な笑みが消え、いかめしい表情に変わっている。そのまなざしはリリベットの顔を突き抜け、骨に刻まれた真実を読もうとしているかのようだった。

「あなたに何がわかるの」彼女は激しい口調で反論した。「あの晩、わたしは将来のことを考えていたわけじゃない。馬小屋でのことよ。過去を思い出していただけなの。ローランド、あなたと愛を交わしたんじゃない。六年以上前に愛した若者と愛を交わしたのよ。詩を書き、永遠の愛を誓ってくれた、やさしくてすてきな人とね。永遠といっても、結局ほんの一、二カ月しか続かなかったわけだけれど」

「それは違う。ぼくはいまもきみを愛している」

言葉は言葉でしかなかった。美しい、意味のない言葉。リリベットの中にふつふつと怒りがわきあがった。「そうでしょうとも。教えて、いろんな女性とベッドをともにしているときも、わたしを愛していたの？　裸でベッドに横たわり、女性の体を愛撫しているときも、わたしを愛していたと言える？」

ローランドが彼女の肩をつかんだ。「きみはご主人と一緒のとき、ぼくを愛していたか？　ベッドをともにしたときは？」

その言葉はリリベットの胸を射抜いた。

「何を言うの！」怒りのあまり、悲鳴に近い声が出た。目から涙があふれ出し、頬を伝っていく。彼女はこぶしで涙を払った。「よくそんなことが言えるわね。わたしはやむなくソマートンと結婚したのよ。選択肢はなかったの。父は借金を抱え、母は……そしてあなたも行ってしまった。誰も助けてくれる人はいなかったわ。友だちも、味方もいなかった。アレクサンドラは新婚旅行中だったし、それに……」

ローランドは腕をおろし、リリベットを胸に引き寄せた。ウールの上着ですすり泣きを受けとめるかのように。「泣かないでくれ。すまなかった、ダーリン。あんなことを言うつもりはなかったんだ」

「そして、あなたは帰ってきた。わたしは希望を持ち続けたわ。あなたがわたしのもとへ来て、両親を説得してくれるんじゃないかと。お兄さまなり、おじいさまなりの力を使ってでも、わたしを取り戻そうとしてくれるじゃないかと。でも、あなたは何もしなかった。誰も何もしなかった。わたしはソマートンの妻でいるしかなかったの」言葉が口から転がり出て、粉々に砕け、ローランドの胸へと吸い込まれていく。彼の上着は煙草と戸外のにおいがした。男らしい、心を落ち着かせるにおいだ。

「なんてことだ。愚かな意地のせいだよ。ぼくはなんてばかだったんだろう。ああ、ダーリン、許してくれ。こんなばかな男を許してもらえるのなら」一語ごとに、彼女の髪に唇を押しつける。

リリベットは静かに続けた。「そのうち噂に聞こえてきたわ。あなたの放蕩ぶりがね。だからわたしも、これでよかったんだと思った」

「すまない」ローランドの息が髪にかかる。「すまない」

彼女の中で荒れ狂っていた怒りの波が、すっと引いていった。「謝らないで。たしかにプライドは傷ついたけれど、わたしにあなたを責める権利はないわ」

彼はゆっくりとリリベットの背中をさすっていた。大きく円を描くように。その動きに反応して、肌にかすかなうずきが走る。「新たにはじめることはできないだろうか、ダーリン?

過去を忘れ、一からはじめられないか？」

低く魅惑的な声。思わずイエスと言ってしまいそうになる。ああ、この声をどれほど愛したことか。そしてどれほど憎んだことか。不可能も可能と思わせてしまう、魔力を持った声だ。この人は誠実な人、ほかの男性とは違う、噂どおりの移り気な貴族ではなくて自分だけを一途に愛してくれる――そう信じたくなってしまう。けれどもリリベットはもう、だまされなかった。怒りと傷ついたプライドから、ローランドはソマートンと結婚した彼女を見捨てた。そして欲望に身を任せ、果てしない放蕩生活に飛び込んだのだ。

そういう男性は、もう二度とごめんだ。

彼の胸に頬をあて、耳に響く心臓の鼓動を感じる。一時間前、ローランドとフィリップが座って一緒に本をめくっていた場所を見つめた。いま、息子は階上のベッドで寝ている。頬を紅潮させ、巻き毛をくしゃくしゃにして。

あの子を失うことだけは耐えられない。わずかな危険も冒せない。

「無理よ」彼女は言った。

「無理？　本当に、リリベット？」

彼女は親指でローランドの背中をさすった。そうせずにはいられなかった。こんな機会はもう二度とないかもしれない。「わたしたちはやり直せない。もう遅すぎるのよ」

「遅すぎやしないよ。醜聞になろうとかまわない。なんだってするさ。きみがぼくのものになってくれるなら」彼の腕に力がこもり、口調には哀願するような響きが加わった。「きみは……同じ気持ちになれないか？」

「なれないわ」リリベットは体を引いてローランドを見つめた。熱意と愛情のこもった美しい顔を見ていると、胸の中の何かが溶けていく。終わらせなくてはいけない。自分の弱さが露呈してしまう前に、また誘惑されてしまう前に、わたしが彼を止めなくては。

思いつく方法はひとつしかなかった。

「無理よ、わたしには夫がいるから。不貞を働いたと知ったら、息子を取りあげられてしまうわ」

「なら、三人で逃げよう。ソマートンには見つからないところで……」

リリベットは片手をあげて制した。「それだけじゃない。無理なの。なぜなら……」ごくりと唾をのみ込み、勇気を振り絞って続ける。「おなかには彼の子がいるから」

突然、激しい耳鳴りがローランドを襲った。

リリベットはまっすぐにこちらを見ている。濡れたブルーの瞳はきらめき、一点の曇りもない。嘘を言っている顔ではなかった。

本当なのか？

午後いっぱい、ローランドは暗号のメッセージを頭の中で反芻《はんすう》し、ソマートンがこの構図のどこにあてはまるのか、リリベットは自分をあざむいているのだろうかと考え続けた。外に出て湖岸までおり、一緒にピクニックをした場所まで行くと、服を脱いで凍るように冷たい雪解け水に飛び込んだ。そしてリリベットの言葉、しぐさ、表情をひとつひとつ思い浮かべながら、がむしゃらに泳いだ。彼女はぼくを裏切るつもりなのか、なんのために書斎で会おうなどと言いだしたのか——そんな問いが脳裏に渦巻いていた。

リリベットがソマートンと共謀しているなどということがありうるだろうか？　あえて旅行の日程を合わせ、馬小屋で誘惑し、疑いをそらすために、いままた身を引こうとしているのか？　彼女はぼくの信頼を得るために誘いをかけてきたのか？

書斎で会うことを約束したときには、何がなんでもそれをはっきりさせたいと思っていた。ところがリリベットをひと目見たとたん、大きなブルーの目を不安に陰らせ、化粧着の袖の中で神経質にこぶしを握る姿を見たとたん、ソマートンと共謀しているのではという疑いは消え去った。こんなに自然な演技ができる女優はいないだろう。これほどの手管を持った女スパイには、いまだかつて出会ったことがない。

ならば、リリベットは真実を語っているのか？

「彼の子なのか？」ローランドは彼女を抱いていた腕を落とした。

「そうよ」

ソマートンがリリベットの上にのしかかっている、おぞましい映像が脳裏に浮かんだ。ローランドはその光景を乱暴に押しやった。関係ない。意味もない。感情は知性を曇らせる。冷静に考え、この新しい情報を取り込まなくては。声が震えてはいけない。「それは……たしかなのか？」

「間違いないわ」

彼女の腹部を見おろした。化粧着のベルトの下は、まだ平らだ。ローランドは疑り深げに目を細めた。「いつごろ生まれる予定なんだ?」

リリベットは言いよどんだ。「たぶん……秋ぐらいかしら」

「一二月頃?」

「ええ、そうね。一二月だと思うわ」ほっそりした首で喉が大きく上下した。

ローランドは彼女の肩に手を置いた。「だったら、ぼくの子かもしれない」

「いいえ、そんなはずない」リリベットは彼の手を振りほどき、身を引いた。

「いや、ありうる。日付がそれだけ近ければ、どちらなのかはっきりとはわからないはずだ」

「もちろんわかるわよ!」

「わかるはずはない」ローランドは断言した。男性は女性の生理についてよく知らないはずと思っているのなら、彼女は間違っている。

リリベットは挑戦的な目を向けてきた。「じゃあ、一一月かしら。計算を間違えたのね」

「いや、まだウエストは細いし、胸も――」ネグリジェの胸元をちらりと見る。「ほぼ一カ月前の記憶にあるのと同じく、桃のようにみずみずしい」

「そんなことないわ」彼女はさらに一歩退くと、胸の前で腕を組んだ。

「その手の判断には自信があるんだ」リリベットを見つめていると、思わず笑みがもれた。

ランプの近くに立っているので、かすかな明かりを受けた肌は象牙のようなつやを放ち、ピンからほつれた巻き毛が雲のように顔のまわりを縁取っている。「ぼくの子どもに違いない」

彼女の首から頬へと赤みが広がった。「そんなはずはないの」小声で言い、手を腹部にあてて、化粧着のベルトをいじる。

さっき、リリベットはなんと言った？

〝彼にはもう、わたしに……夫婦関係を強要する権利はないのよ〟

〝わたしには自分自身と息子を守る義務がある。その義務のほうが、ずっと昔、わたしがまだ何も知らない小娘だったときに交わした夫婦の誓いよりもはるかに大切だと気づいたの〟

ああ、美しいリリベット。勇敢で、怯えたリリベット。彼女という砦《とりで》は力でねじ伏せてはいけない。一歩一歩、征服していかなくては。妻になってほしいといきなり迫っても無駄だ。いまはまだ、彼女に心の準備ができていない。ただ、すでに一歩は踏み出している。リリベットは肉体的にも精神的にもソマートンから離れた。本人がなんと言おうと、どれだけ否定しようと、彼女はもはや心の中ではソマートンを夫と見なしていない。

つまり、ぼくがリリベットに言い寄る余地はあるということだ。

いずれ、未来はぼくとともにあると信じてもらえればいい。

微笑みながら、一歩近づいた。「本気かい、リリベット？　きみは本気で、そんな作り話でぼくを追い払えると思っているのか？」

「それでもわたしがほしいなんて言わないで」

「でも、ほしいんだ。きみがほしくてたまらないんだよ」

リリベットが口を開いて声をあげた。ふらつく足で一歩、二歩とあとずさりする。

「そんなことを言うなんて、まともじゃないわ」

「いいや、これほどまともなことはないくらいさ」彼女が一歩さがるごとに、ローランドが一歩進む。リリベットは本棚へと追いつめられた。「ぼくはきみを愛している。そして、きみもぼくを愛しているんだ」

「あなたのことなんて愛してない。かつては愛していたわ。わたしが愛したのはかつてのあなたよ」背中が本棚にぶつかり、リリベットは棚の端を両手でつかんだ。衝撃でヘアピンが一本はずれ、右肩にダークブラウンの巻き毛がこぼれ落ちる。彼女は挑戦的に顎をあげた。

「リリベット」ローランドは手を伸ばして彼女の手を取ると、自分の心臓のあたりにあてた。やわらかなてのひらの感触に下腹部が、いや、体の組織すべてがうずきはじめた。「ぼくを見てくれ。ぼくはあのときのままだ」

「いいえ、あなたは変わった」

「本質は変わっていない」彼女の指が上着の襟をつかむのを感じて、ローランドは微笑んだ。

「ほら、覚えているだろう?」

リリベットがはっとして手を棚に戻した。

彼はさらに身を寄せた。こうして間近に見ると、リリベットの顔にも年月が刻まれているのがわかる。目の端には細かなしわがあるし、優雅な顔の骨格を覆う肌は以前に比べて引きしまった。もう頬を紅潮させた学校を出たての娘ではない。ひとりの女性だ。リリベットの甘くあたたかな息が顔にかかる。ふたりのあいだの完全に静止した空気の中で、彼女の息遣いだけがかすかに聞こえてくる。まぶたは伏せられ、瞳はじっとローランドの唇を見つめていた。

彼女の耳元に顔を近づけ、唇で肌をなぞるようにしてささやいた。「きみだけだ、リリベット。本当のぼくを知っているのはきみだけなんだ」片手を彼女の腰にあてる。

「わたしと、ここ数年のあいだにおつき合いした一〇〇人くらいの女性でしょう」

「違う」耳たぶの先端にそっとキスをする。唇が頬骨をなぞった。「きみはぼくをわかってくれる。ぼくのすべてを。昔からそうだった」

「一度だけ。それもずっと前の話よ」その声は吐息のようだった。

ローランドはゆっくりと、もう一方の手を化粧着のベルトに持っていった。

「覚えているかい？」唇をこめかみから額へと這わせていく。羽のように軽く。「最初にダンスしたときのことを」

「レディ・ペンブロークの舞踏会だったわ」

うれしいことに、正確に覚えていてくれている。「そう。出会いの二日後だった。きみはデビュタントらしい、淡いピンクの美しいドレスを着ていた」ベルトを軽く引っぱる。「きみは明かりの下に立っていた。扇を胸の前で、まるで催眠術師の振り子のように振りながら。ひと目見て、ぼくは息をのんだよ」ベルトがするりとほどけた。指でそっと合わせの部分を開くと、薄手のシルクのネグリジェがのぞいた。「ぼくはきみに近づき、次のワルツを申し込んだ」

「もう予約済みだったのよ」

「そんなこと、未来の花嫁を見つけた男にとってはなんの障害にもならなかった」手を化粧着の中に滑り込ませてウエストにまわす。もう片方の手で髪を肩から持ちあげ、うなじのやわらかな肌をあらわにした。「記憶によれば、ぼくらは一曲ワルツを踊った。テラスに誘い出そうとしたが、きみのほうが分別があった」耳たぶから鎖骨のくぼみに沿って、ゆっくりと唇をおろしていく。彼女の肌の少し汗の混じった甘さを味わい、ドレスから漂うかすかなラベンダーの香りを吸い込んだ。

ため息のような吐息とともに、リリベットは彼の手に身をゆだねた。「分別？」

「そう。でなければ、ぼくはきみにこうしていたと思う」片手をしっかりと彼女の頰にあて、唇を近づけていく。そして、ついにそのふっくらとした唇をとらえた。時間をかけてキスをする。リリベットは一瞬だけ身をこわばらせたものの、すぐに力を抜き、ローランドを受け入れた。唇がともに動き、キスが深く激しくなっていく。彼女の吐息は甘く、陶酔を誘った。デザートに出たパネットーネとドライフルーツ、そしてグラッパの小さなグラスを思い出させる。

「ローランド、お願い」

「しいっ」ローランドは彼女の唇の端にキスをし、手を頰からネグリジェの襟元へと落とした。そして親指で胸元のなめらかな肌をまさぐった。

「わたし、自分を許せなくなるわ」

「ダーリン」手をなだらかな肩の曲線に沿って滑らせ、ネグリジェ越しに肩にキスをする。肌は熱を帯びていた。「そういうきみの生真面目さが好きだよ。少しずつ、きみを束縛から解放してあげたい」もう片方の手で化粧着を脱がせて床に落とした。「ぼくが何を考えているか、わかるかい？」喉のくぼみに唇を押しあて、繊細な肌を舌先でなぞる。「きみは案外みだらな女性なんじゃないかな」

リリベットの手が後頭部にあてられるのがわかった。指が髪に絡まる。彼女は首をそらして目を閉じた。「そんなこと言わないで。みだらなんてひどいわ。わたしは弱いだけ……」

彼女の頰に涙が光った。ローランドはその涙を舌でぬぐった。「みんな、きみにそう信じさせようとしてきた。ソマートンも、厳格だった亡き母君も」唇に戻り、反論をキスでふさぐ。それからそっとリリベットの唇を押し開き、舌先を合わせた。「ぼくの前で模範的なレディを演じる必要はない。完璧じゃなくていいんだ。ただ、きみ自身でありさえすれば。内に情熱を秘めた、本当のきみ自身でいいんだよ、リリベット」

彼女は身を震わせ、ローランドの髪をつかんだ。ああ、彼女は美しい。彼はもはや、体内に渦巻く欲望のことしか考えられなかった。全身が叫んでいる。リリベットを奪え。本棚に、いや、ソファに押し倒し、自分のものにしろ。ネグリジェの深い襟ぐりに添えた手は、抑えきれない欲望に震えていた。「つまらないしきたりは忘れるんだ、リリベット。自由になれ」豊かな胸が手にこぼれ落ちる。やわらかで丸く、重みがあった。ローランドは視線をさげた。

「ああ、これは……」

彼女がささやくような声できいた。「なんなの？」

手に胸の重みを感じ、濃い色の乳首を指でさすった。そこが愛撫を待つようにかたく尖るのを見守る。彼の下腹部は狂ったようにズボンの厚いウール地を押しあげていた。

「訂正しなきゃいけないいな」ローランドは感嘆とともに言った。「この胸はもうみずみずしい桃じゃない」

恍惚《こうこつ》として、ローランドの脳は危険な兆候に気づかなかった。リリベットの体に緊張が走った瞬間を完全に見過ごした。彼女の手が胸元にあてられたが、愛撫がはじまるか、邪魔な上着を脱がされるものと思い込んだ。

突き飛ばされて不意を突かれ、彼は暖炉の前に尻もちをついた。

「どうした？」

「この女たらし！」リリベットが吐き捨てるように言う。

顔をあげると、怒りに燃えた顔が目に入った。しかも残念なことに、胸のふくらみが手早くネグリジェの中にしまわれるところだった。

「ぼくは女たらしじゃない」すねた口調にならないよう、精いっぱいの努力はした。まったく。いったいぼくが何を言ったというんだ？　記憶が正しければ、彼女のすばらしい胸を褒めたたえただけだ。普通の女性なら喜ぶはずじゃないか。

だが、リリベットは違ったらしい。

「〝もうみずみずしい桃じゃない〟ですって。たくさんの比較対象があったんでしょうね。リンゴ、マンゴー、メロン」彼女は化粧着を取りあげて袖を通した。「ときにはしなびた葡萄もあったかも。さすがのあなたも運がなかったときには」リリベットは化粧着のベルトを結び直し、襟をしっかりとかき合わせた。

「一瞬わたしの警戒心がゆるんだと思ったんでしょう。その隙に……」

「待ってくれ、ダーリン……」

「わたしはあなたのダーリンじゃないわ！」

「永遠にぼくの愛する人《ダーリン》だよ。きみもわかっているはずだ」

「あなたって人は恥を知らないの？　わたしのおなかには、ほかの男性の子どもがいるのよ！」

ローランドは手を伸ばして彼女の腕をつかみ、真剣な口調で言った。「そうかもしれないし、そうではないかもしれない。ただ父親が誰であろうと、ダーリン、生まれた赤ん坊はぼくの子だと思いたい。ぼくたちの子だと。ぼくはこの子に対して責任があると感じている。もちろん、リリベット、きみに対しても。それは覚えていてほしい」

彼女はブルーの目を大きく見開いた。「ふざけたことを言わないで、ローランド」

リリベットは腕を振りほどき、化粧着をひるがえして扉に向かうと取っ手をつかんだ。

取っ手はまわらなかった。

ローランドは近づいていき、ポケットから鍵を取り出した。「これが必要だろう」そう言うと手を伸ばし、鍵を開けた。

11

朝食も半ばすんだ頃、アビゲイルが平謝りしながら食堂に飛び込んできた。

「何しろ急ぎの用件だったのよ」彼女は言った。「あなたが書斎に行ったあと、モリーニが言伝《ことづて》してきたの」

リリベットはティーカップをソーサーに置き、顔をあげた。「言伝って、なんの？」口調は冷ややかだった。「重要な役目を忘れるほど緊急を要することって何かしら？　どうして髪に干し草がついているの？」

アビゲイルは頭に手をやった。「干し草じゃないわ。鶏小屋の――」

「鶏小屋？」

「卵を集めてたのよ。神父さまがいらっしゃるから。あと一時間で着くわ。イースターの儀式みたいなものなの。卵を祝福してくださるのよ」アビゲイルは髪から一本ずつ干し草を引き抜くと、着古した手製のエプロンのポケットに突っ込んだ。「幸い、雌鶏《めんどり》たちは協力的だったけど」

「卵を祝福……？」リリベットはかぶりを振り、片手をあげた。「ちょっと待って。その話はいいわ。ともかく、どうしてゆうべあなたが書斎に来なかったかだけ教えて」

「行ったのよ、ちょっと遅れたけど。あなたは逃げ出したあとだったんでしょうね、書斎には誰もいなかったから。本当にどうしていいかわからなかったわ」アビゲイルはテーブルから皿を取ると、さまざまな料理が並んだサイドボードに向かった。典型的な英国式の朝食はまだ望めなかったが、モリーニとメイドたちが精いっぱいの努力をしてくれているのは明らかで、卵やハム、チーズにイタリアパンをトーストしたもの、昨年の果樹園の収穫から作ったおいしそうなジャムが何種類も並んでいる。「襲われそうになった?」アビゲイルが肩越しにきいた。

リリベットは紅茶でむせそうになった。「いえ、何もされてないわ」

「本当? それはがっかりね。襲われたとしても、相手がペンハローなら悪くないんじゃないかしら。万が一、誰かに何かされるとしたらってことだけど」

「光栄のかぎりだな、ミス・ヘアウッド」まさにその瞬間、ローランドがぶらりと食堂に入ってきた。おそらく扉のところで会話を立ち聞きしていたのだろう。リリベットは驚かなかった。「手帳で予定を確認して、逢い引きの約束をしようか?」

「せっかくだけど遠慮しておくわ。ありがとう」アビゲイルは皿に盛ったトーストの山に、大量の桃のジャムをのせた。「今朝は神父さまがいらっしゃるの。その準備で忙しいのよ」

「お母さまが襲われるって、どういうこと?」フィリップが口を卵でいっぱいにしながらきいた。

リリベットは皿の上の料理を並べ替えることに意識を集中した。ハムを真ん中に、卵はカップの上にまっすぐ立てて、トーストは絶妙な均衡を保って縁にのせる。そうすれば、まばゆいばかりのローランドの姿を見なくてすむ。洗いたての顔はさっぱりとして、丁寧にとかした濡れた髪は朝日を受けてつややかに光り、かみそりをあてたばかりの頰はピンク色だ。一瞬、石鹼の香りすらしたような気がした。「お口をいっぱいにしておしゃべりしてはだめよ」リリベットはたしなめた。

「襲われるというのは――」サイドボードから、ローランドが説明しかける。

「やめてちょうだい！」彼女はぴしゃりと言った。

「一種のたとえで、気持ちのうえで男性と女性が対決することを言うんだ」ローランドは料理を盛りつけながら平然と続けた。「決まって女性のほうが上手《うわて》で、男は完敗となる。ぺしゃんこにされちゃうんだ。だから襲われたって言うんだよ」彼は椅子に腰かけると、向かいのリリベットに微笑みかけた。

フィリップが眉をひそめた。「でも、あなたがお母さまを襲うんなら、あなたが勝ったってことなんじゃないの？」

「相手を思いやって、わざとぼかして言うのさ」ローランドはナイフとフォークを取りあげてハムを切った。うつむくと、まだ濡れている巻き毛が魅力たっぷりに額にかかる。「こてんぱんにやられた気の毒な男を、少しでも励ますための表現というわけだ。ティーポットを取っていただけないかな、レディ・ソマートン？」

リリベットはティーポットをアビゲイルに渡し、彼女はそれをローランドにまわした。メイドたちは今朝、料理を並べるなり電光石火の速さでいなくなってしまったのだ。リリベットは立ちあがった。「フィリップ、いらっしゃい。朝の散歩に行きましょう」

少年は顔をあげた。「朝の散歩って？」

「しばらく前から、朝ひと歩きしようと思っていたのよ」ナプキンを皿の脇に置き、息子に手を差し伸べる。

「ぼくがたったいま座ったところなのに？」ローランドはいまいましいほど粋なウィンクをした。「まさか、ぼくのせいで席を立つんじゃないだろうね」

「そんなこと、考えてもみなかったわ。わたしたちにはわたしたちの予定があるの。さあ、行くわよ、ダーリン」フィリップの反抗的な顔つきを見て、リリベットはなだめるようにつけ加えた。「あとでピクニックに行けるかもしれないわ」

「ローランド卿も来る？」フィリップはそろそろと椅子からおり、取引に応じるそぶりを見せた。

「喜んでご一緒するよ」ローランドが答える。「時間を決めておいてくれれば」

「ローランド卿にご一緒していただくわけにはいかないの」リリベットは勝ち誇ったように言った。「賭けのことがあるから」

「ウォリングフォードにはばれないさ」いくぶん気遣わしげな顔で、彼はちらりと扉のほうを見た。「ところで兄上はどこにいるんだろう？」

「知らないわ。お見かけしていないし。レディ・モーリーはあなたが来る前に出ていって、ミスター・バークはたぶんいまごろ作業小屋ね」リリベットはフィリップの手を取った。「では、失礼するわ」

「時間に遅れないでよ！」これ以上話が進まないうちにと息子を抱きかかえるようにして部屋を出ると、アビゲイルがうしろから声をかけてきた。「神父さまがいらっしゃるんだから。卵を祝福してくださるの。楽しい儀式よ！」

「何があっても見逃さないわ」リリベットはつぶやいた。

「上着、着なきゃいけないかな？」フィリップがきいた。


つまり女性たちはぼくをはめようとしたのか。

ローランドはポケットに手を突っ込み、満足げな笑みを浮かべて牧草地を横切った。ウォリングフォードが聞いたら喜ぶだろう。もちろん、口うるさい兄の耳に入れる気はないが。

食堂に入る前、アビゲイルとリリベットの会話を立ち聞きし、昨夜の出来事にはそういう裏があったのだと知った。気の毒なリリベット！　扉に鍵がかけられたとき、蒼白になったのも無理はない。ローランドは彼女の計画を台なしにしてしまったのだ。そのうえ、アビゲイルは神の恵みとしか思えない一大事に追われ、書斎に来ることができなかった。その間にこちらは暖炉の火のぬくもりに包まれながら、リリベットの魅惑的な胸を愛撫することができた。

ほんの数秒のことだったが。

当然ながら、女性陣のたくらみに気づいたことは黙っておいたほうがいい。頭は空っぽ、軽佻浮薄なローランド・ペンハローという仮面は、極秘の任務を果たす際に大いに役立ってくれるが、同じ戦略がここでも効果を発揮してくれそうだ。運がよければ、リリベットはまた見つかるのを前提に誘惑してくるかもしれないし、その場合こちらとしては見つからずにすむよう策を練ればいいことだ。

まるで子どもの遊びだが、サー・エドワードからのさらなる情報を待つだけの日々で、勘が鈍らないようにするにはいいかもしれない。情報といえば……。

ローランドは湖に下る斜面の石段にかけた足をはたと止めた。

ソマートン。

まったく。ぼくは何をやっているんだ？　ゆうべはリリベットからソマートンの行動について聞き出す最高の機会だったのに、彼女が夫とぐるではないと知っただけで満足し、そのことについて考えるのをやめてしまった。パズルのピースをもう少し集め、はまるかどうか確かめてみることすらしなかった。

パズルのピース。たとえば城に向かう途中の奇妙な会話。そのときはリリベットの言葉にさして注意を払わず、聞き流してしまった。けれどもいま、じゅうぶんに鍛錬を重ねた記憶力を呼び起こし、そのときの会話を巻き戻してみると……。

フィリップはなんと言った？

〝お父さまにはなんでもわかるんだ。お母さまがいつも言うよ、お父さまは本物の――〟

〝フィリップ！〟

〝そっか、あれは秘密だった〟

ローランドは石段の端にどさりと腰をおろした。本物の……何か。秘密のもの。何かにかかわる……千里眼。そうだ、リリベットはまさにその言葉を使った。彼女の疲れた、打ちのめされたような口調まで思い起こされた。

ソマートンは千里眼なのか。

なんということだ。目の前に答えがあったのに。ならば、リリベットはどこまで知っているのだろう？　どうやって知ったんだ？

いや、そもそも何を知っているのだろう？

ソマートン伯爵が海軍情報部と関係があるのなら、とうにぼくの耳に入っているはずだ。情報の飛び交う諜報員の世界で、その手の話を秘密にしておくのは難しい。少なくとも仲間内のあいだでは。

〝ペンハロー、きみには敵がいるか？　きみを破滅させようとしている人間は？〟

そんなはずはない。ソマートンはゲームに勝ったのだ。六年前、クイーンを勝ち取った。実際のところ、馬小屋での運命の夜まで、ローランドがソマートンの領域を侵したことは一度もない。あえていうなら、恨みを持っているのはこちらのほうだ。

それでも……あまりにも奇妙な偶然だ。

サー・エドワードは偶然を信じない。掘りさげれば、つながりが見えてくるはずだ。見えてくるまで、深く掘りさげてみろ。

石段の湿った冷たさがローランドのズボンに染み込み、背中を麻痺させた。近くの果樹園の梢を見渡す。右手には葡萄畑が広がっている。この距離では緑の新芽はまだ見えなかった。金色の朝日が若葉や開きはじめた花びらに、命あるすべてのものに降り注いでいる。目の前に広がる谷全体が光り輝いているようだ。その真ん中に、黄色い壁の家並みが心地よさげにうずくまっている。まさに楽園だ。ただしローランドは蚊帳の外だった。手を伸ばして実際に触れることはできない。

サー・エドワードに話すべきだろうか?

リリベットには居場所を明かさないと約束した。サー・エドワードはもちろん秘密は守るはずだが、情報源を告げないわけにはいかない。それが決まりだ。

ソマートンのことなら、自分でなんとかできる。彼がリリベットを取り戻そうとトスカーナまで馬を飛ばしてきたとしても、彼女を守る自信はある。

だが、約束は約束だ。ここにはフィリップもいる。リリベットのおなかには子どももいる。たぶん、ぼくの子だ。ぼくとリリベットのあいだにできた子ども。

そうではないかもしれないが。

〝ああ、そうでした、サー・エドワード。実はずっとソマートン卿の奥方とひとつ屋根の下に暮らしていましてね。彼女を誘惑して、子どもまで作りました。捜査に協力できず、本当

に申し訳ありません。ただ、秘密は守ると彼女に約束したんです。わかっていただけますよね……〃

貿易海運情報局はぼくの見解を支持してくれるだろう。サー・エドワードは広い肩をすくめ、いずれにしてもぼくの過ごした城にレディ・ソマートンが滞在していたことは捜査とは無関係と認めてくれる――。

その可能性はかぎりなく低い。

ローランドは立ちあがって向きを変えたが、管理人の痩せた胸にぶつかりそうになった。

「おっと、驚いたな！」ローランドは叫んだ。「いるならいると言ってくれ」

ジャコモはけんか腰に腕を組んだ。「シニョール・バークがあんたの協力をほしがってる」

「バークが？　ぼくの協力を？　冗談だろう？」

「作業小屋だ。湖のほとりの」

「ああ、彼がどこで仕事をしてるかは知っている。だが、なんだってぼくの協力がいるんだ？　これまではなんでもひとりでやってきたはずだが」丘を下った先にある、バークが仕事場として使っている古い建物のほうをちらりと見た。

湖のほとり。

リリベットもいるはずだ。

ローランドは管理人に向けて問いかけるように眉をあげたが、不機嫌なしかめっ面が返ってきただけだった。その表情で、何を伝えたいか汲み取ってくれと言わんばかりだ。

「もっとはっきりものを言ってくれないか」ローランドは自分の額をとんと叩いた。「持ってまわった言いまわしは苦手でね。やんわりとほのめかされるだけだと方角を見失い、間違ったほうへ行ってしまいかねない」

英国人という人種にはほとほと失望したとばかりに、ジャコモはため息をついた。

「これまで女はいなかった」〝女〟という言葉を嫌悪感むき出しに強調する。

ローランドは耳をそばだてた。〝女〟

バークのやつ。

ウォリングフォードは女の策略だのなんだのと騒ぎ立てていたが、ローランドは少し前からフィニアス・バークとレディ・モーリーが惹かれ合っていることに気づいていた。なんでも一流好みで、美しく魅力的な彼女が、爵位もなく美男子とも言えない——顔立ちは悪くないが、何しろ背が高すぎて髪が赤すぎる——無口なバークにぞっこんな様子は見ていて面白かった。

だが、本当にそこまで進んでいるのだろうか？　ロンドン社交界の華、モーリー侯爵未亡人が、王立協会のフィニアス・バークに恋したのか？　それとも兄が言ったように、彼を誘惑して賭けに勝とうとしているだけか？

それなのに気の毒にも、バークのほうは本気になってしまったとか？

面白い展開だ。使えるかもしれない。

「そうか」ローランドは言った。「きみの言いたいことはわかったと思う。いまから湖に行って、様子を見てくるよ」
彼はジャコモに向かって帽子を傾け、丘の斜面をおりていった。
もやもやしているときには気分転換が必要だ。

12

リリベットとしては居眠りするつもりなどなかった。子どもが一緒だというのに。もちろん疲れきってはいた。昨晩はほとんど眠れなかったのだ。金茶色の髪をした英国人の放蕩者に恋い焦がれつつ、天井の梁に映る月明かりを見つめていたら、誰だって翌朝はぐったりしているだろう。

けれども、湖畔に吹くひんやりしたそよ風を浴びたら元気が出た。フィリップはうれしそうに母親の手を取って水辺へと引っぱっていく。ふたりして笑いながら湿った小石の上を転げまわり、あげくにふくらはぎにバスケットをぶつけて、リリベットは昨日ピクニックをした場所の近くに腰をおろした。まさに昨日と同じ木に寄りかかり、水辺で遊ぶ息子を見守った。ローランドの長身が赤い格子柄の敷布の上に横たわっている姿を思い浮かべる。神経がざわつき、眠るなんて考えもしなかった。

しばらくして――どれだけ時間が経ったかはわからない――目を開け、樹皮にあたっていた背中がひりひりしているのに気づいた。息子の姿は見当たらなかった。

リリベットはもがくようにして立ちあがった。「フィリップ!」

目の前の岸には小さなさざ波が打ち寄せている。そよ風が額にかかる髪をなびかせた。頭上を白い雲がよぎり、一瞬風景を陰らせた。

「フィリップ！」もう一度、声を大きくして呼んだ。落ち着きなさい、と心の中で自分に言い聞かせる。

背後でつがいの鳥がけたたましく鳴き、沈黙を破った。場所を取り合っているのか、葉ずれの音、羽ばたきの音が聞こえてきた。

リリベットは湖のほとりまで走った。「フィリップ、フィリップ！」

声は向こう岸の岩にこだまし、亡霊のようにかすかな声となって戻ってきた。

心臓が激しく打ちはじめる。速い鼓動が、足を踏み鳴らしているみたいに耳元に響いた。ときおり小さく波打つだけの湖面は静かで、五歳の男の子をのみ込んだとは思えない。くるりと向きを変え、湖岸を見渡した。小石が転がる狭い岸、ちらほらと生えるオリーブの木。その黒っぽい葉のついた枝のあいだから、葡萄畑と丘が見える。

「フィリップ！」今度は声をかぎりに呼んだ。

あたたかな春風は返事を運んできてはくれなかった。

フィニアス・バークのうしろめたそうな表情からして、ローランドが扉を叩くタイミングが早すぎたということはなさそうだった。バークに拒否する暇を与えず、四角い石造りの建物に足を踏み入れて中を見渡す。女性がいた形跡はとくになかった。脱ぎ捨てられたコルセットや、放り出されたままの靴はない。バークのほかには誰もいない。

　あくまでも、ざっと見たかぎりだが。

　レディ・モーリーがどこかに隠れているなら、なおのことい い。壁際の戸棚の中。中央にある巨大な自動車の座席。隠れ場所ならいくらでもある。ローランドは興奮を覚え、思わず手をすり合わせた。バークの秘密を暴くのは好都合だし、何より職業柄か、陰謀のにおいを嗅ぎつけるとぞくぞくする。

「なんだい、この掘っ立て小屋は？　それに、どうして扉に鍵がかけてあるんだ？」

「用心のためさ」バークは答えた。「この業界は開発競争が熾烈《しれつ》なんだ」

「ふうん、なるほどね。そしてついでにあの恐るべき侯爵未亡人からも身を守れるというわけだ。違うかい？」ローランドは部屋の真ん中で足を止めた。古びた作業台の端にティーカップがふたつ並んで置いてあるのが視界の端に見えた。白い陶器からは、まだわずかに湯気があがっている。

「もちろんそれもある」バークの声は明らかに不機嫌だった。

　ローランドはにやりとして振り返った。「ゆうべ兄はいったい何を考えていたと思う？　ぼくには兄がまるでわからない。あのガチョウの羽も意味不明だ」

　バークは緊張を解いた。「ぼくの推測では、きみの兄上は女性のことで悩みを抱えていると思う」訳知りな笑みを浮かべて言う。一瞬、ウィンクさえしそうに見えた。

　ローランドはひゅっと口笛を吹き、驚いたように目を丸くした。「まさか！　兄がレデイ・モーリーに思いを寄せているというのか？　たしかにふたりとも策略家でお似合いだとは思うがね。そういうことなら、彼女がきみを誘惑しようとしていると兄がしきりに責めていたことも説明がつく。要するに嫉妬しているというわけか。こいつは傑作だ」

バークの頬が真っ赤に染まるのを見て、ローランドはほくそえんだ。赤毛の男はすぐ気持ちが顔に出る。

「ぼくはレディ・モーリーとは言っていない」バークは言った。

「どういうことだ？　それなら誰が……ああ、まさかリリベッ……レディ・ソマートンだというのか？　おい、そんないいかげんなことを……」ローランドは威嚇するように大きく一歩前に出た。

バークは苦笑いし、彼をかわして作業台に戻った。「落ち着け。もちろん伯爵夫人とも違う」

ローランドは仰天した。「だったら誰だ？　もしかしてミス・ヘアウッドなのか？　嘘だろう」

「なんとなくそんな気がするだけだ」バークはティーカップを隠すように作業台に寄りかかった。視線が一瞬ローランドを通り過ぎ、床に落ちた。

やれやれ。ローランドは友人の肩を揺さぶり、諜報活動についてひとつふたつ伝授してやりたい衝動に駆られた。あまりに見え透いている。じっとしているアヒルを撃っても、面白くもなんともない。

フィニアス・バークのことは好きだ。血縁関係にある──実のところ彼は、ローランドの母方の祖父であるオリンピア公爵の婚外子だった──ということは別にしても。好意を持つ理由のひとつは、バークが自分より優れた頭脳を持つ唯一の男性と思われること。もうひとつは天才的な頭脳を持ちながらも、慎み深い人間だということだ。

だが、思ったほど慎み深い人間ではないらしい。

ローランドは咳払いした。「なるほど。ミス・ヘアウッドか。でも、あのガチョウの羽はどういうことだ？」

「知るか」バークはわざとらしく時計を取り出し、時刻を見た、「それより、きみはなんの用があってここへ来たんだ？　ただぼくの仕事の邪魔をしに来ただけか？　悪いが、ぼくにはやることがたくさんあるんだ」

間違いない、何か隠そうとしているな。仕事が聞いてあきれる。

「ああ、わかっているよ」はじめて部屋の様子を眺めるかのように、ゆっくり周囲を見まわした。「なるほど。ここが何人《なんぴと》も足を踏み入れることをためらう天才科学者の仕事場か。まさにあらゆる……おい、あれはなんだ？」わざと声を裏返らせる。

自動車の下から、くぐもった音が聞こえてきた。

バークがあわてて前に進み出た。「予備の部品だよ。それよりローランド……」

ローランドは部屋の中央に置かれた巨大な機械のほうを向き、その大きさを測ろうとするかのように二、三歩あとずさりした。間違いなく車体の下に小さなブルーの布地がのぞいている。レディ・モーリーだろう。もっとも、残念ながらドレスは着たままらしい。

「それからこれも！　試作品だな！　すばらしいじゃないか！　これは驚いた。あれがエンジンかい？」

「ああ、そうなる予定だ」

ローランドは思いきり息を吸い込んだ。「なんだか百合のにおいがしないか？」

「ローランド、もういいかげんにしてくれ。続きは夕食の席で話そう」

「バーク、まったく薄情なやつだな。せっかくきみの士気を高めてやろうと思って来たのに……」

「ぼくは他人に士気を高めてもらう必要はない」バークがぴしゃりと言う、「さあ、とっとと出ていった」

そうするべきなのはわかっていた。何はともあれ、男同士の礼儀というものがある。少なくともほしい情報は手に入れた。バーク――でなければレディ・モーリー、いや、その両方――は賭けの規則を破っている。これはあとで使えるだろう。だがローランドとしては、ひとたび部屋を出れば、サー・エドワードの手紙に関して不愉快な判断をしなくてはならない。一方ここにいれば……バークにかまをかけるのはこのうえなく愉快だ。しかも優雅なあのレディ・モーリーが、自分の人生と評判が台なしになる恐怖に怯えながら自動車の下にうずくまっているところを想像すると、おかしくてたまらない。

「実はぼくはまいっているんだよ、バーク」ローランドはいまにも泣きだしそうな声で言った。「聞いてくれ。とても厄介なことになってしまった。ゆうべ……例の賭けがとんでもないことに……ああ、ぼくはもうどうしようもないほど彼女に夢中なんだ」

「なんてことだ」

「どうせきみのような冷血な科学者にはわからないだろう。しかし、ぼくは誰かに聞いてもらわずにはいられないんだ！　きみは口がかたい、バーク。きみなら決して兄にも女性たちにも言わないでくれるだろう。どんな秘密を打ち明けても絶対に安全だ」ローランドは胸に手をあてようかと思ったが、やめておいた。サー・エドワードにも、ときおり演技過剰をたしなめられることがある。

「もちろんだ。さあ、もういいから……」

自動車の方角から、喉を締めつけられたような声がした。窒息したネズミが発するような声だ。普通の人間の耳には届かないだろうが、ローランドのじゅうぶん訓練を受けた耳にははっきりと聞き取れた。

気の毒なレディ・モーリー。蜘蛛でもいたのだろうか？　車体の下の空間は蜘蛛が棲息《せいそく》するにもってこいの場所だ。

悲しげに頭を振って笑みを押し隠し、間を置かずに続けた。「あのろくでもない伯爵が彼女を粗末に扱っていることは誰の目にも明らかだ。だからこそ彼女はここへやってきた。それでもいたいけな彼女は、妻としての名誉と夫に対する忠誠心のために……」

「ローランド、その話はまた別の機会にしよう。本当に忙しいんだ」

「それなのに兄が妙なことを考えついたせいで、ぼくが何か行動を起こせば彼女がこの城から放り出されることになってしまう。あの雌狐が……」そのひと言を、ほんの少しだけ声を大きくして強調する。「レディ・モーリーがウォリングフォードをけしかけたんだ！　あのとき、戒めるべきだった。そうするつもりだったのに、リリベットが……レディ・ソマートンがあんな目をするから」

バークの顔の赤みがどす黒くなった。「レディ・モーリーは雌狐なんかじゃないぞ」

「きみはまったく寛大な男だよ。もう少しで彼女にたらし込まれていたかもしれないのに。たしかに美人で頭も切れるが、ぼくはああいう女性と朝食を一緒にとりたいとは思わないね」そう言って、ローランドはくすりと笑ってみせた。

バークが歯を食いしばった。歯ぎしりの音が聞こえてきそうだ。「ローランド、きみが悩んでいることについては心から気の毒に思う。しかし、本当に勘弁してくれ。いまは何よりバッテリーが……」

くぐもった咳が聞こえた。

ローランドはびくりとして振り返った。「なんだ？　どうした？」

「なんでもない。水圧計の音だ」バークがすぐさま答えた。「さあ、いいから」

また咳の音がした。レディ・モーリーだ。なんだか彼女のことが気の毒になってきたが、ここで切りあげるつもりはない。

「ほらまた！」ローランドは叫んだ。「いったいどんな水圧計を使ってるんだ？　あの音はどう考えても調子が悪そうだぞ」

バークは咳払いして、襟を引っぱった。「それはつまり……ブレーキのだ。いま、新しい設計を試している。とても厄介な作業で、大変な集中力を要するうえ、危険でもあるんだ。そういうわけだから、きみは早く出ていってくれ」彼は扉のほうへ向かった。

「しかしバーク、ぼくはまさにそのことを話しに来たんだ。どうだろう……」ローランドはひと呼吸置き、その間にめまぐるしく頭を働かせた。「ぼくをきみの助手にしてくれないか。忙しくしていれば彼女のことを思いわずらわなくてすむから。それが一番だろう」

「ぼくの助手に?」バークの口調は不信感に満ちていた。

「ああ。きみだって手助けが必要じゃないか? この……なんだかよくわからない代物を完成させるのに」

バークは大きなため息をもらした。「ローランド、きみはバッテリーの仕組みを少しでもわかっているのかい?」

「いいや。しかしたしか……まず火花が散って……いや、やはりわからない」ローランドは頭を垂れた。

「この自動車の前とうしろの区別がつくか?」

ローランドは自動車のほうを向いた。ちょうどブルーの生地に包まれた肘が視界から消えたところだった。「そうだな……普通に考えて……いや、ぼくの直感では……」

「そらみろ」バークは言った。「頼むから図書室に戻って知的探求の旅を続けてくれ。報われぬ愛の苦しみを詩にするのもいいだろう。それでも喜びが得られなければ、ジャコモのところへ行って、馬小屋のチーズの話でも聞けばいい」

「チーズ?」今度ばかりはローランドも本当に困惑した。

「彼が何もかも話してくれるよ。とにかくぼくを……ひとりに……してくれ!」バークはグリーンの目を怒りに光らせて、ぐいと扉を開けた。

「バーク、それはあんまりだぞ」

「そうか。ぼくは紳士じゃないものでね」

「ぼくはそもそもジャコモに言われて来たんだ。きみが助けを必要としていると言うから」

「ジャコモがそんなことを?」バークは腕を組み、一九〇センチを超す長身を伸ばして、まっすぐに立った。目を細めてローランドをにらむ。「そちらのほうがよほどあんまりだ」

「わかったよ。けど覚えておいてくれよ、バーク……」ローランドは小屋を出ようとして、猛然とこちらに向かってくる兄と鉢合わせした。「やあ、兄上! 散歩かい?」

「まさか。あのいまいましい管理人に行けと言われたんだ」ウォリングフォードは顔をしかめた。「バークが窮地に陥ってるとか」

「おや。それはまた偶然の一致だな」ローランドは明るい声で言った。「ぼくも同じことを言われたよ。バークが作業小屋で助けを求めてるって。それでぼくは考えた。こいつは面白いことになりそうだと……」

バークが憤慨した口調で割って入った。「ジャコモは勘違いをしている。ぼくは助手など必要としていない。むしろ、放っておいてもらいたいんだ」

あくまでもレディ・モーリーをかばおうとするバークに、ローランドは心ならずも感心した。ここらで退散するとしよう。バークなら、兄のこともうまく追い返せるだろう。

結局のところ、バークはぼくらきょうだいにとって、おじなのだ。

ローランドは微笑み、帽子を傾けた。「ああ、そのことはもうよくわかったよ。ぼくはこれで失礼する。ついでに兄にもそうするよう忠告するよ」

作業小屋を離れると、ローランドは足を止めた。緑に包まれた丘の上に黄色がかった灰色の石壁がそびえ、陽光を反射して穏やかに輝いている。だがあの城に戻れば、暗号表と、書き物机が待っている。

右手には湖が澄んだ湖水をたたえ、そのほとりでリリベットがピクニックをしている。

ローランドは山高帽を脱ぎ、手で髪をかきあげた。湖畔の木々を抜けてくるそよ風が額にひんやりと感じられた。

サー・エドワードは返事を待っているだろう。

ローランドは帽子をかぶり直し、重い足取りでセント・アガタ城に向かって歩きはじめた。

リリベットは木々を見渡しながら、小石だらけの湖岸に沿って歩いた。呼吸をするたびに、喉が引っかかれるようだ。

どれだけのあいだ眠っていたのだろう？　長い時間ではないはずだ。足を止めてポケットの時計を取り出した。一一時三三分。城を出たのは何時だった？　朝食をすませて、朝の勉強を終えてからだ。遠くに行ったはずはない。

「フィリップ！」声はかすれ、焦りがにじんだ。「フィリップ！」

また湖を見た。水に入ってはいけないと、あの子もわかっているはずだ。第一、水着もタオルも持っていない。五歳にしてはしっかりしている子だから、興奮のあまり凍るような冷たい水に飛び込むとは思えない。

そうだろうか？

恐慌をきたしそうになり、血の気が引いていくのがわかる。

落ち着きなさい。リリベットは大きく息を吸い、冷静になろうと試みた。あの子は湖には入っていないはず。ほとりに脱ぎ捨てた靴も靴下もない。どんな無茶をするとしても、靴を履いたまま泳ぐはずはない。

本当に？

ああ、神さま。こうして湖を探しているあいだに、フィリップは谷間の奥深くで迷子になっていて、貴重な時間が失われているのではないかしら？

湖の中だとしたら、何かのはずみで転んだのかもしれない。岩をよじのぼろうとして、落ちてしまったのかも……。

「フィリップ！」声をかぎりに呼んだ。聞こえているはずだ。風は湖のほうから吹いている。母親の声が聞こえたら飛んでくるだろう。でも湖ではなく、森のほうにいたら――。

一〇〇メートルほど先に古いボート小屋が見えた。赤銅色のペンキは太陽にさらされて、はげかかっている。リリベットは走りだした。頑丈な作りの革靴の底に小石が食い込み、肺は痛んで呼吸が苦しくなったが、それでも何かに突き動かされるように走った。帽子が飛んだのにも気づかず、ひたすら脚を動かし続けた。

ボート小屋の扉を押し開ける。「フィリップ！」

驚いたムクドリが羽音をたてて、垂木の隙間に飛び込んだ。埃の粒が山積みされた古い木材やロープの上をゆっくりと舞い、突然の陽光にきらめいている。

がっくりして全身の筋肉がゆるんだ。向きを変えて小屋を出ると、今度は湖のほとりまで走った。左を見ると巨大な岩がいくつも重なっており、一部が湖に突き出ている。

フィリップは岩をよじのぼるのが大好きだ。

何も考えずに岩を這いのぼった。靴底がまだらな岩の上を何度も滑り、指は体を支えるくぼみを探して傷だらけになった。渾身《こんしん》の力で一番高い岩の上に体を持ちあげると、よろよろと先端まで這っていった。

飛び込みをするには完璧な場所だ。好奇心旺盛な男の子が足場を失い、水に落ちるにも完璧な場所だった。

下をのぞき、湖面を見ると、恐怖と絶望が体を貫いた。指が震える。ありえない。考えすぎだ。森の中を探したほうがいい。けれども何かがリリベットを引きとめていた。待って、よく見なさい、と。虫の知らせというものだろうか？　それともただの恐怖？　病的な想像力？

眼下では、澄んだ水が岩に打ち寄せていた。さざ波の下で小さな魚の群れが通り過ぎ、一瞬だけ太陽の光を受けてきらめいた。

「ぼくのお気に入りの水遊び場を見つけたね」

リリベットははっとして振り返り、危うく岩から落ちそうになった。

ローランドが岩のたもとからこちらを見あげていた。いつものあたたかな、輝くばかりの笑みを浮かべて。ツイードに包まれた彼の広い肩の上から、フィリップが両手を広げてうれしそうに叫んだ。

「お母さま！」

13

リリベットは岩を滑りおり、すすり泣きながら膝をついて息子に手を差し伸べた。

「心配したのよ！　ああ、ダーリン、ごめんなさい！」

「ぼく、コオロギを追っかけてたんだ。見たことないくらいおっきな赤いコオロギがいてね。そしたらローランド卿が……」

ローランドの気遣わしげな声が耳に届いた。「心配していたんだね。すまなかった。たまたま森の中で見かけてね。楽しそうに歩いていたものだから」

リリベットは顔をあげた。彼はさっきと同じ場所、巨岩のたもとに立っていた。がっしりした肩を岩に預け、目に強い感情をたたえてこちらを見おろしている。ツイードの帽子は髪を隠していたが、その下の、非の打ちどころのない顔立ちを逆に際立たせていた。引きしまった顎、ゆるめた襟元へと続く長い首。さんさんと降り注ぐ太陽のもと、肌は黄金色に見える。古典絵画から抜け出たようで、まさに服を着たギリシア神話の美少年アドニスだ。現実の人間とは思えないほど美しい。

「居眠りをしちゃったの」リリベットはかすれた声で言った。「気がついたら……この子がいなくて、どうしていいかわからなくて、ひょっとすると湖に……」

「お母さま」フィリップがあきれたように言う。「靴を履いたまんまで泳ぐわけないじゃない」

リリベットは息子のあたたかな、太陽のにおいがする髪に顔をうずめた。

「そうよね。お母さまがばかだったわ。もちろん、あなたは大丈夫よね。もう大きいんだもの」ふたたび目をあげたものの、まともにローランドを見ることはできなかった。岩に寄りかかった均整の取れた体。端整な顔立ち。「ありがとう」小声で言う。

ローランドが微笑んだ。笑うと人間らしさが戻った。「次からはすぐにきみに知らせると約束しただろう？」

「ええ」フィリップの羽毛のような巻き毛が彼女の頰をくすぐった。「そうね」

ローランドは帽子を脱ぎ、中をのぞいて、またかぶり直した。それから空模様をうかがうようにちらりと上を見た。「考えていたんだ。約束を果たした男に、ご褒美があってもいいんじゃないかって」

リリベットは微笑まずにいられなかった。「どんなご褒美？」立ちあがりながら尋ねる。

「ピクニックなんてすてきじゃないか？」

「やったあ。いいでしょう、お母さま？」フィリップが彼女の手をつかんだ。「いいよね、お願い！」

リリベットは息子の手を握り返した。ローランドは両眉をあげ、顎を引いて答えを待っている。いまはギリシア神話の神には見えなかった。どちらかといえば、骨を前にした愛らしいゴールデンレトリーバーみたいだ。

安堵と解放感、幸福感が体じゅうを駆けめぐり、指先で躍っていた。頭のうしろにはあたたかなイタリアの日差しが照りつけている。リリベットはローランド・ペンハローを愛していた。この世界を愛していた。

「ええ、もちろんかまわないわ」

三時間後、ローランドはシャツの襟のボタンをはずし、上着を肩にかけ、疲れきった体を引きずるようにして城へ向かっていた。

いままでは、元気のあり余る若い牡馬《ぼば》を駆って一日じゅう狩りをするのが、一番体力を消耗する男の余暇の過ごし方だと思っていた。ところが、元気のあり余る少年を追いかけて湖畔を駆けまわりながら午後いっぱい過ごしたあとでは、狩りなどほんのお遊びだったとわかる。

「あの子には父親が必要だ」ローランドは言った。

リリベットは応えなかった。顔は大きな帽子のつばの陰になっている。ふたりは葡萄の木の長い列のあいだを並んで歩いていた。五〇メートルほど先では疲れ知らずのフィリップが木から木へと飛んでまわり、足を止めては新芽を観察している。あのエネルギーはどこから来ているのだろう？

ローランドは指で襟を引っぱり、熱を帯びた体に多少の空気を送り込んだ。

「父親ならいると言いたいところだろうな。血のつながった父親が」

「ええ、そうよ。あの子は父親を愛しているわ」

ローランドはバスケットをもう片方の手に持ち替え、彼女に少し身を寄せた。明るいグリーンのドレスの衣ずれの音が近くなった。「ソマートンはいい父親かい？」

「そうは言えないかもしれない。だけど関係ないの。子どもは父親が大好きなのよ」リリベットは物思いに沈んだ、低い声で答えた。何を考えているのかは見当もつかない。ピクニックがはじまったときは生き生きとして、心から楽しそうだった。ロンドンのあの夏の、生気に満ちた彼女が戻ってきたかのようだった。彼女の笑い声があたたかな春の空気の中ではじけるのを聞き、ローランドの胸は喜びでいっぱいになった。けれども片づけがはじまる頃になるとリリベットは言葉少なになり、彼の視線を避けて距離を置くようになった。そして無言で敷物と皿をしまった。

耳元で小さな羽音がした。果樹園でたっぷりと蜜を吸ってきた大きな蜂が、顔の横をかすめて飛んでいった。「〝父親〟という言葉を使ったのが間違いなのかもしれない」ローランドは言った。「ぼくが言いたかったのは、あの子はまだ子どもで、これからどんどん成長していく。だから、ときおりでもそばにいる大人の男性が必要だと――必要じゃないかということだ」

「たしかにそうね」リリベットはそっと言った。「あなたの言いたいことはわかるわ」

「きみも同じ意見かい？」

「場合によるわ。その男性が誰かによる」リリベットはローランドのほうを見なかった。視線をまっすぐ前に向け、見え隠れするフィリップの姿をじっと追っている。彼女の体の線はドレスに品よく包まれていた。触れたい、体を重ねたい、服を一枚一枚はぎ取りたい。そんな思いがローランドを鋭く貫く。あの胸に顔をうずめ、子どもを宿すおなかに手をあて、ひとつになり、彼女が歓びにむせぶ声を聞きたい。彼女を崇《あが》めたい。

リリベットの手の甲をそっとなぞり、一瞬だけ指先に触れた。「その男がぼくだったとしたら？」

「わからない」その答えを聞いて、ローランドの胸はずきりと痛んだ。「ただ……もう一度はじめるなんて無理だと思うの……たとえ奇跡が起こって、ソマートンが何もせずに別れてくれても――あなたを殺すとか、フィリップを取りあげるとかいうことなく――」

「そんなことはぼくがさせない。それくらい、きみにもわかるだろう」

「自由の身になったとしても、わたしは……」言葉が途切れた。

「なんだい？」

「あなたにはわたしの気持ちはわからないわ」リリベットは小声で言った。「あんなふうに裏切られるのがどういうことか。わかってる、あなたは変わったのよね。そう誓った。でも、男の人はみんなそう言うの。あなたがしてきたことに目をつぶるわけにはいかない。わたしの知るかぎりこの六年間、あなたは女性のベッドを渡り歩いてきた……」

「ああ、それは……」

「これからは変わると期待しろというの？　あなたを死ぬほど愛していたとしても――」

「きみは実際にぼくを愛している。もちろん、ぼくもきみを愛しているよ。そうでないふりはしないでくれ」足を止め、リリベットの腕を取って自分のほうを向かせた。指で彼女の顎を上向かせる。「ぼくを見て。せめて、愛していないふりはしないでほしい」

リリベットがまっすぐにローランドを見た。明るい午後の日差しの中だと、その瞳は息をのむような澄んだブルーだ。「あなたを愛していたとしても、あなたに別人になってと頼むことはできないわ。不実な男性を父親に持つ子どもをさらにまたひとり、この世に産み落としたくはないの」

ローランドは全身から空気が抜けていくような気がした。「ぼくは不実な人間じゃない」そう言ったものの、自分の耳にさえ弱々しく聞こえた。「ぼくは……きみが、いや、世の中のみんなが考えているような人間じゃない。ぼくは……」鉄の意志で思いとどまった。言ってはいけない。誰にも話してはいけないのだ。

リリベットは片方の眉をあげ、言葉の続きを待っている。

ローランドは彼女の腕を握る手に力を入れた。ぼくの言うことを信じてくれという思いをこめて。「世間でどう言われているかは知っている。噂は否定しないよ。ぼく自身がまいた種であることも否定しない。だが……きみが耳にしたようなことは……」目を閉じて、大きく息を吸った。まぶたを開けると、リリベットの美しい顔が目の前にあった。真剣な顔で聞いている。「かなり誇張されている。本当だ、リリベット。事実とはかけ離れてるんだ」

「どうやってそれを信じろというの？」

「名誉にかけて誓うよ、リリベット」手を彼女の腕に沿っておろしていき、手を包み込んだ。リリベットは顔をあげて葡萄の木のあいだにフィリップの姿を認めると、またローランドに視線を戻した。「誓うよ」もう一度言う。

彼女はかぶりを振り、前を向いてまた歩きはじめた。「噂って、細かい部分はたいてい間違っているものだけど、経験からいうと、本質的な部分はだいたい真実なのよ」

「この場合は両方が間違っているんだ」ローランドは言った。「ぼくが故意に流した噂だから」

「まさか」リリベットが笑う。「どうしてわざわざ女たらしという噂を流すの？　実際のお楽しみ抜きで？」

「理由があるんだ」

「まあ、説得力があるわね。〝ぼくは真実を語ってる。だが、理由は言えない〟ええ、ころりと信じそう」皮肉を言いながらも、彼女は手を引き抜こうとはしなかった。あたたかく、かすかに湿ったてのひらが、ローランドの手を軽く握り返してくる。

「ほんのわずかでも、ぼくを信じられないか？」彼はきいた。

フィリップがいきなり向きを変え、こちらに走ってきた。リリベットはぱっとローランドの指を放した。

「わたしは学んだの」ささやくように言う。「言葉よりも行動を信じるべきだって」それからフィリップに尋ねた。「何を見つけたの、ダーリン？」

少年は首を横に振り、ローランドのほうに両手を差し出した。軽くこぶしを握っている。

「お母さまにじゃないんだ。ローランド卿に。コオロギだよ！」

二本の指を広げて隙間を作る。ローランドは中をのぞいた。「おっ、すごいな。三センチ近くあるぞ！」

「ノーバートって名前をつけたんだ」フィリップは愛おしげに自分のてのひらをのぞき込んだ。「かごを作って、葉っぱをいっぱい入れて、ぼくの部屋で飼うの」

「わ、わ、わ、わたしたちの部屋でしょう」リリベットが言った。「それに飼うなんてだめ」

「ひどいよ、お母さま。いいでしょ？　すっごくお行儀のいいコオロギなんだ。簡単につかまえさせてくれたし」

「三センチもある虫を部屋に置くなんてだめ。どんなにお行儀がいい虫でもね」

フィリップは下唇を震わせた。「お願い、お母さま！　餌やりはちゃんとぼくがやるから！」

「どうだろう」ぶるぶる震える下唇を見ているのに耐えきれず、ローランドは口を挟んだ。「よかったら、ぼくがこのコオロギを預かろうか？　ぼくは三センチもある虫にも抵抗ないし、きちんとかごに入れて飼うよ」

フィリップの顔がぱっと明るくなった。「ほんと？　いいの？　ぼくの代わりに飼ってくれる？」

「喜んで。ちゃんとかごに入れてね」

「ローランド卿、そんなことをしていただく必要はないのよ」リリベットが言った。

彼は微笑んだ。「必要はあるさ。男の子というのは何かしら生き物を飼うものなんだ。ペットがコオロギだってかまわないだろう？」

「そうだよ、お母さま！ ノーバートはかわいいペットなんだ」

ローランドは片手をあげ、指を折っていった。「肉をほしがらない。日々の散歩もいらない。ソファに毛はつかない。高級な絨毯におしっこもしない」最後に握ったこぶしを得意げに掲げた。「理想的なペットじゃないか。大群で飼ってもいいくらいだ」

リリベットは笑った。「わかったわ。でも、ちゃんとかごに入れてね。しっかりしたかごに」

「ああ、一緒に作ろうな、フィリップ？」ローランドは少年の肩をぽんと叩いた。

「うん！ 金網がいるね。きっとアビゲイルが持ってるよ」フィリップはもう駆けだしていた。声が遠ざかっていく。「訓練して、芸を教えるんだ」

「まあ、あの子ったら」リリベットが言った。

ローランドはふたたび彼女の手を取った。リリベットは抗《あらが》わなかった。もうじき葡萄畑を過ぎ、開けた場所に出る。狭い草地の先は厨房の裏の中庭に続いていた。

「あとでもう一度会えるかい？」小声できいた。

「なんのために?」リリベットは神経質な笑い声をあげた。「またわたしを誘惑する気?」

「きみさえよければ、喜んで」

また笑い声。「しつこいのね」

フィリップの姿は葡萄畑を出て、すでに見えなくなっている。ローランドは足を止めてリリベットに向き合い、もう片方の手も取った。華奢でなめらかな手だ。歩いている途中で、彼女の帽子が少しずれていた。ローランドは手を伸ばして帽子を直し、親指で頬をなぞった。

「その甲斐はあるかな?」

答えを待つあいだ、心臓が動きを止めたようだった。

ブルーのまなざしが一瞬ローランドの口元に落ち、また戻る。「夕食のあと」リリベットは言った。「フランチェスカかモリーニに、フィリップの世話を頼んでおくわ」

「モリーニって誰だい?」

「家政婦よ。引き受けてくれると思う」声がいくぶんはずんでいた。手はローランドの手を軽く握っている。ラベンダーの香りがした。リリベットの吐息の甘いにおいも。ふっくらしたピンク色の唇が誘うようだ。

なぜ誘われてはいけない?

ローランドは彼女の顔を両手で包み込み、抵抗される前に唇を重ねた。やさしくもなく、性急でもなく、ただ繊細な桃の果肉を隅々まで味わい尽くしたいというように。舌を絡め、口蓋から頬の内側をなぞる。思いきり息を吸い込むと、リリベットの香りが麻薬のごとく全身に広がっていった。彼女も体を硬直させたが、じきに背中をのけぞらせて、キスに身を任せた。手を彼のヒップにあて、指にぎゅっと力をこめる。かたくなった下腹部が彼女のやわらかな腹部に押しつけられた。

リリベットが喉の奥から貪欲なうめき声をもらした。ローランドは思わず帽子の下の彼女の髪に指を差し入れ、さらに身を寄せて自分の脚で彼女の脚を挟み込んだ。

「お母さま！」

フィリップの声が葡萄の木々越しに聞こえてきた。

彼女は小さく声をあげ、よろめくようにあとずさりしてローランドを押し戻した。

「いま行くわ！」かすれた声で応える。髪に手をやり、はずれかけたピンを押し戻して、帽子を直した。そして吸い込まれそうなブルーの目を大きく見開き、彼を見つめてささやいた。

「行かなきゃ」

「待ってくれ」ローランドは彼女の手をつかんだ。「今夜」

リリベットが大きく息を吸った。胸元が盛りあがり、ドレスの薄い生地がぴんと張りつめる。うなじの血管がどくどくと脈打っているのがわかった。「ええ、今夜」

「何時に？」

「遅い時間。一一時くらい。外で。見つからない場所で」

「考えておくよ。メモを送る」

彼女はうなずいて手を引き抜き、葡萄の木のあいだを走り去った。頭が麻痺したようで、ローランドは動くこともできなかった。心の中でいまの約束を反芻する。

今夜。外で。メモ。一一時頃。

その時刻まで自分は辛抱できるだろうか？

14

「お母さま、今日の午後もアビゲイルと勉強しなきゃだめ？　虫かごを作るのも勉強だと思うんだけどな」

「虫かご作りにどれくらい時間がかかるかによるわね」リリベットは言った。「それと今日の午後、アビゲイルが忙しいかどうかにもよるわ」

アビゲイルは喜んでコオロギ用の虫かごを作ると言った。〝全然面倒じゃないわ。計算と書写の勉強はまた明日すればいいこと。ええ、鶏用の金網ならあるけど、網目がコオロギを入れておくには大きすぎるかも。いくらノーバートが特別大きなコオロギだといってもね。ほかに何かないか探してみましょう。いらっしゃい〟

リリベットはフィリップの額にキスして、バイバイと手を振った。玄関ホールには戸外から香りのよい新鮮な風が流れ込んでくる。壁に寄りかかり、ひんやりとした石を背中に感じた。おなかに手をあてると、奥のほうが熱いような気がした。

うなじで、手首で、胸で、脈が激しく打っている。

弱くて、みだらで、不自然な欲望でいっぱいの女。

それでもローランドがほしい。隣をただ歩いているなんて拷問に等しかった。彼の体が発するぬくもりを感じながら、身を寄せないようにするなんて。肌はほてり、体の奥底では彼を草地に押し倒し、太陽のもと裸になって抱き合いたいという欲求が燃えさかっていた。

ぎゅっと目を閉じる。ローランドのキス——ああ、あの魅惑的な唇が重なるところを想像すると、熱いものが体を駆けおり、脚のあいだで溶けていく。わたしは地獄で焼かれるに違いない。辱めを受けて死ぬことになるに決まっている。またしても誘惑に負けてしまった。夢中でキスを返し、彼のかたくなった下腹部に自分の腰を押しつけた。

そして今夜、会う約束までした。わたしはどこまで堕《お》ちていくのだろう？

「シニョーラ・ソマートン？　大丈夫ですか？」

焼きたてのパンの香りが鼻をくすぐったかと思うと、やわらかな声が聞こえてきた。はっとして、リリベットは身を起こした。「まあ、シニョリーナ・モリーニ。ええ、大丈夫よ。ただ……今日はずいぶんとあたたかいから……」

家政婦はすぐそばに立ち、同情するように眉根を寄せていた。「お茶を一杯いかがです？わたし、紅茶をいれるのが上手になったんですよ。シニョリーナ・アビゲイルが教えてくれたんです」

断りの言葉が舌先まで出かかったが、実際にはこう答えていた。「それはすてきね。ぜひ、いただきたいわ」

モリーニの白いシャツに包まれたほっそりした背中について廊下を歩き、厨房に入った。

炉の火はすでに灰をかけられ、テーブルの上には焼けたパンが冷ましてある。その隣に紅茶のポットとカップが用意してあった。

リリベットはポットを取りあげ、カップに紅茶を注いだ。香りのよい湯気が渦を巻いて立ちのぼった。思わず鼻を近づけ、ほっとため息をついて椅子に座る。

「ほらね？」モリーニも奥の椅子に腰をおろした。「上手になったでしょう？」

「とてもおいしいわ。ありがとう、英国式に合わせてくれて。朝食も、お茶も」

家政婦は微笑んで肩をすくめた。「たいしたことはありません。昼食と夕食はトスカーナ式です。丘と谷も。わたしたちが生まれたときから変わっていません」

「トスカーナのお料理はすばらしいわ。英国ではなんでも徹底的に焼くか、ゆでるかしてしまうから。アーティチョークがあんな味わいだなんて、いままで知らなかったもの」

モリーニがまた肩をすくめる。「不愉快なことはすべて英国に置いてきたのでしょう」

リリベットはカップの中を見つめた。「そうよ」

「シニョーラ、まだ目に涙がたまっていますよ。あなたは幸せじゃないんですね。どうしてです？美しい子どもがいる。やさしいシニョーレから愛されてる。じきに赤ちゃんも生まれる。神はあなたに微笑んでます」

リリベットははっと顔をあげた。「シニョリーナ！」

穏やかな顔つきで、モリーニはただ微笑んでいる。「あたりでしょう。わたしにはわかるんです。今夜、彼と会うんですね？」

「どうしてそんな……誰が……」口から言葉がもれるものの、意味のある文章にはならなかった。幽霊。ふと、アビゲイルの話が頭をよぎる。まさか。リリベットは急いでそんな考えを頭から押しやった。

笑みを浮かべたまま、モリーニは首を横に振った。「わたしにはわかる、それだけです。協力しますよ、シニョーラ。今夜、わたしはあのシニョーレを見てます。あなたは愛する人に会いに行けばいい。あの方はあなたを安心させてくれる。幸せにしてくれます」

「そうじゃないの」声がかすれた。「彼はわたしを不幸にするわ。わたしは……だめなの。わたしには夫がいるのよ、フィリップの父親が」

家政婦はテーブルに手を置き、鋭い声で言った。「悪い男でしょう。彼はあなたの夫じゃありません」

「ローランド卿だって夫じゃないわ。彼に夫になってもらうつもりもない。結婚するつもりはないの。シニョリーナ、それが問題なのよ。わかるでしょう、わたしは彼がほしい……ええ、死ぬほど求めてる。でも……彼と一緒になるわけにはいかないの」思わずむせび泣きがもれた。

「まあまあ、かわいそうな人《ボヴェーラ・ドンナ》。さあ、お茶を飲んでくださいな。あの方と結婚しないなんて愚かですよ。いい人です、美男子で。あなたをとても愛しています」

リリベットは一気に紅茶を飲み、熱い液体が喉を下っていく感覚を味わった。

「いまのところはね。でも一年後、二年後には……」

「そうは思いません。彼のあなたを見る目。あなたの息子さんに接するときの様子」モリーニは両手を組み合わせ、訳知り顔で微笑んだ。「彼のもとへお行きなさい、シニョーラ」

「そうせずにはいられないの。わたしは弱い人間なのよ。普通のときでもだめだけど……」

もうすすり泣きをこらえても意味がなかった。リリベットはハンカチに顔をうずめ、感情のままに泣き崩れた。

「ああ、シニョーラ。かわいそうな《ポヴェーラ》シニョーラ。あなたは若い。そして女性です。おなかに子どもがいるとそうなるんですよ。体が男性を求める。男性にそばにいてほしいと願う。それは自然なことです。そういうものなんです」モリーニはテーブルの上に手を伸ばした。いくぶん荒れたほっそりとした指は、リリベットの手に触れそうで触れなかった。「恥ずかしいことじゃありません。美しいことです」

「おぞましいことよ」リリベットは鼻を鳴らし、涙をのみ込んでカップを持ちあげ、またテーブルに置いた。そしてひとつ深呼吸をすると、できるかぎり落ち着いた声で続けた。「わたしは理性的な決断をしようとしているの。息子とわたしにとって、どうするのが一番いいか」

「そして、おなかの赤ちゃん、あのシニョーレの子どもにとっても」

「わたしにはできない。ローランドとは結婚できないわ。自由の身だとしても無理よ。ソマートン……彼に知られたら、ああ、ローランドは殺される。そしてフィリップは奪われてしまう。ソマートンの怒りがどんなものか、あなたは知らないのよ、シニョリーナ。彼にどんなことができるかも知らない」リリベットは疲れたように言った。恐怖でおなかが締めつけられるようだ。

「シニョール・ペンハローは戦い方を知ってると思いますよ」

リリベットは苦笑いした。「ええ、そうでしょう。ボクシングだの、フェンシングだのといった紳士的なスポーツは得意なはずよ。でも、ソマートンは……彼はプロなの」もうひと口紅茶を飲み、目を閉じた。「必ず相手を仕留めるわ」

「あなたはご自分で思っているほど、シニョール・ペンハローのことをよく知らないかもしれませんね」

ぱちりと目を開けた。「どういう意味？」

モリーニが肩をすくめる。「とくに意味はありません。わたしが言いたいのは、今夜、愛する人に会いに行きなさいということです。こういう美しい愛は投げ出してはいけません。未来はなんとかなります。あなたが胸に秘めた愛、シニョール・ペンハローへの思いは神のご意思です。天の贈り物です。ただ胸にしまっておくだけではだめ。相手に思いを返さないと。愛を育て、彼の子どもを育てなさい。間違いじゃない、恥でもない。あなたの誉れです」彼女は突然、立ちあがった。「メイドを呼んで夕食の準備にかからなくては。今夜、あなたのお部屋に行きます。三回ノックします。ごく軽く。わたしがあのシニョーレのことを見ています」

「できないわ。いけないことよ」

「行かなくてはいけません、シニョーラ。シニョーレのため、赤ん坊のために。あの方はいい方です。いい旦那さまになりますよ」

「夫はもういるのよ」

モリーニはきっぱりと首を横に振り、手でエプロンを直した。「神の前では違います。いまはもう違うのです、シニョーラ。真実は紙に書かれた言葉より、高いところにある。教会よりも高いのです。シニョール・ソマートン、彼は婚姻の誓いを破った。ないがしろにしました。この結婚はもはや――」ぱちんと指を慣らす。「なしです」

「本気じゃないんでしょう。あなたはカトリックよね？」

モリーニはもう一度指を鳴らした。黒い目が厳かに光る。「なしです。もはや真の結婚ではありません。シニョール・ペンハロー、あの方はずっとあなたを愛します。真の夫となるでしょう。神の御心《みこころ》に任せなさい」

リリベットは空のカップを指で包み、モリーニを見あげた。後光が差しているように見えた。この世のものとも思えない光。強烈な自信が体からあふれ出し、輝きを放っているかのようだ。「どうしてあなたに神の御心がわかるの？」

モリーニはわずかに目を細め、微笑らしきものを唇の端に浮かべた。「信じてください、わたしにはわかるんです」

リリベットへのメモを書くのは最後にまわすことにした。まずは、変換が難しい暗号を使って、サー・エドワードへ送る適切な返答をひねり出さなくてはならない。そしてようやくできあがった。〝極秘情報。ＬＳは息子とここにいる。Ｓ伯爵は知らない〟

いまは簡潔なのが一番だ。

だが、リリベットへの手紙となると話が別だった。いまごろ彼女は、あんな約束はしなければよかったと思っていることだろう。良心の呵責《かしやく》を感じ、迷っているに違いない。そもそも、ローランドのことを信用していないのだ。まずはこちらの誠実さをわかってもらい、情熱を感じてもらう必要がある。

ベッドに足をのせ、窓の外の青い空を見あげた。

〝愛しいひと、ぼくは天にものぼる気持ちで――〟

いや、だめだ。

〝美しいリリベット、ぼくはそのルビー色の唇を夢に見る――〟

これもだめ。

ペンを嚙み、ペン先を振って余分なインクを落とした。何も書いていない紙を見おろす。

〝一一時に果樹園で。ぼくの心はきみのものだ〟

これでいい。結局のところ、彼女は言葉でなく行動を望んでいる。

今夜こそ、この気持ちを行動で示すのだ。

リリベットの書き物机の上に置かれた手紙は、いま書いたものではなかった。

書いたのは五年前。彼女がノーザンブリア地方にあるソマートンの領地を慈善訪問にまわっているあいだ、夫が借地人の妻と密通していたと知ったときだ。フィリップが生まれて数カ月後のことだった。夫はリリベットがコテージに入ってきたことに気づきもしなかった。女性は裸で、ソマートンのほうは上着を脱ぎ、ズボンをおろしているだけだった。その格好で椅子に座り、女性を膝にのせて、行為にふけっていたのだ。リリベットの位置からは、真っ白な腿のあいだで激しく動く夫のものがまともに見えた。窓際に置かれた木製の揺りかごの中で、当時のフィリップとさして年の変わらない赤ん坊が声をかぎりに泣き叫んでいた。そのせいで、リリベットが部屋に入ってきた物音に気づかなかったのだろう。いや、それは領主の筋肉質な膝の上で体を揺らしている女の喉から発せられる、狂喜の声のせいだったのかもしれないけれど。

絶頂を迎えて、ソマートンがうめいた。リリベットは食べ物や毛糸で編んだ赤ん坊の服が入ったかごを叩きつけるようにテーブルに置くと、母屋の子ども部屋に戻り、小さなフィリップを腕に抱いて、そのシルクのような髪に顔をうずめて泣いた。赤ん坊特有の母乳のにおいが、ふたりをやさしく包み込んだ。

驚き。そして悲しみ、怒り。

三〇分ほど経ってから、リリベットは書斎に行き、便箋を取り出して、父の弁護士――結婚に関する取り決めの際、ヘアウッド家の代理人を務めた人物に向けて手紙を書きはじめた。

〝残念なことですが、夫の恥ずべき行為により、結婚生活を続けることが困難になりました。よってわたくしの代理として、この婚姻を解消すべく離婚訴訟を進めていただきたいと思います。理由としてはまず、夫が不義を働いた事実を知ったこと……〟

そこまで書いたところで扉が勢いよく開き、ソマートンが馬具と濡れたウールのにおいをさせて部屋に飛び込んできた。リリベットは震える手で便箋をたたみ、引き出しにしまった。それ以降、同じようなことが繰り返されるたび、引き出しから取り出しては読み直して、加筆訂正し、文章を練った。

けれども投函《とうかん》はしなかった。最後の最後に勇気がしぼんでしまうのだ。離婚。その言葉は醜く、決定的で、影響は計り知れなかった。ソマートン伯爵に刃向かってまで、誰が味方してくれるだろう？　リリベットは社交界から追放され、落ちぶれ、子どもを奪われる。大衆紙にあることないこと書きたてられ、名誉を傷つけられ、すべて失うのだ。過ちを犯したのはソマートンのほうであるにもかかわらず。

とはいえ、それもあの馬小屋の夜までのこと。

窓の外では日が沈みかけていた。夕焼けのわずかな残照が西の山際を細く照らしている。ひんやりとした空気が部屋になだれ込んできて、薄地のドレスを着たリリベットの肌を刺した。夜になったら、さらに冷えるだろう。ローランドに会いに行くときには、インド製のカシミアのショールを羽織っていったほうがいいかもしれない。でなければコートを。

今日の午後、湖のほとりの岩に寄りかかっていたローランドを思い浮かべる。まるでギリシア神話の神、アトラスのようだった。彼はソマートンに対抗できるだろうか？　そんな醜聞を招いても、家族は彼を支えてくれるかしら？

そんな心配をして何になるの？

いずれソマートンはここを見つけるだろう。リリベットはすでに夫のもとを去り、彼の顔に泥を塗った。報復はもうはじまっているはずだ。

〝真実は紙に書かれた言葉より、高いところにある。教会よりも高いのです〟

わたしは臆病者。とうに夫とは離婚するべきだった。正義はこちらにあったのだ。強く、勇気があり、頭の回転が速い女だったら、こう言い放っていただろう。フィリップを奪うなら奪ってみなさい、わたしを脅すなら脅してみなさい、わたしの愛する人たちを傷つけてごらんなさい。

〝もはや真の結婚ではありません。シニョール・ペンハロー、あの方はずっとあなたを愛します。真の夫となるでしょう〟

ローランドに肩車されていたフィリップが目に浮かぶ。笑いながらこちらに手を伸ばしてきた息子。そしてローランド。身をかがめて、フィリップの手の中にいるコオロギを眺める彼。

キスをしたとき、ふたりの唇はごく自然に溶け合った。強くたくましい体が、ごく自然にわたしを包み込んだ。

おなかの中には子どもが育っている。ローランドの子ども。愛が生んだ、ふたりの子ども。目の前で何かがきらりと光った。ある可能性。希望の輝き。

〝ほんのわずかでも、ぼくを信じられないか？〟

テーブルに置いた便箋に視線を落とす。リリベットはそれを脇に置き、新しい便箋を取り出した。そして細くやわらかな書体で手紙を書いた。水平線も闇に沈み、フィリップの興奮した声が階段から聞こえてくる頃には、彼女は便箋をたたんで封筒に入れ、宛名も書いていた。〝ロンドン、ストーンカッター・レーン、〈ベルウェザー・アンド・クノップス〉〟と。

15

その夜、ローランドはさまざまな期待に胸を躍らせていた。けれどもまさか、桃の木々のあいだからフィニアス・バークの長身が月明かりを背に現れるとは思いもしなかった。まったく。こんな時間にここへ何をしに来た？

たぶんレディ・モーリーと逢い引きをするのだろう。あのいまいましい作業小屋で会う約束はできなかったのか？　あそこなら誰にも見られることなく、快適に求愛できただろうに。愛するレディを、かぐわしい花と月明かりのもとで口説こうというわけか。人の恋路の邪魔をして。

桃の果樹園で。そんな場所を指定するなんて、考えてみれば自分こそばかなことを思いついたものだ。ロマンティックだが、陳腐もはなはだしい。いまごろは村人の半数くらいが、春の情熱に酔って木立のあいだをうろついているに違いない。そして翌年の村の人口を健全に保つための営みが、あちこちでなされているのだろう。

ローランドはシャンパンの瓶とグラスを地面に置いた。シャンパンはためらう女性にすばらしい効果を発揮する。ポケットから懐中時計を取り出し、月明かりに掲げた。まだ約束の時間にはずいぶん早い。リリベットはあと一時間は来ないだろう。

所在なさげにぶらぶらしているバークを、もう一度見やった。だめだ。やめておけ。いたずらがすぎる。

そう思いながらも上着のポケットを探り、念のためにいつも持ち歩いている紙切れと短い鉛筆を取り出した。それから地面に落ちている枯れ枝に目を留め、わざと大きな音をたてて踏みつけた。

前方で、あわてたようにがさごそ動く音がした。

「まだ、ステイル、ステイル」小声で、だが相手に聞こえるようにつぶやく。「弾《ピル》？　殺《キル》る？　いや、だめだ。挽《ミル》く？　全然だめだ。何か別のにしないと」

紙切れの上端からのぞくと、木の幹のうしろから、わずかにツイードの上着がのぞいていた。「思い出はまだわが胸に……いや、思い出はいまだ消えず。そう、これだ。思い出はいまだ消えず、次は……なんとかかんとか、忘れることなし。いや、悔いはなし？　わが愛に悔いはなし？　ああ、これだ。とてもいいぞ」

実を言えば、これまで作った中でもっともくだらない詩だ。だが、ローランドは得意だった。老木の節くれ立った幹に寄りかかり、桃の花が交差する夜空をうっとりと眺める。

視界の隅にわずかな動きが見て取れた。赤い髪が見え隠れしている。木々の陰になった暗がりではフィニアス・バークの鮮やかな赤毛も色を失い、かすかにブロンズがかった灰色に見えるが。

気の毒なやつだ。あんな石頭がレディ・モーリーに太刀打ちできるとは思えない。彼女の相手なら自分のほうがはるかに上手だとローランドは自負しているが、バークが同じ意見かどうかは怪しかった。

もっとも気の毒だからといって、手加減しようとは思わない。

「思い出はいまだ消えず、わが愛に悔いはなし」芝居がかったしぐさで胸に手をあてながら、ローランドは続けた。

かすかに押し殺したうめき声が聞こえた。

いかにもたったいま物思いから覚めたかのように、ローランドはびくりとした。そして手にした何も書いていない紙を見おろし、咳払いをして、ひとつ深呼吸をした。

「いいぞ。出だしから好調だ」朗々たる声で言う。

バークががっくりと肩を落とすところが目に見えるようだった。指が伸びてきて、いまにもこちらの喉につかみかかりそうな気配さえする。

ローランドはかまわず、嬉々としてそのおぞましい詩作を続けた。つい調子に乗り、自分がごく初歩的な過ちを犯していることに気づかなかった。周囲に気を配るのを忘れていたのだ。

ザッ、ザッ。

近づいてくる足音があった。ローランドは本能的に、すばやく木のうしろに隠れた。ざらざらした樹皮に体を押しつけて、じっと耳を澄ます。

足音は重たく、歩幅が広い。女性ではなかった。つまりリリベットでも、レディ・モーリーでもないということだ。村の人間だろうか？　廐番《うまやばん》の誰かか？

そろそろと木の陰から顔を出してみると、ウォリングフォード公爵らしい人影がこちらに向かってくるのが見えた。

なんてことだ。

ここはいったいどうなってるんだ？　最初はバーク、次はウォリングフォード。

〝偶然というものはない〟。サー・エドワードからよく言われた言葉が耳にこだまし、つかのまリリベットのことが頭をよぎった。彼女はまたぼくをはめたのだろうか？　あのキスに情熱を感じ、瞳が期待に輝いたと思ったのは間違いだったのか？

ウォリングフォードは背筋をぴんと伸ばし、威風堂々とこちらに向かってくる。足取りには迷いがなく、言い逃れは許さないという決意を漂わせて、ローランドのほんの一メートル先を通り過ぎた。手を伸ばせば、最高級の生地で作られた夜会服に触れることもできそうな距離だった。

本当に触れたら、兄はさぞかし仰天しただろう。

ウォリングフォードはバークが隠れている木からさほど遠くない場所で足を止めた。バークが毒づいているのは想像できた。

「そこにいるのはわかっている」ウォリングフォードはあたりに響き渡る声で言った。近くの木の枝が小さく震えた。「姿を見せるんだ」

ローランドはぐるりと目をまわした。まったく、兄上は何を期待してるんだ？　自分が怒鳴れば、誰もがその権威に逆らえず、脚を震わせながら頭を垂れて木の陰から現れるとでも思っているのか？

緊迫した沈黙が広がった。ときおり、愚かな英国人に縄張りを荒らされたヨタカのいらだたしげな鳴き声が響くだけだ。ウォリングフォードは憤然としてあたりを見渡した。きわめて正当な要求に返事がないのが納得できないというように。

今度はいくぶんなだめるような口調で言った。「ぼくはきみの手紙を持ってきた。だから隠れなくていいんだ。これ以上ごまかす必要もない」

遠く、城のほうから足音が聞こえてきた――ひとりではない。ローランドの訓練された耳には判別ができた。どちらも果樹園に入り、こちらに近づいてくる。

「いいか、よく聞いてくれ」ウォリングフォードは言った。「今夜ぼくに会いたいと言ってきたのはきみのほうじゃないか、勇気ある女よ」低くささやきかけるような声なので、はっきりとは聞き取れなかった。そのうえ、また誰かがこちらに向かってくるようだ。ひんやりとした香り豊かな空気の中、かすかな足音が聞こえてくる。

ウォリングフォードよりも軽い、やや心もとなげな足取りだ。たぶん女性だろう。ローランドは目を閉じた。空気や地面の振動、わずかな香りも逃すまいとする。

ウォリングフォードの声に、その女性が足を止めたのがわかった。けれども逆にその声を頼りに、いっそう大胆に歩を進めてくる。

ザッ、ザッ。足元の小枝が音をたてた。やがてウォリングフォードも気がつき、周囲を見渡して相手の姿を探した。

百合。

百合の香りが鼻をくすぐった。ローランドは肩の力を抜き、木の幹にもたれた。百合はバークの問題だ。ぼくではなく。

レディ・モーリーが、スカートの裾をはためかせながら鼻先を通り過ぎた。目の前の人影を見極めようと、首を左右に傾けている。

ウォリングフォードだと気づいた瞬間、彼女は身をこわばらせた。喉から小さなあえぎ声がもれる。小さなしぐさひとつから人の心を読み取る訓練をしているローランドには、彼女が一瞬恐慌をきたしたのがわかった。すぐに落ち着きを取り戻したのも。

さすがはレディ・モーリーだ。

ウォリングフォードが先に、のんびりとした口調で呼びかけた。もっとも、ふたりの会話を聞き取るには距離がありすぎる。声の抑揚がわかる程度だ。

バークが隠れている木のほうを見たが、まったく動きはない。バークのことだ、飛び出してレディ・モーリーを守りたいという衝動を必死に抑えているところだろう。だが、いま彼が姿を現したら、逢い引きを認めることになってしまう。

それはそれで面白い場面だったかもしれないが。

ローランドは足元に置いたシャンパンの瓶と、食糧庫から拝借してきたふたつのグラスを見おろして毒づいた。

まったく、ここでは五分とプライバシーを保てないのか？

扉をそっと三回ノックする音がした。

リリベットは最後にもう一度、隣の簡易ベッドで寝ているフィリップをちらりと見やった。ウールの毛布をかけているが、片腕は枕の上に投げ出し、顔は粗い漆喰の壁のほうを向いている。毛布が呼吸に合わせてゆっくりと規則的に上下していた。

リリベットは微笑み、息子に向けて投げキスをすると扉を開けた。

廊下にはモリーニが立っていた。いたずらっぽく、目尻にしわを寄せている。

「桃の果樹園です」彼女はささやいた。「あの方が出ていくのを見ました。一時間も前に。シャンパンを持っていきました」

「桃の果樹園ね。ありがとう、シニョリーナ。本当にありがとう」リリベットはショールを肩にかけ、足取りも軽く廊下に出て階段をおりていった。自信と強い意志が全身にみなぎっていた。白い封筒に封をするというなんでもない行為ひとつで、体にふたたび活力が生まれたようだ。

桃の果樹園。花びら。月明かり。シャンパン。彼って、なんてロマンティストなのかしら。

彼女は木々のあいだを、足音を忍ばせて進んでくる。ローランドは危うく見逃すところだった。

「ダーリン！」思いきって声を出した。「こっちだ」

彼女は足を止め、振り返ってためらった。桃の花の隙間からもれる月明かりがひと筋、シヨールをかぶった頭頂部を照らした。

ローランドはほっと胸を撫でおろした。この一〇分ほど、すれ違いになってしまったのではないか、でなければ彼女は人の話し声を聞いて、城に戻ってしまったのではないかと不安に駆られていたのだ。ウォリングフォードとレディ・モーリーの口論は長くは続かなかった。けれどもウォリングフォードは立ち去る彼女のうしろ姿をじっと見つめ、そのあともしばらくその場にたたずんでいた。その長身は暗闇に溶け込み、よく見ないとまわりの木々と区別がつかないほどだった。もっとも節くれ立ってはいないし、甘い香りもしないだろうが。やがて彼はいらだたしげに悪態をつくと、向きを変えて大股で歩み去った。そのあとバークが木陰から出てきて、わけがわからないというようにかぶりを振った。

気の毒に。さぞかしがっかりしたことだろう。せっかくの逢い引きを不機嫌な公爵に邪魔されて。

バークはウォリングフォードとは逆方向へ歩いていった。作業小屋に向かったようだ。ローランドは木の幹に体を預け、頭をすっきりさせようと冷たい空気を吸い込んだ。

どうなっているんだ？　月明かりのもと愛する女性と逢い引きするなど、ぼくのような極秘任務に慣れた人間にとっては子どもの遊びに等しいはずだ。それなのに、ことあるごとに邪魔が入る。

そしていま、ようやくリリベットらしき人影が現れ、ローランドははやる気持ちを抑えるのに必死だった。せきとめられていた欲求がいまにも爆発しそうだ。みっともない真似はするな、と自分を戒める。

つかのま目を閉じて気持ちを落ち着けた。忍耐が大事だ。すべての動きを計算しろ。リリベットを自分のものにしたかったら、知恵を振り絞れ。ここは一世一代の大舞台だ。彼女を情熱で酔わせ、喜びで満たし、愛で盲目にする。でなければ、あのかたくなな貞操観念を打ち崩すのは難しい。

ローランドは指を曲げた。

「ダーリン」もう一度ささやく。そして両腕を広げ、木のうしろから歩み出た。

彼女は何やらつぶやくと、よろめくように近づいてきて、ローランドの手を握った。夜の冷気に備え、ショールをしっかりと頭から肩にかけて巻きつけている。

「スイートハート」彼は言った。「ようやく会えたね」

ショールの陰になった頬に手をあて、身をかがめて情熱的に唇を重ねた。

はっと気づいたときには遅かった。

相手はリリベットではなかった。

空には弦月がかかり、足元は明るかった。リリベットは飛ぶように石段を駆けおりた。ひんやりとした空気が頬を撫でていく。山から吹きおりる風と夜のにおいに満ちた草地を走り抜けた。足元では緑の芽が土を押しあげ、まわりの木々は枝いっぱいに花を咲かせている。前方には桃の白い花が、暗闇を背に霧のかたまりのように浮かびあがっていた。

　彼女は足を速めた。ようやく桃の木々にたどり着き、むせるような花の香りに包まれると、立ちどまってまわりを見渡した。ローランドはどこにいるのかしら？　遠くではないだろう。果樹園に入ってすぐのところで待っているに違いない。シャンパンとキスで恋人を出迎えようと。

　胸を高鳴らせて足を踏み出したそのとき、人の話し声が聞こえ、リリベットは凍りついた。

　ローランドは唇を引きはがした。「なんてことだ！」声をひそめるのも忘れて叫ぶ。「シニョーレ！」

　相手のショールに手を伸ばし、頭から引っぱりおろした。月明かりが黒い髪に吸い込まれる。彼女の手がローランドの腕をつかんだ。「シニョーレ！」

「きみは……まさか……」

「シニョーレ？」

「フランチェスカ！」

「ええ《シ》」喉からかすかなすすり泣きがもれた。「あなた、来いと……手紙で……」

「手紙？」

腕をつかんでいた手が離れ、スカートを探った。ローランドは頭がくらくらしていた。サー・エドワードへの手紙。村で投函するよう、フランチェスカに渡したはずだ。

違ったのか？

便箋が手に押し込まれた。二度折りたたまれた厚みのある紙だ。感覚のない指で開く。あたりは暗く、文字は判別できなかったが、大きさと形は見て取れた。文面は覚えている。

〝一一時に果樹園で。ぼくの心はきみのものだ〟

フランチェスカが泣きだしそうな声で言った。「マリア……彼女、英語《イングレーゼ》、読める……」

「信じられない」ローランドはこぶしを頭に打ちつけた。

「シニョーレ……あなた……」声が途切れ、激しいすすり泣きに変わった。ショールに包まれた肩が小さく震えている。

「ああ、すまなかった」彼はショールを頭にかぶせてやりながら言った。「これはちょっとした……間違いだったんだ。わかるかい？　間違いだった」身をかがめ、フランチェスカの額にキスをする。「きみはすてきな娘さんだ。でも、ぼくは……」

彼女はいっそう激しく泣きじゃくった。合間にもれるイタリア語は、どうやらローランドに好意的な言葉ではなさそうだった。

時計を取り出し、ちらりと見て、月明かりにかざした。

「いいかい、スイートハート」フランチェスカの肩を軽く叩く。「本当にすまなかった。だが、きみも本気で……いや、いい」何歩か歩いて木に近づくと、たもとに立てかけてあったシャンパンの瓶をつかみ、ぽんと栓を抜いた。

「さあ」泡の立つグラスを彼女に渡す。「飲んでごらん、気分がよくなるから。つらいときにはシャンパンを飲むにかぎるのさ」

フランチェスカはグラスを受け取り、一気に飲み干すと、大きなしゃっくりをした。

「そう、その調子。もう一杯飲むかい？」グラスになみなみとお代わりを注ぎ、瓶を地面に置いた。「何はともあれ、実に申し訳ないことをした。大失態だな。きみに間違った手紙を渡してしまったんだよ。明日の朝にはみんな、この話で大笑いすることになりそうだ」

彼女はグラスの縁からローランドをにらんだ。

彼は咳払いした。「ともかく、シャンパンはきみのために置いていくよ。ぼくはもう……その……行かなくちゃならないんだ」

フランチェスカは何も言わなかった。もはやシャンパングラスしか目に入っていないようだ。

試しに一歩、ローランドは離れてみた。さらにもう一歩。「じゃあ、また明日。好きなだけシャンパンを楽しんでくれ」

もう一歩あとずさりすると、彼は向きを変え、城へ向かって一目散に駆けだした。

手紙を間違えた。あのメイドに違う手紙を渡してしまった。

つまり、サー・エドワード宛の手紙はリリベットの扉の下にあるということだ。開封されていないといいが。

石段をあがって牧草地を横切り、板石敷きの中庭を抜けて玄関に出た。玄関ホールはしんとして暗く、階段に沿った高い窓から差し込む月明かりで照らされているだけだ。ローランドは一段飛ばしで階段をあがり、リリベットの部屋の前に着いた。肩で息をして、手で髪をさっとかきあげてから、ノックをしようとこぶしを握った。

そして、すんでのところで思いとどまった。

フィリップが隣で寝ているはずだ。

手をおろし、腿を打ちつける。

ローランドはその場に立ち尽くした。ここまで走ってきたせいで、まだ呼吸は荒い。ひんやりした汗が背中を伝い、シャツに吸い込まれていった。両手で頭を抱え、向きを変えて男性陣が眠っている西の翼棟へと向かう。

自分の部屋に入ると、ろうそくをつけて上着を脱いだ。ろうそくの光が棚やチェストの上にある品々を照らす。ノーバート用のかごには、出かける前に布をかけておいた。コオロギが新しい環境の中でゆっくり休めるようにと、フィリップに頼まれたのだ。

ローランドの唇に思わず笑みが浮かんだ。チェストに近づき、虫かごにかけた布をめくってみる。コオロギはたしかにかごの片隅で眠っているようだ。眠そうな目で葉をじっと見つめている。

布をかけ直し、部屋を見渡した。まだベッドに入りたくはなかった。全身をエネルギーが駆けめぐっている。失望と動揺、そして自己嫌悪が渦巻いていた。ふたたび部屋を出て、扉に鍵をかけた。

湖でひと泳ぎしようか？　頭がすっきりして、このあとどうしたらいいか考えられるようになるかもしれない。ともかく頭の中を整理しなくては。国境を渡ってイタリアに来て以来、何をやっても失敗ばかりだ。

さっそく今後の作戦を練りながら、小走りに牧草地を抜けた。明日の朝には償いをしなくては。花束を贈るとか？　いま満開の花といえばなんだろう？　もちろん桃の花以外で。朝早く、朝食前に起きて何か探そう。

湖へ行く最短距離は桃の果樹園を抜けることだ。だがローランドとしては、あそこを通り抜けるのはごめんだった。果樹園を迂回《うかい》し、石壁に沿って慎重に斜面をおりていく。月はいまちょうど真上にあり、ちょうど道がわかる程度の光を投げかけていた。

前方の暗がりで何かの音がした。

ローランドはよろめくようにして立ちどまった。

また音がした。妙な音だ。甲高く、不規則で、まるで……。

女性の笑い声？

彼は眉をひそめた。目を細め、前方の人影らしきものを見つめる。

またくすくす笑い。

ローランドは足早に近づいた。そして投げ出された脚につまずきそうになった。

「い、いったいなんなんだ?」思わず口ごもった。

「まあ、ローランド、あなたなのね!」影のひとつが壁から離れた。「わたしたち、あなたはもう城に戻ったんだと思ってたわ」

彼はぽかんと口を開け、また閉じた。そしてもう一度開けて言った。「リリベット?」

「よかったら一緒にいかが? シャンパンはもうあまり残っていないけれど」ローランドの脚に、かたくて冷たいものがあたった。

「わたしたち?」喉がからからになった。「わたしたちって、誰のことだ?」

もうひとりの声が暗がりから聞こえた。「シニョーレ!」しゃっくり。「また来たんですか?」

「フランチェスカ」ローランドはため息をついた。「そういうことか」

「あの子、本当にいい子なのよ」リリベットは彼の肩に腕を投げ出し、がっしりした骨格と筋肉のぬくもりを堪能した。「でも、シャンパンはあの子がほとんど飲んじゃったの。わたしはグラス半分も飲んでないわ」

ローランドがうめいた。「それくらいでいい、きみの体のことを考えたら」

「ええ、そうね。ワインは胸がむかむかするの。果樹園で会ったとき、フランチェスカはすごく怒ってた?」彼が早足なので、リリベットはついていくためにときおり小走りにならなくてはならなかった。

「数分で機嫌は直ったよ」ローランドが唐突に足を止めて振り返った。暗闇の中、顔は輪郭しかわからない。「きみは？　そんなに怒っているようには見えないが」

「そうね、一瞬途方に暮れたけど。あなたたちふたりを見て、わたし、てっきり……」

「最悪のことを想像したんだろう、わかるよ」

「でも、ほんの一瞬よ。何があったかわかったら、おかしくてたまらなかったわ。かわいそうなフランチェスカ。あの子、あなたに恋してるのよ。あなたも悩ましいわね。四六時中、右を見ても左を見ても、女性たちが言い寄ってくるなんて」

「ああ、どちらかというと困ることのほうが多いね」そっけない口調だ。

「わたしのこと、怒ってるの？」

「ぼくは……」彼は口をつぐみ、言葉を探した。「混乱してる」

リリベットは微笑んだ。今夜はエネルギーと幸福感に満ちて、気持ちが大胆になっている。手を伸ばしてローランドの頰を、その端整な顔立ちを愛撫した。部屋を出る前にひげを剃ってきたのだろう、指に触れる肌はなめらかでしっとりしていた。この肌に鼻をうずめ、男らしい清潔な香りを嗅ぎたいと何度思ったか知れない。だが、そうする代わりに彼女は言った。

「告白することがあるの。今夜はあなたとベッドに行けないわ」

ローランドの顔がこわばったのがわかる。「なぜ？」

「ごめんなさい」手を彼の肩へ、そして腕へとおろしていく。最後に手を握った。「ただ、あなたに話があって来たの。とても大切な話よ。知っておいてほしいことがあるの」

「なんだい？」

「今日、手紙を送ったわ、わたしの弁護士宛に。離婚訴訟をはじめてほしいという内容よ」

ローランドがはっと息をのんだ。「なんだって？　でも……リリベット！　すごいじゃないか！　ついにやったんだね！」ローランドは彼女の肘を取り、自分のほうへ引き寄せた。「お祝いをしないとな。ぼくらは……ああ！」彼女の体に腕をまわし、抱きあげてくるくるとまわす。「やったな、ダーリン。あの男にはもうきみにも、フィリップにも指一本触れさせない。ぼくが全力で守るよ。決してきみのそばを離れない」

「ちょっと、やめて」リリベットは笑わずにいられなかった。彼の肩に手をあてて押し戻す。ようやく地面におろされた。「だめよ、あなたは先走りすぎているわ。ローランド、これはあなたとはなんの関係もないことなの」

彼の指が背中に食い込んだ。「どういう意味だい、ぼくには関係がないとは？　リリベット、きみのおなかの中にはぼくの子どもがいるんだぞ……」

彼女は指を一本、ローランドの唇にあてた。「これはわたしと夫のあいだのことなのよ。それと彼がベッドをともにした女性全員のこと。その女性たちの名前と、関係があった日付、場所の一覧表を作らなくてはならないの。面倒だけれど、彼の不誠実さと残酷さを世に明らかにするには必要なのよ」

ローランドのいらだちはいくらかおさまったようだ。「気の毒に思うよ、ダーリン」リリベットの額にキスをする。「たしかにつらい作業だろう」

「ええ、そうね。試練のときになると思うわ」ひとつ深呼吸して、まだ背中にあてられていた彼の手をつかむと、体の前に持ってきてぎゅっと握った。「だからこそ、すべてが終わるまで、わたしたちは距離を置いていなくてはいけないの。フィリップの親権が法的に、確実にわたしのものになるまでは危険は冒せない。だから、わたしに近づかないで」

果樹園のほうでヨタカが鳴き声をあげた。ローランドの手から力が抜けていく。

「近づくなって？」

「そう。城を出ていってとは頼めないけれど、本当はそれが一番なのよ」

長く重い間があった。やがてローランドの手が彼女の腕を這いのぼり、肩をつかんだ。

「出ていけって？　気でも違ったのか？　冗談じゃない、あいつがきみの居場所を見つけたら……」

「そうしたら、わたしが話をするわ。でも、わたしの側にはわずかでも非があってはならないの。そうでないとすべてが台なしになってしまう。わずかな疑いも抱かせてはだめなのよ」陰になった彼の目をのぞき込む。「わたしの言うこと、わかってくれるでしょう？」

「ああ」ローランドの指に力が入った。

「もし気づかれたら、もし証明されたら……その……」不貞という言葉は口にできなかった。「訴訟は認められなくなってしまう。離婚もできなくなるわ。原告は潔白でないと、苦情を申し立てる権利がないと見なされるのよ」

「きみはずいぶんと法律について勉強したようだね」

「もちろんよ。ほかに何をするというの？」リリベットは彼の顔を見あげた。「だから……わかってくれるわね？」

ローランドは彼女を突き放し、手で髪をかきあげた。「いや、わからない。何を言っているんだ？　わかるわけがないだろう。きみはもう潔白とは言えないんだ。妊娠してるんだぞ。隠し通せると思っているのか？　これからぼくたちが修道士のように清く正しい生活をしたって、もう意味はないんだよ。裁判のあいだにも、おなかはどんどん大きくなっていくんだから」

リリベットはかぶりを振った。「わかっているわ。だからすべてが終わるまで、わたしはここにいたいの。訪問者も断り、誰にも会わないようにする。それにもし知られたとしても、証拠はないのよ。いつ身ごもったのか正確な日にちはわからないのだから……彼も絶対とは言えないはず。ここにいるみんなが証言してくれるわ、わたしたちが一緒のところは見たことがないって」

「何カ月かかるかわからないんだぞ。何年もかかるかもしれない。もしうまくいかなかったら、生まれた子は……」絶望のにじむ険しい口調だ。ああ、ローランドの顔が見えたら！きっと表情はさらに険しいのだろう。彼の声だけれど、まるで別人がしゃべっているみたい。

「わたしがなんとかするわ」リリベットは言った。「そうしなくてはいけないの。わかるでしょう？　あなたはいっさい手を出さないで。ふたりだけでいるところを誰かに見られたら、法廷で負けになる。すべてがぶち壊しになってしまうのよ」

ローランドが一歩前に出てふたたび彼女の手を握り、そばに引き寄せた。

「いや、わからない。ぼくはもう六年間も待ったんだ。ようやくきみがソマートンのもとを出て、ここに、ぼくの腕の中に戻ってきた。近づくな、なんて言わないでくれ。頭がどうかなりそうだ」

ローランドの顔は見えなかった。けれどもまなざしの重みと、激しい感情の波は感じ取れた。人を引きつけずにおかない彼の魅力が、リリベットに魔法をかける。また甘い狂喜にのみ込まれそうだ。ぎゅっと目を閉じ、手を彼の胸にあてた。「いいえ、だめ。わたしたちは人間よ、ローランド。動物じゃない。こんなことはしちゃいけないの、いまはまだ」

彼は何も言わなかった。肌のぬくもりにどきりとした次の瞬間、唇が重なっていた。一度。二度。「リリベット」額を合わせ、手で彼女の顔を包む。「お願いだ、きみに愛と歓びを与えたい。そうさせてくれ。一度だけ。今夜だけ。誰にもわからないだろう？」

「ローランド、お願い……」リリベットは彼の唇に向かってささやいた。全身の細胞が彼の愛撫を求めてうずいている。

「きみがほしい。ほしくてたまらないんだ」彼の親指が頬骨を撫で、声が耳を震わせる。「きみを待つあいだ、どれだけつらかったか。想像もできないだろう」

ローランドの気持ちはわかる。体が物語っているから。火のように熱く、鉄のようにかたい下腹部がおなかに押しつけられている。

「いいえ、想像はできるわ」身を引きながら応えた。「わたしも同じ思いだもの。あなたがほしくてたまらないの。毎晩あなたの夢を見るのよ、わたし……」声がかすれ、自分の耳にも哀れっぽく響く。リリベットは彼の抱擁を逃れ、新鮮な空気を思いきり吸い込んだ。「あなたは自分を信じてほしいと言ったわね」しばらくして静かに口を開いた。「いま、わたしはあなたを全面的に信じてる。信じているからこそ、待ってと言ってるの。わかってくれるでしょう」

ローランドはわずかに顔をそむけ、城のほうを見た。「本気なんだね？」

「本気よ。だから、わかって」

「くそっ」彼は毒づいた。「くそっ」

沈黙が広がった。彼が納得したのが気配でわかった。ためらいと葛藤の末に、不満はありながらもリリベットの言葉を受け入れたようだ。

「わかった」ローランドはついに言った。「きみにはいっさい手を触れない。それがきみの望みなら」彼が身を寄せてきた。あたたかな吐息が顔にかかるほど。「でも、この城を出ていくことはしない。きみの人生からも出ていくつもりはない。ここにいて、きみと赤ん坊とフィリップを見守る。もちろん、あのコオロギのノーバートも」小首をかしげ、耳元でささやく。「そして、きみの気持ちが変わるのを待ち続ける。絶対にあきらめないぞ」

「気持ちが変わることはないわ」

「どうかな」

リリベットは手を伸ばし、ローランドの額から髪をひと房かきあげた。「元気を出して。

それほど悲観するような状況ではないはずよ。それに、わたしがだめならフランチェスカがいるじゃないの」

「フランチェスカか」彼はうめいた。

ふたりはぎこちなく距離を置いて並んで歩き、城に戻った。扉の前で別れ際に、リリベットはふと思い出して言った。

「そうだわ、話そうと思っていたんだけれど、今日の午後おかしな手紙が扉の下に挟まれていたの。誰からかしら？　あなた、知ってる？」

「知らないな」ローランドは言った。「燃やしてしまえばいい」

彼は大股で歩み去り、西の翼棟へ続く広い石の階段をのぼっていった。

16

夏至前夜祭

五歳児のいわば家庭教師のようなことをしていると、ローランドとしては、貿易海運情報局の諜報員として働いていた日々はなんと平穏だったかと懐かしくなるときがある。

「ローランドおじさん、この城って、できてからどれくらい経つの?」この一時間半ほどで、五〇個目くらいの質問だ。

ローランドは頭のうしろに手をやり、書斎の天井を見あげた。「わからないな」正直に答える。「でも、調べることはできると思うよ」

「メディチ家の人も住んでたのかな? そしたらすごいな」フィリップは絨毯の上で飛び跳ね、想像の刀を振りまわした。「こうやって……敵をやっつけて……」

「長い年月のあいだに、いろいろな一族が住んだんだろうね」ローランドは言った。「調べてみるかい?」一応、歴史の勉強と言えるだろう。いまは英国史を読む時間ということになっている。ローランドの子ども時代の家庭教師なら、系統立った学問とは言えないと眉をひそめるに違いないが。

もっとも、フィリップにラテン語の文法と英国王について教えるつもりは最初からなかった。ローランドとしては、ただ気を紛らわせてくれるもの、リリベットのベッドのことを考えずにいるための手段がほしかっただけなのだ。少しでも油断すると、困ったことにあらぬ想像で頭がいっぱいになってしまう。そこで少年を乗馬だの、水泳だのに連れ出すようになった。リリベットと結婚するつもりなら、その息子と親しくなっておくべきだという思いもあった。ふたりが仲よくしていれば、彼女も喜ぶだろう。もちろんそれだけではなく、ローランドはフィリップが好きだった。この子は好奇心旺盛でのみ込みも早く、何事にも全力を傾け、常に弱い者を守ろうとする。

そのうちアビゲイルが午後、ちょうど勉強の時間になった頃に急に姿を消すようになった。そこでローランドは肩をすくめ、自ら本を手に取ったのだった。どうせほかにすることもない。

「あなたが？」リリベットが鮮やかなブルーの瞳で心配そうに彼を見あげた。「わたしが教えてもいいのよ。本当にお願いしていいの？」

「かまわないさ」ローランドは言った。「きみは休んだほうがいい」実際には、彼女の望むことならなんだってするつもりだった。何にせよ喜んでもらえたら、それがいずれ親密な形で返ってくるかもしれないと心ならずも期待して。

この数カ月間、これまで肉体的な拷問だと思っていたさまざまなものが、実はなんでもなかったといまにしてみれば思う。愛する女性が自分の子どもを宿してふっくらと熟れていくのを目にしながら触れることもできない、この苦しみに比べたら。

いや、触れることもできない、というのは正確ではない。ときおり唇を奪うことには成功している。ただし緻密な計画と巧みな作戦のもと、伝説的なローランド・ペンハローの魅力を最大限に発揮できた場合にかぎってだが。それでも毎回、その価値はあると実感していた。キスのせいで、いっそう欲望があおられるとはいえ。

そんな状況なので、フィリップに動詞の活用や計算を教えるのはちょうどいい気分転換だった。といっても、その指導法に一貫性はなく、一時間のうちにスコットランドの歴史からそろばんへ移行することもあったが。それでも教えるのは意外と楽しかった。少年の表情や癖にリリベットの面影を見つけると、そのたびに驚きと喜びで息が止まりそうになる。しだいに本や黒板を並べて書斎の絨毯の上に寝そべるのが、リリベットとベッドに寝転がることの次に楽しみとなっていた。

後者が実現する見込みは、いまのところないのだが。

「どこで調べたらいいかな?」フィリップが書斎の壁に目をやりながらきいた。

「そのへんに土地台帳みたいなものがあると思うんだ」ローランドは立ちあがり、一番近くの本棚に向かった。「ウォリングフォードは書斎に置いていた。初代公爵の分から取ってあって、埃をかぶっていたよ。土地の権利書だの、歳入や持参金の額なんかが細かく記されたものさ。あれを見ると、自分が跡継ぎじゃなくてよかったとつくづく思う」

「うん、わかるよ」フィリップが悲しげなため息をもらした。

ローランドは下を見た。「元気を出せ。伯爵になるっていうのも、そう悪いことじゃないぞ。ぼくみたいなえせ貴族じゃない、立派な称号が手に入るんだ」

「えせ貴族？」

「そう。ぼくはただのローランド卿だからね」ローランドは革の背表紙に印字された金色の文字を読んだ。イタリアの歴史、イタリアの文学。台帳はどこにあるのだろう？ ここか、でなければ別の部屋か？ この城の持ち主、ロセッティについてはほとんど何も知らない。「本物の貴族とは言えないのさ」

「ほんと？」フィリップはしばし口をつぐんで考え込んだ。「じゃあ、もしお母さまがあなたと結婚したら、ただの人になるの？」

ローランドの指がマキャベリの本の前で止まった。「レディ・ローランド・ペンハローと呼ばれることになるだろうな」

「ふうん、変なの。お母さまの本当の名前はどうなるの？」

ふたたび、指が革の背表紙に沿って動きはじめた。「きみはずっとお母さまと呼べばいい。友だちはエリザベスと呼ぶんじゃないかな」

「あなたはなんて呼ぶの？」

「リリベットと呼ぶと思うよ。でなかったら、ダーリンとか、スイートハートとか。ともかく、夫が愛する妻を呼ぶ呼び方で呼ぶ」

「お父さまはそんなふうに呼んだことないな。それじゃあ、おなかの赤ちゃんはどうなるの？」

ローランドはくるりと振り返った。「なんだってそんなことを知ってるんだ？」

フィリップは平然と彼を見あげた。「ゆうべお母さまにきいたんだ、なんでおなかが大きくなってきてるのって。そうしたら、中に赤ちゃんがいるからって教えてくれた。でも絶対に……」あわてて手で口を押さえる。

「そうだ、誰にも言っちゃいけない」ローランドは手で少年の髪を撫でた。「母君は秘密にしておきたいんだ、当分のあいだ」

フィリップは目を細くした。「じゃあ、どうしてあなたは知ってるの？」

考えをめぐらせながら、ローランドは次の棚に移った。「だって、誰かには話しておかなくちゃいけないだろう？　お医者さんを呼ばないといけないこともあるだろうし。なかなか大変なんだよ、おなかに赤ちゃんがいるっていうのは」

「ふうん」フィリップはそれきり何も言わず、ローランドのあとをついてきた。うつむいて、足元の擦り切れた絨毯を見つめている。

「これはどうだろう」ローランドは言った。「この本はいくらか期待できそうだ。たぶん帳簿じゃないかな」ちらりと下を見る。「大丈夫かい？」

「ローランドおじさん」少年は小声で言った。「ぼくのお父さまは死んじゃったの？」

ローランドは驚いた。「死んだ？　まさか、フィリップ。いや、生きているよ。ただ……

すごく忙しいんだろう。伯爵というのは責任が重い立場だからね」

フィリップがまっすぐに彼を見あげた。その黒い目は不信感に満ちている。「本当?」

「本当さ」

「病気なのかな?」

「いや、病気でもないと思う」まったく、こんな会話はまったく予想していなかった。リリベットが父親のことを息子にどう話しているか見当もつかないし、どうすれば話を合わせられるか皆目わからない。フィリップは賢そうな目で、まだこちらをまっすぐに見ている。その目はローランドの言い逃れに惑わされず、その裏にある真実を見通そうとするかのようだった。「父君が恋しいんだね」身をかがめ、少年と目線を合わせて言う。

「うん」どこか迷いのある口調だった。まだ何か言いたそうだ。

「うん、でも?」先を促してみる。

「ぼく、お父さまとあまり顔を合わせること、なかったんだ。会うときも、いつもぼくに怒ってるみたいだった」言葉が口から転がり出たかと思うと、水門が閉じたかのようにぴたりと止まった。

「怒ってるわけじゃないんだよ、フィリップ。父君はきみをとても愛しているんだ」ローランドは片手でこぶしを握った。ソマートンがいまここにいたら、廊下に引きずり出して思いきりぶん殴ってやりたい。もう片方の手をやさしく、少年の細い肩に置く。「きみはすばらしい子だ。どんな父親だって、きみを誇りに思うよ」

フィリップは肩をすくめた。

「見てごらん」ローランドはその肩を最後に軽く叩き、立ちあがった。「探していたものが見つかったようだぞ。帳簿みたいだ。ずいぶんと古い」棚から分厚い一冊を取り出す。「イタリア語がちゃんと読めるとは言えないが、ラテン語ならある程度わかる。見てみよう」

本を窓際の広い机まで持っていき——その古ぼけた木製の机で、さっきまでローランドはメディチ家の征服図を広げながら歴代の王子について語った——真ん中あたりのページを開いた。「あたりだな。おやおや、これはまたずいぶんと古いな。ごらん、フィリップ。一五九七年一一月三日となっている。しかも複式記帳法だ。当時そんなものがあったなんて知らなかったな」

「なんなの、その、ふ……ふく……」

「複式記帳法。お金の出入りを決まったやり方で記録しておく方法だ。流れがひと目でわかるようにね」ローランドはページをめくった。「領収書だ。大量の銀を購入したらしいな」

フィリップは落ち着かなげにもじもじした。小さな体が全身で退屈だと訴えているようだ。

「ほかを探してみよう」ローランドは本をぱたんと閉じ、また棚のところに戻った。「台帳はどれだろう？　妙だな、これは紙挟みのようだ」棚から出してみる。「書類が詰まってる。いいぞ、ぼくもこんなのを持ってる。公式な書類だのなんだのをまとめて保管しているんだ」

「書類って？」

「権利書とかさ。ぼくはミッドランズに二箇所ほど土地を持っているから――母の持参金の一部でね、それに関連する書類をまとめて入れてる。見てごらん」書類を机の上に広げた。「驚いたな、これは城が建設された日付に違いない。ほら、これだ。なんとローマ法王ご本人から贈与を受けたという証明書だよ。博物館ものだな」

「ローマ法王から？　ほんと？　触ってもいい？」

「触っても、ぼっと火がつくということはないと思うよ」ローランドはページを繰り、紙の白さとインクの鮮明さに驚嘆した。何百年も前のものとは思えない。「いずれにしても、これできみの疑問が解けたな。この権利書の日付は一五六七年となっている。城の建設はそのすぐあとにはじまったんだろう。それから次の世紀には増築工事を行った。ぼくのラテン語の解釈が正しければ……」

ローランドの手がふと宙で止まった。

「何、どうしたの？」フィリップが彼の腕越しに書類をのぞき込む。

ローランドは書類を机に置き、まっすぐに直した。ふたたび見慣れた名前が目に飛び込んできた。イタリア語に混じったありきたりな英語の音節が、まるでグランドオペラに酒場の歌が挟まれたような違和感を与える。「妙だな」

「何が妙なの？　教えてよ！」

ローランドは書類を元に戻し、しっかりと紐を結び直した。「なんでもないさ。持ち主が変わったというだけだ。よくあることだよ。相続人がいなくなったんだろう。でも、すごいことがわかったぞ」立ちあがって、紙挟みを棚にしまう。「この城はエリザベス女王の時代からあったんだ。感動しないかい？」

書斎の扉が勢いよく開き、音をたてて壁にぶつかった。「ここにいたのね！」振り返るとアビゲイルが立っていた。うなじの髪がピンからほどけて跳ね、全身から電流のようなエネルギーを発している。彼女は手を差し伸べて言った。「いらっしゃい、フィリップ！　パーティ用の仮面を作るのに手伝いがいるのよ」

「パーティ？」ローランドは紙挟みをそっと帳簿のあいだに滑り込ませた。「なんのパーティだい？」

「今夜は夏至前夜祭よ。知らなかったなんて言わないで」

「中庭が大騒ぎなのはそれでなのか？　テーブルやらランタンやらが並んで」

「そうよ、楽しくなるわ。ローランド卿、あなたも来てね。リリベットもアレクサンドラもわたしも、給仕係みたいな仮装をするの。全員が仮面をかぶるのよ。音楽あり、ダンスあり」腕を伸ばしたまま、もどかしげに手招きする。「でも、仮面の準備が間に合わないの。フィリップ、仮面に羽をつけるのを手伝ってもらいたいのよ」

「待ってくれ」ローランドは書斎の棚に寄りかかった。紙挟みをアビゲイルの視線から守りたいという、理不尽な欲求に駆られて。「ぼくらはいま、真剣に学問的探求を行っているところなんだ。メイドの誰かに頼めないのかい？」

フィリップがローランドのほうを向き、手をつかんだ。「ねえ、行ってもいいでしょう、ローランドおじさん？　明日、余分に一時間勉強すればいいじゃない」

「メイドはごちそうの準備に忙しいのよ。フィリップを連れていってもかまわないでしょう」アビゲイルの目がきらりと光る。「リリベットも喜ぶと思うわ」

この三カ月のいつの時点でアビゲイルが味方になったのか、実はローランドにもはっきりとはわからなかった。ウォリングフォードがしだいに賭けに興味を失っていったように、徐々に暗黙の了解ができあがっていた。いまや城とその周囲の空気に、春の訪れと同時に愛が満ち満ちていることは誰にも否定できない。「それなら」ローランドはゆっくりと片目をつぶり、少年の手をぎゅっと握った。「どうぞフィリップを連れていってくれ」

フィリップは勢いよく靴音を響かせて、アビゲイルに走り寄った。

ふたりが廊下に出て見えなくなってからも、ローランドは開いたままの扉を見つめ、足首を交差させて棚に寄りかかっていた。指で背後の棚を前後になぞり、並んだ本に触れる。

〝偶然というものはない〟

やがて体を起こし、ベストのポケットから時計を取り出して、肘掛け椅子の背にかけてあった上着を取った。もう四時近い。ウォリングフォードはいまの時間、馬でそのへんを走っている頃だろう。体を動かすことで、アビゲイル・ヘアウッドへの満たされぬ思いを紛らわせているに違いない。

兄もセント・アガタ城の正式な所有者の名を知りたいはずだ。

それがぼくらの祖父の名前となれば、なおのこと。

「さあ」アビゲイルはリリベットの胴着《ボディス》を最後にまっすぐに直した。「あなた、完璧よ。ものすごくきれい。モリーニの料理ですてきにふっくらしてきたわね。すっかり見違えたわ」

リリベットは目を細めたが、アビゲイルの瞳にからかうような輝きはなかった。彼女は盲目なのかしら？ この城の人たちは、みんな目が不自由なの？ 胸はボディスからはみ出そうだし、髪も肌も電球並みに輝いている。しかも、腹部は明らかに曲線を描きはじめていた。本当にみんなはそれがイタリアの温暖な気候と、モリーニのパネットーネのおかげだと思っているのかしら？

〝人は自分が見たいものしか見ないのよ〟かつて母は肩をすくめて、そう言ったものだ。たぶん誰も貞淑なレディの鑑、レディ・ソマートンが秘密の愛人の子を宿しているなど、想像もできないのだろう。

もちろん、いずれ告白せざるをえなくなる。でも、どう言ったらいいの？ まわりの人たちには赤ん坊は夫の餞別《せんべつ》代わりと思わせておくべきか、真実を話すべきか。

「わたし、太りすぎたと思わない？」リリベットは明らかに大きくなった胸を見おろして言った。

「ローランド卿は気にしないと思うわよ」アビゲイルはそう言いながら、リリベットの腰に巻いたエプロンを直した。「彼のあなたを見る目つきといったら！ 少しは気持ちに応えてあげてもいいんじゃない？」

リリベットはいとこの手を押し戻した。今朝ははじめて子宮の内側に小さな動きを感じた。その奇跡を宿した腹部に触れてほしいのはアビゲイルの手ではなかった。

「わたしが応えてないって、どうしてわかるの?」

「ねえ、あなたの部屋は隣なのよ。ミスター・バークが毎朝、夜明けと同時にアレクサンドラを部屋に連れ帰る音も聞こえてるくらいだから、あなたのことだって気がつくわ。ところで、わたしの仮装はどう?」アビゲイルはくるりとまわってみせた。

「すごくすてき。気の毒なウォリングフォードの近くには行かないほうがいいわ」

「気の毒なウォリングフォードは、来るかどうかわからないわよ」アビゲイルは澄ました口調で言った。

そのとおりだった。中庭は人であふれていた――農夫、村人、歌と踊りが好きな近隣の住人たち、頭ひとつ分周囲より背の高い赤毛のフィニアス・バーク。だが、黒髪の公爵の姿はなかった。白い羽をつけたフランチェスカが、フィリップの手を引いて現れた。少年は母親の姿を認めると、すぐに駆け寄ってきた。

「お母さま、ぼくの仮面、どう? かっこいいでしょ。自分で羽を赤く塗ったんだ」リリベットのおなかに抱きつき、仮面の右側につけた弓形の羽を指差す。「これ、ワシの羽なんだ。ローランドおじさんが今日の午後、乗馬の途中で見つけたんだって。いかしてない?」

「とびきりいかした仮面ね、ダーリン。最高だと思うわ。でも、あなたはフランチェスカと一緒にいてね。わたしはアビゲイルとレディ・モーリーを手伝って、お給仕をしなくちゃいけないの。夏至前夜祭の伝統なんですって」息子の頭のてっぺんにキスをして、リリベットは厨房に戻った。ちょうどいとこたちが広い木製のテーブルから前菜のトレイを持ちあげたところだった。

「どうしてこんなことをしてるんだか。わたしとしたことが、アビゲイルにうまく言いくるめられてしまったわ」アレクサンドラが貴族然と眉をひそめて言った。彼女の豊かな胸を見て、リリベットはほっとした。自分のふっくらしてきた乳房も、まるで比べものにならない。英国風の堅苦しいドレスから解放され、襟ぐりの広い使用人用の服からはみ出そうになっているアレクサンドラの胸は、リリベットでさえ目のやり場に困るほどだった。「ねえ、ハンカチか何か持っていない？　胸元を隠すレースの代わりになるような」

「残念ながら、それだけの大きさのものは持ってないわ」リリベットは答えた。「アビゲイル、どこでこんな衣装を見つけてきたの？　レディにふさわしい服とは言えないわ。マリアやフランチェスカが着ているものともまるで違うし」

「ああ、モリーニが持ってきたのよ。そうよね、シニョリーナ？」

リリベットは目を細めて家政婦を見やった。モリーニは唇の端にうっすらと笑みを浮かべながら、トレイの上にスタッフドオリーブを並べている。

「お祭り《フエスタ》にぴったりです」モリーニが言った。「さあ、オリーブができました、シニョーラ・ソマートン。冷めないうちに運んでください」

リリベットは大きくため息をつくとトレイを持ちあげ、アビゲイルとアレクサンドラのあとについて廊下を進み、にぎやかな中庭に出た。夕日が落ちて空がしだいに暗くなり、周囲にたいまつがひとつずつ灯されていく。リリベットは見慣れた金茶色の頭を探して、行き交う人々を見渡した。ローランドは長いテーブルのひとつに座り、村娘らしい若い女性に身を寄せて何やら話し込んでいた。上着もベストも着ていない。白い羽のついた仮面をかぶり、その下の唇は大きな笑みを浮かべている。

頬に血がのぼるのがわかった。リリベットは向きを変えようとしたが、その動きが目に留まったらしく、ローランドが立ちあがった。山から吹きおろす夜風に白いシャツがはためいている。

顔が半分仮面で隠れているので、表情はわからなかった。けれども視線が彼女の顔に留まり、スタッフドオリーブのトレイの上にこんもりと盛りあがった胸元に落ち、また目に戻ったのがわかった。彼の口がぽかんと開いた。

村娘と仲よくしていればいいわ。

リリベットは向きを変え、トレイを手にローランドの隣のテーブルへ向かった。彼の動きはすばやかった。テーブルまでたどり着かないうちに、彼が前に立ちはだかった。

「シニョーラ、ぼくが運ぼう」

「その必要はないわ」

「きみはトレイなんか運んじゃいけない。ともかく何も運んではだめだ」

「こんなの、なんでもないわ。それに夏至前夜祭へ来たお客さまは、城のレディたちから給仕を受けないと不幸に見舞われると聞いたけど？」

彼は両眉をつりあげた。「誰から？」

「もちろんモリーニからよ。さあ、通して」

ローランドが身を寄せてきた。ワインの香りのするあたたかな吐息が耳にかかる。

「今夜、あとで会うと約束してくれるなら」低く親密な口調だ。

「そんなふしだらな約束はできないわ。通してちょうだい」

「ほう、本当に？」声がさらに低くなる。「後悔はさせないと約束するよ」

リリベットは肘で彼を押しのけた。「女性の扱いがいかにうまいか自慢したところで無駄よ、ローランド卿」

彼は笑った。「女性全般じゃない、リリベット。きみだけだ」そう言いながらも一歩うしろにさがり、彼女を通した。胸の高鳴りを抑えながら、リリベットはオリーブのトレイを簡易テーブルに置いた。

三〇分ほど給仕に追われ、次にローランドを目にしたときはフィリップが彼のそばにいて、その手を引っぱっていた。ローランドは身をかがめて話を聞き、うなずくと、少年を軽々と広い肩の上にのせた。それを見て、リリベットは目頭が熱くなった。全身が愛情で震える。ローランドにはわからないだろう。ああしてふたりが一緒のところを見ると、どれだけ深く心を動かされるか。でも、一方で罪悪感も覚えずにいられない。ソマートンがどれだけひどい父親だったか――いつも無愛想で、あの子を邪魔者扱いしていた――いまになってみるとよくわかるけれど、それでも彼はフィリップの父親だ。なのに、いまや妻の愛人にやすやすと取って代わられている。

わたしは何をしたの？　正しいことだったの？

もし間違っていたら、どうなるだろう？　ローランドが待ちきれなくなり、わたしたちを捨てたら？

弁護士事務所〈ベルウェザー・アンド・クノッブス〉に手紙を投函した直後の高揚感はとうに消えていた。その後は事務的なやりとりが続き、五月上旬には弁護士はソマートンに対して、妻が日常的な不貞と虐待を理由に離婚を申し立てている旨、連絡したはずだった。けれども返信はない。

ソマートンの弁護士からの手紙は、通達を受け取ったというだけの短い内容だった。当月一〇日、当月一四日、当月一九日。それだけだ。死者と対決しているようなものだった。

リリベットは弁護士に法律上の手続きを進めるよう指示した。結局のところ、ソマートンは争うつもりはないのかもしれない。なんの反対もなく、ことが進むのかもしれない。数カ月のうちに、わたしは自由の身になる。

でも、夫の沈黙はもっと不吉なものを意味しているような気がする。

見ていると、フィリップが笑いながらローランドの髪をつかみ、うれしそうに肩の上で体をはずませていた。ローランドの力強い手が、しっかりと少年の脚を支えている。仮面をかぶった顔を少し上向きにし、フィリップに何か言って、さらに笑わせた。

ああ、神さま。リリベットは手にした空のトレイを腰のあたりまでおろして祈った。息子を守って。あのふたりを守ってください。ソマートンは念願の跡継ぎを得た。それで満足し、寛大な気持ちになって、フィリップが大人になるまで、わたしたちをそっとしておいてくれますように。

「あのふたり、気が合うみたいね」アビゲイルが肩のあたりでそっと言った。リリベットはびくりとして振り返った。

「ええ……いえ……わたし……」

「言わせてもらうと、わたし、ローランド・ペンハローが馬と女性以外のものに興味があるとは思わなかったわ」アビゲイルは腕を組んで続けた。「それは間違いだったと知って、うれしいけど」

リリベットは近くの長椅子に腰をおろした。全身の筋肉が、ほっとため息をつくようだった。「彼には感謝しているわ。フィリップはちょうど、大人の男性が必要な年齢になってきたところだから」

「そうね」アビゲイルも隣に座った。「すてきなパーティじゃない。モリーニの仕事ぶりはすばらしいわ。準備万端、整えて」

「村にこんなに人が住んでいるなんて知らなかった。城がにぎやかなのは楽しいわね」リリベットは脚を伸ばし、足首を曲げた。

「本当ね。呪われた城なんて思えない」

はっとして、リリベットは座り直した。「呪われた城？　何、それ？」

「知らないの？　信じられない。みんなに話したと思っていたのに。わくわくするような物語よ。何百年も前、イタリアを旅していた不埒《ふらち》な英国人が城主の娘に手を出したの」

リリベットは笑いだした。「まあ、アビゲイル、やめて。次には彼の幽霊が城をうろついてるなんて言いだすんでしょう」

「もっと複雑な話なのよ」アビゲイルは自分の指を引っぱった。「城主は英国人と争ったあげく撃たれて死んだんだけど、息を引き取る前に、この城と住人に呪いをかけたの」

「どんな呪い？」リリベットはまた笑ったが、どこかうつろな笑いだった。呪いを信じているわけではない。何にせよ、不条理な話は信じない質だ。「廊下にふっと風が吹くとか？　悪くないわね。雰囲気が出るわ」

「そうかもしれない。わからないのよ。モリーニから、そこまでは聞き出せなくて。しつこく尋ねたんだけど」アビゲイルはテーブルの向こうに手を伸ばし、残っていた砂糖菓子をつまんで口に放り込んだ。「だって偶然とは思えないから」

「何が偶然とは思えないの？」

アビゲイルは振り返り、リリベットの目を見つめた。からかうように眉をあげて。

「だって、わたしたちは英国人でしょう。エリザベス女王時代にここを訪れた不埒なやつと同じ」アビゲイルは長椅子から立ちあがり、ざわめく人々を見渡した。しばらく休憩していた楽団がまた演奏をはじめ、踊り手たちがテラスの中央に集まりつつある。いとこはあきれ顔のリリベットを振り返り、片目をつぶった。「もしわたしがその城主のさまよう魂だったら、ここぞとばかりに頭を絞って復讐《ふくしゅう》の計画を練ると思うの」

17

海賊とハーレムの女性たちの話は、幼い男の子に夜聞かせるものとしてはふさわしくないかもしれない。だが、レタス畑でお茶会をしているウサギの家族の物語より、はるかに胸が躍った。

もちろん、多少は大人の判断で不穏当な箇所を削除する必要はあるけれど。

「それで、海賊はそのハーレムの女の人たちをどうしたの？　スルタンの船を沈めたあと？」フィリップが指で毛布をぎゅっとつかみ、興味津々できいた。

ローランドは本の表紙をぱたんと閉じた。「そうだな、みんなで楽しく歌ってから、寝たんじゃないかな」そう答えておく。「きみも寝たほうがいいぞ、母君が様子を見に来る前に」

フィリップはため息をつき、枕にもたれかかった。「そうだね。ぼく、そのお話、気に入ったよ。お母さまの本より、ずっと面白いもん。ねえ、毎晩ぼくにお話を聞かせてくれる？」

「そうはいかないな。きみの母君の楽しみでもあると思うから、ぼくがそれを取ってしまったら気を悪くすると思うんだ。今日は母君がパーティで忙しいから、代わりを務めただけでね」毛布をフィリップのふっくらした顎まで引きあげ、端をマットレスの下に挟み込む。

「これでいいかい？」

「ちょっときついよ」フィリップが声をあげる。

「ああ、すまない」ローランドはいくらか毛布の張りをゆるめた。

フィリップはうなずいた。白い枕の真ん中におさまった顔は真顔だった。「どうかな？」「ローランドおじさん」静かな口調で言う。「おじさんには子どもはいる？」

ローランドは膝の上に肘をのせ、指を組み合わせた。「いや、残念ながらいないよ。いまのところは」

「どうしていないの？」

「これまで……」何かが喉の奥に詰まった。なぜだかわからない。ごくりと唾をのみ込み、不可解な感情を追い払った。「そういう幸運に恵まれなかったんだ」

「そうなの」フィリップは視線を落とした。毛布をじっと眺めているようだ。ちらちら揺れるろうそくの明かりの中、厚いやわらかな生地がうねって見える。「子ども、ほしいと思う？」

「そうだな、あまり考えたことはなかったけど、いまはほしいと思うよ。子どもがいたら、すごく大切にすると思う」

フィリップの顎がぴくりとした。「ぼく、考えたんだけど……ここに、イタリアにずっといたら……ひょっとして……お母さまのおなかの中の赤ちゃん、おじさんのになるんじゃないかな。おじさんがよければだけど」

ああ、なんてことだ。

目の奥のうずきを、ローランドはまばたきして抑えた。「そうなったらすてきだね。きみの母君がどう思うかわからないが」

「赤ん坊を大切にしてくれる？」

「もちろん大切にするさ」

「ぼく……思ったの……」少年の左目の隅に、丸い大きな涙が浮かんだ。「ぼくがその赤ん坊だったらなって……」

ローランドは体が落ちていくような気がした。まるで物語の中の海賊に手足を縛られ、甲板から大海原へと突き落とされたかのようだ。そこには規則はない。指示や命令の一覧もない。汝《なんじ》、他人の子の愛を盗むべからず。汝、愛を必要とする子を拒むべからず。

直感に従って進むしかない。

ローランドはフィリップの頭に手をやった。「よく聞くんだ。ぼくはきみが、母君のおなかの中の子どもじゃなくてよかったと思っている。どうしてかと言うと、いまの、そのままのきみが大好きだからだ」

フィリップがぱっと目をあげた。「本当に？」

「だって、赤ん坊を釣りには連れていけないだろう？　竿《さお》を持つこともできないもんな。それに賢い質問で、ぼくを片時も休ませてくれないのは誰だ？　そうさ、フィリップ」身をかがめ、少年の額にキスをした。「ぼくはきみを、自分の子どもと同じくらい愛している。つまり、ものすごく愛してるってことだ。さあ、もう寝なさい。でないと、ぼくがきみの母君にこっぴどく叱られてしまうよ」

フィリップは枕に頬をつけてあくびをした。「心配しないで。ぼくが止めるから。ぼくのせいなんだって言うよ」

ローランドは少年の髪をくしゃくしゃにした。「ああ、わかってる。きみは……」

扉がきいっと開いた。「シニョーレ？」

彼は椅子から立ちあがった。「フランチェスカ？　どうした？　フィリップはちょうどいま眠るところだ」

フランチェスカはわずかに眉をひそめながらローランドの言葉を聞いていた。ここ数カ月、フィリップの相手と女性たちの世話をしてずいぶん英語が上達したとはいえ、彼の前に出るといまだにまごついて、覚えた言葉も忘れてしまうようだ。「わたし、ついてます。いいですか？」

「ああ、それは助かる。頼むよ」

「シニョーレ、男の人、います。あなた、待ってます。ええと……」手で階下を示す。

「大広間で？」ローランドの脈が跳ねあがった。訪問者？　ぼくに？　こんな時間に？

いい兆候とは思えない。

「はい、広間、階段の下。彼……」もどかしげな表情で、彼女はまた言葉を切った。

ローランドは先を促した。「その彼はいつ来た？　何時にここに着いたんだ？」

「いま。五分。名前はビー……」眉間にしわが寄る。

「ビードル」安堵感がこみあげた。ソマートンではなかった。だが、また不安に陥った。フィレンツェ支局の人間が、なぜわざわざ会いに来るのだ？　伝言を送るのではなく自ら出向いてくるとは。ローランドはフィリップを見おろした。疲れすぎて、さすがにこの好奇心旺盛な少年も眠気には勝てないらしく、ゆっくりとまばたきをしただけだった。「階下に戻るよ。おやすみ、フィリップ」

「おやすみなさい、ローランドおじさん」

ローランドはうしろ手に扉を閉め、海賊の本を手にしたまま階段を駆けおりた。

ビードルは大広間の奥に立っていた。手前に長椅子が置かれた出窓のそばに立ち、中庭のお祭り騒ぎを眺めている。地味な毛織のスーツ姿で、上着は右手にある椅子にかけてあり、その上に山高帽がのっていた。

「ビードル！」ローランドは足早に近づいた。「なぜこんなところまで来た？　夏至前夜祭を祝いに来たのか？」

ビードルがくるりと振り返った。靴がすり減った石の床をこすった。「ペンハロー！　よかった。馬を飛ばして来たんだ」

「緊急事態か？　そうでないといいが。水でも飲むか？　それともワイン？　残念ながら、それ以上強い酒はないんだ」ローランドは一瞬にして諜報員に戻っていた。神経は極度に研ぎ澄まされ、頭脳は静かにフル回転している。こうして過去七年間、度重なる危機を乗り越えてきたのだ。ビードルがどんな用件で六月のこんな夜遅い時間にセント・アガタ城までやってきたのだとしても、いまのローランドには対処できる自信があった。

「いや、けっこう。メイドがさっき、水を一杯持ってきてくれた」ビードルは窓の桟を示した。半分ほど水の入ったグラスが、たいまつの明かりを受けて金色に光っている。「いいか、ペンハロー、落ち着いて聞いてくれ。深刻な知らせを持ってきた。レディ・ソマートンは近くにいるか？」

「外にいる」ローランドは目を細めた。ビードルにはざっと状況を知らせてある。二週間に一度、本国の最新情報を聞くためにフィレンツェを訪れているのだが、その際に、リリベットが夫に対して離婚訴訟を起こしたことも伝えておいた。もっとも、個人的な話はしていない。自分とリリベットが愛し合っていること、彼女が妊娠していること。離婚が成立したら結婚するつもりであること。これらはすべてリリベットのプライバシーにかかわる話だ。けれども一方で、サー・エドワードの調査対象に関連する情報でもある。

ただ、いまはリリベットへの忠誠心が勝っていた。

「即刻彼女を見つけ出し、逃がしたほうがいい」ビードルは窓辺に置いたグラスをつかみ、水をひと口飲んだ。「ソマートン卿が昨日フィレンツェに着いた。ミラノから列車で」

「なんてことだ」ローランドは動揺を必死に抑えた。「どこでその話を聞いた？」

「フィレンツェの役人に、何かあったら知らせてくれと頼んでおいたんだ」ビードルはグラスを置き直し、ハンカチで口を拭いた。「用心のためだ、もちろん。こういうことがあるとは思わなかった」

ローランドはかぶりを振った。「くそっ。サー・エドワードは知っているのか？」

「電報を打っておいたよ。ペンハロー、いったいどうなってる？　ソマートンは何を追っているんだ？」ビードルは腕を組み、まっすぐにローランドを見据えた。一見無精に見え、中年となったいま、フィレンツェでの平穏な暮らしが性に合っているようだが、彼が全盛期にはきわめて優秀な諜報員だったことはローランドも知っていた。きれいに撫でつけた薄くなりかけの髪の下には、見た目以上に鋭い頭脳が隠れているようだ。

ローランドは額にこぶしをあてた。「ソマートンが追っているのは妻と息子だろう。ぼくがいることは知らないはずだ。知っていたら、自分の妻に何をするかわからない」

「だが、聞いたところ……いや、サー・エドワードはソマートンがきみに何かしら罠を仕掛けていると考えている」ビードルの声が意味深長な響きを帯びた。「なぜなんだ、ペンハロー？」

ローランドはまっすぐに彼の目を見返した。「わからない。知っていると思うが、ぼくはレディ・ソマートンに求愛していた時期があった。彼女の結婚前のことだ。それ以来三月まで、つまりイタリアに来るまで、一度も顔を合わせることはなかった。念のために言っておくが」口調が冷ややかになる。「そのときも、せいぜい客間で握手をした程度だ」

「ならばどうして、あの男はきみを引きずり落とそうとする？」

「わからない」ローランドは背中で手を組もうとして、ふとまだ左手に海賊の本を持っていることに気づいた。リリベットとフィリップをなんとしても守り抜きたいという思いが胸にこみあげる。彼は大広間をいらいらと歩きまわった。「見当もつかないよ」

短い間があった。「ペンハロー」ビードルが低い声で言った。「悪いが、調査のためにきいておかなくてはならない。きみとレディ・ソマートンのあいだに不適切な関係はいっさいないんだな？」

ローランドは怒りをのみ込んだ。結局のところ、ビードルの立場だったら、自分も同じ質問をしただろう。背中にまわした手に力をこめ、本をぎゅっと握った。「その質問に対する答えは、ミスター・ビードル」遠くの壁を見つめながら静かに言う。「断じて言おう。ぼくとレディ・ソマートンのあいだに不適切な関係はいっさいない」

「わかった」ビードルのまなざしに理解と、そしてかすかに共感が浮かんだ。

ローランドは目を閉じた。「ききたいのは、なぜ彼がレディ・ソマートンの居場所を突きとめたかということだ。いや、ひょっとするとソマートンが追っているのはぼくなのか？だとしても、どうしてここがわかった？　くそっ、彼の狙いがわかれば……サー・エドワードはぼくが最後に会ってから、何かつかんだんだろうか？」

「いや。あの男は巧みに痕跡を消している。昨年の冬、ジョンソンがアルゼンチンに逃げた件にかかわっているらしいということしかわかっていない。海軍は関係を否定しているがね。ありえないと一蹴した」

「だからって、関係がないとは言えない」ローランドは振り向き、ビードルのほうへ戻った。「ソマートンが隠し通したいと思えば、海軍の連中は口をつぐむだろう。仲間への忠誠心はあつい連中だから」

ビードルが肩をすくめる。「だろうな」彼はポケットから懐中時計を取り出し、窓からのかすかな明かりで時刻を調べた。「もう行かなくては。夜明けまでにはフィレンツェに戻りたいんだ。言ったとおり、レディ・ソマートンをどこかにかくまったほうがいいと思う。どこか遠くにな。ただ、行先は知らせてほしい。わかっていれば、その地域の支局に連絡を入れておくことができる」

「わかった。ありがとう。わざわざ来てくれて感謝しているよ、ビードル」ローランドは彼の手を握った。「ぼくにできることがあったら、なんでも言ってくれ。馬を元気なやつに替えたければ、馬小屋で好きな馬を選んでもらっていい」

「それはご親切に」ビードルは窓際の椅子から上着と帽子を取り、立ち去ろうと向きを変えた。「そうだ、もうひとつ。妙な話なんだが、ソマートンはホテルに着いてすぐ、電報を送っている。内容はわからないんだが、受信した人物はわかった」

「誰なんだ？」

ビードルは帽子を頭にのせ、具合を確かめるようにぽんと叩いた。「きみの祖父君、オリンピア公爵だよ」

肩に手を置かれ、リリベットははっとして物思いから覚めた。見ると、シニョリーナ・モリーニの顔があった。近くのたいまつの揺らめく明かりを受けて、妙に生き生きとして見える。

「シニョーラ、シニョーレはお話を読み終えました。いまはフランチェスカが息子さんを見ています」肩に置いた手にそっと力をこめる。「これから会いますか？」

リリベットは微笑み、踊っている人々に視線を戻した。誰もが仮面の羽を揺らしながら、楽団の演奏に合わせて動き、笑っている。アビゲイルに無理やりダンスフロアへ連れていかれたアレクサンドラも、いまは踊りを楽しんでいるようだ。「どうして？　彼は疲れきっていると思うわ」

「それほど疲れてはいませんよ。たぶんいまごろ、愛について考えてるところです」モリーニはリリベットの隣に座り、トレイを前のテーブルに置いた。上には澄んだ液体の入った小さなグラスがふたつのっている。「たぶんあなたを探してます。あなたと踊りたいと思っています」

「わたしは疲れすぎて踊れないわ」リリベットは言った。「ずっとお料理を運んでいたんですもの。足は痛いし、いまはただベッドに入りたい」

モリーニはグラスを指し示した。「これを持ってきました。夏至祭の伝統です。レモンの特製リキュールですよ」

「まあ、悪いけど遠慮するわ。いまワインやお酒を飲んだら、気持ちが悪くなりそう」

「お酒じゃありません。赤ん坊にも害はありませんよ」モリーニはグラスをひとつ取ると、リリベットに差し出した。中の液体がひんやりと誘うように揺れる。「伝統です。幸運を呼ぶんですよ。これを飲めば、今年幸せがたくさん訪れます。それと愛がたくさん」

「もう愛には恵まれているわ、ありがとう」そう言ったものの、まるで見えない力に導かれるように、指がグラスに伸びていた。中庭のほうを振り返り、アビゲイルとアレクサンドラを探したが、どちらも陽気な音楽に乗って踊る人々に紛れて見つからなかった。

「きっと気に入りますよ。おなかにも、赤ん坊にも害はありません」モリーニはグラスをリリベットのほうへ押しやった。「少し飲んでごらんなさい」

リリベットはグラスに視線を戻し、肩をすくめた。「そうね」ひと口すすった。ひんやりして、同時に熱い魅惑的な液体が喉を伝い、レモンの香りがふっと立ちのぼってきた。「まあ、おいしい！」

「ほらね？　言ったとおりでしょう。これであなたに幸運が訪れます」

リリベットはグラスを傾け、残りを一気に飲み干した。体の中に活力が満ちあふれ、四肢をめぐっていくようだった。「幸運、ね。すごいわ、このリキュール。もう気分がよくなってきたもの」

「効果てきめんですね。うれしいです、シニョーラ。シニョール・ペンハローにも一杯差しあげましょう」モリーニは立ちあがると、トレイを持ちあげた。

「ええ、そうして。彼も気に入ると思うから」リリベットは踊りだしたいような気分だった。

頭の中は澄み渡り、輝いて、喜びに満ちている。モリーニに続いて立ちあがると、踊り手たちに——村人、楽団、いとこたちに微笑みかけた。ああ、わたしはみんなを愛している。

「シニョーラ、少し歩いたらいかがです？ 湖まで散歩してらっしゃい。シニョール・ペンハローにも湖へ行くように伝えます」

「まあ、そうしてくれる、モリーニ？」リリベットは家政婦の頰にキスをした。「親切にありがとう。なんだかとっても……楽しくなりそう」

ローランドはきっぱりと決意をかためて中庭に出た。頭の中は、計画とそれに伴う危険のことでいっぱいだった。いますぐ城を出れば、夜明けにはシエナに着く。そこからローマかナポリに入ろう。大都市の雑踏に身を隠せるはずだ。でなければ、逆方面に行くという手もある。ヴェニスか、さらに海を渡ってギリシアに行くか。地中海の島でもいい。クレタ島、ロードス島、コルフ島——ただしリリベットのためにも、ちゃんとした医者のいる、ある程度大きな島でなくてはならないが。ああ、そうだ、赤ん坊。何かあったときはどうしたらいい？ 田舎の医者に任せられるだろうか？

「シニョーレ？」腕に手が触れた。

振り返るとメイドが立っていた。フランチェスカではない。もうひとりの、マリアという名の女性だ。髪を赤いスカーフに包み、目立たない羽のついた仮面をつけている。

「なんだ？」いささかぶっきらぼうな口調になった。

彼女は半歩あとずさりして、ためらいがちに言った。「シニョーラ・ソマートンをお探しでは？」

「ああ、そうなんだ！　見かけたかい？」

「モリーニが……シニョーラは湖に行ったと。湖で待っていると伝えるようにと」

「湖に？」ローランドはかぶりを振り、暗闇に包まれた、湖へと下る丘のほうを見やった。「どうしてまた？」

「あの方、湖で待ってます。モリーニがそう言いました。それと、シニョーレに飲み物をと」グラスをのせたトレイを差し出す。「伝統です」

「ああ、そうなのか」ローランドは何も考えずグラスを取ると、中身を飲み干した。心地よい刺激が喉から腹へと下っていく。レモンと、何かのハーブらしいなじみのない香りがした。「これはうまいな」

マリアは肩をすくめた。「伝統です。湖に行ってください。モリーニが言いました。それが……ええと……とても……」

「大切なことだと？」

彼女は勢いよくうなずいた。「とても、大切なことだと」

「わかった」ローランドは微笑み、グラスをトレイに戻した。気がつくと、すでにいい気持ちになっていた。リリベットを見つけなくてはという切迫感は残っていたが、不安や心配は消えていた。何もかもうまくいく。すべていいようになる。「なら、早く行ったほうがよさそうだな」

月は空高く、ちょうど真上にあって行く手を照らしていた。牧草地。新芽を出しはじめた葡萄の蔓。葉を茂らせ、実を熟そうとしている桃の木々。膝まで届きそうなトウモロコシの茎。見慣れた光景だ。毎日のようにここでフィリップと歩いたり、馬で駆けたり、ひとり散歩したり、釣りをしたりして過ごした。ローランドは口笛を吹きながら歩いた。幸せの甘い予感がして、期待に全身がうずくのを感じていた。

出発前にリリベットにキスくらいはできるかもしれない。

すてきな旅になるだろう。まるで新婚旅行だ。ソマートンが迫ってきているとなれば、彼女も堅苦しいことは言っていられないはずだ。もちろんフィリップも連れていく。なんとかして、ことのしだいを説明しよう。そして非情なロンドン社交界から遠く離れた、地中海ののどかな町にふたりをかくまったら、出向いていってソマートンに会うのだ。この不可解なゲームに決着をつける。必要とあらば力ずくで。リリベットとフィリップが安全に、不安を感じずに生活できるようにするためなら、なんだってするつもりだ。

そのあとは、離婚が成立したらすぐにリリベットと結婚する。だが、それは法的手続きの問題にすぎない。もうあらゆる意味でふたりは結ばれているのだから。すでに永遠の愛と忠誠を誓っている。ぼくは生涯、彼女を守り抜く。

そう、すべていいようになる。

湖を囲むように生えているオリーブの木立に着いた。月明かりの中で、小さな葉が銀色がかった緑色に光っている。枝のあいだから鏡のような湖面が見えた。黒っぽい影が、打ち寄せるさざ波をさえぎっていた。巨岩だろう。「リリベット!」大声で呼んでみた。

「ここよ!」前方から歌うような声で返事が聞こえ、ちらりと動くものがあった。

「どこだい?」

「岩の上よ。あたたかくて気持ちがいいわ。泳ごうと思うの」

泳ぐだって?

木々を抜けると、ローランドは息が止まりそうになった。

リリベットは巨岩のてっぺんに立っていた。四月に、フィリップを連れ戻しに来たときと同じ場所だ。ただ今回、彼女は全裸だった。いや、ほとんど全裸だ。そしてちょうどシュミーズを脱ぐところだった。月光を浴びて全身が、重たげな胸の先端まで銀色に輝いている。丸みを帯びた腹や腰の曲線がくっきりと浮かびあがっていた。彼女はすらりとした脚を片方、岩の端に伸ばすと、肩越しにローランドのほうを見た。

「きれいだ」小石の転がる湖畔に立ちすくんだまま、彼はつぶやいた。

リリベットはにっこりすると身をひるがえし、岩からゆっくりと飛びおりた。


肌にあたる水はひんやりとしてなめらかだった。リリベットは足が底に着くのを感じて、また浮きあがった。そして何秒か水をかく感覚を楽しんでから、岩のところに戻った。

ローランドは岩のてっぺんによじのぼるところだった。「あなたも来て」リリベットは誘った。「気持ちがいいわよ。先月よりずっとあたたかいわ」

「いままでも泳いでいたのか？」

「もちろんよ。あなたがフィリップの勉強を見てくれているあいだ毎日」脚で力強く水を蹴り、水面に仰向けになった。空のかなたに何百万の星が、やさしくまたたいている。空気はあたたかいが、水から顔を出した乳首がきゅっとすぼむのがわかった。

「驚いたな」岸のほうから声がした。振り返ると、ローランドはすでに上着を脱いでいた。ベストとシャツも脱ぐと、筋肉質な胸があらわになった。どこまでも均整が取れていて美しい。細部にいたるまで、愛情に満ちた作り手によって彫り出された彫刻品のようだ。手がズボンにかかる。肌着が地面に落ちると、彼はそれを足で払った。すでに靴は履いていない。リリベットは思わず下腹部に目をやったが、次の瞬間、彼はきれいな弧を描いて湖に飛び込んでいた。

彼女は目を閉じて微笑み、ローランドが隣に現れるのを待った。見えない時計の針が時を刻み、数秒が経過した。

目を開けるなり、あたたかな手が水から飛び出してきて、リリベットの胸を覆った。思わず声をあげ、かたくて厚い胸へと引き寄せられて、今度はあっと叫んだ。

「まるで水の精だ」ローランドが耳元でささやく。「きみが泳げるとは知らなかったよ」

リリベットは向きを変え、彼の首に腕をまわした。水の中でローランドの脚に脚を絡める。胸の先端が彼の肌に触れた。「わたしについて知らないことは、まだいっぱいあるわよ」

「なら、見つけ出そう」ローランドはそう言うと、彼女にキスをした。唇はあたたかくやわらかで、かすかにレモンの味がした。手が水の中へとおりてウエストにまわされる。肌が、全身がとろけそうだった。

リリベットは彼の唇に向かって言った。「ローランド。わたし……思ったの……」

「何を思ったんだい？」ローランドが彼女の顎に、耳にキスをしていく。

「もう……これ以上待てないって。時間がかかるかもしれない。ひょっとすると、いつまで経っても……でも、わたし……あなたがほしいの……」

「無理だ」ローランドは言った。耳の下のくぼみを探る唇は熱かった。「いまは。今夜はだめなんだ。きみを探しに来た。すぐにここを発たなくちゃいけない」

「なんですって？」そう聞いても、なぜか驚きは感じなかった。「どうして？」

「きみのご主人だよ」彼は足で水を蹴って、リリベットを抱えたまま岸に向かった。「いま、フィレンツェにいるらしい」

「まあ」彼女はローランドにもたれ、運ばれるに任せた。彼の体はとても力強かった。その喉元にそっとキスをする。「それは困ったことになったわね。でもここに残って、ソマートンが来たら追い返すというわけにはいかないかしら？」

「ダーリン、ぼくの問題だったら、それでかまわない。ただ、こんな状況のきみやフィリップに危害が及ぶようなことは、絶対に避けたいんだ」ローランドはリリベットの頬とこめかみにキスをした。水をかいていくふたりの体はぴたりと重なり、互いの胸と腰が密着している。冷たい水の中でも、ローランドの欲望は脚のあいだにはっきりと感じられた。

「男らしいのね」

「本当は臆病なのさ」彼は小声で言った。「ぼくはここに残り、彼と決闘でもして、きっぱり片をつけるべきなんだろう。だが、ソマートンはフィリップの父親だ。万が一、彼をこの手で殺してしまったりしたら、あの子との関係が出だしからつまずいてしまうかもしれない」

リリベットの耳元で空気が止まった気がした。「あの子との関係って？」

「フィリップの継父としての関係だよ。許されるものなら、きみとふたりであの子を育てていきたい」

その言葉は彼女の心を溶かした。ローランドの首に手をまわし、自分のほうへ引き寄せる。足はすでに湖の底に着いていた。「愛して、ローランド。いますぐ出発しなくても大丈夫でしょう？　一時間くらいは余裕があるんじゃない？」

「黙って」ローランドは彼女の顔から濡れた髪を払った。月明かりの中で、彼の瞳だけは見えた。やさしい喜びに満ちたまなざしでこちらを見つめる瞳だけ――。「ぼくだってそうしたいよ。きみにもわかっているだろう。ここ数カ月、ほかには何も考えられなかったくらいなんだ。でも、いまは待ったほうがいい。少なくとも安全が確かめられるまで。ぼくがきみたちふたりを、あの男に見つからない場所にかくまうまで」

「いや」モリーニの飲み物が、あのレモンのようなぴりっとした刺激が全身を駆けめぐり、リリベットは自信と決意がみなぎるのを感じていた。この人はわたしの、わたしだけのために存在する。そしてわたしは、この人だけのために存在する――いまの彼女は純粋にそう確信していた。両手をローランドの頬骨にあて、顔を包み込む。「わたしをあなたのものにして、ローランド。いますぐに。城に帰る前、いえ、湖から出る前に」

彼が小さく笑った。「厳密に言えば、ダーリン、ぼくたちはもうそういう関係なんだよ」手を腰に滑らせ、ふっくらした腹部にあてる。

「わたしの言う意味はわかるでしょう、ローランド。これは……情熱なの。欲望なのよ。前のは過去のためだった。お互いに若くて、弱かった頃に分かち合ったものをよみがえらせようとしただけ。これは――」リリベットは彼にキスをした。口を押し開き、深く唇を重ねる。「未来のため。わたしたちがこれから分かち合う、何千倍も強く、深いもののためなのよ」

「ああ、リリベット」彼の手が胸を覆い、親指が尖った乳首をさすった。

「お願い、ローランド。一、二時間くらい大丈夫でしょう？」

「何が起きるかわからない」そう言いながらも、彼はまたキスをして舌を絡めた。親指と人差し指で乳首を軽くもむ。リリベットの体を熱い電流が走り抜けた。

「でも、ソマートンはフィレンツェにいるのよね。わたしたちの居場所を知っていたとしても、ここへ来るにはまだ時間がかかるわ」水の中で脚をあげ、ローランドの腰に巻きつける。

「だとしても」彼はキスの合間に言った。「夜明け前には発ったほうがいい。それ以上遅れると危険だ」

「ええ」リリベットはうなずいた。「わかったわ」

「それに、前に約束しただろう、きみとベッドをともにする幸運に恵まれたらって。つまり……」

「ベッドなんて、長年連れ添った夫婦のものよ」

「そうだな。馬小屋や湖のほうが目的にかなっている」ローランドは指でゆっくりと、胸の先端を愛撫し続けた。リリベットは快感に首をのけぞらせた。「そう、ぼくは心に誓ったんだ。幸運に恵まれたら、きみをきちんと愛したいと。見境ない、手っ取り早い交わりではなくてね。きみにふさわしい……愛し方で愛したい」

「たとえば？」ほとんど言葉が出なかった。考えることさえできない。上体は水に浮き、ローランドの腰に巻きつけた脚と、胸を愛撫する彼の指だけが錨《いかり》だ。星は銀色がかった夜空を背景に、幸せそうにまたたいている。なんだか異次元の世界にいるようだ。

指の代わりに唇で右胸を愛撫されると、全身がかっと熱くなった。

「この美しい体に、できるかぎりの歓びを与えてあげたい。男が一番大切に思う女性をどう愛するのか教えてあげたい。きみはぼくのものだと証明したい。二度と迷うことのないように」

「わたし、もう迷ってなどいないわ」

ローランドの唇が、今度は乳首を激しく吸いはじめた。リリベットは快感にあえいだ。彼のぬくもりが体じゅうに広がっていく。ローランドの手が背中に移動し、肩甲骨のあいだにおさまって、彼女の体を引きあげた。さらに深く唇を合わせるために。

「ああ、なんてきれいなんだ」彼がもつれた舌でつぶやく。「甘くて、どこまでもやわらかい。夢の中で何度もこうした。何時間もきみを味わった」

リリベットは彼の顔から髪へと手を滑らせ、濡れた髪を指ですいて肩までおろし、鎖骨からかたい胸をなぞっていった。自分がこんなことしているなんて信じられない。ローランドの体がここにあり、好きなだけ触れて、その肌を指で感じることができるなんて。月明かりに照らされたつややかな髪に光が躍るのを、じっと眺めることができるなんて――。脚を絡めた腰はたくましく、かたくなったものがヒップを突きあげてくる。たまらないほど刺激的だ。彼を受け入れたい。ひとつになりたい。身震いするほど性急な欲求がリリベットを襲った。

体を引きあげ、唇を合わせる。「ローランド、心の準備はできているわ」彼女はささやいた。「あなたもそうでしょう。お願い、もう我慢できないの」

ローランドはかぶりを振った。重なる唇に笑みが広がるのがわかった。

「いや、できるさ。まだまだ我慢してもらわないと。ぼくはまだじゅうぶんにきみを愛していない」彼は手をおろしてリリベットのヒップをつかみ、指を広げて腿の内側をさすった。そして体を離すと、腰に巻きついている彼女の脚をほどいた。そのあいだも唇は離さなかった。キスを続け、舌を動かしている。

リリベットの全身に快感が押し寄せた。キスから、愛撫を受ける胸から、ローランドの指が這いのぼる内腿から。指の動きにつれて水が渦巻き、敏感な部分を刺激する。彼女は待った。じっと息を詰めて。

親指がついに脚のあいだに触れた。リリベットの口からはっと息がもれた。

彼が小さく笑う。「これが好きかい？」

「ええ、好きよ」

また親指が触れてくる。やさしく、ゆっくりと。正気を失いそうだった。すでにそうなっているのかもしれない。リリベットはローランドに体を押しつけた。せがむように。彼は慎重に指を差し入れ、静かに動かした。彼女は思わず歓喜の叫びをあげた。

「しいっ」ローランドがリリベットの首に唇を押しつけて言う。「我慢して、急がないで」

我慢なんてできない。これ以上、待てないわ。そう思ったとき、ついに指が突起に触れた。ゆっくりとそのまわりに円を描く。もはやリリベットは爆発寸前だった。指の動きが速く、激しくなったかと思うと、高まりが頂点に達する直前にすっと引く。まるで彼女の体のリズムを正確に知っているかのようだ。

「お願い」彼の濡れた髪に頬をすりつけて懇願する。「お願い、ローランド」

親指が離れた。まるで太陽が山のうしろに隠れたかのようだった。リリベットが抗議の声をあげて目を開けると、彼が微笑みながらこちらを見おろしていた。そして親指を自分の口元へ持っていき、舌でなめた。

「ローランド……わたし、死んでしまうわ。お願い、いますぐ……」

「ぼくを信じて」

彼は手でリリベットのヒップをつかみ、腿から膝へと滑らせた。「泳いでくれ」そう言って、脚を一本ずつ自分の肩にかける。彼女の上半身が水に浮いた。期待に体が震える。浮くために腕で水をかいた。これでついにローランドを受け入れることができる——。

脚のあいだに唇を感じて、リリベットは叫び声とともに体をそらした。歓喜の熱い奔流が全身を駆けめぐる。ローランドは手で片方の膝をしっかりとつかみ、もう一方の手を背中にあてながら、舌で秘めやかな部分をなぞった。ひんやりした水が波打ち、熱い唇の感触と混ざって、快感が体を包み込む。やがて、舌がむき出しになったつぼみを愛撫しはじめた。リリベットは彼の名を呼ばずにはいられなかった。高まりを止められない。どんどんのぼりつめ、いま彼女をつなぎとめているのはローランドの腕と手、そして脚のあいだにあるがっしりした肩だけになった。

リリベットの姿を見ているだけで、ローランドも達しそうだった。

彼女がのぼりつめていく。舌に痙攣を感じる。濃厚な香りが立ちのぼり、自分の名を呼ぶ声が夜気に吸い込まれていく。目の前にはなだらかな曲線を描く腹部と、豊かな胸が連なって見えた。濡れた髪が背中にあてた手に絡まる。解き放たれたリリベットは、ぐったりとその手に身をゆだねていた。

ローランドは身じろぎしなかった。湖の底にしっかりと膝をついて彼女を支え、顔や、絶頂の余韻に浸る下腹部が水に沈まないようにしながら、ゆっくりと興奮が静まるのを待った。このすばらしい女性を奪いたいという、自分の欲望は無視した。今夜はまさに新婚初夜なのだ。本当の意味で結ばれる最初の夜。すべてを完璧にしたかった。

ようやくリリベットが腕を動かし、水をかきはじめた。ローランドは手を貸して彼女を立たせ、冷えきった肌を自分の体で覆った。リリベットが彼の首筋に顔をうずめる。

「あなたがどこでこういうことを覚えたのかはきかないでおくわ」

ローランドは彼女の頭にキスをして、水の滴る髪を撫でつけた。「夢の中で覚えたのさ、スイートハート。こんな夢を見ながら幾夜、ひとりベッドで過ごしたか知れない」

リリベットが小さく笑う。「よく言うわ」

ローランドは彼女の頬に手をあて、顔を上向かせた。「信じてないのか?」

「どうでもいいことよ。いま、あなたはわたしだけのもの。それは信じているから」リリベットが腰をすり寄せてきた。冷たい水の中でも、彼の下腹部は欲望でこわばっている。少し肌を押しつけられるだけで、わずかに残っていた自制心も吹き飛んだ。

長く深いキスをした。手をリリベットの首から脇へ、そして腰へとおろしていく。水の中で彼女の体を持ちあげ、自分の腰にまたがらせた。低くうめき、唇を離して瞳を見つめる。

リリベットはまぶたを半分閉じて唇を開き、浅い息をしながら体を沈めていった。

「いいのか?」彼はきいた。「リリベット、これが最後の質問だ。このあとはもう……引き返せない」

彼女は手でローランドのウエストをつかみ、自分のほうへ引き寄せた。「ええ、いいの、いいのよ。やめないで」

ゆっくりと、彼はリリベットの中に入っていった。熱くなめらかな肌に包まれる。腕が震えた。「リリベット」最後にひと突きで根元まで埋め込んだ。ついにひとつになった。自分の首筋の血管が激しく脈打つのが感じられる。

リリベットが脚をローランドの腰に巻きつけた。手を彼の胸から顔へとあげていき、髪を撫でる。そして笑い声をあげた。「ああ、ローランド。本当にあなたなのね。わたしたちなのね」髪が水に濡れるほど首をのけぞらせ、胸を差し出すようにする。ローランドは頭をさげて、胸の先端を片方ずつ吸った。腰の動きは止めないままで。リリベットはあえぎ、震え、さらに深いところで彼を迎え入れようとした。

ローランドは顔をあげ、激しいリズムで動きはじめた。もう自制できなかった。リリベットもすぐに応じ、腰の動きを合わせてくる。渦巻く水が、体を浮かせると同時に摩擦と抵抗を生んだ。突くたびに、彼女を抱え直さなくてはならなかった。快感が高まり、解放の予感が近づいてくる。ローランドは空いている手で脚のあいだ、ふたりがつながっているところの少し上をまさぐり、つぼみを探りあてた。

リリベットの体がびくんと跳ねた。かすれたあえぎ声をもらし、水の抵抗に負けまいとリズムを速めてくる。彼女のかかとが背中に押しつけられた。すべてを受け入れようとする熱い情熱が伝わってくる。ローランドは歓びではじけそうだった。目を閉じ、意識を集中して、彼女を歓ばせる親指と下腹部の正確な動きを見いだそうとした。そしてすべてがぴたりと合った瞬間、リリベットは絶頂に達した。身を震わせ、ローランドにもたれかかってくる。さらに二度ほど突いたあと、彼も自分を解き放った。湖水が波立っていた。

18

ふたりはしばらく、ひとつになったまま水の中を漂っていた。動きたくないほど満たされて。「わたし、重くない？」リリベットはローランドの首に向かってささやいた。彼はかぶりを振った。

「そんなことはない。きみは完璧さ」ローランドが髪に、額にキスをする。「どこから見ても完璧だよ」そう言う声はやわらかく、少しかすれていた。

リリベットは顔をあげて笑った。「どうかしら。あなたの脚、震えてるわ」

「興奮のせいだよ、ダーリン。ぼくは雄牛のように力が強いんだ。保証する」彼はむきになって反論した。

「そうね、ぐったりした雌牛が腰に絡みついているんですものね」リリベットはゆっくりと絡めた脚をほどいた。ローランドの体がするりと肌を滑って離れていく。水の中では体に骨も重みもなくなったようだ。脚が自然と水面に浮きあがり、リリベットは力をこめて脚を沈め、小石だらけの湖の底をつま先でしっかりとつかんだ。それから伸びあがって、笑っている彼の唇にキスをした。「あなたはわたしのものよ」

「ああ、きみのものだ」ローランドは彼女の唇を噛んだ。「さあ、もう水から出よう。きみの肌が醜いしわしわになる前に」

「失礼ね。わたしは伝説的な美女なのよ。肌にしわなんか絶対にできないの」

ふたりはよろめき、もがくようにしながら岸に着いた。強烈な交わりの余韻で、どちらもまだ体がふらついている。ローランドは自分のシャツでリリベットの体を拭き、ドレスを着せ、ボタンを留めた。リリベットは彼がズボンと上着を身につけるのを手伝った。

「シャツもすっかり濡れてしまったわね」それを差し出しながら言う。

「誰も気づかないさ。おいで」ローランドは彼女の手を取り、オリーブの木立のほうへ向かった。

「どこへ行くの？」

「ぼくの部屋だ」

ふたりは手をつないで静かに石段をあがった。そのとき、黒い人影が果樹園の下の小道をさっと横切った。「ウォリングフォードかバークだろう」ローランドは小声で言った。「きみのいとこを探しているに違いない」

「そうかしら？　それほど背が高く見えなかったけれど。村人のひとりかもしれないわ。近道をして帰ろうとしたんでしょう」

中庭はまだ人でいっぱいだった。楽団の演奏も続いている。ふたりはたいまつの明かりが届かない隅を通ってそっと扉を抜け、階段をあがった。リリベットは自分の部屋の前で足を止めた。

「心配はいらない」ローランドが彼女の手を引いた。「フランチェスカがいる。フィリップは大丈夫だ」

「わたしが戻らなかったら、フランチェスカが心配するわ」

「彼女には見当がついていると思うよ。さあ、行こう」

リリベットは手を引かれ、濡れた素足が石の床を擦るかすかな音をさせながら、廊下を進んだ。やがて西の翼棟に入り、ローランドの部屋の前に着いた。

中に入ると、彼はろうそくに火をつけ、何も言わず、キスもせずにリリベットの服を脱がしてベッドに運んだ。「休むといい」そう言って毛布をかける。「明け方には出発する」

リリベットはマットレスに身を沈めた。寝具の清潔なにおいを吸い込む。枕にはローランドの石鹸の香りがかすかに残っていた。彼もあたりまえのように服を脱ぎ、上着とズボンを椅子にかけてからベッドに横になると、リリベットを抱き寄せた。

そうするまでもなく、ベッドはふたりが並んで寝るのがやっとという狭さだった。

リリベットはしばらく目を閉じたまま横になっていた。自分がローランドの部屋、ローランドのベッドにいるなんて信じられない。彼のがっしりした体に包まれ、ウエストに腕をまわされているなんて。彼の親指が乳首をもてあそびはじめる。リリベットは声をあげて笑った。

「どうした？」

抱かれたまま寝返りを打ち、一〇センチも離れていない彼の顔をじっと見つめる。「わたしがこのままことんと寝るって、本気で思ってるの?」

「当然だろう」ローランドは親密な笑みを浮かべ、彼女のヒップに手をあてた。「きみは疲れきっているはずだ」

「それはあなたも同じでしょう」リリベットは彼に触れずにいられなかった。手をあげて、頬の曲線をなぞりたくてたまらない。指でそっと頬骨を、引きしまった顎を、額に刻まれた小さなしわをたどっていく。「でも、あなたは眠れないのね。不安だから」

ローランドは顔を横に向け、彼女のてのひらにキスをした。「結婚初夜の花婿というのは、誰でも少し不安なものさ」

「隠しごとはしないで、ローランド。虚勢を張らないで。あなたはいつも、この世に悩みなんてないっていう顔をしてる。それで世間の人はごまかせるかもしれないけれど、わたしは違うわ」やさしく彼にキスをする。「あなたのことをよく知っているから。わたしに話してくれていないことがたくさんあるんでしょう。そのすべてを知りたいの」

ローランドの唇の端がゆがんだ。「もちろん、すべて知ってもらうさ」だが彼はそれ以上、何も言わなかった。ただ探るようなまなざしでリリベットの顔を見つめ、脇腹からヒップにかけての曲線を手でやさしく撫でている。

「ローランド、なんなの? ソマートンのことが心配なの?」

「ああ。ぼくたちの幸せがあの男にかかっていると思うと、腹立たしくてならない。だが、それより……」声が途切れた。

「何？」

「いいかい、ぼくたちはここから逃げなくてはいけないんだ。どこか遠くの、人目につかない場所へ。たぶん、そんな土地にはちゃんとした医者もいない……それを思うと……」彼は言葉を切り、眉をひそめた。

「続けて」

ローランドはまた彼女のヒップに手をあて、さらに引き寄せた。「聞いてくれ、ダーリン。きみが妊娠したと、結婚後すぐに身ごもったと聞いたとき――もう何年も前の話だが、ぼくは正気を失いそうになった。結婚したというだけでも衝撃なのに――」ぎゅっと目を閉じる。「どうしていいかわからなかったよ。しかし月が満ちて、きみがお産に入ったと知ったときには――」

「どうしてそんなことを知っていたの？」リリベットは喉がからからになった。

「メイドのひとりに賄賂を渡しておいたんだ」ローランドはこともなげに言った。「きみが無事かどうかだけでも知っておきたかった。死ぬほど心配だったんだよ。もし何か不測の事態が起きたら、と考え続けた。出産で命を落とす女性は多いだろう。何より大事なのはきみが無事でいること、生きていることだった」声がかすれ、震えはじめる。「その晩はひたすら祈ったよ。膝をついて神に祈った。リリベットをお守りください、リリベットさえ生きていてくれるなら、地球上のどこかに存在していてくれるなら、ぼくはどんなことも受け入れます、と誓った」

「ああ、ローランド」リリベットは彼の胸に顔をうずめた。「わたしは大丈夫だったのよ。全然危険はなかったの。もちろん、ものすごく痛かったわ。麻酔を打たれそうになったけど断ったの。それで……大変だったわ。難産だったから」彼女は顔をあげた。「でも、大丈夫だった。あの子は元気に生まれてきたわ。お医者さまによると、わたしは出産向きの体をしているそうよ。農婦みたいにね」

ローランドは彼女の髪に手をやり、やさしく撫でた。「ダーリン、きみに何かあったら、ぼくは一生自分を許せないだろう。ぼくの不注意からきみを妊娠させてしまったこと、そしてこんな状況に追い込んだことで。いまはまだ、ぼくはきみと赤ん坊を守るために結婚することも、きみに自分の名前を与えることもできないんだ」

リリベットは片肘をベッドについて身を起こした。「ローランド、聞いて。わたしはこの子がほしいの。わかる？　少しも恥じてなどいないわ。あなたがそばにいてくれるかぎり、フィリップが一緒にいるかぎり、ほかのことはどうでもいい。何があろうと、どんな未来が待っていようと、わたしはあなたの分身であるこの子を放さない。この子を授けてくださった神に感謝するわ」

ローランドは彼女を仰向けにし、その上にのしかかった。目は激情を宿して輝いている。

「ぼくたちが離れ離れになるようなことは、仮の話でも口にしないでくれ。考えたくもない。この子が生まれてくる頃には、ぼくたちはれっきとした夫婦になっている。命にかけて、そう誓うよ」

リリベットは彼の後頭部を両手で包んだ。「そんなこと、もうどうでもいいの。ローランド、わたしはとっくに、ほかの人にどう思われるかなんて気にしていないのよ。一度は結婚したけれど、無意味な日々だった。まやかし、茶番だったわ」彼の顔を引き寄せてキスをする。「これは本物よ、ローランド。神聖なものなの——この結びつきは。わたしたちの絆は」

「しかし法的には、ソマートンはまだきみの夫だ。きみに対して権利がある。このままにはしておけない。できるだけ早く、はっきりさせなくては。きみとフィリップを無事にかくまったら、彼を見つけてけりをつけるよ」

「だめよ、そんなこと！」リリベットは彼の体を押しのけると、狭いベッドの上で身を起こした。「彼は危険な男なのよ。あなたはわかってないわ」

ローランドも体を起こした。毛布がずり落ち、広くて厚い胸があらわになる。鋼のような筋肉が盛りあがり、ろうそくの明かりの中で金色にきらめいて見えた。

「ぼくはソマートンにやられたりはしない」

彼女はこぶしでかたわらのシーツを叩いた。「いいえ、無理よ。聞いて、ローランド。ソマートンはプロなの。彼は……うまく説明できないけれど……政府の仕事をしているのよ。秘密の仕事を、恐ろしいことを……」

ローランドが彼女の手首をつかみ、自分の口元へ持っていった。「関係ない。勝つのはぼくだ。ぼくだって強いし、それなりに悪知恵も働く。きみが思っている以上にね。何よりぼくには守るべきものがある。きみと、ぼくたち家族だ」

「やめて、お願い」声を殺して言った。冷たい恐怖が指先やつま先にまで広がっていく。

「ソマートンにどんなことができるか、わたしは見てきたの。想像もできないようなひどいことよ。わたしたちとは違う世界の人なの。聞いて。ある晩、彼を尾行したことがあるの。愛人のところにでも行くんだろうと思って。そうしたら……恐ろしかったわ、ローランド。彼、人を殺したのよ」

「何を見たんだ？」ローランドが彼女のもう片方の手もつかみ、早口できいた。「話してくれ、リリベット。いつのことだ？　きみは何を見た？」

「一年くらい前かしら。それ以上は言えないわ。どうでもいいことだもの。忘れてしまいたいことよ。でも、ずっとした。わたしのせいで、もしあなたがあんなことをされたら、わたしは死ぬわ。とても生きていられない」手首をひねって、ローランドの手をつかむ。「ソマートンとけりをつけるなんて言わないで。どこか静かな土地を探しましょう。誰も知らない土地、絶対に見つからないような土地を。彼が死んで、フィリップが跡継ぎとなったら、英国に戻って……」

「それまで見つかる恐怖に怯えて暮らすのか？　常にうしろを振り返って？　いや、リリベット、そんなのはごめんだ。子どもたちにもきちんとした教育を受けさせたいし――」

彼女はローランドの手から手を引き抜き、一本の指を彼の唇にあてて、もう片方の手を彼の首のうしろにまわした。「もうやめて。いまはそんな話、聞きたくない。考えたくもないの。それより、もう一度愛して。あなたの腕の中で眠りたいわ。そして朝になったら、フィリップを連れて出ていくの。すべてうまくいくわよ」

「リリベット」

「しいっ」ローランドの喉のくぼみに顔を近づけ、キスをした。石鹸の香りが混じった、かすかに甘くてしょっぱい味を堪能し、意外にやわらかな感触を楽しむ。その肌はなめらかで、同時に男らしかった。リリベットの中に欲望がわき起こった。純粋で原始的な欲望だ。ベッドに膝立ちになり、ローランドの唇にキスをした。うずく胸の先端を彼に押しつけながら。

「お願い、ローランド。明日、全部決めればいいわ。今夜はこれ以上、時間を無駄にしないで。せっかくのふたりの夜なのよ」

ローランドの手が背中を這いのぼってきた。「ああ、ダーリン……」

「もう一度」ふたたびキスをする。顔じゅうに、愛すべき造作のひとつひとつに口づけ、伸びかけたひげのざらざらした感触を味わう。キスをやめることはできなかった。これは現実なのだ、彼はわたしのものなのだと、繰り返し確かめずにはいられなかった。「もう一度、あなたをわたしの中に感じたいの。つながって、ひとつになりたい。お願いよ、ローランド」

「きみはいつだってぼくとつながっているよ、ダーリン。昔からずっと」彼はまだ体をこわばらせ、誘惑に負けまいとしていた。まだ先のことを考えようとしている。

「やめて。わたしの言いたいことはわかっているくせに」ローランドの耳にキスをし、手をおろしてヒップをつかむ。そして彼の腰を自分のほうへ引き寄せた。「ひとつになったとき、どんなだったか覚えているでしょう？　いまも感じない？」

彼がうめく。「感じるよ」

「あれは聖なる儀式。まるで互いの魂が会話をしているようだったわ。ばかばかしいなんて言わないで。実際そうだったと、あなたもわかっているはずよ」ローランドの手を取り、自分の胸に押しあてる。白い肌に日に焼けた力強い手が際立って見えた。「お願い、もう一度わたしに魔法をかけて。あのすてきな感覚を、もう一度味わわせてちょうだい。あなたがほしいの」

ローランドの喉から低いうめき声がもれた。降伏の声だった。彼はリリベットをそっとベッドに押し倒した。「ここで？　ずいぶんと使い古したベッドだが。新婚の夫婦が初夜を迎えるにしては」

「あら、でも、しかたがないわ。そばに湖もないし」リリベットは目を閉じて、意識を集中した。彼の唇が喉から胸へとおりてくる。

「馬小屋はすぐそこだ」

「もう遅いわ」ローランドの髪をかきあげる。「いますぐにほしいの」

彼は丹念に、細心の注意を払ってリリベットを愛した。彼女が歓喜に満たされるまで。光と空気と脈打つような快感以外、すべてが消えてなくなるまで。この瞬間を決して忘れまい、とリリベットは思った。どんな未来が待っていようと、明日どうなろうと、いまこの瞬間ふたりは神の前で結ばれ、完全に夫婦となった。それは間違いようのない事実だ。誰にも変えることも、取り消すこともできない。

ソマートンにさえ。

終わっても、ローランドはしばらく彼女の中にいた。沈黙が神の恵みのようにふたりを包んでいた。

ようやくローランドがベッドから身を乗り出してろうそくを吹き消したとき、リリベットはたくましい前腕の金茶色の毛がきらりと光るのを目にしたが、すぐにすべてが暗闇にのみ込まれた。そのとき、彼の腕はなんてたくましいのだろうと思ったのを、彼女はあとになって思い出した。この腕は、きっとわたしを守ってくれる……。

19

ローランドはふいに目覚めた。いまのいままで眠りの繭の中に埋もれていたものの、一瞬にしてベッドの上で体を起こしていた。全神経が研ぎ澄まされ、心臓は胸骨を叩きつけるような勢いで打っている。

窓の外では、灰色がかった黄色い朝日が山の端をうっすらと照らしはじめていた。せいぜいいまだ五時だろう。ローランドはさっと部屋を見渡した。細部まで目をやったが、おかしなものは何もなかった。

ふと隣を見ると、ベッドは空だった。マットレスにわずかなくぼみが残っているだけだ。

リリベットがいない。

自分の部屋に戻ったのだろう。フィリップのもとに。あの子が目を覚まし、母親を探しはじめる前に。そして衣類を詰め、旅支度をしているところだ。

ローランドはベッドから飛び起きた。頭の中では漠然とした不安が警報を鳴らし、全身にぴりぴりした緊張感を伝えている。前夜のうちに、リリベットが眠っているあいだに荷造りをすませておくべきだった。そうするつもりだったのに、体があまりに気だるく、彼女を腕に抱いてその重みを感じている幸せに酔いしれてしまい、結局できなかった。

すでに夜は明けた。時間は刻々と過ぎていく。すぐにも着替えて、荷作りをし、リリベットの部屋に行き、彼女とフィリップを連れていかなくては。みなが心配することのないよう、厨房に伝言を残していけばいい。

ズボンに手を伸ばし、すばやくはいた。その動きに四肢が抵抗する。驚くにはあたらない。あんな夜のあとだ。リリベットは情熱的だった。慎みをかなぐり捨て、息をのむような裸体をさらけ出し、身をのけぞらせて歓喜の声をあげた。そしてそのあとは体を丸くしてローランドに寄り添い、指を絡め、しだいに規則的な寝息をたてはじめた。

彼は記憶を心から締め出し、目の前のやるべきことに意識を集中した。愛と情熱と快楽は月明かりの中でのこと。冷静で鋭敏な頭脳――今朝、必要なのはそれだ。

シャツをつかみ、椅子の背から取りあげた。襟のボタンがなくなっている。ゆうべ湖畔で乱暴に脱いだせいだろう。垂れた糸とよれた生地を見つめ、心の中を探って、不安を体の奥深くに沈めようとした。

毒づきながら大股で扉に向かい、勢いよく開ける。

長い脚で小走りに廊下を進み、角を曲がって粗い石造りの壁を通り過ぎた。素足にかたい石の床がひんやりと感じられる。ちらりと見るだけ、彼女が部屋にいるのを確かめるだけだ。いまごろはフィリップとともに出発の準備をしているはず。そう思うのになぜか、不自然な不安が体じゅうで脈打っている。

最後の角を曲がり、リリベットの部屋の前に立った。厚い木製の扉は閉まっている。静かで、なんの気配もない。ノックをしようとこぶしをあげたが、その手を扉の取っ手に伸ばした。フィリップがまだ眠っているなら、起こしたくはない。この先、長い旅が待っているのだ。

扉は簡単に開いた。中をのぞくまでの一秒ほどのあいだに、かすかな音が空気を震わせているのを感じた。何かが詰まったような甲高い音……。

すすり泣きだ。

「リリベット？」そっと声をかけた。

だが、彼女はいなかった。フィリップもいない。フランチェスカが狭いベッドに座り、白いヘッドスカーフを黒髪に巻いて、手に顔をうずめていた。

「シニョーレ……」声が震えている。「ああ、シニョーレ！」

「フランチェスカ、いったい……」

彼女はベッドから立ちあがると、ローランドの腕に飛び込んできた。「お許しください《ペルドーナミ》、シニョーレ、ああ、シニョーレ！」

「どうした？　彼女たちはどこだ？」彼はフランチェスカの肩をつかんで体を離し、その泣き顔を見つめた。「教えてくれ、いったい彼女たちはどこへ行った？」

「男、ゆうべ、夜中、男、来ます。ぼっちゃま、連れていきます。ああ、シニョーレ！　わたし、何もできない。怒った、大きな男。わたし、シニョーラ探します。知ってます……あの方……」

「ぼくの部屋にいると」

「そうです！　中に入って起こします。話します」

「なんてことだ！」ローランドは半狂乱で髪をかきむしった。「なぜぼくを起こさなかった？」

「シニョーラ、だめ、言いました。シニョーラ、わたしのあとについて、ドレスとか、持ち物とか取って」

「まさか」

「わたしに、ここにいろ、言いました。シニョール・ペンハローを待って、伝えてと……」

フランチェスカはまた大きくしゃくりあげた。「あと、追うな。ここで待って。戻る」

「信じられない、なんてことだ。どうしてすぐぼくに伝えなかったんだ？　なぜぼくを探しに来なかった？」肩をつかんで、激しく彼女を揺さぶった。

フランチェスカの目から涙がこぼれ落ちる。「でも、シニョーラが。待て、言いました。二度、三度、部屋、行きました。モリーニ……いなくて、彼女……」かぶりを振り、膝をついた。「ごめんなさい、シニョーレ！」

「どれくらい前だ？　リリベットが出ていってから、どれくらい経つ？」ローランドは部屋の中を行ったり来たりした。壁に、チェストに、衣装戸棚に目をやる。ドレスはまだつるしてあるし、チェストの上にはブラシが置いてある。取るものもとりあえず出ていったようだ。

「一時間前、たぶん」

ローランドは振り返った。「歩いていったか？　それとも馬で？」

「馬小屋に行った、思います。声、しました。馬も」

馬小屋か。「ジャコモだ。ジャコモを見つけよう。彼なら何か知っているかもしれない」

ローランドは部屋を飛び出して階段に向かったが、ちょうどレディ・モーリーの寝室から出てきたフィニアス・バークと鉢合わせした。

「驚いたな、ローランド。どうかしたのか？」バークが声をひそめて尋ねる。

ローランドは彼の肩をつかんだ。「彼女を見かけなかったか？」

「誰を？」

「リリベットだよ！　レディ・ソマートンだ！」

「さあ、見ていないな。ゆうべ以来は。何があった？」

ローランドはバークを押しのけ、階段を下っていった。静まり返った玄関ホールを抜けて、苔《こけ》むした中庭に出る。私道に転がる尖った石で裸足の足が切れたが、気にしていられなかった。足を止めることも、歩調をゆるめることもなく馬小屋まで走り、扉を開けると、あたりに響き渡るような大声でジャコモの名前を呼んだ。

「まったく、ひと晩じゅう大騒ぎだ、祭りだの火事だの！」管理人がズボンをはきながら、暗い隅から現れた。「今度はシニョーレか！　まだ夜も明けてないってのに」

「いいか、ジャコモ、緊急事態なんだ！　教えてくれ、レディ・ソマートンがここに来なかったか？　一時間くらい前だ。馬に乗っていかなかったか？」

ジャコモは帽子を取り、頭をかいた。「レディ・ソマートン。どの人だ？」

「美人で……ええと……」

「みんな美人だ」ジャコモは顔をしかめた。英国人女性客が美人ぞろいなのが、実に嘆かわしいとでもいうように。

「わからないかな、一番きれいな女性だよ！　ほら……ダークブラウンの髪にブルーの瞳の。子どもを連れてる」

「子どもは一緒じゃない。父親が連れていったよ」

「それは知ってる！　母親のほうは馬に乗っていったか？」

ジャコモは困惑した顔をした。「もちろんだ。歩いていくわけないだろう。公爵の馬に鞍《くら》をつけて、走っていったよ。全速力で」

「全速力で？　ああ、くそっ」ローランドは両のこぶしを頭に押しつけた。ウォリングフォードの馬は威勢がよく、脚が速い。リリベットが馬から振り落とされる映像が頭を駆けめぐる。でなければ岩につまずき、宙に投げ出されるか。「フィリップは？　男の子はどうなった？　あの子を連れていった男は？　そいつはなんと言っていた？　馬か？　馬車か？」

ジャコモは肩をすくめた。「何も言わないよ。速い馬車だ。音がしたんで外に出たら見えた」

「男の子に危害は加えていないだろうな？　教えてくれ、ジャコモ！　フィリップは無事か?」

管理人はまた肩をすくめた。「それは見えなかったな。でも悲鳴は聞いてないし……争うような声もしなかった」

この数分ではじめて、安堵の吐息がローランドの胸を震わせた。少なくともフィリップは進んで父親についていったのだ。争うことはなかった。少なくともソマートンは息子を傷つけたり、力ずくで連れ去ったりしたわけではないらしい。

動揺が徐々におさまっていく。事実はつかめた。ソマートンは速い馬車でフィリップを連れていった。リリベットは馬であとを追った。どこへ向かったのだろう? フィレンツェか? ソマートンが宿を取っているはずだ。ミラノに出やすく、ロンドンまでも時間がかからない。ソマートンは一、二時間先を行っているだけだ。追いつけないことはない。

ローランドは腰に手をあてた。「ジャコモ、よく聞いてくれ。ぼくは城に戻って荷物を詰め、彼らのあとを追う。馬に鞍をつけておいてほしい。いまいる中で、一番速い馬がいい」

「だめだ、シニョーレ」ジャコモは大きく首を横に振った。「おれは馬に鞍はつけない。土地の管理人だからな」

「じゃあ、廏番にそう命令しろ! 誰でもいい!」

「シニョーレ、とても長い夜だったんだぞ。火事があって」

「なんだって? 火事?」

ジャコモは湖のほうへ向かって手を振った。「あの、シニョール・バークが仕事をしてる小屋だ。火事があったんだ」

ローランドは驚いた。「火事だと？　いつ？　ついさっき彼に会ったが……」

「もう火は消えたよ。だけどそれから父親が来て大きな音をたて、今度はシニョーラが馬で出ていった」ジャコモは片手を心臓にあてた。「本当に長い夜だった」

気持ちを落ち着けようと、ローランドは大きく息を吸った。「そうか、長い夜だったんだな。ぼくにとってもそうだった。だが、それでもよく聞け。ぼくはおよそ一二分後に城から出てくる。そのときまでに鞍をつけた馬がここで、いまきみが立っている場所で待っているようにしろ。疲れていても関係ない。鞍をつけるのが誰でもかまわない。とにかく用意しておいてくれ」ローランドは管理人に身を寄せ、この手の脅しにふさわしく、どすのきいた声で言った。「わかったな、ジャコモ？」

ジャコモはいらだたしげに目を細めた。「ああ」

ローランドは向きを変え、馬小屋を出ると、明るくなりはじめた中庭に出た。

「シニョール・ペンハロー？」

彼は振り返った。「なんだ、ジャコモ？」

管理人はローランドのむき出しの胸に向かってうなずいた。「シャツを着たほうがいい」

手袋を忘れたので、フィレンツェに向かってひたすら馬を駆るリリベットの手に手綱が食い込んだ。

でも、そんなことにはかまっていられない。

朝日はすでに背後の山麓からすっかり顔を出していた。目の前の地面に長い影を落とし、服の生地越しに肌をあたためている。けれども頭にあるのは、視界がよくなった分、もっと速く馬を走らせたいということだけだった。

ウォリングフォード公爵の鞍が内腿のやわらかな肌をこすったが、それにも気づかなかった。リリベットは心の中でソマートンに毒づき続けた。こうなるのはわかっていたのだ。夫がいずれこの場所を突きとめることは予測していた。でもまさか、わたしが恋人と繰り返し愛を交わした夜に、まさしく狙ったように現れるとは。

なんて男。

リリベットとしては、おなかの赤ん坊に害がないことを祈るだけだった。小さなかけがえのない命が、この速度と激しい揺れの中でも無事でいてくれますように。

そして、ソマートンはフィリップを連れてフィレンツェに向かったという自分の判断が間違いではありませんように。ひたすら祈りながら、一方で何度も自らに言い聞かせた――ソマートンは最低の男だけれど、悪魔ではない。フィリップのことは彼なりに愛している、あの子を傷つけるようなことは決してない。なんといっても跡継ぎなのだから。彼の未来なのだから。

あの子が無事でありますように。ソマートンが理性を失うことがありませんように。母の罪を子に負わせるようなことがありませんように。

道は曲がりくねって丘を越えていく。三月に来たときとは風景がまるで違った。じめじめとして肌寒く、灰色一色だった土地が、いまはあたたかく、緑にあふれている。リリベットは橋を渡り、それがあの運命の夜に泊まった宿へ続く橋だと気づいた。駆け抜けながらちらりと見ると、馬小屋の赤い屋根が目に入った。ローランドとともに、ほんの一〇分ほどの熱に浮かされたような親密な時間を過ごした場所。そのとき、いまおなかにいる赤ん坊を授かったのだ。数カ月前、いえ、一生分くらいの時間が経ったような気がする。あのときのわたしはかたくなで、誇り高く、怯えていた。いまは愛と力に満ちあふれ、将来の計画も持っている。

三月には、フィレンツェから宿までのぼるのに雨と泥で丸一日かかった。晴れ渡った夏の日に馬を飛ばして下るなら、ほんの数時間で行く。ヴェッキオ橋を渡ったとき、シニョリーア広場の時計は正午を告げていた。

真昼の太陽が肩に照りつける。馬は疲れたように首を振り、次の指令を待っている。けれどもどちらに向かったらいいか、リリベットにはわからなかった。

フィレンツェには着いた。この先、どうしたらいいだろう?

ローランドはセント・アガタ城に滞在するようになってから、フィレンツェには幾度も出かけていた。二週間ごとに馬で街を訪れ、ビードルと会って局内の情報やソマートンに関する捜査の進捗状況を確認する。さして話がないときは、早々にアルノ川沿いの目立たない食堂に移動し、ワインや料理を楽しみながら噂話に興じ、ドゥオモに沈む赤い夕日を眺めたものだった。

だから道はよく知っている。主街道をはずれて街へ入る近道にも詳しかった。全速力で馬を走らせ、リリベットのしばらくあとにはアルノ川を越えて、サンタ・クローチェ聖堂近くにあるビードルの部屋に着いていた。

「ペンハロー！　いったいどうした？」小さく扉を開けたビードルは、あてつけがましくあくびをしながら言った。

「入れてくれ」ローランドは扉を押し開けて中に入った。「見つかった。ソマートンがゆうべ城に来て、子どもを連れていったんだ」

「なんだって！」ビードルの顔から眠気が消えた。寝るときにかぶる帽子を脱ぎ、そばのテーブルに放る。「細君は？」

「彼女はぼくといた」ためらいも引け目もなく答えた。リリベットとの関係にやましい点はひとつもない。誰がなんと言おうと。「メイドが彼女を起こし、彼女はふたりのあとを追った。ぼくも話を聞いてすぐ馬に乗った」

ビードルは机の前の椅子に腰をおろし、引き出しの鍵を開けた。書類を取り出して、ぱらぱらとめくる。「彼らはどれくらい前に出た？」

「推測だが、ソマートンは明け方の三時半頃、城に来たんだと思う。レディ・ソマートンはその直後に出た。四時前ではないだろう。月のない夜だった」窓まで歩き、カーテンを脇に寄せた。外ではフィレンツェの日常生活がはじまっていた。売り子たち、物乞い、学生、旅行案内書を手にした観光客。ひとりの修道士が、茶色のローブをはためかせながら中庭を教会へ向かって歩いていく。せわしなく人が行き交う街。この中でどうやってソマートンを見つけたらいいんだ？　そもそも、彼は本当にこの街へ来ているのか？　ローランドはビードルのほうを振り返った。「ホテルからはじめるのがいいだろう。ソマートンの宿泊しているホテルだ。大胆にも戻る気なのか、それともまっすぐに鉄道の駅へ向かったか」

ビードルはかぶりを振った。「列車に乗れば、いまごろこちらに連絡があるはずだ。うちの情報屋は間違いがない」

「なら、ホテルだな。どこに宿泊してるんだ？　グランドか？」

「むろんグランドホテルだ。ここから歩いて一〇分ほどだろう」ビードルは時計を見た。「先に行っていてくれ。わたしは着替えて、ヴェッキオ宮殿に寄り、情報屋が何か聞いてないか確かめてくる。ホテルに行ったら、サルトリというフロント係を訪ねて、わたしの友人だと言うんだ。彼なら、ソマートンがホテルを出たかどうか知っているはずだ」

「わかった」ローランドはわれながら落ち着いた、事務的な口調で言った。これは自分の領域だ。知り尽くした領域。標的を追う方法なら心得ている。「とりあえずロビーで、そうだな、二時半に会おう。もしその時間に会えない場合は、サルトリという男に伝言を残す。それでいいか？」

ビードルは椅子から立ちあがった。「ああ、わたしも同じようにする。食事はしたか？」

「朝から食べてない」

ビードルは隅の小さな戸棚に向かった。「ここにパンとチーズがある。古くなっているかもしれないが、腹の足しにはなるだろう。水は水差しに入ってる。わたしは身支度をしてくるよ」

肉づきのいい体からは想像できないようなすばやさで、彼は別の部屋へと消えた。

ローランドはグラスに水を注いで飲み干した。さらにもう一杯。パンとチーズをポケットに入れると、首を引っ込めて戸口を抜け、古い木製の扉をばたんと閉めた。

20

天井の高いグランドホテルのロビーは、美的観点から不適切と思われるものが客の目に触れないよう最大限の努力をしている。服装の乱れたローランドが疑り深いドアマンに門前払いを食らわなかったのは、ひとえにその端整な顔立ちのおかげだった。

それでも、フロント係はいまにも銃に手を伸ばしそうだった。

「こんにちは」ローランドはいかにも上流階級風のおっとりした口調で言い、とっておきの笑みを浮かべてみせた。「ぼくはローランド・ペンハロー卿だ。サルトリという男性と話がしたいんだが」

〝卿〟のひと言で、フロント係の青ざめた顔がいくらかやわらいだ。少し間を置いて、ほとんど訛《なま》りのない英語で応える。「少しお待ちいただけますでしょうか?」

「もちろん」ローランドは大理石のカウンターにツイードの上着の肘を軽くのせ、いかにも貴族然と寄りかかってみせた。一見すると、世間で思われているとおりの無頓着で怠惰なローランド・ペンハロー卿そのものだ。もっとも、洞察力のある者なら、ロビーを見渡す彼の目つきが鋭いことに気づいただろう。

大理石のマントルピースの上の金箔《きんぱく》時計は午後一時四五分を指している。ホテルの客の大半はおそらく、きらびやかな食堂で午餐を楽しんでいる最中だ。豪勢な白いドレスを着た中年のレディふたり組がソファの端に腰かけ、頭を寄せ合って旅行案内書を眺めていた。ロビーの反対端では、午前中に日差しをたっぷり浴びながら精力的に観光してきたらしいピンク色の顔をしたスーツ姿の紳士三人組が、ゆったりと肘掛け椅子に腰をおろしている。天井では扇風機が悠然とまわり、眠気を誘う午後の空気に微風を送っていた。

黒髪のソマートンの巨体はない。リリベットも見当たらない。

「サー」

振り返ると、黒いスーツの男がカウンターのうしろに立っていた。濃い褐色の首を、糊《のり》のきいた真っ白な襟が包んでいる。「ああ、きみがサルトリか？」

「はい、サー。わたくしでお役に立てますでしょうか？」

「だといいが。友人から、きみと話すように言われた。ともに関心を寄せる対象に関してね。友人は英国人で、ミスター・ビードルというのだが」

「ミスター・ビードルでしたら、よく存じあげております」フロント係はカウンターの上で手を組んだ。先ほどのフロント係もほとんど訛りはなかったが、サルトリのほうは女王陛下の言葉と区別がつかないくらい完璧な英語だった。「何か問題でも？」

「こちらの宿泊名簿に、ソマートンという男の名があると思うんだが」

「ソマートン伯爵でございますか？」サルトリの目の下の肌が、わずかに引きつった。「ソマートン卿は一時間ほど前にチェックアウトされました」

「本当に？」ローランドは大理石のカウンターの上で左手の指を広げた。「ひとりか？　それとも誰か一緒だったか？」

一瞬のためらいがあった。「おひとりでした、閣下。そのときは」

「そのときは、というと？」

サルトリは少し声を落とした。「お部屋には男性がもうひとりいらっしゃいました。やはり英国人で。秘書の方のようでした」

「女性はいなかったか？　あるいは男の子、五歳くらいの男の子は？」

「お見かけしていません」サルトリの口調はきっぱりとして、確信ありげだった。目を見ても、嘘を言っている様子はない。手はカウンターの上で、薄茶の大理石にほっそりとした褐色の指を置いている。

「わかった。ありがとう、サルトリ」ローランドはカウンターに置いたてのひらを持ちあげ、下に置いた金貨をちらりと見せた。「ところで、その伯爵が泊まっていたという部屋をちょっとだけ見せてもらえないかな？」

サルトリの視線が一瞬下を向き、またローランドの顔に戻った。「いますぐ手配いたします」

「それからもうひとつ。ソマートン伯爵か彼の秘書、でなければ五歳の男の子か、青い目の美しいレディがホテル内のどこかにいたら、すぐに連絡をくれるとありがたい。直接でも、ミスター・ビードル経由でもいい」

　サルトリは小首をかしげ、それからうなずいた。「喜んでご協力させていただきます」指が伸びてきて、ローランドが置いた金貨を包んだ。「エレベーターのほうへお進みください。伯爵のお部屋は六階でございました。あとからわたくしが鍵を持ってまいります」

「ありがたい。頼むよ」ローランドは言った。血管を血が駆けめぐり、この新たな情報を全身に運んでいた。カウンターを離れる前、彼はひんやりした大理石に指を一本押しあてた。

「それからぼくがロビーへ戻るまでに、貸馬車を用意しておいてほしい。ところで、サルトリ？」

「はい、サー？」

「ドアマンにその指示を出す際、ソマートン伯爵の行先を知らないか、きいてみてくれないか？　いいね？」

　サルトリはローランドの目を見てうなずいた。「はい、大至急」

　ローランドは設備の整った居間を足早にひとまわりして、金縁の家具やつややかな寄木張りの床に、ゆうべまでの宿泊者の痕跡を探した。

　直感は間違っていなかった。ソマートンはフィリップを連れて、すぐに駅には向かわなかった。あの子はいわば人質なのだ。ダイヤモンドみたいなもの。貴重で有益。投資する価値はある。ただし、人間とは見なしていない。彼はフィリップを英国に連れ帰り、自分のもとで育てようとしているだけではない。リリベットが追ってくること、息子のためならなんでもすることを知っていて、何かたくらんでいるのだ。何かよからぬことを。

それがなんなのか突きとめてみせる。ローランドはそう心に決めていた。

時間はあまりない。ソマートンは一時間前に、ひとりでホテルを出ている。つまりフィリップはほかの場所に、ほかの人間と一緒にいるということだ。リリベットはもう夫と会ったのだろうか？　ソマートンが彼女を脅し、言いなりにしているのか？　ローランドはこみあげる怒りを抑え、室内の様子に意識を集中した。ビードルの仲間が駅を見張っている。彼らがフィレンツェを出ようとしたら、阻止してくれるだろう。

部屋にはこれといって何もなかった。ごみ箱も見たが、空っぽだった。机の引き出しにも、何も書いていないホテルの文具が入っているだけだ。吸い取り紙にも跡はなかった。ローランドとしても何か期待したわけではない。ソマートンも諜報員だ。自分の痕跡を消す方法は知っている。

カーテンの隙間から日が差し込んできた。ローランドは窓辺に近づき、外をのぞいた。部屋は南向きで、アルノ川の濁った穏やかな流れに面している。川は石橋をいくつもくぐり、遠くの丘へと続いていた。六階下では、貸馬車が入り口に止まったところだった。ドアマンが前に出て御者を出迎えている。

もう行かなくては。

ローランドは向きを変え、東側の扉まで歩いた。寝室なのだろう。扉はわずかに開いていた。重たげな木製の扉を押し開け、中に入った。

カーテンがきっちり閉めてあるため、室内は暗かった。すぐに誰かいるとわかった。空気中に感じることができる。何者かの息遣い。脈拍。エネルギーの波動。

ローランドは扉のところで立ちどまり、瞬時に選択肢を検討した。壁のスイッチを押して電気をつけてもいいが――グランドホテルは利便性を考え、最近になって現代的な照明を備えつけた――すぐに消されてしまうかもしれない。目が慣れてくるまでじっと待つか？

ええい、どうにでもなれ。

大股で窓際まで歩き、カーテンを大きく開けた。部屋は午後の日差しに満たされた。

「あなたがローランド・ペンハロー卿ですね」

声は部屋の反対側から聞こえた。隅の肘掛け椅子からひとりの男が立ちあがった。中背で細身。髪は整髪料でうしろに撫でつけてあり、窓からの光がじゅうぶんに届かない薄明かりの中で赤褐色に見えた。

ローランドは全身の筋肉を緊張させつつ、広い窓台に寄りかかった。「そうだが、そちらは？」

男が前に進み出た。美男子で、きれいにひげを剃ってあり、驚くほど若かった。二〇歳そこそこだろう。「マーカムといいます。ソマートン伯爵の個人秘書です」

「なるほど」ローランドは男の整った身なりを上から下まで眺めた。ボタンはすべて留められ、折り目はきっちりとアイロンがかけられている。美少年と言ってもいい。これがソマートンの個人秘書なのか？

ローランドは微笑み、腕を組んだ。「ぼくを待っていたようだな、ミスター・マーカム」

若者は咳払いした。「あなたが街に到着したらすぐ、この手紙を渡すように指示を受けています」

「つまり、ぼくがここに来ることを知っていたんだな？　伯爵が宿泊していた部屋に？」

「たぶんいらっしゃるだろうと言われました」マーカムの声には訓練の成果が感じられた。実際の年齢よりも上に見られたい若者の声だ。仕立てのよい服の下には、巧みに隠してはいるが若さゆえの不器用さがひそんでいる。本当のところは何歳なのだろう？　ソマートンの好みなのか？　今朝リリベットとフィリップがいなくなったと知って以来ずっと感じていた焦りとはまた別の不快な感覚が、ローランドの胸に広がった。

「ソマートンに言われた、ということか」

マーカムは小首をかしげ、上着のポケットから折りたたんだ紙を取り出した。それを楯《たて》のように体の前に持ちながら進み出る。

「ありがとう」ローランドは穏やかに礼を言い、手紙を受け取った。三回折り、黒い蠟をたっぷり使って封をしてある。

「開けないのですか？」マーカムが言った。

ローランドは肩をすくめた。「手紙はひとりのときに読むことにしているんだ、ミスター・マーカム」

「お答えを待つように言われています」

「なるほど」ローランドは紙の端に指を滑らせた。若者は繊細な顔立ちをしている。肌は濡れたようにつややかで、頬にはわずかに赤みが差していた。それでも茶色の目はどこか老成していて、表情がない。ローランドは同情の念がちくりと胸を刺すのを感じた。「きみはひどく真面目な秘書だな、ミスター・マーカム」

「ソマートン卿にご満足いただけるよう、努めています」若者の頬がさらに赤くなった。だが、まなざしは揺るがない。

「ああ、そうだろうな。だったら、椅子に座って待っていてくれ」

マーカムは若々しい足取りで隅まで歩き、椅子に座ると脚を組んだ。輝く赤褐色の髪は薄暗がりにのみ込まれ、ただの茶色の塊になった。

ローランドは封を破った。


〝ドゥカーレ通りのアンジェリーニ邸に来い。

S伯爵の妻と息子の運命が決まる〟


ローランドは指で手紙の端を強く握った。頭の中がぐるぐるまわりはじめ、めまいを抑えるには歯を食いしばらなくてはならなかった。

文中にほのめかされた脅しに動揺したわけではない。ソマートンの技量がどんなものであれ、ローランドには勝つ自信があった。サー・エドワードのもとで何年ものあいだ訓練を重ねてきたのだ。腕力、敏捷性《びんしょう》、機転――そのいずれも負けるはずがない。しかも正義はこちら側にある。

街はずれという屋敷の立地も問題ではなかった。郊外のほうが戦術的に有利だ。必要に応じて周囲の状況を使える。

そう、手紙に書かれていること、文章そのものにはまったく不安は感じなかった。諜報員としての活動の中で、この手の手紙は数えきれないほど受け取った。そして簡潔に処理してきた。心臓が止まりそうになったのは、全身に緊張が走ったのは、手紙に書かれた文字の見間違えようのない曲線と傾き具合のせいだ。それはリリベットの筆跡だった。

「きみはわかっているのか、雇い主がどんなことをしたか?」貸馬車が大きく揺れて角を曲がると、ローランドは片手を伸ばし、天井から垂れている革紐をつかんだ。

マーカムは眉ひとつ動かさなかった。「ええ、知ってます。数カ月前に自宅から連れ去られた息子を取り戻したんです」

「連れ去られたといっても、相手は母親だ」馬車は均衡を取り戻したが、ローランドは革紐から手を離さなかった。もう片方の手を上着の下に滑り込ませる。ベストのポケットには細身のナイフを隠し持っていた。

「その母親はソマートン卿に行先も告げなかった。国内にいるかどうかさえ、知らせなかったんですよ」マーカムの茶色の目はひたとローランドを見据えている。そのまなざしは確信に満ち、一片の迷いもなかった。

「それは彼の反応が怖かったからだ。息子に危害が及ばないかと心配だったんだよ」

マーカムは今度は目をそむけ、感情の読み取れない顔で小さな窓の外を眺めた。

「だとしたら、彼女はあの方のことを知らないのでしょう」

ローランドは驚いた声を出した。「何を言うんだ。きみはソマートンがどんなことのできる人間か、よく知っているだろう。よりによって、きみが――」

若者は勢いよく振り返った。「あの方は女性を殴ったりしません。もちろん、ご子息のことも」

ローランドは身を乗り出した。「肉体的な暴力はないかもしれない。だが、もっとひどいことができる人間もいるんだ」

マーカムは唇を開き、小さく息を吸ったが、何も言わなかった。

ローランドは座席に座り直した。「ぼくの言う意味がわかったようだな。マーカム、忠告しておくが、レディ・ソマートンや彼女の息子にわずかでも危害が及ぶようなことがあれば、ぼくはきみたちふたりをただじゃおかない。きみのことも、若いからといって容赦はしないぞ」

「ご子息はお元気です」マーカムが鋭く言う。「ほんの一時間前、にこにこと笑ってらっしゃいました」

「会ったのか？　いつ？　どこで？」思わず手に力が入り、革紐がてのひらに食い込んだ。

馬車の中の空気はよどんで生あたたかく、粘土のように顔や首にへばりついてきた。

「街に着いてすぐに。父君に会えて喜んでいましたよ。感動的な光景でした」

本当だろうか？　マーカムの顔は完全に無表情で、口ぶりにも特別な感情は感じられない。

「レディ・ソマートンのほうは？」

窓から差し込む四角い日差しの中で、マーカムの目つきが険しくなったように見えた。

「あの方もお元気です」

「なら、彼女はなぜあんな手紙を書いた？　どう説得したんだ？」ローランドは上着のポケットをぽんと叩いた。「無理やり書かされたに決まってる。力ずくでなければ、心理的に圧力をかけて――」

「ぼくは何も知りません」マーカムがきっぱりと言った。

ローランドは彼をまじまじと見た。「フィリップと一緒なのか？」

一瞬ためらったのち、マーカムが答える。「おふたりとも、お屋敷にいます」

ローランドは窓の外を見やった。貸馬車は速度を落とし、ゆるやかな勾配をのぼりはじめている。アンジェリーニ邸は街の東側の、低い丘の上に立っていた。右手を見ると、丘の斜面は青々とした葉を茂らせた段々畑になっており、ふもとにはくすんだ黄色の家並みが川沿いに連なっている。川にかかるいくつもの橋は、まるで節のある指をいっぱいに広げたかのようだ。ドゥオモの巨大な赤い丸屋根が、太陽のごとく街の上で輝いていた。すでにフィレンツェの街並みは遠く、小さくなっている。ホテルのフロントにビードル宛の伝言を残すことはできたが、届いたとしても、少なくとも一、二時間のあいだは助っ人は望めないだろう。自分ひとりでやるしかない。

マーカムのほうへ向き直り、静かな声で話しかけた。「認めたらどうだ？　きみもソマートンが間違っていることはわかっているはずだ。彼がどんなことをしてきたかも知っている。夫としても、父親としても、最低の人間だ」

「あの方はご子息を愛してらっしゃいます」

ローランドは肩をすくめた。「犬を愛するように、でなければ画廊にある高価な絵画を愛するようにな。ところで、きみは伯爵のもとで働いて何年になる？」

「一年と少しです」

「なら、その間にソマートンが息子を抱きしめる場面を見たことがあるか？　なんらかの愛情を示したところは？」

今度もかすかなためらいがあった。「感情を表に出す方ではないので……」

「薄情な人間だからだよ。それはわかっているはずだ！」ローランドは上着から手を出し、脇の座席を思いきり叩いた。「フィリップは本当に素直な子だ。父親のわずかな愛情を得るためなら、どんなことでもするだろう。ところがソマートンは無視するか、でなければ怒鳴るか、叱るかだった。この世の誰より愛情深い母親がいたことが、せめてもの幸いだよ」

マーカムの目がついに怒りをあらわにした。「たしかに誰より愛情深い母親でしょうよ！

愛人のもとに走って、国を出たんですから！　息子にみだらな関係を――」

　声が途切れた。ローランドが腕を伸ばし、マーカムの糊のきいた白いシャツと上着の襟を片手でぐいとつかんだからだ。「二度と」低い声で言う。「レディ・ソマートンの名を冒瀆《ぼうとく》するようなことは言うな」

　マーカムの目が見開かれた。

「ソマートンが彼女にした仕打ちを列挙する気はない。彼女のプライバシーにかかわるからな。だが、ソマートンは数えきれないほどの裏切り行為をしてきた。耐えに耐えたあげく、彼女は別れる決意をしたんだ」ローランドは相手のシャツを放し、手を膝の上に落とした。

「彼女にはもう、夫に対して何も負うものがない。貞節も、忠誠も、もちろん愛も」

　マーカムは手を持ちあげ、襟をはたいた。「あなたの言いたいことはわかります」

　ローランドは腕を組み、若者を見やった。すねたような表情。丸めた肩。ゆっくりとした手の動き。「それで」口調をやわらげ、話を変える。「今日ソマートンは何をする気か、きみは知っているのか？」

　マーカムが上目遣いに彼を見やった。「あいにく知りません」

「信じてよさそうだな」ローランドは言った。馬車はのろのろと角を曲がっていく。石の門柱が窓をかすめていった。「ソマートンの計画については、きみもぼくと同じく何も知らないわけか。さぞ腹立たしいだろう。ぼくらは同類ということらしい」

　マーカムは背筋を伸ばして肩をそびやかした。そして冷ややかに、あざけるような口調で言った。「同類なんてとんでもない。明らかな違いがあります」馬車ががくんと揺れて止まった。彼は扉の取っ手に手をかけた。「ぼくはソマートン卿の右腕であり、あなたは――」扉を開け、ひょいと飛びおりると、振り返ってローランドをにらむ。「ただの間男です」ローランドの体を上から下まで眺め、マーカムはにやりとした。「いまはもう違うかもしれませんが」

そう言うと、砂利敷きの中庭を大股で横切っていった。

ローランドは慎重に馬車をおり、御者に支払いをした。「角で待っていてくれ《アテンデレ・ランゴロ》」そう言って、さらに一〇リラを男の手に滑らせる。

「ありがとう《グラッツェ》、シニョーレ」御者は目を丸くして、帽子を傾けた。そして馬に鞭《むち》をくれ、車輪が砂利を噛む音を響かせながら開いた門から道に出た。

ローランドは振り返った。マーカムは四角い建物の入り口で待っている。足をわずかに広げ、手を背中で組んで。おかしな男だ。根は悪い人間でもなさそうだが、明らかにソマートンに心酔している。そしてリリベットには心を動かされないらしい。ソマートンはどうやってあの若者を支配しているのだろう?

つかのま、ローランドは建物の前面に並ぶ窓に目をやった。あのどこかにリリベットかフィリップがいるのか? いまこちらを見おろしていないだろうか? 中庭を横切ってマーカムに近づきながら、周囲の状況を事細かに記憶に刻みつけた。あとで必要になるかもしれない。窓の高さ。近くの木立までの距離。敷地を囲む高い石塀の配置。その方角。

扉の前に来ると、マーカムが脇によけ、ローランドを先に通した。戸口を抜け、吹き抜けのホールに足を踏み入れる。見事に調和のとれた、まったくひとけのない空間だった。クリーム色の壁。扉、カーブを描く階段。奥に並ぶ両開きの扉。日差しがたっぷり入って明るく、裏手には石畳のテラスがあるようだ。自分のブーツの足音が響くほかは、完全な静寂だった。足を止め、背中で腕を組み、マーカムのほうを振り返った。「それで？　きみはぼくをここに連れてきた。ソマートンはどこだ？」

それよりききたいのは――リリベットはどこだ？

21

二時間前

リリベットはアンジェリーニ邸の二階で、部屋の中央に置かれた椅子に座り、ソマートンを待っていた。

こうした儀式は何度か経験があった。夫のもとを去る決意をした晩も同じだ。そのときは夕方、個人秘書のミスター・マーカムが子ども部屋の扉をノックした。リリベットはフィリップに本を読んであげているところだった。

〝ご主人さまが書斎でお会いしたいとのことです〟秘書は暗く感情のない目で、静かにそんなようなことを言った。ありふれた言葉の裏に、何か恐怖をかきたてる物言いで。

書斎に行ったが、誰もいなかった。リリベットは驚かなかった。ソマートンがよく使う手だ。人を待たせて、相手が机の前に置かれた椅子に座って冷や汗をかいたり、落ち着きなく身じろぎしたりする時間を取ってから、いきなり入っていって不意を突くのだ。

だからいま、リリベットは椅子に座り、スカートを直して、膝の上で手を組んでいた。鼓動を静めることに意識を集中し、不安が胸をよぎるのを感じながらも、わたしは伯爵夫人、高潔で貞淑なレディなのよ、と繰り返し自分に言い聞かせた。何も恐れることはない、と。

内心で不安と闘っていたので、夫の机の中央に置いてある優雅な金張りの宝石箱が自分のものであることに、すぐには気づかなかった。そのこと——宝石箱は彼女の部屋から勝手に持ち出されたものであり、勝手に開けられ、いまソマートンのマホガニー材の広い机の上に蓋がきちんと閉まっていない状態で置いてあるという事実——をじゅうぶんのみ込めずにいるうちに、夫が書斎に入ってきた。

こうしてリリベットがアンジェリーニ邸にいることも、ソマートンの計画の一部に違いない。すべてが綿密に練られていたのだ。ヴェッキオ橋に群がる観光客の中に見知ったマーカムの顔が現れた、あの瞬間から。

がらんとした広い部屋にはほとんど家具がなかった。肘掛け椅子が一脚と書き物机、いま彼女が座っている背のまっすぐな椅子があるだけだ。

机の上にはランプとペン、便箋がある。

真上の部屋からは走りまわる小さな足音、くぐもった話し声が聞こえていた。ときおり笑い声や、ものが落ちたり、ぶつかったりする音もする。

窓は閉まっており、鍵もかかっていた。新鮮な風はまったく入ってこない。仕切りガラス越しに照りつける午後の日差しが強くなるにつれ、部屋の温度はあがっていったが、空気はそよとも動かなかった。

マントルピースの上の時計が時を刻む。

数カ月前のあの晩と同じだ。リリベットは慎重に姿勢を保っていた。背筋はまっすぐ、筋肉はゆるめずに。待つことはできる。時間はある。力もある。

結局のところ、彼女もばかではない。こうなる可能性も予測はしていた。〈ベルウェザー・アンド・クノッブス〉の事務所には、ソマートンがかかわりを持った女性や疑わしい人物を一覧にしたリストを預けてあり、フィリップがソマートンとともに英国の地を踏むことがあったら、政府の手に渡るよう手配してある。この一年、大変な努力と用心を重ねて作りあげたリストだ。ソマートンを尾行し、ありとあらゆることを記録した。書斎に出入りした人物全員の素性を調べ、紳士クラブの従僕に賄賂を渡して、彼の同伴者の名を探り出した。いわば弾薬だ。いつか必要になるときのために、ひそかに備蓄してきた弾薬。

今回、勝つのはわたしよ。

ローランドが追ってくる頃には、ソマートンは離婚の同意書に署名しているはずだ。

なのになぜ、心臓がばくばくしているのだろう？

時を刻む分針の音を数えまいとしながら、天井を見つめた。ほんの数メートル上でフィリップの小さな足が走りまわっている。階段を駆けあがり、息子を抱きしめてキスを浴びせ、ここから連れ出したい――リリベットの全身がそう訴えていた。この冷ややかで整然とした屋敷ではなく、六月の日差しに焼かれるセント・アガタ城へ戻りたい。ローランドの腕の中に飛び込みたい。

けれども、そんな贅沢は許されない。まずはソマートンと決着をつけなければ。これを終わらせなくてはならないのだ。

玉の汗が肩のあいだから背中へと伝いおりていく。錠をはずして窓を開けてもよかったが、何しろ巨大なのだ。ひとつの窓にガラスが一二枚使われており、人の背くらいの高さがある。それにその行為自体が、神経質になっていることを語っているようなものだ。ここにじっと座って、汗をかいているほうがいい。

階上の音がつかのま途切れた。その間に床板のかすかな振動を感じた。はっきりとした、規則的な振動だ。

足音。

リリベットは深く息を吸った。日に焼けた漆喰と古い木材のかびくさいにおいが肺を満たす。しばし目を閉じ、足音の方向と距離を確かめようとした。ザッ、ザッ。さっきより近くから聞こえる。重たいブーツの足音が大理石の階段を打つ音だ。目的を持って、慎重に進んでくる。

足音はさらに大きくなった。間違いようがない。

いよいよとなると、リリベットは椅子の背にもたれ、肘を肘掛けに預けて、窓のほうへ目を向けた。ガラスの向こうには、糸杉並木がどこまでも続いている。どの木もまったく同じ形だ。

扉が小さくきしんで開き、すぐにまた閉まった。

「親愛なるレディ・ソマートン」聞き慣れた声がした。「実に元気そうだ。イタリアの水が合っているようだな」

リリベットは二秒数え、さらにもう一秒待ってから、扉のほうを振り返った。

「ええ、とても合うみたい、ありがとう」

ソマートンは変わっていなかった。髪の毛の癖ひとつ変わっていない。黒髪に黒い目。上背があり、肩幅が広く、がっしりしている。まるで花崗岩《かこうがん》の塊だ。顔にはせせら笑いがくっきりと刻まれていた。

彼は近づいてきて足を止め、手を伸ばすと、リリベットの顎を上向かせた。

「すばらしい」感嘆したように言う。「おまえがあれ以上美しくなることがありうるとは思わなかった。だが、ありえたらしい」頭を傾け、別の角度から彼女を眺める。「ああ、たしかにいっそう美しくなった。その恩恵を受けたのがペンハローだというのは残念だが、おまえは昔から趣味が悪かったからな」

「彼はあなたの一〇〇〇倍はすばらしい男性よ」

ソマートンが笑う。「これは勇ましい。まったく面白い女だ。まるでわたしがおまえにどう思われるか気にしているみたいじゃないか」

「普通、夫はそういうものだと思うけれど」

「おや、おまえはもう、わたしを夫とは思っていないんじゃなかったのか？　離婚したいんだろう」ソマートンは身を乗り出し、鋭く鞭を振るうかのように〝離婚〟という言葉を発した。

リリベットはひるまなかった。「そうよ」

彼は微笑んだ。あざ笑ったと言ったほうが適切かもしれない。そして向きを変え、少し離れたところにある肘掛け椅子に腰をおろした。「まあいい。ところで、わたしは離婚に異議を唱えるつもりはない」脚を組み、肘掛けに腕を預ける。「そちらの条件は？」

リリベットは驚愕して夫を見つめた。「条件？」

「まっとうな要求には応える用意がある。手当だの、住居だのといったことだ。あの子も引き取ってもらってけっこう。ただし、あの子の成長に関して定期的に報告をもらいたいし、年に一度くらいは会いたいね。おや、驚いた顔をしているな」

「正直に言うと」背中は汗でびっしょりだった。椅子の背に張りつくほどだ。座り直して、背筋をまっすぐにする。「あなたがすんなり離婚に同意してくれるとは思わなかったわ」

「何を言う。ほかの男と寝た女と、どうして結婚を続けたいと思うかね？」ソマートンは冷ややかに言い放った。目はまばたきひとつせず、リリベットを見据えている。

彼女の頬から鼻先がかっと熱くなった。「だとしても、あなたがそう仕向けたのよ。一〇〇〇回、いえ、一万回と不義を重ねてきたあなたが」

「そうか？　たしかにわたしも多種多様な楽しみを追求したことは認めるが、罪の重さという観点からすれば変わらないんじゃないかね」

「そんなことないわ！　わたしは決して……彼は愛人じゃない。あのときまで……」

「もういい」なだめるような口調で言う。「意味のない言い争いで時間を無駄にするのはやめよう。何年ものあいだ、おまえの宝石箱には彼の写真が入っていた」ソマートンは身を乗り出し、蜘蛛のように広げた指を膝に置いた。声にすごみが加わった。「宝石箱に、だ」

リリベットは目をしばたたいた。泣いてたまるものですか。鋭い口調で何か言われただけで、ぞっとするような黒目でひとにらみされただけで、弱気になってしまう自分が腹立たしい。ぴりぴりする神経を必死に抑え込む。「ローランドとわたしがかつて好き合っていたことは知っているでしょう。誰でも知っていることよ。でも神のご意思で、わたしはあなたの妻となった。あなたを裏切ったことは一度もないわ。言葉でも、行動でも――少なくとも英国を出る前は。そして彼と偶然再会するまでは……」

ソマートンの唇から乾いた笑いがもれた。「偶然！　よくもまあ、偶然だと？」

「偶然なのよ！」激しい口調で言い返す。「彼がイタリアにいるなんて、まったく知らなかった。しかも同じ城に向かっていたなんて！　わたしたちは『タイムズ』の広告を見て、申し込んだだけなのよ！」

「わたしはそんな広告、見てないね」

「なら、運命のいたずらとでも呼べばいいわ」リリベットは肘掛けをつかみ、彫刻を施した木材に指を食い込ませた。「わたしはずっと耐えてきたのよ、ソマートン。いい妻になろうと努力してきたわ。あなたを愛したかった。過去を忘れ、失った夢は捨てたかった。そしてあなたと新しい夢を作りたかった。でもあなたがこぶしを振りあげ、粉々にしてしまったの。

嘘や裏切り、多くの女性たちとの関係、その癇癪《かんしゃく》や冷淡さで。だからこの六年間は、わたしにとって冬だった。寒さと孤独に震えて暮らしていたの。ぬくもりを与えてくれたのはフィリップだけだった。尼僧のように暮らし、あなたの罪には目をつむってきたわ。あの最後の晩までは。あの恐ろしい晩、あなたは不義を働いているとわたしを責めたわね。このわたしを！　あなたのためにあきらめた人、もう何年も会うことすらなかった人とつき合っていると言って！」

突然ソマートンが椅子から立ちあがり、大股で窓に近づくと、ひと押しで窓を開けた。午後の風が部屋に流れ込んできた。「写真があった。宝石に混じって！」

「ずっと前にしまったのよ」彼を見ながら、リリベットは静かに応えた。「眺めたことすらないわ。ただ、そこにあるとわかっているだけで、少し安心できたの」

ソマートンは外気を吸い込んだ。「宝石に混じって、しまってあった」そう繰り返したが、風にかき消されて、声はほとんど聞き取れなかった。

「あなたを裏切ったことはないわ」

外で鳥が高らかに歌いはじめた。きれいに整えられた生け垣のどこかに止まっているのだろう。戸外のにおい――スパイシーな糸杉のにおいに、甘い花の芳香、緑の葉に降り注ぐ陽光の香りがふたりを取り巻いた。

階上からどすんという音が聞こえ、高い笑い声が続いた。リリベットは胸が締めつけられた。

「子守りか誰かが一緒なんでしょうね？」

ソマートンがこちらを振り返り、古い窓台に手を置いて窓に寄りかかった。

「もちろん。きみがミラノに置き去りにした子守りが一緒だ」

「彼女があなたの子を宿していると知ったせいでね」

彼が肩をすくめる。「わたしの子ではない。そういう面倒なことにはならないよう、細心の注意を払っている。たぶん相手は従僕だろう」

リリベットはまた頬が熱くなるのを感じたが、困惑を隠して淡々とした口調で言った。

「ともかく、もっと大事な話に戻しましょう」

「大事な話？」

「離婚の条件よ。わたしとしては、できるだけ早くけりをつけたいの」

「ああ、そうだな」ソマートンは窓から離れ、椅子のところに戻って背に手をかけると、暗いまなざしで彼女を見た。「年に一〇〇〇ポンドで足りるか？」

「お金は必要ないわ」

「再婚して、男に養ってもらうとなれば、支払いは止めさせてもらう。まあ、その美貌なら、離婚歴があろうと、いまの生活を保てるような金持ちの男をすぐにつかまえられるだろう」

冷静な口調で話してはいたが、金張りの椅子の背を握る指は関節が白くなっていた。

「言ったでしょう、あなたのお金は受け取りません」

「よければタウンハウスも譲ろう。ただしフィリップの健康と道徳観念の発達のため、学校に入るまで、少なくとも一年のうち六カ月間は田舎で過ごしてほしい」

「道徳観念の発達ですって？　あきれたわ」リリベットは言った。「あなたからそんな言葉が飛び出すなんて」

「敷地内にある母の館を使えるように計らっておく。未来の伯爵として、フィリップは自分が受け継ぐ土地を知っておくべきだ。少なくとも法律上は、あの子はわたしの実子となっているわけだから」

「そういうことはすべて弁護士と話してもらえないかしら。双方が満足できるような同意書を作成してくれるでしょう」リリベットは椅子から立ちあがった。「そもそも、こんなところに呼び出す意味はあったの？　手紙をくれればすんだことなのに。息子を誘拐して、わたしに馬であとを追わせて……」

「ちょっと待ってくれ」ソマートンが片手をあげる。「まだ話は終わっていない。快く離婚に応じる代わりに、いくつか譲歩してほしい点がある」

〝譲歩〟と言ったときの彼の口調――その猫撫で声と不穏な目の輝きに、リリベットの血が凍りついた。

落ち着きなく両手の指を絡ませる。「譲歩って？　フィリップに会いたいということなら、もちろん……」

ソマートンは片手で机を指し示した。「まずは手紙を一通、書いてもらいたい」

「手紙ですって？　どんな手紙？」

「よければ、いまから口述する」

リリベットはためらった。「誰宛の手紙なの？」

そう尋ねた瞬間に答えがわかった。返事を聞くまでもない。ソマートンの唇が満足げにカーブを描き、眉が勝ち誇ったようにあがった。

「もちろん、きみの愛人宛さ。われらが勇敢なる英雄、他人の妻を寝取るのが上手なローランド・ペンハローだよ」もう一度、机のほうへ手を振る。「わたしの妻を大いに歓ばせてくれたんだ。友好的な感謝の手紙くらい、書いてしかるべきだろう？」

「彼を巻き込まないで、ソマートン。この結婚がだめになったことと彼とは、なんの関係もないのよ。再会するずっと前から、わたしはもうあなたとひとつ屋根の下では暮らせないと思ってたの」

「教えてくれ」ソマートンは椅子の背に手を戻し、くだけた口調で言った。「あの男、よかったか？　いくときは理性を忘れて叫んだのか？」

「やめてちょうだい！　なんてことを言うの！」

ソマートンは椅子を持ちあげ、床に叩きつけた。木片が飛び散った。

「あいつのものは、わたしのに負けず劣らずよかったか、エリザベス？　あいつは……」

リリベットは手を脇におろし、まっすぐに立った。脈が爆発しそうな勢いで打っている。

「やめなさい」低い声で言う。「自分を貶《おとし》めるだけよ」

彼は何も言わなかった。怒りもあらわに、胸を大きく上下させて突っ立っている。粗削りな顔の中で、目がぎらぎらと光っていた。右のこぶしを規則的に握ったり開いたりしている。まるで心臓が胸の外で脈動しているかのように。

声をやわらげて続けた。「もっと理性的に話し合いができないかしら、ソマートン？　離婚に合意し、相手の幸せを祈って別れられないの？」

ソマートンが大きく息を吸った。もう一度。ようやく口を開いたとき、その声はまた落ち着きを取り戻していた。「一番簡単なのは、わたしの要求どおりに手紙を書くことだ。そうすれば先に進める」

「お断りするわ。ローランド・ペンハローは関係ないもの」てのひらが湿ってきた。彼女はドレスのひだの中に手を隠した。

ソマートンの唇にふと笑みが浮かんだ。「愛しい妻よ。おまえは本気で、わたしがおまえと息子をここに連れてこられたのは友好的に離婚を進めるためだと思っているのか？」

「どうしてここに連れてこられたのか、さっぱり見当がつかないわ」

「でなければ、おまえを取り戻そうとすると？　もう一度、妻として迎える気だと？　でなければ、フィリップを連れ帰ってひとりで育てる気だと？」

リリベットは何も言わず、彼の目を見返した。そして恐怖におののきながら、次の言葉を待った。

ソマートンが手を伸ばし、親指と人差し指で彼女の顎をつかんで顔を近づけた。ブランデーのにおいがする息が鼻にかかる。「もう遅いんだよ。二度とおまえをわたしのベッドに迎えるつもりはない。ほかの男と寝た女など。おまえのがきがまとわりつくのも迷惑だ」

彼は書き物机まで歩き、紙とペンを取りあげて、リリベットのほうへ差し出した。その表情は勝利の喜びに輝いている。「ペンハローだよ。わたしがほしいのはおまえの愛人だ。もう一度フィリップに会いたいなら――あの子がこの屋敷から生きて出ていくのを見たいなら、黙っておとりになるんだな」

22

言うとおりにするしかなかった。

ほかにどうすることができただろう？　冷静に考えて、ソマートンが息子を殺すわけはない。さすがの彼もそこまで正気を失ってはいないはずだ。先ほどはフィリップの出生に関して疑問があるようなことを口にしたけれど、あれは単にわたしを侮辱したかっただけ。あの子の黒い瞳を見れば、ソマートンの遺伝子を受け継いでいることは一目瞭然なのだから。

さらに冷静に考えてみれば、自分も無力なわけではない。〈ベルウェザー・アンド・クノップス〉の事務所には、細かな注釈をつけた詳細なリストがある。

とはいえ、心臓をわしづかみにする恐怖は冷静な理性では制御できなかった。いまこの瞬間、わたしはソマートンに力で支配されている。息子もそうだ。ローランドは少なくとも一日は遅れているだろう。まだセント・アガタ城にいるかもしれない。どこにいるにせよ、ソマートンはローランドを見つけ、ここまで連れてこなくてはならないはずだ。まだ時間はある。ソマートンの考えを変える時間、逃げる計画を練る時間は。

「フィリップに会いたいわ」書き終えた手紙を渡しながら言った。まっすぐにソマートンを見据え、今回は脅しがきかないことをはっきりさせる。

「もちろん」彼は手紙をふたつ折りにしてポケットにしまうと、扉に近づいた。「どうぞ、マダム」そう言って、羽目板張りの扉を大きく開けて脇に寄る。

二二段の広い大理石の階段をあがり――気持ちを落ち着けるために段数を数えながら――吹き抜けをまわり込んで、部屋の前に来た。ソマートンが二度軽くノックする。

リリベットは返答を待たなかった。ソマートンの脇を抜けて扉を開け、部屋の中に飛び込むと、フィリップを抱きあげた。小さくあたたかな体が胸にぴたりとおさまり、パンとジャムと新しい服のにおいが鼻をくすぐった。「ダーリン」息子の髪に向かってささやく。「ダーリン」

「お母さま！　来てくれたんだね！　見て、ミス・ルーシーだよ。戻ってきたんだって」

リリベットは窓際に控えめに立つルーシー・ヤロウに目をやった。陽光が、大きくふくらんだ腹部の輪郭を浮かびあがらせている。

「奥さま」彼女はおずおずとお辞儀をした。

フィリップがリリベットの耳元でささやいた。「ルーシーも、もうじき赤ちゃんができるんだよ！」

全身から血の気が引いた。リリベットはすばやくソマートンを見た。彼はそしらぬ顔のまま指で上着のポケットをとんとん叩きながら、部屋の中を見まわし、やがて彼女に視線を戻した。

彼の視線が顔から体をなめていくのを感じた。いまリリベットは旅行着姿で、上着のボタンは留めてある。おなかにはフィリップが抱きついていた。ソマートンは腰まわりが太くなったことに気づいたかしら？　胸が大きくなり、頬がつやつやしていることに気がついた？　自分の目には明らかな変化だけれど。

リリベットはルーシーに向かってうなずき、自ら沈黙を破った。「彼女、疲れてるんじゃないかしら。わたしがこの子を見るわ」

「いいだろう」ソマートンは子守りに向けて、短く顎をしゃくった。「階下で待て。用ができたら呼ぶ」

「ありがとうございます」ルーシーはまたぎこちないお辞儀をして、逃げるように部屋を出ていった。

ソマートンがリリベットのほうを振り返る。「腹が減ってるんじゃないか。あとで何か運ばせよう」

「お母さま、どこにいたの？」フィリップが耳元できいた。「ローランドおじさんはどこ？　あの人も来るの？　お父さまのこと、知ってるの？」

「ローランドおじさん」ソマートンが意味ありげにリリベットを見る。「親愛なるローランドおじさんか。彼もじきに来ると思う。そのためにも、わたしはいったん失礼させてもらうよ。マーカムが階下で待っているのでね」彼は上着のポケットをまたしても満足げに叩いた。太い腕を包むツイードの生地が、その動きにつれてぴんと張る。がっしりした肩は自信に満ちていた。ソマートンを見ると——その肉体の強靭《きょうじん》さや目の狡猾《こうかつ》さを見ると、リリベットは全身が絶望感に沈む気がした。わたしは本当にこの人を出し抜けると思っていたのだろうか？

勇気が大事よ。信頼と勇気。ソマートンだって、ただの人間なのだから。

「好きなだけ、いなくなってちょうだい」彼女は冷ややかに言った。フィリップの体が重たく感じられてきた。息子を床におろし、しっかりと手を握る。

ソマートンは扉に近づくと、妙にかしこまって一礼した。「何かあったら、すぐに知らせる」

ばたんと扉が閉まり、鍵がまわる小さな音が続いた。

抜け目のない男だ。

「お父さま、怒ってるみたい」フィリップが小声で言った。

リリベットは息子のほうを向くと、床に膝をついた。「痛いことはされなかった、フィリップ？」

少年はうなずいた。「うん。でも、怒ってるのはわかる」

「そうね。少し怒ってるかもね」ほっとして深く息を吸う。「でも、気にしてはだめよ、お父さまはただ……」

「ぼくのこと、嫌いなんでしょ？」フィリップの口調はどきりとするほど淡々としていた。

「まさか、そんな。ダーリン、お父さまはあなたのことをとても愛しているのよ」

「そんなことないよ」フィリップは母親の首に腕をまわした。「馬車の中でも、一度も話しかけてくれなかったもん。お父さまは子どもが嫌いなんじゃないかな」

「何を話していいか、わからないだけなのよ。でも、あなたのことは愛しているわ」息子を抱きしめ、小さな頭に顎をのせた。

「ローランドおじさんのほうがやさしいな。おじさんが……」

リリベットはフィリップの髪を撫でた。「おじさんが、何?」

「おじさんが……もし……」フィリップはため息をつき、身を引いた。「お父さまが言ったこと、ほんと？　ローランドおじさんは来るの？」

「いえ……そうね。来るかもしれないわ」

「お父さまはローランドおじさんのことも好きじゃないんでしょ？」フィリップは手を伸ばし、リリベットの袖を引っぱった。小さな指が手首の肌に触れる。

どうしてわかるのだろう？

彼女は唾をのみ込んだ。「あまり好きじゃないみたいね」

「殺すつもりなの？」

思わず凍りついた。笑い飛ばそうかと思ったが、喉が詰まったような声しか出なかった。

「何を言うの。どうしてそんなこと考えたの？　殺すだなんて。人はそんなに簡単に殺し合ったりしないのよ」

自分の耳にさえ、説得力に欠ける口調だった。ソマートンはローランドをどうするつもりなのだろう？　殺すのでないとしたら。

フィリップは無言で母親に寄りかかっていた。かすかな吐息が肌にかかった。

「ぼくがお父さまと英国に帰ったら、お父さまはもうローランドおじさんに怒らなくなるかな？」

「まあ、ダーリン。違うの、あなたのせいじゃないのよ。人はお互い、どうしても気が合わないってこともあるの」リリベットは少し体を離し、まっすぐ息子を見つめた。フィリップの頬は紅潮し、目は泣くまいとしているかのように潤んでいる。「ローランドおじさんは大丈夫よ」

フィリップは心配そうに目を細めた。「ぼくたち、お父さまと一緒に英国に戻るの？」

彼女はためらい、息子の両手を取った。「あなたは帰りたい？」

「う、うん」もごもご答える。気は進まないが、そう答えるのが義務だと思っているかのように。「でも、できたら……だめかな……」フィリップはいきなり彼女に抱きついた。「ローランドおじさんに会いたいよ！　ノーバートにも！　湖で釣りがしたい！」

「ああ、ダーリン、いいのよ、それでいいの」

「お父さまは怒ってばかりだし、英国は寒いし、雨ばっかりだし……」

「いまはそんなことないわ。夏だもの。それにお父さまは……そうね、わたしたち、これからはお父さまとはあまり会わなくなると思うの。あなたが会いたいっていうときだけ。まずは自分たちの家を見つけましょう。お父さまには好きなときに会いに行けば……」

腕の中の小さな体がこわばった。「ぼくたち……お父さまとは暮らさないの？」

ああ、まったく。いまはまだ、この話はしたくなかったのに。心構えができていない。どう説明すればいいかもわからない。ローランドのことや、自分とフィリップの行く末ばかりが気になって、何も考えていなかった。五歳の子どもに、両親の結婚が終わったことをどう説明すればいいのだろう？

「ダーリン、考えたんだけど……ほら、お父さまは前からあまりおうちにはいなかったでしょう？　だから、いままでとそんなに変わるわけではないのよ。ただ……お父さまは忙しいし、出かけることが多いから……ほら、わたしたちだけで住むおうちがあったら、そのほうがいいと思うのよ。あなたとお父さまはいいお友だちになれるわ。会いたいときはいつだって会えるんだもの。別々に暮らすほうが楽っていうこともあるの。怒らないでね」言葉を切り、息子の反応をうかがった。

長いこと、フィリップは何も言わなかった。頬をリリベットの胸にぎゅっと押しつけ、目は遠くの隅をじっと見つめている。「お父さまは別の人と結婚するの？　あの王さまみたいに？」

「どの王さま？」

「お妃《きさき》さまがいっぱいいる王さまだよ。ローランドおじさんが話してくれた。全員がキャサリンって名前だったんだって。おかしくない？　どうやって区別してたのかな」

リリベットは笑わずにいられなかった。「全員がキャサリンではなかったのよ」かたい床ついている膝が痛くなってきた。床に腰をおろし、フィリップを膝に抱き寄せて、その頭に顎をのせる。「それに、あなたのお父さまは王さまじゃないわ。ほかの人と結婚したいわけではないと思うの。ただ……」

「もうぼくのお父さまでいたくないんだ！」

「そんな！ そんなことないのよ。お父さまはいつだってあなたのお父さまよ、ダーリン。いつだってあなたのことを愛してるの」床に目をやった。寄木張りの床が果てしなく続き、壁まで延びている。向かいの巨大な窓から陽光が降り注いで、リリベットの顔と手をあたためた。

「ぼく、連れ戻されたくない！」突然、フィリップが激しい口調で言った。「ここを離れたくない。連れ戻されそうになったら……逃げてやる！」

「落ち着いて。逃げたりしないでしょう、あなたは……」

「逃げてやる！ ローランドおじさんが助けに来てくれる。そしたら――」

「そんなことは言っちゃだめ！」

「どうして？」フィリップはもがくようにして母親の腕から逃れると立ちあがった。そしてリリベットのほうへ向き直り、興奮に輝く黒い瞳で見つめた。「ぼくは来てほしい！ ローランドおじさんと一緒に暮らしたい！ おじさんはずっとやさしいし、ぼくのこと愛してる。そう言ってくれたもん」

「やめなさい、ダーリン。そんなことを言ってはだめ。お父さまに聞かれてしまうかもしれないわ。いまも扉の外にいるかも……」

「いいよ、聞いてほしいくらいだ！　ローランドおじさんは来てくれる！　馬で駆けつけて、ぼくたちふたりをどっかに連れてってくれるんだ。お父さまが絶対見つけられないようなとこへ。お父さまが止めようとしたら……おじさんは……お父さまを殴っちゃうよ！　拳銃で撃って、それで……」

「なんてことを、フィリップ、お黙りなさい！」リリベットは手を伸ばしたが、息子はその手をすり抜けて窓まで走った。「フィリップ、だめよ！　お父さまは……気難しいところはあるけれど……」

「おじさんはすぐそこにいて、ぼくらを助け出す方法を探してるんだ！」小さな頭をいっぱいに伸ばし、下をのぞこうとする。

リリベットは息子の腕をつかみ、窓から引き離した。「そんなことしても無駄よ。彼はまだお城にいて、わたしたちを待ってるわ。彼は……」そこで言葉を切った。なんと言ったらいいのだろう？　嘘はつけないけれど、真実を語ることもできない。ローランドは間違いなく安全だと断言することもできない。まして、たったいまソマートンの罠におびき寄せるため、ローランドに手紙を書いたなんて口が裂けても言えない。「もう少し待ってみましょう」弱々しく言った。「じきになんとかなるわ」

「ローランドおじさんは、ぼくたちのためにお父さまをやっつけちゃうんだ」フィリップはきっぱりと言った。「ぼくにはわかる」

リリベットの心臓が沈んだ。「ああ、フィリップ。ローランドおじさんは……とても賢い人よ。でも、彼には……お父さまに近づかないでいてほしいわ。ローランドおじさんはいやでしょう。大丈夫、みんなうまくいくから」

「ローランドおじさんはお父さまをこてんぱんにできるよ」フィリップは言い張った。「いろんなこと知ってるんだ。大きくて強いし」

「やめて」リリベットは言った。「お願いだから、そんなこと言わないで。ふたりにけんかしてほしくはないわ」息子の目を見つめ、その奥に好戦的な炎が燃えていることに気づくと、胸にひんやりした無力感が広がっていくのを感じた。戦わないでほしいというのは無理な願いなのだろう。男というのは戦うのが好きな生き物なのだ。とはいえ、ソマートンの土俵で戦うとなれば、ローランドは――美しくて、賢くて、広い心を持った愛しいローランドは、ソマートンの狡猾さ、獰猛さ、非情な強さにかなうはずがない。

何もかも、わたしのせいだ。

鍵のかかった扉に目をやり、次いで窓のほうを見た。天井の高い部屋の壁が迫ってくるようだ。わたしとフィリップを押しつぶそうとしているみたい。ここは監獄だ。午後になって気温があがり、空気は木材と漆喰、塗料と日差しのにおいを含んで息づまるようだった。

時間はどれくらいあるだろう？　ローランドしだいだ。彼がいまもセント・アガタ城にいるかどうか。いるとは思えない。何があったか知ったとたん、あとを追ってくるに違いない。いまこの瞬間もすでに風のように馬を駆って、フィレンツェに向かっているかもしれない。

帽子からはみ出た金茶色の髪をなびかせ、はしばみ色の目に決意をみなぎらせて、わたしを助けようと先を急いでいる。そしてソマートンの周到な罠に飛び込もうとしている。

猶予はおそらく数時間。ほんの数時間でフィリップを連れてここを抜け出し、ソマートンから逃げきらなくてはいけない。

自分が仕掛けた罠からローランドを救うために。

マーカムの表情からすると、ローランドは女王陛下に謁見を申し込んだかのようだった。秘書は鼻をつんと上向かせ、階段の陰になった扉に向かってうやうやしく腕を突き出した。

「ソマートン卿は、書斎で待つようにとおっしゃいました」

ローランドは微笑み、背中で腕を組んだ。「せっかくだが、そのありがたい申し出は断るしかないな」

マーカムが目に見えてびくりとした。ソマートンの決定が拒絶されるというのはめったにないことらしい。「なんですって?」

「断るしかない」残念そうに肩をすくめる。「ここで待たせてもらう。すてきな玄関ホール《ホワイエ》じゃないか」〝ホワイエ〟という語をあえてフランス語風の発音で強調した。「パッラーディオ様式（イタリアの建築家パッラーディオによる古典主義建築様式）の、古典的で見事に調和が取れた空間だ」

マーカムは茶色の目を見開いて、ローランドを見つめた。「サー、書斎のほうへ」

「ご親切に」笑みを絶やさずに言う。「だが、ぼくがここで待ちたいんだ。日差し、きれいな空気。優雅な階段――この二階へ向かう曲線を見たまえ、実にすばらしい。ああ、ここで待つのが一番だな」

マーカムが目を細めた。驚きと戸惑いが薄れ、決意がかたまっていくようだった。

「サー、あなたに、書斎で、ソマートン卿を待つよう、命じます」

ローランドは目をしばたたいた。「失礼、聞き間違えたかな。耳がおかしくなったのか。きみが〝命じます〟と言ったように聞こえてしまった」

「そう言いました」マーカムが顎を突き出す。「書斎に入り、ソマートン卿を待つよう、命じます」

ローランドは笑った。「これはミスター・マーカム、きみは面白い男だな。命じます、とはね」ポケットからハンカチを取り出し、目を押さえる。「教えてくれ、ソマートンからはいくらもらってるんだ？　ぼくなら倍の金額を払ってもいいぞ、その滑稽なおしゃべりを聞くためだけに」

明らかに笑う気分ではないようで、マーカムは体の脇で両のこぶしをぎゅっとかためた。ブーツの足を片方あげ、大理石の床をどんと踏み鳴らす。「ふざけているわけじゃない。ぼくは本気です。すぐに書斎に入ってください。さもないと――」

「さもないと？」穏やかに促した。

「ぼくは……ご主人さまは……」優雅な輪郭を描く顔に、ゆっくりと赤みが広がっていく。

「そのとおり」ローランドは相変わらず穏やかな声で言った。「わかったかな。ぼくはこの場所で待つ。ソマートンが会ってくれるまで、この床にしっかりと足をつけておくよ」

「それは……無理です。あの方は……こういう形ではあなたにお会いしません。あの方は……きちんとしなくてはならないんです。紳士的にお会いしたいと考えているんです」マーカムの声は低くしゃがれ、焦りがにじんできた。手で上着の裾をつかんでいる。背後の窓から斜めに差す日差しが繊細な頬骨の線を強調し、うしろに撫でつけた髪を赤く照らした。まるでたったいま地上におりた天使のようだ。

「紳士的に？　それは笑わせる」ローランドは言った。「実に紳士的だな。母親に仕返しするために、真夜中に息子を誘拐するとは」

「あなたはすべてをねじ曲げている」マーカムは言った。「あなたはなんの罪もないような口ぶりですが、実際は……」

「また言葉が出なくなったのか？　わからないでもない。ソマートンに忠誠を誓ってはいるものの、きみも少し混乱しているんだろう」ローランドは胸の前で腕を組み、同情するように頭を傾けてみせた。「いいかい、きみもたまには退屈な決まりごとを忘れて、少々革新的で実際的な行動に出てみたらどうだ？　たとえば神聖なるご主人さまに、ぼくが到着したことを告げに行くとか」

「それはできません。ぼくがここを離れたとたん、あなたはいなくなるでしょうから」

「ご名答。きみはソマートンのところへ行き、ぼくは屋敷じゅうを探してレディ・ソマートンとその息子を助け出す。それですべて解決だ。きみは倫理的葛藤から逃れることができるし、レディ・ソマートンは英国国民として当然の、尊厳ある自立した生活を営むことができる」両手を広げて微笑んだ。「すばらしいじゃないか」

階上から、雷鳴のような足音がゆっくりとおりてきた。

「さすがだな」ソマートンの声が響いた。踊り場の窓から入る日差しを、その広い肩が完全にさえぎった。鉄製の手すりに手をかけて、身を乗り出している。「たいした演技力だ、ペンハロー。わたしまで乗せられそうだったよ」

「おや、ついに悪役登場か」ローランドは陽気に言った。「こんにちは、ソマートン。今日はまだ弱い者いじめはしていないのか？」

黒い目をわずかに細めて、ソマートンが手すりから体を起こした。向きを変え、玄関ホールに続く最後の階段を一段ずつ、もったいをつけておりていく。「悪くない筋書きだったが、きみは一番大事な要素を忘れている」

「そうかな？　それは不注意だった」

ソマートンは最後の段をおり、ローランドに近づいた。ブーツのかかとが大理石の床を打つ音が、巨大な柱時計の鐘の音のように響く。彼はローランドのほんの一〇センチ手前で足を止め、黒い目でまっすぐに見据えた。「実を言えば、もっとも大事な要素だ」

ローランドは両眉をあげた。「なるほど。で、それはなんなんだ？」

「わたしだよ」

23

ローランドはぱちんと指を鳴らした。

「あなたか！　それはそうだ。うっかりしていたな」思案するように顎を叩く。ソマートン伯爵は不自然なほど近くに立っていた。一瞬、そのがっしりした体からかすかにラベンダーの香りが漂ってきたような気がした。ローランドの心臓が跳ねあがり、でたらめなリズムで打ちはじめる。いつものペンハロー流の、のんびりした口調を保つのに苦労した。「ソマートン卿か……ちょっと待ってくれ、ああ、そうだった。あなたは英国へ戻って、この先一生、慈善事業に打ち込むことになっている。いまのところ死後の行先として決まっている地獄より高いところに居場所を確保すべく、努力するという筋書きだ」マーカムの蒼白な顔に視線を移す。「そこにいる秘書が喜んで協力してくれるだろう」

何か――怒りか恐れがソマートンの顔をよぎった。もっとも、それはほんの一瞬だったので、ローランドほど観察眼の鋭い人間でなければ気づかなかっただろう。

「ミスター・マーカムは」ソマートンはやわらかな声で言った。「きわめてよくできた、忠誠心にあつい人間だ。たとえば――そう、わたしの妻と違って」

「忠誠心にあついか、それは間違いなさそうだ」ローランドは言った。「だが、よくできた、という点には異議を唱えさせてもらうよ」

「どういう意味です？」マーカムが怒鳴った。

ソマートンは体を半分だけ秘書のほうへ向け、一瞥で彼を黙らせた。怒りでも脅しでもなく、一種のやさしさが感じられる視線だった。マーカムは目を伏せて、半歩うしろにさがった。「無礼な男だな、きみは」伯爵はローランドのほうへ向き直って言った。

ローランドは肩をすくめた。「性分でね」

「ふん」ソマートンは彼から離れ、階段を見あげた。「ところで、きみは連れ去られた売女《ばいた》がどこにいるか、元気でいるか、気にならないのか？」

「なんてことを。ぼくのこの鈍い頭は、あなたの論理にとてもついていけないよ。あの天使のようなレディ・ソマートンをそんなふうに呼ぶとは。ぼくが命に代えてもその名誉を守ろうとしている女性だというのに」

「だからこそだ」

ローランドは額を指で叩きながら、いかにも考え深げに頭を傾け、反対方向に数歩歩いた。

「でも、ということは……また混乱してきたぞ。伯爵夫人を——むなしい結婚生活に終止符を打つと決めたあと、たったひとりの幸運な男を恋人と呼ぶ、あの律儀な女性を売女と呼ぶなら……」

「なんだ、ペンハロー？」

ローランドは顔をあげ、無邪気な表情でソマートンのほうを向いた。

「失礼だが、あなたは何になる？」

「わたし？」ソマートンはきょとんとした顔をした。

「あなたは結婚しているあいだに、数えきれないほどの女性たちと関係を持った」ちらりとマーカムを見る。「女性だけではないのかもしれないが」

ソマートンの右のこぶしが左のてのひらを打った。「何を言いたい、このごくつぶしが。もう一度言ってみろ」

ローランドは体の前で手を広げた。「おっと、誰でも知っていることだ。まあ、いいさ。ともかく数で言えば何百人になるだろう。淫蕩《いんとう》のかぎりを尽くしたと言ってもいい」

こぶしを握ったまま、ソマートンが目を細めてローランドをにらんだ。ふたりのあいだの空気が緊迫し、びりびりと震える。マーカムがためらいがちに一歩前に出た。さらにもう一歩。

ふいにソマートンの表情がやわらいだ。頬の赤みがしだいに薄れ、口元のこわばった線が笑みと呼べそうな形を描く。「ペンハロー、わたしたちはどちらも世慣れた大人だ。いわば同じ穴のむじなだろう」

「なんだって？　悪いが、よく意味がわからない」

ソマートンは手を背中にまわし、目をぎらつかせてゆっくりと近づいてきた。

「そっちこそ、ここ数年のあいだに何人のベッドを渡り歩いた？　何十人？　何百人？」

「数えるのは簡単さ」ローランドは破顔した。「ゼロだ」

伯爵はのけぞって笑った。「ゼロだって？　偉大なるペンハロー、ロンドン一の女たらしが？　これは笑わせる」

ローランドは肩をすくめた。「がっかりさせて申し訳ないが、見当違いもはなはだしい。ぼくはレディ・ソマートンと出会ってから今日まで、彼女以外の女性とは関係を持っていない」

ソマートンの哄笑《こうしょう》が、しだいにしぼんで消えた。目がローランドの顔をじっと探る。彼の言葉にある誠実さと矛盾するものを見つけ出そうとするかのように。「ありえない」やがて乾いた声で言った。

「そんなことはない。間違いのない事実だ。何回か試してはみた。だが……何もかも前とは違ってしまった。ことが終わるまでの時間、リリベットの顔を心から締め出すことすらできなかった。いずれはなんとかなったかもしれない。ブランデーを二本空けて、喜んで応じてくれそうな未亡人を探せば」愕然《がくぜん》とした顔のソマートンに微笑みかける。「ところが運が味方してくれたんだな。イタリアの宿屋の玄関先でばったり彼女に再会した。このぼんくら頭でも、二度目の機会を与えられたんだと気づいたよ」

「ありえない」ソマートンの声にはすでに力がなかった。

「ありえない！」今度はマーカムが吐き捨てるように言った。「あなたの評判は知っている。ロンドンじゅうの女性を征服したという話じゃないか！」

ローランドはソマートンの肩越しに、秘書にうなずいた。「そう見せていただけさ。いわば隠れみのだった。だが、結局リリベットに忠実だったのはぼくのほうというわけだ」喉の血管がぴくぴく動くのが見えるほど、ソマートンに近づく。「間違いでなければ、それを皮肉と呼ぶんだろうな」

ソマートンが唇をなめた。「六年以上もか?」

「七年以上だ。彼女と会った日以来だから。長い七年間だった。ひたすら忍耐の日々だったよ。ただ、ありがたいことに――」ローランドはあやすようにソマートンの顎の下をそっと撫でた。「それもじきに終わりそうだ」

次の瞬間、ソマートンのこぶしをまともに顔で受け、ローランドの体は宙に浮いた。

当然ながら予想はしていた。だが、かといって殴打の威力がやわらぐわけではなかった。ローランドは大理石の床に投げ出され、そのまましばらく顎をさすりながら呼吸を整えた。天井の八角形の模様や、優雅な漆喰の渦巻き模様に目を留める。最近になって修復が施されたようだ。「やれやれ」やがて彼は言った。「あそこにぶつからなくてよかった」肘をついて体を起こし、ソマートンに微笑みかける。「さて、退屈な挨拶もすんだことだし、本題に入ろうか」

ソマートンが唇をゆがめてうなった。「われわれの本題というのは、わたしがおまえをどう始末するかだけだ。残念ながら、生きてこの屋敷から出すわけにはいかないんでね」

ローランドは勢いよく立ちあがると笑った。「これはまた、いかしたせりふだな。劇の中で一度聞いたことがある。あなたも舞台に立とうと思ったことがあるのでは？」

マーカムの不安げな低い声が、ソマートンの背後から聞こえてきた。「サー、まさか本気で……」

ローランドは大きく腕を広げた。「どうだ、やってみるか？　銃を使う？　それともサーベルのほうが好みかな？　何にせよ、あなたは芝居がかったのが好きそうだ」

「ふざけるな、ペンハロー」

「ぼくを殺したいのか？　やってみろ。止めないぞ」

「負けを認めるんだな？」ソマートンが言った。

「まさか」けろりとして答え、手を脇におろした。「だが、あなたと戦うつもりはない」

伯爵の険しい顔に軽蔑の表情が浮かんだ。「臆病者め、思ったとおりだ。愛しているといってもその程度か。彼女のために戦おうともしない」

「戦うさ。彼女だけのためだったら、いまごろあなたは死んでいる。だが、もうひとり、考えなくてはならない人がいるだろう」

ソマートンが眉根を寄せた。「もうひとり？」

「フィリップだよ、あなたの息子だ。忘れていたのか？」静かに言った。

「おまえの口から息子の名前など聞きたくない」ソマートンがまたこぶしを振りまわした。

ローランドはすっとよけた。

「いい子だ、フィリップは」ローランドは続けた。「賢くて、好奇心旺盛で。わくわくするような海賊の話が大好きで」またこぶしをかわす。「問題は、あなたはほとんど父親らしいことをしていないとはいえ」危うく左目をやられるところだったが、間一髪で脇によけた。「父親を殺したとフィリップに説明するのは気が進まないことだ」

ソマートンは動きを止め、大きく肩で息をした。「おまえにそんな機会は訪れない。二度とあの子に会うこともないだろう」

ローランドはゆっくりとかぶりを振った。「勘違いもはなはだしいな。ぼくがフィリップの養育を心やさしい父親にゆだねると考えているなら、大間違いだ」

「何をばかな……」

「こういう筋書きはどうだ、ソマートン？」ローランドは右手を腰に、ベストのポケットの近くに滑らせた。「あなたはリリベットと離婚する。ぼくは彼女と結婚し、フィリップを引き取る。ふたりであの子を、あなたのせいで失われた伯爵家の名誉を取り戻すような男に育ててみせるよ」

ソマートンが笑いだした。これまで聞いたことのないような、耳障りでしゃがれた笑い声だった。「そいつはすばらしい。おまえのことは前からのぼせあがった大ばか野郎だと思っていたが、いまとなっては、どうやってあの間抜け集団の中で長らくやってこられたのかすら不思議になってきたよ」

「幸運のおかげだろう」さりげなく上着のポケットに指を近づけた。

「それで、おまえは本気でわたしが言うとおりにすると思っているのか？　レディ・ソマートンと息子がわたしの手の内にあるというのに？　おまえはわたしにこぶしをあげる度胸もないというのに？」ソマートンはかぶりを振って、また笑った。「あきらめろ、ペンハロー。おまえはわたしには勝てない。そして勝たなければ妻をものにはできない」身を乗り出し、骸骨のような笑いを浮かべる。「チェックメイトだ」

ローランドは微笑み、肩をすくめて静かに彼から離れた。「ところがこのゲームの場合、こちらはキングを取る必要はない。取るのは――」マーカムに飛びかかり、羽交い締めにして、ベストのポケットから細身のナイフを引き抜く。一瞬のなめらかな動きだった。「ナイトでいい」

ソマートンの顔に動揺が浮かんだのを見ると、ローランドが選んだ標的は間違っていなかったようだ。駆け寄ろうとするソマートンを制し、ナイフの切っ先をマーカムの襟に押しあてて、うしろに引きずる。「近づくなよ、ソマートン。ぼくを驚かせたら、どうなるか保証しないぞ。この手のことにはありがちな不運な事故が起きるのは、こちらとしても避けたいんだ」

「おまえにそんなことはできっこない」

「どうかな。ナイフが滑るってこともある。何しろぼくは不器用でね」

「サー」マーカムが悲鳴のような声をあげた。ローランドの胸に押しつけられ、その細身の体は緊張してこわばっている。ナイフの先端からわずかに血が伝い落ちた。

「なんとやわらかで白い肌だ」ローランドは愉快そうに言った。「傷が残りやすそうだな。そう思わないか？　かつてこういう男を知っていた。ちょっと切っただけでも跡になる。愛人にとっては見るにたえないだろう」

「くそったれが」ソマートンがうなった。それでも表情は落ち着いてプロの顔になり、体の脇で指を折り曲げ、ローランドの動きをじっと目で追った。

「ソマートン、あなたは話のわかる男だ。彼女がぼくにとってどれだけ大切かは知っているだろう。それに引きかえ、この男は――」マーカムを揺さぶる。ソマートンがはっと息をのんだ。「ぼくにとってはなんの価値もない。妻へのくだらない復讐が、マーカムの若い命を奪うだけの価値があるか？　これほど美しく、これほどに有望な若者が、その胸を真紅の血に染め――いや、待てよ、詩としてはいまひとつ――」

「やめろ！」ソマートンがしゃがれ声で怒鳴った。目と寄せた眉に恐怖が戻っている。その迫力にさすがのローランドも一瞬たじろいだ。

「もちろんぼくだって、彼の首に傷をつけたいわけじゃない。愛する女性があなたに苦しめられるのを見たくないのと同じだ。だからさっさと階段をあがって、罪のない女性と幼い息子を監禁している部屋まで案内したほうがいい。ぼくもこの友人を連れてあとを追うよ。しかるべき距離を置いてね」

ソマートンが口を開きかけた。しばらくその場にじっと立ち尽くしていたが――内心で葛藤しているにせよ、それを仮面のような顔の下に押し隠して――やがてちらりと懇願するようにマーカムの顔を見てから、ローランドに視線を戻した。「ペンハロー、おまえは本当に最低なやつだ」

「あなたほどじゃないさ」愛想よく言った。「さあ、行ってくれ」

ソマートンは向きを変え、死刑台へ向かうかのようにのろのろと階段をのぼった。ローランドはマーカムを連れ、ソマートンの広い肩から目を離さずに一〇段分の距離を空けてあとに続いた。予想外の動きをする場合、最初にそれとわかるのが肩なのだ。

しかし階段をのぼる間、目の前のツイードの上着はこれといって筋肉の緊張を示さなかった。ソマートンは広い廊下を歩き、ひとつの扉の前で足を止めた。

「当然、鍵はかかっているんだろうな？」ローランドはきいた。

ソマートンはうなずき、鍵を取り出した。

「鍵を開けろ」

ソマートンはロボットのように手を持ちあげ、それからかぶりを振った。

「先にマーカムを解放しろ。そうしたら鍵をやる」

「何をばかな」ローランドは笑って、首を横に振った。「ぼくだって、この手のゲームを七年間やってきたんだ。そんな愚かな真似はしない。鍵を開け、扉を開いて婚約者を無事に救出したら、そっちの大切な秘書を返してやる」

「だめだ。先に彼を返せ」

ローランドはマーカムの喉にナイフをあてた。秘書から小さな悲鳴がもれる。

ソマートンが足を踏み出した。「なんてやつだ！　ただではすまないぞ」

「どうってことはないさ」ローランドは言った。「一、二滴の血なんて、冷たい水で洗えばすむことだ。ただし、冷たいというところが大事だぞ。あたためるのは命取りだ」

ソマートンの顔から血の気が引いた。「いますぐにマーカムを解放しろ、ペンハロー。ほしいものは手に入れただろう」

「いや、まだだ」

「彼を殺す気か――」

ローランドはぐるりと目をまわしてみせた。「それはそちらしだいだ」一歩前に出てブーツを履いた足をあげ、扉を蹴り開ける。

「いったい何を……」

ソマートンが反応する前に、ローランドはマーカムを部屋の中へと突き飛ばし、その体を引きずるようにしてマーカムを立たせ、また背後から羽交い締めにしてから、ざっと室内を見渡す。

飛び越えて部屋に入った。

隅には揺り椅子、ボール、おもちゃの山があった。長椅子。肘掛け椅子。ランプがのったテーブル。開いた窓から流れ込む糸杉のスパイシーなにおいには、かすかにラベンダーの香りが混じっていた。

だが、リリベットの姿はなかった。フィリップもいなかった。

24

アンジェリーニ邸はパッラーディオにならって設計されたかもしれないが、庭は、人間の高度な能力は複雑な社会的環境への適応として進化したと論ずるマキャベリの手によるものに違いなかった。

少なくともフィリップは喜んでいるけれど。

「ほんとに面白い迷路だね！」少年は次の曲がり角の先を見に行き、またリリベットのそばまで戻ってきてうれしそうに言った。「うちの城にもこれとおんなじの、できるかな？ローランドおじさんなら、きっとすっごく大きな迷路を作ってくれると思うよ」

リリベットは乱れた髪を耳のうしろにかけた。フィリップの部屋に帽子を忘れてきてしまった。もっとも、バルコニーからロープを伝っておりているときに、帽子のことなど考えていられるはずもない。何もかぶっていない頭に太陽が照りつけ、吹き出る汗が額から滴って、ドレスの前を伝い落ちていく。白っぽい麦わら帽子よりも濃い色の髪のほうが周囲の色になじみやすく、屋敷の二階から見つかりにくいことを期待するしかなかった。

ソマートン自身、この迷路に迷う可能性もありそうだが。

「迷路で大事なのは」フィリップが重々しく言った。「どの角でも右に曲がることなんだ」暑さも疲れもものともせず、リリベットの脇で飛び跳ねている。

「そうなの？　本当に？」

「絶対本当さ。本に書いてあったもの。ローランドおじさんが読んでくれたんだよ。だから間違いない。わあ、あの鳥を見て！」

リリベットは息子の手をぎゅっと握った。「離れちゃだめよ、ダーリン。迷子になったら大変でしょう」次の角を曲がると、またまったく同じ濃い緑色の壁が立ち現れた。心臓がずしんと沈み込む。どうしたら正しい方角に向かっているとわかるだろう？　地面は平らで、生け垣は高い。石畳のテラスから芝生へ走り抜けたときにはドゥオモの赤い屋根が左手の木々の上にちらりと見えたが、迷路の中にはまり込んだいまは、それすら視界から消えてしまった。前に進んでいるのかしら？　それとも戻っているの？　空高く、白熱の光を放つ太陽も位置を教えてはくれない。

リリベットは汗で湿ったフィリップの手を握りしめて先を急ぎながら、息子のおもちゃの中にあったロープのことを思い返した。遊び用なので細かったが、頑丈で、重い長椅子に結びつければ体の重みを支えてくれた。二階のバルコニーからロープを伝って下におり、次にフィリップがおりてくるのをひやひやしながら待った。手を広げて息子を受けとめ、うまく抜け出せたことに高揚感を覚えつつ——ソマートンが知ったら、どれほど驚き、悔しがるだろう——テラスを抜けて生け垣に飛び込んだ。ところがいまは、どこに向かっているのかさえわからなくなっている。

どの角でも右に曲がること。フィリップはそう言った。

ふたりの命を、五歳の息子の記憶力に賭けるしかないとは。

緑の葉が壁となって目の前に立ちはだかった。行きどまりだ。「来て」フィリップをうしろに押しやり、右に曲がった。もう一度右に曲がろうとすると、また行きどまりだった。その先を右に曲がる。空気がこもり、熱気が体を包み込んだ。糸杉の葉のにおいが鼻をつく。足元の土も熱くなってきた。さらに右へ曲がると、突然広々とした芝生が目の前に開けた。崩れかけたゆるやかな石段が、悠然と流れる茶色いアルノ川の岸へと続いていた。

驚きのあまり、ローランドは唐突にマーカムを放した。秘書はぶざまに床に尻もちをついた。それにはかまわず、ローランドはソマートンのほうを振り返った。「彼女たちはどこにいる？　言え、これはいったいどういう策略だ？」

だが、策略などでないことは見ればわかった。ソマートンの顔からは完全に血の気が引き、目は飛び出さんばかりになっている。彼は窓に駆け寄り、長椅子の脚から伸びているロープの端を拾いあげると、窓から身を乗り出して言った。「どうやら」不自然なほど静かな口調だ。「われわれはどちらも出し抜かれたらしい」

「出し抜かれたのはあなただ」ローランドは言った。「予想もしなかった展開なのはお互いさまだが、ぼくの責任ではない。ロープを部屋に置いておくなんて、いったい何を考えていたんだか。よくあるように、シーツを裂いて結んだというならまだわかる。万が一切れたら、落ちて死ぬぞ！」

ソマートンはぐるりと目をまわした。「いずれにしても下はバルコニーだ。命の危険はないさ」

マーカムが立ちあがり、袖を払った。「庭に出て、つかまえてきましょうか？」

「とんでもない！」ローランドは扉に向かった。「ぼくが見つけて、こんな茶番は終わりにしてやる」

「わたしが先に見つけるかもしれんぞ」

ローランドが足を止めて振り返ると、ちょうどソマートンの頭が窓の下へと消えるところだった。長椅子が重みで引きずられ、壁に激突した。

「くそっ」ローランドは叫び、部屋を走り出た。

飛ぶように階段をおりる。マーカムがついてきているかどうかなど考えもしなかった。恐怖にあと押しされるように脚を動かし、踊り場に来ると手すりを飛び越して階段の中ほどに着地し、そのあとは一段飛ばしで下まで駆けおりた。

転がるように玄関ホールに出ると、階段の裏へまわって、両開きの扉が並ぶ突きあたりまで走った。片っ端から取っ手をまわし、鍵のかかっていない扉を見つけ、古い蝶番をきしませながら開けてテラスに走り出た。

短い芝生があり、その先は六月の花が色とりどりに咲き乱れる庭に出た。砂利敷きの歩道が左右対称に縦横に走る、優雅なフランス式庭園だった。ソマートンの姿も、マーカムの姿も見えない。もう通り過ぎたのだろうか？　違う方角へ向かったのか？

ぎらつく白い太陽の光から目を守るために腕をあげ、つかのまためらった。リリベットはどこへ向かった？　道路か？　それとも庭を抜け、川辺へ？

姿は見られたくないだろう。道路に出たら、すぐに見つかってしまう。川沿いなら人も少ないので、誰にも気づかれずに街へ戻れる可能性は高くなる。

心を決め、ローランドはテラスを横切って、芽吹きはじめた花壇をよけながら乗馬用ブーツのかたい靴底で砂利を踏んで走った。地面には足跡がついている。リリベットとフィリップのものだろうか？　ソマートンとマーカムのもの？

高い生け垣が立ちふさがった。濃く茂った葉のあいだに隙間を見つけ、身をかがめて中に飛び込み、毒づいた。

迷路だ。英国でも、ある程度の広さがある邸宅には必ずと言っていいほどある、いまいましい迷路。カンバーランドにある兄の壮大な館のフランス式庭園にも、同じようなものがある。

川から近づいてくる怪しげな輩《やから》から屋敷を守るための手段なのだ。その所有者を責めることはできない。

ただ、いまは迷路を作った人間の喉をかき切ってやりたかった。

もちろん脱出方法は知っている。右手を前に出して、葉を払いながら道なりに行けばいい。

遅かれ早かれ出口にたどり着く。

早いに越したことはないが。

右手を伸ばし、早足で進んだ。明らかな袋小路は飛ばして右に進む。そのうち、迷路の中央に近づいていることが直感的にわかった。そのあとまた外向きに進む。暑さは耐えがたく、上着が汗で湿って、肌に張りついた。どこかで帽子を落としたらしい。たぶん玄関ホールで、ソマートンに殴り倒されたときだろう。太陽の日差しは髪を突き抜け、頭皮に直接降り注いでいる。上着を脱ぎ、左手の人差し指に引っかけて肩にかけ、また角を右に曲がった。

合図でもあったかのように、近くの鳥がいっせいに羽ばたき、さえずりはじめた。気がつくとローランドは迷路から、またしても芝生に出ていた。石段を下った先には茶色いシルクの布のようなアルノ川が流れ、ソマートンが片腕に足をばたつかせるフィリップを、もう一方の腕には懇願するリリベットを抱えて、川のほうへ引きずっていくところだった。

まず目に入ったのはローランドの髪だった。陽光を反射して光輪のように、黄金の兜《かぶと》のように見えた。まるで太陽神アポロだ。ただし肉体は人間、そして決定的に遅すぎた。

喜び、恐怖、安堵、興奮。さまざまな感情があふれ出て、リリベットは息ができなかった。ソマートンの腕が鉄の帯のように肩にまわされている。必死に首を伸ばしてローランドの姿をもっとよく見ようとした。本当に彼なのか確かめたくて。

「ほら、見て！」リリベットは勝ち誇ったように言った。「ローランドがいるわ！」

ソマートンが一瞬だけ力をゆるめた。彼女はこぶしを振りまわし、満身の力をこめてソマートンの肝臓のあたりを叩いた。フィリップがすとんと芝生の上に落ちた。

「逃げて、フィリップ！」リリベットは叫んだ。「迷路に入って！」

「ローランドおじさん！」フィリップは斜面を駆けあがった。ローランドは膝をついて少年を抱きあげると、長い腕でしっかりと抱え、耳元に顔を寄せた。リリベットの目に涙がにじむ。ふいにすべての断片があるべき場所におさまり、傾いていた世界が軸を取り戻したかのようだった。疑念や不安は消え去って、痛いほどの安心感が取って代わった。

「ごらんなさい」ソマートンに向かって言う。「あの子がローランドと一緒にいるときの様子を。心から彼を慕っているのよ」止められなかった。夫を愚弄せずにいられない。煮え湯を飲ませてやりたい。いまはソマートンへの怒りと復讐以外、頭になかった。

彼女は息子に駆け寄ろうとしたが、体勢を立て直したソマートンに阻まれた。

「やってくれたな」痛みのせいか声はしゃがれていたが、口調は妙に穏やかだった。目の前の光景もまったく気にならないようだ。

「放して」あえぐように言う。「もう望みはないのよ、わからないの？　あなたには勝ち目がないのがわからない？」

「あいつにおまえは渡さない」ソマートンは彼女の耳元で言った。「何があってもな」

「なら、わたしを殺して！　彼のことも殺せばいいわ。いったいあなたは何がしたいの？　復讐をすれば誇りを保てるとでもいうの？」リリベットは息を切らしながら言った。恐怖と動揺のせいで肺がじゅうぶんに空気を取り込めない。「無駄よ。意味がないわ。復讐なんてむなしいものよ。あなたにもわかっているんでしょう?」

ソマートンは彼女を大きく一度揺さぶっただけで、答えなかった。

「そうなんでしょう?」声を低くして続ける。「あなたはわたしたちをどうしていいかわからないのよ。解放することもできないし、終わらせることもできない。あなたは臆病者よ、ソマートン。いきがっているだけの臆病者だわ」

彼の顔が怒りに染まった。腕が振りあげられる。リリベットは目を閉じ、頬か頭か顎にこぶしを受けることを覚悟した。

けれど、何も起こらなかった。

腕はまだ、リリベットをしっかりと押さえつけている。目を開けると、ソマートンが遠くの川岸を見つめているのがわかった。信じられないというように黒い眉を高くあげている。

ふと、あたたかな手が彼女の手をつかんだ。ローランドの手だ。見なくてもわかる。その手に体を預けると、ソマートンは争うことなく彼女を放した。

「リリベット」耳元でローランドの、愛情に満ちた低い声がした。リリベットは体の向きを変え、日差しを浴びたあたたかな胸に顔をうずめてすすり泣いた。「大丈夫かい、ダーリン?」

「ええ」なんとか小声で答える。

ローランドはソマートンの手が届かないところへと彼女を引っぱっていくと、しっかりと抱きしめた。石鹼と馬と汗のにおいがした。全身が張りつめているのがわかる。まるで獲物を仕留めようと身構えている狩猟犬のようだ。

「フィリップ?」リリベットは息子を呼んだ。自分のものとは思えないような、か細く甲高い声しか出なかった。

「静かに。芝生の上にいるよ」ローランドの腕がゆるみ、頭のてっぺんに唇が押しつけられた。「あの子のところに行くといい、ダーリン。さあ」

「でも……」彼女は戸惑って顔をあげた。

「ほら、走って!」ローランドはリリベットのほうを見てはいなかった。目を細め、ソマートンと同じく、川辺の方角をじっと見つめている。

彼女も振り返ってそちらを見た。

ひとりの男性が川辺を歩いてきて、ちょうど石段をあがったところだった。背筋が伸びた鋼のような長身を、英国製のツイードの服で包んでいる。髪にはかなり白髪が交じっていた。そのうしろにソマートンの秘書、ミスター・マーカムの姿がちらりと見えた。だが、すぐに草むらの中へと消えてしまった。

ソマートンの声が、サーベルのように重たい空気を切り裂いた。「いったいここで何をしている、オリンピア?」

「あなたのおじいさまじゃないの!」リリベットがローランドの胸元で叫んだ。

「行くんだ、スイートハート」ローランドは低い声でささやいた。腕の力をゆるめ、彼女を軽く押しやる。「フィリップのところへ」

祖父の聞き慣れた声が、テラスの端から響いてきた。「こちらも同じ質問をしたいところだ、ソマートン。まったく、めちゃくちゃにしてくれたものだな」

「めちゃくちゃに？　何をめちゃくちゃにしたんです？」ローランドはきいた。一歩前に出て腕を組む。ビードルはなんと言った？　ソマートンはフィレンツェに着いたあと、オリンピア公爵に電報を打ったと？　祖父はセント・アガタ城ともかかわりがあった。どういうことだ？　単なる偶然とは思えない。

オリンピア公爵は足を止め、ローランドとソマートンを交互に見やりながら、金の取っ手がついたステッキに体重をかけた。これは単なるポーズだ。祖父は支えるものがなくても、まっすぐに立てる。雄牛のように頑健なのだ。

「なんなんです、祖父上？」ローランドはさらに問いただした。

公爵の視線が孫に移った。「おまえのよき友人である伯爵が説明したいところだろう。そうじゃないか、ソマートン？」

「どういう意味かわからんな」ソマートンが答える。顔はよく見えなかったが、立ち姿は古代の戦士のように挑戦的だった。脚を広げ、腕を組んで、額を突き出している。

公爵はため息をついた。「よさないか。駆け引きをするには、わたしは年を取りすぎた。何年も前、きみのために競争相手を追い払うことに同意したとき――」

「なんですって？」ローランドはまた一歩前に出た。「なんと言いました？　競争相手を追い払う？」

「ソマートン？」公爵が促したが、ソマートンは激しくかぶりを振っただけだった。

「誰でもいい、説明してください」ローランドはいらだたしげに言った。いつものののんびりした口調ではあったが、一段低い、とげのある声だった。斜面の上のほうに目をやると、リリベットがフィリップを腕に抱いて膝をつき、心配そうに眉根を寄せているのが見えた。こちらの声が聞こえているだろうか？

「いいだろう。伯爵が自分では話したくないというなら」長い話になるとでもいうように、公爵はもう片方の手をステッキを持つ手に重ねた。「おまえは腹を立てるだろうがな、ローランド。話が終わるまで、怒りは抑えておいてほしい」

「とにかく話してください」

公爵は肩をすくめた。「実際のところ、単純な話なのだ。七年前の夏、友人であり同僚でもあったソマートンが訪ねてきて、当時は願ってもないと思えた申し出をした。おまえを貿易海運情報局の諜報員に推薦しないかというのだ。ちょうどノルウェーで厄介な問題が起きているところだった。海軍としては建前上かかわるわけにいかない事案であり、おまえは理想的な人材だった」

「なんてことだ」ローランドは絞り出すような声で言った。

オリンピア公爵は片手をあげた。「年を取ってはいても、わたしだってばかではない。同僚の申し出の裏にある真の動機には気づいていた。それでもわたしは受け入れたのだ」

ローランドはこぶしを握りしめた。すべて仕組まれていたとは。「受け入れた？　ぼくを彼の罠にはめ、ノルウェーに行かせたんですか？　すべてを知りながら――」

「おまえは結婚するには若すぎた。あの頃のおまえは、ただ無為に日々を送っていた。ああいう女性の夫となるにはふさわしくなかった」公爵はリリベットのほうに向かってうなずいた。「一年もしたらおまえは退屈し、不満を持ちはじめただろう。彼女を不幸にしたに違いない」

「彼女の夫ほど不幸にはしなかったでしょう」

ソマートンが怒鳴った。「何を言う！」

「本当のことだ。リリベットは地獄のような六年間を送ったんです、あなたがぼくには結婚は早いと判断したせいで。だからといって、彼女をあんな男のもとへ嫁がせるなんて、いったい何を考えていたんです？　ぼくたちは愛し合っていたのに……」

「ああ、そうだろう。おまえたちは愛し合っていた。たしかにいまにして思えば、わたしが間違っていたのかもしれない。だが、おまえは断らなかった」公爵は声をやわらげて続けた。「そして結果的に成長した。貴族の称号以外に何も持たない若者だった。おまえは甘やかされた、以前の一〇倍は人間として大きくなったではないか。おまえには挑戦が必要だったのだよ。困難に耐えることが必要だったのだ」

「あなたはいったい何さまなんですか？　ぼくの運命を、そしてリリベットの運命を勝手に決めて――」

オリンピア公爵はステッキを握る手を持ち替え、ブルーの目で遠くを見やった。

「わたしは一八歳で結婚した。その結果は幸せではなかった」

「ぼくはオリンピア公爵ではありません」ローランドは静かに言った。

「もちろん違う」公爵はソマートンに視線を移した。「そしてそっちもそっちだ。まったく、なんという体たらくだ。あんなすばらしい女性を妻にする機会を与えてやったのに――」リリベットのほうを手振りで示す。「彼女を妻として扱おうとすらしなかった。きみときみの愛人たちは、鞭打ちの刑を食らって当然だ」

「それは……」ソマートンが口を開いた。

「そのうえ、わたしの孫をはめようとした」公爵はステッキを力いっぱい地面に突き刺した。「きみが局の仕事に推薦した男、わたしを使って恋人を奪った男を。釈明すべきことは山ほどあるだろう」

ローランドはてのひらにこぶしを打ちつけた。「あなたたち、ふたりともだ!」ソマートンのほうを向き、彼のシャツをつかんでうなるように言う。「あなたはぼくからリリベットを奪った。薄汚いならず者め！　あなたにそんな資格はなかった。彼女はぼくのものだ」

「もう一度言ってみろ」ソマートンが黒い目をぎらつかせてすごんだ。「もう一度言ってみろ、ペンハロー」

ローランドはシャツを握る手に力をこめ、鼻と鼻が触れ合いそうなほど顔を近づけた。

「最後の審判の日まで言ってやる。ぼくは……」

公爵のステッキがふたりのあいだに突き出された。「ふたりとも、いいかげんにしないか」鋭い口調で言う。「みっともないぞ。レディや子どもが見ている」

ローランドはソマートンを一度大きく揺さぶってから、手を離した。ふたりはともに二頭の闘犬のように毛を逆立て、相手の様子をうかがいながら、慎重に一歩あとずさりした。

「もう過去は水に流せ」オリンピア公爵は言った。「いまさら何をどうすることもできない。あと戻りはできないのだ」

「何をどうしたらいいか、こちらから教えてやるさ」ソマートンが憎々しげに言う。「こいつをめった切りにしてやる」

「よせ。そんなことをして何になる。終わったことだ、ソマートン。一度は機会をやっただろう」

「名誉のためだ、オリンピア」伯爵は鼻で笑った。「あなたたちにはなじみのない言葉かもしれんが、わたしにとっては大切なものなんだ」

「名誉だと？　あなたがその言葉の意味を知っているとは思えないな」ローランドは言った。「自分の傷ついた誇りを救うために、他人の人生をめちゃくちゃにするのが名誉なのか？　名誉を大切にする男なら、その反対だろう。不幸せな妻に選択肢を与えてやるはずだ。卑劣な手に出る代わりに、寛大な対応をするものだ」

「わたしは……」ソマートンは口ごもった。包囲されているかのように肩をこわばらせ、ローランドと公爵を交互に見やる。それから丘のほうを見あげた。迷路の入り口では妻と息子が身を寄せ合うようにして立ち、なりゆきを見守っていた。

「あきらめろ、ソマートン」公爵が低い声で告げた。「いまのうちに潔く身を引け。わかっているだろうが、でないと……」

信じられないことに、ソマートンの肩から力が抜けた。脚と背を伸ばし、公爵に向かって太い眉を片方あげる。「でないと、なんだ？　名誉を重んじるそちらのペンハローは、愛しているという女性のために決闘することをすでに拒否している」

「たしかにぼくは、五歳の男の子の目の前でその父親をぶちのめす気にはなれない」ローランドは言った。「だが気をつけろ、ソマートン。必要とあらば、ぼくはどんなことをしてでもリリベットとフィリップを守る」

ローランドの言葉は重みを持って、静かにその場に漂った。

「しかし、そんな必要は生じまい。そうだろう、ソマートン？」オリンピア公爵の声がやわらかくふたりを包んだ。しわの寄った顔と対照的な明るく澄んだ青い目で、ソマートンを見つめる。手はステッキをきつく握りしめていた。

「どういう意味かわからんな」用心深い口調だ。ソマートンが公爵の言わんとすることを理解しているのは明らかだった。

ローランドは体の向きを変え、リリベットとフィリップを一瞬見やってから、ソマートンと公爵に視線を戻した。どうやらふたりのあいだには深い因縁があるらしい。いまはその、諜報機関同士の複雑な利害関係が少しばかり表面に現れたにすぎないのだ。

ローランドとしては、そんな話を聞く気にはなれなかった。

やがて、あらかじめ合意があったかのように、公爵はポケットに手を入れると巻紙を取り出した。「これは何かわかるか？」

ソマートンは腕を組んだ、「わかっていると思う」

公爵は右の人差し指で紙の端を軽く叩いた。「異議を唱えるつもりはないだろうな」

「もちろんだ。なぜ異議を唱えなくちゃならない？　問題はそこじゃないんだ」

「なんの話だ？」ローランドは割って入った。一歩前に出て手を伸ばす。「それはなんです？」

公爵が首を横に振った。丘の上のリリベットを見あげ、指を一本曲げて招き寄せる。

「なんなんだ」ローランドはソマートンの無表情な顔に目をやり、それから川のほうへ視線を移した。観光客を満杯に乗せた船が通り過ぎていく。にぎやかに笑う声が、風ひとつない空気の中、場違いなほどはっきりと聞こえてくる。船は茶色い水に小さなさざ波を立てていった。

丘の上を見あげる。リリベットは立ちあがり、かがみ込んでフィリップに何やら言い聞かせていた。

彼女が近づいてくると、冷ややかな沈黙が砕け、オリンピア公爵が言った。

「さあ、これを」ローランドが聞いたことのないような、やさしい口調だった。巻紙をほどき、リリベットの伸ばした手に置く。

彼女は目の前の紙にざっと目を通し、ソマートンを、それから公爵を見た。信じられないという表情だった。「これは……いったい……」

「それはなんだ？」ローランドはきいた。

リリベットのブルーの瞳が、ようやく彼に向けられた。「仮判決よ」

「仮判決？」

「離婚の仮判決だ」公爵が言った。「四日前にロンドンの裁判所で発行された。判事と個人的に会ったのだが——イートン校時代の友人でね、正義感の強い男なんだが、問題がなければ一カ月以内には正式な判決を出すと言っていた」

「一カ月？」リリベットがきき返した。目を丸くして公爵を見つめている。

「どういう意味だ？」ローランドは彼女の肩をつかんだ。「どうなってるんだ？」

リリベットが彼を見た。「六カ月なの。よほど特殊な状況でないかぎり、普通は六カ月かかるのよ」また公爵のほうへ向き直る。「どうやって……」

「きみはこれが特殊な状況だとは思わないかね？」公爵は考え深げに言った。

「あなたが……彼と話をして……」

オリンピア公爵が彼女の手を取った。「きみの夫の弁護士と話をしたのだ。それと古い友人である判事とね。彼はできるかぎり短期間に決着をつけると約束してくれた。原告と被告双方に無駄な苦痛を強いることのないように」

リリベットはソマートンのほうを向いた。「同意してくれるわね？」かすれた声できく。「訴訟を進めることに」

ソマートンは冗談めかして一礼した。「前にも言ったと思うが、離婚そのものに異議はない。そちらの理由としてあげたのはすべて事実だ。わたしは不義を働いた。それに冷たい夫だったと思う」

「つまり、ぼくのことで文句があるというわけか」ローランドは口を挟んだ。

「そうだ」ソマートンがにらみつけてきた。憎しみに満ちたまなざしだ。「ローランド・ペンハロー。美男子で華やかで、英国じゅうから愛される、幸運な星のもとに生まれたペンハロー。わたしが先に彼女を見初めたんだ。知ってたか？　リッチモンドの川辺のパーティだった。彼女の美貌と清純さは誰よりも輝いていたよ。誰にも摘まれていない薔薇。花開いていないつぼみだった。だがわたしが紹介の機会を得る前に、おまえがそのいまいましい黄金の笑みと魅力を振りまき、彼女を茂みに連れ込んだ」彼は〝魅力〟という言葉を汚らわしいもののように憎々しげに発音した。

「あなたは頭がどうかしてる」ローランドは言った。

「彼女はいちころだった。この愚かな女はひと夏じゅう、おまえの魅力に取りつかれていた。何度おまえを殺してやりたいと思ったことか。一〇〇回は機会があったな。紳士クラブから出てくるとき、舞踏会、晩餐会の帰り。誰にも知られることなく葬ってやれたさ」

「わたしに隠し通せるはずがない」オリンピア公爵が言った。「神にかけて、きみが絞首刑になるのを見届けただろう」

　ソマートンには聞こえていないようだった。「そのうち完璧な計画を思いついた。都合よくノルウェーの仕事が降ってわいたのだ。そしておまえの祖父が――」公爵に向かってにやりとする。「思いのほか協力的だった」

「どういうこと？　ノルウェーの仕事って？　わたし……彼はサーモン釣りに行ったものだとばかり……」リリベットが信じられないという口調で叫んだ。それからもう一度、ぽつりと言った。「サーモン釣りに……」

「サーモン釣りだと！」ソマートンが笑う。「あきれたな。まだわかっていなかったのか？　おまえをものにするのに、ローランドには一、二カ月いなくなってもらう必要があったんだ」

　ローランドは彼女の腕に手を置いた。「ダーリン、いままで話せなかったが……」

　リリベットが血の気の引いた顔で彼を見た。「まさか……だって、ずっと……」その目に浮かぶ不信感が、ローランドの胸を突いた。

「ずっと説明したいと思っていたんだ。あの夏、きみが結婚して以降のぼくの行状はすべて偽装だったんだよ。本来の仕事を――」

「そう、貿易海運情報局の諜報員であることを隠すための偽装だった」ソマートンがうんざりした口調で言う。「けちな組織だが、経験のない若造をそれ以上高度な技術を要する組織には推薦できなかったのだ。だが公爵のあと押しがあったので、サー・エドワードはしかたなくこいつを引き受けた。計画どおりだったよ。ただひとつ……」彼は肩をすくめ、唇をゆがめた。

「ただひとつ？」リリベットが手を腰にあてて促した。

ソマートンは彼女のほうを向いた。「こいつが生還するとは思わなかったのさ。見くびっていたのは認めざるをえない。ペンハローには永遠に幸運の女神が微笑み続けるというのを忘れていたよ。こいつはヨーロッパ随一の危険な殺し屋を出し抜き、何年かにひとりの逸材という評判とともに勝利の帰国を果たした。少しばかり遅すぎたがね」

閃光《せんこう》のごとく、リリベットの手がソマートンの顔を打った。そのごつい体が横ざまに倒れそうになるほどの勢いで。「なんて人なの！」

ソマートンが殴り返す前に、ローランドは彼女の前に立って楯になった。けれどもソマートンは指で唇の端に触れ、わずかな血をぬぐってにやりとした。「ぶたれて当然かもしれんな」言葉とは裏腹に、悔いている様子はまったくない。「いずれにせよ、わたしはおまえを妻にした。こいつはプライドが高いのか、臆病なのか知らんが、おまえを取り戻そうとはしなかった。で、結局わたしがものにしたのだ」

「二度とそうはならないわ」リリベットが小声で言った。

ソマートンはじっと彼女を見つめている。何を考えているかわからない顔つきで、思案げに眉根を寄せて。ローランドのほうは激しい怒りに駆られていた。この男はいま何を思っているのだろう？　リリベットと、ぼくの妻になるはずだった女性と過ごした日々のこと？

その太い首を両手でつかみ、絞め殺してやりたくて指がうずいたが、フィリップのことを思い出してなんとかこらえた。少年は芝生の上に座り、ぼんやりと草をむしったり、通り過ぎる雲を眺めたりしている。あの子は母親が父親の頬を打つところを見ただろうか？

ローランドはリリベットの肩に腕をまわし、そばへ引き寄せた。そして一歩あとずさりした。「ぼくたちには、もうかかわらないでくれ。二度と顔も見たくない。リリベットにも、あの子にも近づくな」

ソマートンはわれに返ったようだった。「威勢のいいせりふだな。だが、ひとつ忘れているぞ。おまえとわたしの問題だ。そいつはきっちり決着をつけないといかん。わたしは彼女と別れることになるかもしれないが、ペンハロー、おまえもだ」

「もう決着はついていると思うがね、ソマートン。そちらの負けだ。彼女がぼくを選ぶなら、ぼくは彼女と結婚し、永遠の愛を誓う」

「おまえが？」またしても眉があがった。ローランドはその顔に思いきりこぶしを叩き込みたいという衝動と闘った。「彼女の手にあるのは、ただの仮判決だぞ。わたしたちの婚姻が解消されるまで、まだひと月ある。一カ月のうちに新たな証拠が提出されれば、訴えは却下されるんだ」

「新しい証拠などない」オリンピア公爵がとっさに言った。

「そうかな？」ソマートンはさも驚いたような顔をした。「ペンハローはわたしの妻と肉体関係を結んだと自ら認めたぞ。彼女もそれを認めた。原告の不義は被告に対するいかなる婚姻訴訟も無効にする。違ったかな？」

「個人的な会話は証拠として容認されない」公爵が指摘した。

ソマートンが目を細める。「どうも不穏な気配がする」ローランドとリリベットのほうを振り返って続けた。「おまえたち、何か隠していることがあるんじゃないか？」

「何もないわ」リリベットの答えは、いささか早すぎた。

「つまらないことを言うな、ソマートン」ローランドも言った。

ソマートンがまた公爵のほうを向く。「なんだ？　何かあるに違いない。公爵、あなたはやけにことを急いでいる。特殊な状況、と言ったな。特殊な状況とはなんだ？」

「なんでもないわ！」リリベットがぴしゃりと言い放った。

彼女を落ち着かせようと、ローランドは肩を抱く手に力をこめた。興奮のあまり、余計なことを口走ってしまいそうだ。そうでなくても、ソマートンがじっくりとリリベットの体を見れば……。

けれども遅かった。ソマートンの視線がゆっくりと彼女をなめていった。額から、薔薇色の頬、豊かな胸。ふくらみかけたおなかの上で、はちきれそうになっている上着のボタン。体の向きを変えようとしても無駄だった。隠せるものではない。疑いを持った目で見れば、ごまかしようはなかった。

「まさか」ソマートンがつぶやく。「なんてことだ」

そのとき、オリンピア公爵のステッキがソマートンを押しとどめた。

「きみにはもう権利はない、ソマートン」公爵は静かに言った。「ローランド、彼女を連れていけ」

ローランドは向きを変え、震えるリリベットの体を抱えて、ソマートンの手の届かない安全な丘の上のほうへと歩きだした。やっと決着をつけるのは明日でもいい。

「わたしの子か？」ソマートンが背後から問いつめた。「くそっ、わたしの子なのか？」

ローランドがリリベットの動きに気づいたときには、すでに遅かった。彼女はいきなりローランドの腕をすり抜けると、彼が引き戻す前に叫んでいた。「いいえ、わたしの子よ！わたしとローランドの子。あなたには手を触れさせないわ！」

ソマートンの顔が、怒りのあまり紫色になっていった。オリンピア公爵はソマートンの前に立ち、ステッキの両端を持って、その巨体を押しとどめた。公爵が力尽きて芝の上で滑った瞬間、ローランドも前に飛び出した。ソマートンは黒い目をぎらつかせて突進してくる。

ポケットからナイフを取り出し、片手に構え、つま先に重心をかけてソマートンを待ち構えた。背後でリリベットが悲鳴をあげたが、ソマートンからは目を離さなかった。相手の体や目の動きを読むこと――サー・エドワードから最初に教わったことだ。

だが最後の瞬間、ソマートンが身を引いた。

「それはなんだ？ナイフか？」視線がローランドの背後へ移動し、遠くの何かを認めた。ソマートンはうなずいて、にやりとした。「おや、フィリップが見ている。男の子にはためになる見世物だろう。ペンハロー、きみの信条はどこへ行った？」

ローランドは背筋を伸ばした。ソマートンの顔からは怒りが消え、面白がっているような表情が取って代わっていた。口元には皮肉めいた笑みが浮かんでいる。すべてが動きを止めた。ローランドは振り返りたかった。リリベットがフィリップのそばに行ったか確かめたい。しかし、いまは一瞬たりともソマートンから目を離すわけにいかなかった。

ソマートンの背後で、オリンピア公爵がかぶりを振りながらゆっくりと立ちあがった。真っ白な頭が茶色い川の水と川岸を背景にくっきりと浮かびあがる。祖父は状況を見て取ると、ローランドの目を見てうなずいた。

ほっとして、ローランドは肩の力を抜いた。あとはソマートンの気をそらすだけでいい。

「たしかにそうだ」ローランドはナイフを芝生の上に放った。「血は流さない。戦わない。そして……」

あとは続けられなかった。ソマートンが流れるような動作でナイフを拾い、駆けだしたからだ。

彼はローランドの脇を過ぎ、リリベットとフィリップに向かっていった。

25

背後から、妙に速度を落として近づいてくる足音がした。ザッ、ザッ、ザッ。乾いた芝生の上ではっきりと響く。

誰の足音か、リリベットにはわかった。彼を止められないこともわかった。衝撃の予感に鳥肌が立つ。身をかがめ、小さな命を守ろうと腕でおなかを抱えた。

何かがぶつかり合う音がして、押し殺した叫び声があがった。肩甲骨のあいだに肘のようなものがあたり、リリベットは前につんのめった。なんとか踏みとどまり、うしろを振り返る。

ふたりの男が芝生の上を転げまわっていた。ローランドとソマートンがもみ合っている。ソマートンの大きな手にナイフが握られているのが、リリベットからもちらりと見えた。

「やめて！」彼女は叫んだ。「やめて！」

無駄だった。ふたりはもつれ合い、力関係を変えながら、重力に従って斜面を転げ落ちていく。細身の鋭いナイフがソマートンの手に握られ、ふたりのあいだで蛇のように身をくねらせていた。

「ふたりを止めて！」リリベットはオリンピア公爵に叫んだ。口の中は恐怖の乾いた味がした。公爵はただ、用心深くふたりを見守っているだけだ。何もできない。ふたりの動きが速すぎて、下手に手を出せば孫を傷つけてしまうかもしれないからだ。

平らな石畳のテラスまでたどり着くと、ローランドは飛びすさり、運動選手のような優雅さで着地した。ソマートンも立ちあがり、ナイフをかざして突進する。ローランドは相手をかわし、慎重に一歩ずつさがって、水際に近づいていった。ソマートンをわたしから遠ざけようとしているんだわ、とリリベットは気づいた。わたしとフィリップから。

「逃げろ！」誰かが怒鳴った。ローランドかオリンピア公爵か――それとも別の誰か？ うめき声や叫び声が飛び交い、リリベットには誰の声かわからなかった。「逃げろ！ 子どもを連れて！」見ると、ソマートンの秘書のミスター・マーカムがテラスの反対端に立ち、口に手をあてて叫んでいた。

その声ではっとしたリリベットは、迷路の入り口に誰もいないことに気づいた。フィリップの姿がない。

「あの子が！ あの子が！」背後で誰か――公爵かマーカムが叫び、リリベットは振り返った。

フィリップがテラスに向かって斜面を駆けおりていく。

「フィリップ！ だめよ！」

少年は走り続けた。何やら意味のわからないことを叫びながら、小さな脚を懸命に動かしったアルノ川へと転落した。

そしてもう一歩。崩れかけた手すりに手をかけたが、重みで石が砕けた。彼はそのまま、濁

「だめ！」フィリップが叫び、全力で父親に体当たりした。ソマートンが一歩横によろめく。

その一瞬の隙を逃さず、ソマートンがナイフを突き出した。

て芝生の上を転がるように下っていく。フィリップの声を耳にしたローランドが振り返った。

四人全員が凍りついた。衝撃が波のように広がっていく。リリベット、ローランド、オリンピア公爵、マーカム。沈黙を破って一羽の鳥が怒ったような声で鳴き、勢いよく羽ばたいて近くの木から飛び立った。

起きあがったフィリップは呆然とした顔で、空間のできた手すりを見つめた。またひとつ石が崩れ、水音をたてて川へ落ちていった。「お父さま？」少年が甲高い声で叫ぶ。

「なんてことだ」ローランドは手すりに駆け寄って見おろした。

リリベットはフィリップのそばへ駆け寄った。言葉が出てこなかった。「彼……彼は……」

ローランドは祖父のほうを向いた。「ぼくのブーツを」けれどもマーカムがいち早くローランドの足元に駆けつけ、慣れた手つきでブーツを引っぱった。右、左とブーツが脱げると、ローランドは立ちあがり、川に飛び込んだ。白いシャツが陽光の中できらめいた。

ソマートンの体は川の流れに乗って、すでに二〇メートルほど下流を漂っている。死んでいるのか、意識を失っているのか、腕も脚もまったく動いていない。

ローランドはひたすら水をかき、流れを利用して近づいていった。三〇秒もすると追いついて、長い両腕でソマートンの胸を抱え、頭を水から持ちあげた。

リリベットは息をのんだ。真っ赤な血が額から流れている。ソマートンは頭を横向きにして、ぐったりとローランドの腕にもたれていた。

手が彼女の肩に置かれ、オリンピア公爵の声が耳元でささやいた。「心配はいらない。頭の傷は出血が多いものだ」

ローランドは岸に向かって背泳ぎで進んだ。腕でソマートンの体を支え、足で力強く水を蹴っていく。マーカムがテラスを走って階段をおり、川辺に出た。リリベットもあとを追おうとしたが、肩に置かれた公爵の手に引きとめられた。「行かなくていい。マーカムに任せるんだ。きみは息子さんのそばにいなさい」

見おろすと、フィリップが脚にしがみつき、指でスカートの生地をしっかりと握りしめていた。「ああ、ダーリン」リリベットは息子を抱きあげた。

フィリップが彼女の肩に顔をうずめる。その顔はあたたかく、涙で湿っていた。

「ごめんなさい」少年は洟をすすりながら、消え入りそうな声で言った。「ごめんなさい。そんなつもりじゃなかったの。でも、ローランドおじさんがけがしそうだったから。ごめんなさい」

「大丈夫よ、ダーリン、大丈夫。勇敢な子ね」

「死んだの？　お父さまは死んじゃったの？」

「いいえ！　お父さまは死んでなどいないわ。ローランドおじさんが助けてくれたの。じきに引きあげてくれる。もう大丈夫よ」

お願い、彼を死なせないで。

リリベットは川岸のほうに目を向けた。二〇メートルほど先で、マーカムがブーツを履いたまま膝まで水につかり、腕を伸ばしている。手すりがあるせいで、リリベットから川は見えない。まずローランドの濡れた頭が見え、マーカムが近づいていくのがわかった。ソマートンの巨体を引きあげているのだろう、ふたつの頭が手すりの柱のあいだに見え隠れし、やがて三人とも岸にあがってきた。

ローランドの腕は、まだソマートンの胸を支えている。マーカムが重たげな音をたてて、彼の足を地面に置いた。リリベットは息子の顔を自分の肩に押しつけた。

「ほら、もう引きあげられたわ」

「死んじゃった？」フィリップも自分で確かめることができないらしく、頭をさらにぎゅっと押しつけてくる。

リリベットは答えようとして口を開いた。ソマートンの体はぐったりしている。ローランドがマーカムに何か言いながら、腕でソマートンの胸を繰り返し押した。マーカムがハンカチを取り出し、ソマートンの白い額に流れる血をぬぐう。「まさか、そんなことないわ」リリベットは小声で言った。全身から血の気が引いていき、いまや血管には血液ではなく空気が流れているかのようだ。脚が震えだす。これが現実のはずはない。ありえない。「お父さまは生きてるに決まってる。いまは休んでいるだけよ」

お願い、神さま、彼を死なせないで。

オリンピア公爵が手を貸そうと川岸へ向かった。

突然、ソマートンの体がぴくりと跳ね、口から咳とともに水が吐き出された。こぶしが握られ、背中が持ちあがる。うめき声が周囲の空気を震わせた。

生きている。

安堵感が頭のてっぺんから全身に広がり、脚の力が抜けていった。リリベットは地面にへたり込み、言葉もなくただ息子を抱きしめた。

「死んじゃったの？」フィリップがささやく。

なんとか声を出した。「いいえ、生きているわ、ダーリン。水をたくさん飲んだみたいだけれど、ちゃんと生きてる」顔を伏せ、涙がフィリップの髪に吸い込まれるに任せる。日差しを浴びた石のぬくもりが、服を通して肌に染み入ってきた。

「大丈夫なの？　血が出てる？」

見ると、ローランドとマーカムが咳き込むソマートンを地面に寝かせていた。オリンピア公爵も加わり、ハンカチを取り出して額の血を拭くのを手伝い、上着や襟をゆるめてやった。

ソマートンは大量の水を川辺の草の上に吐き出した。

「少しだけね」リリベットは答えた。「でも、もう大丈夫。すぐに元気になるわ。みんな、いいようになる」

午後最初のそよ風が彼女のほつれた髪をなびかせ、安堵のため息に混じった。白い紙が一枚、また一枚と風に乗ってテラスを舞っていく。

リリベットはフィリップを抱いて立ちあがった。震える指で紙を一枚ずつ拾い、ふたたび風で飛んでいかないよう、重し代わりに手すりから崩れた石をのせた。

26

リリベットがようやくソマートンの寝室を出た頃には、屋敷の中はしんとしていて、太陽はすでに西の丘へと沈みかけていた。

「レディ・ソマートン」オリンピア公爵が、廊下の窓の下に二脚ある肘掛け椅子のひとつから立ちあがった。もう一方の椅子に座っていたマーカムも、一瞬ためらったあとに腰をあげた。

「閣下」リリベットが手を差し出すと、公爵は前に進み出て、きわめて慇懃《いんぎん》にその手を握った。「彼はいま眠っています。お医者さまがもう少し見ていてくださるそうです。脳震盪《のうしんとう》を起こしていますが、じきに回復するでしょう」

マーカムが堅苦しく一礼する。「今夜はぼくが付き添います。あなたはお疲れでしょうから」

リリベットは彼を見た。目の下にうっすらとくまができ、ふだんなら完璧に撫でつけてある髪が、だらりと顔にかかっている。「あなたのほうこそ疲れているみたいよ、ミスター・マーカム。本当に大丈夫?」

「ええ、ぼくは夜遅くまで起きているのに慣れてますから」

彼女は扉のほうを振り返って言った。「なら、お願いするわ。ありがとう」

マーカムはうなずき、無言で寝室に入っていった。

「教えてください」オリンピア公爵が口を開く前に、リリベットは言った。「本当のところ、ミスター・マーカムは誰のために働いているんですか？　はっきり言って、わけがわからなくなりました」

公爵が肩をすくめる。「わたしのほうこそ、わけがわからんよ」

リリベットは腕を組み、フィリップがたちの悪いいたずらをしたときのように、厳しい目つきで公爵をにらんだ。「世の中の人すべてが、実は諜報員なのかしらと思えてきました。そしてその全員が、閣下、あなたの指揮で踊っていると」

老人の口元にかすかな笑みが浮かんだ。もう七〇歳近くになるだろうが、顔立ちはくっきりして、若い頃はなかなかの美男子だったに違いない。身のこなしには運動選手のようなしなやかさがあり、驚くほど力も強かった。ステッキでソマートンを押しとどめた腕力は、二〇か三〇歳は若い人間のものだろう。「きみも」公爵は穏やかな口調で言った。「見た目ほどおとなしい娘さんではないようだな」

「そうです」リリベットは答えた。「覚えておいてください。二度と――」公爵に一歩近づき、声を低くして続ける。「わたしやわたしの家族を、あなたの計略に巻き込まないでいただきたいんです」

「おやおや、きみの家族か。そこにはわたしの孫も含まれているのかね？」

「わたしには答える権利はありません」

オリンピア公爵は紳士らしく控えめに彼女の腹部に目をやった。「とはいえ、じき姻戚関係にはなりそうだ。わたしときみはね。血のつながりができる」

リリベットはためらったが、それもほんの一瞬だった。「それは否定しません。もうご存じなのでしょう。どうしてお知りになったのかは想像もできませんが」

「わたしには情報源があるのだよ。ローランドは認知したのかね？　全面的に？」

「はい」

公爵はうなずいた。「万が一そうしなかったら、わたしがすぐに目を覚ましてやっただろう。ひ孫を庶子にするわけにはいかん」

「わたしの立場をよくよく考えてくださって、ありがとうございます」リリベットは冷ややかに言った。

公爵の笑みが広がる。「どうやらきみはわたしが嫌いらしいな、レディ・ソマートン。とはいえ、わたしはきみのことをすばらしい女性だと思っているよ。そして、心からきみの幸せを望んでいる」

「七年前にも、そう思ってくださっていたら」

「そうだな」公爵は演説をはじめる政治家のように背中で手を組んだ。「だが、あのときはまだきみに息子はいなかった。そしてローランドは……いまにして思えば、うまくいったのかもしれない。しかし二二歳のあのときは、二九歳のいまのようにきみとうまくやっていけるかどうかわからなかった」

「そうかもしれません。でも閣下、失礼ながら言わせていただけば、あなたはそれを判断する立場になかったのではないでしょうか？」

「レディ・ソマートン」公爵が手を差し出した。彼女はしぶしぶそのてのひらに自分の手をのせた。彼はもう片方の手でリリベットの手を包み込み、しっかりと握った。「過去は水に流そう。きみも大切な家族のひとりだ。今後はひ孫の母親として、全面的にわたしの庇護《ひご》を受けることになる」彼女の手を口元へ持っていき、軽く唇をつける。

「これ以上」リリベットはささやいた。「あなたの計略に彼を巻き込まないと約束してくれますね？」

公爵は小さくかぶりを振ると、まっすぐに彼女の目を見た。「それを決めるのはローランドだ。もっとも、彼が何かを決める際には、必ずきみの承諾を得るだろうという気はするがね。きみの影響力は絶大だ。きみなら、それを賢く使ってくれるだろう」

リリベットは黙って相手を見つめ返し、その明るいブルーの目を探った。ききたいことは山ほどあった。問いただしたいこともある。ローランドの諜報員としての活動、公爵のかかわり、マーカムの役割、ソマートンの役割。七年前の夏、本当は何があったのか。この数カ月のあいだに何があったのか。けれども、公爵の答えを信じられるだろうか？　いったいこれはどんなゲームなの？

わたしはそれを本当に突きとめたいの？

公爵がまたリリベットのおなかに向かってうなずいた。気がつくと、彼女はもう片方の手をそこにあてていた。「彼のところへ行くといい」公爵は言った。「いまは部屋で、きみを待っているだろう。行きなさい」まだ自分の手の中にあるリリベットの手を、もう一度口元へ運んでキスをする。「祝福するよ」

「あなたの祝福はいりません」

「それでもだ。祝福する」

リリベットは手を引き抜き、軽く頭をさげた。「おやすみなさい、公爵閣下」そう言うと、階段のほうへ向かった。

九時を少しまわり、たそがれが地平線に藍色の光を投げかける頃、扉をノックする音がした。ローランドは極度の睡眠不足から、うとうとしていたところだった。

頭のうしろにあてていた手を引き抜き、ベッドの上で体を起こした。「どうぞ」

リリベットは静かに部屋へ入ってきて、凝った彫刻を施した扉をうしろ手に閉め、その扉に寄りかかった。部屋の明かりはベッドの脇のろうそくだけだ。陰になった彼女の顔は疲れきって見えた。少し丈が短すぎる化粧着を羽織り、髪はピンからほつれている。

それでも美しかった。

ローランドはベッドからおりて立ちあがった。「彼の容態は？」

「静かに休んでいるわ」リリベットの手は、背後の扉の取っ手をいじっているようだ。「縫合がすんだから。いまはマーカムが付き添ってる。わたしはフィリップを寝かしつけたところよ。あとはミス・ヤロウがついていてくれるの」頰に赤みが差し、彼女はうつむいた。「あなたはどう?」床を見たままで尋ねる。

「元気だよ。ちょっとふらつくが、風呂に入ってひげを剃ったら、人心地がついた」リリベットに近づき、彼女の手を取った。「きみこそ、どうだい? さぞ恐ろしかっただろう。入浴はしたか? 食事は?」

「ええ」彼女はローランドのシャツのボタンを見つめた。「ミス・ヤロウが着るものをくれたの。わたし……」声がうわずる。

「いいから」できるだけやさしく、リリベットを胸に引き寄せた。あたたかな吐息がシャツにかかる。胸骨に彼女の鼓動が感じられた。「もう大丈夫だ。彼は生き延びる。ああいう男はしぶといものさ。それにもう、争う気もないんじゃないかな。アルノ川の泥水をかき分けて、瀕死《ひんし》の彼を助け出したのは、ほかでもないぼくなんだから」

リリベットが小さく笑った。「ええ、争う気はないでしょうね。マーカムが約束してくれたわ。彼……やさしかった。マーカムのことよ。ただ、わたし……よくわからないの。彼があなたのおじいさまと一緒のところを見て、それから――」

ローランドはため息をついた。「彼はずっと、ぼくの祖父のために働いていたんだと思う。ところが……ことがややこしくなっていった」

彼女はうなずいた。「そのようね。夫と同じで、あなたには全部わかっていたんでしょう」

「ソマートンと同じではないよ。言っておくが、ぼくは可能なかぎり、こぶしに頼るよりは自分の機転に頼るほうだ」

「知ってるわ。あなたは常に命を危険にさらしてきたのね」

ローランドは彼女の髪にキスをした。「命なんて、たいして大事じゃなかった。あの当時は」

「いまは？」リリベットは顔をあげ、落ち着いた――だが、深い感情を隠しているとわかる口調できいた。「諜報員の仕事に戻るつもりなの？」

彼はため息をついた。諜報員として、これからどうするかという話題はできるだけ避けたかった。「簡単に辞めるわけにはいかない。任されている仕事もある。でも、約束するよ。いままでのような仕事のしかたはしない。ほかに守らなければならないもの、大切なものがあるからだ」彼女の顔をそっと撫でる。

リリベットは不安げなブルーの瞳でローランドの顔を探った。やがて彼女はローランドの胸に頭を預け、また小さく笑った。「ずっと前から、あなたは諜報員だったのね。信じられない。見事に隠していたわね。わたし、いまだに本当とは思えないの」

「それが狙いさ。木を隠すなら森の中、というだろう。われながら完璧だったと思うよ。ペンハローがさらに無能で怠惰な遊び人として名をはせ……」

「ロンドンじゅうの女性のベッドをあたため……」

「ところが実際には」彼女の目を見つめられるよう、ローランドは少し体を離した。「きみ以外につき合った女性はいなかったんだよ、リリベット」指で頬骨をなぞり、耳の上の細い髪を撫でつける。「きみだけだった」

「本当に？」彼女はかすれた声できいた。「信じられないわ」

ローランドは肩をすくめた。「信じてもらわなくてもいい。それが事実なんだ」腕の中に感じるリリベットの体は繊細で、華奢で、完璧だった。ずっとこうしていたい。彼女を守りたい。彼女がほしい。失われた年月の――ひとり身もだえした無数の眠れぬ夜の、埋め合わせをしたい。

ところが、いまにも倒れ込みそうなほど疲れている。

キスだけで我慢しておいたほうがよさそうだ。

頭をさげ、軽く唇を合わせた。リリベットはためらい、それから手をローランドの首のうしろにあててキスを返した。まるではじめてのキスであるかのように、ゆっくりとためらいがちに。

ローランドの下腹部がうずいた。全身がリリベットを求めている。それでも彼は身を引いた。「大丈夫かい？」

彼女はうなずいた。顔は笑っていなかった。

ローランドはため息をついた。「大丈夫じゃないんだね？」

リリベットがまたうつむいた。手を彼の胸元に戻し、指でシャツのボタンをもてあそぶ。

「そうじゃないの。ただ……とても長い、疲れる一日だったし、その……」

彼はふわりとリリベットを抱えあげ、ベッドに運んだ。

「ローランド！」彼女が声をあげる。

しかし彼はリリベットをベッドに横たえることも、口で彼女の服をはぐこともしなかった。本当はそうしたいのだが、代わりに窓のほうを向いてベッドの端に腰かけ、彼女を膝にのせると、頭を自分の肩にもたれさせた。「外を見てごらん。いまさっき、たそがれを眺めていたんだ。きれいじゃないか？ 紫色に染まる空、そびえ立つドゥオモの赤い屋根。ここで一番の部屋を用意してくれたんだね」

リリベットは笑った。「残念ながら偶然よ。ソマートンは、あなたがまだここにいることすら知らないと思うわ」

「ソマートンは関係ないだろう？ もう、きみの夫じゃないんだし」

彼女の笑みが消えた。「でも、まだ離婚は成立していないのよ。一カ月後に正式な判決が出るまでは」

ローランドは彼女の額にキスをした。「それは法的手続きの問題さ、ダーリン。真実はここにある」リリベットの手を取り、自分の胸に、心臓の上に押しあてた。彼女が愛撫するように指を曲げたり伸ばしたりする。「これが真実だ。ぼくたちのあいだにある、常にぼくたちのあいだにあった真実だよ」

リリベットは何も言わず、ただ自分の手がローランドの呼吸のリズムに合わせて小さく上下するさまを見つめていた。

「どうした？　疑っているのかい？」

「いいえ」彼女は短く答えた。感情が高ぶって言葉が出ないようだ。

しばらくそのままリリベットを抱きしめ、暮れゆく空を眺めていた。ドゥオモの赤い屋根が色を失い、地平線上に浮かぶ、ただの影になっていく。リリベットの髪の香りを吸い込み、やわらかな体を胸に感じていると、やがてさりげなく体の向きを変えざるをえなくなった。

「ところで」ぎこちなさを隠すため、もう一度額にキスをしてから続ける。「このあとは？」

「部屋に戻らないと」リリベットが小声で答える。

ローランドは咳払いをした。「ああ、それはそうだが、ぼくが言ったのは、明日以降のことだよ。この先の数日、数週間、数カ月のこと――」

「まあ！」彼女が身をこわばらせた。ローランドはまたしても体の向きを変える必要に迫られた。「そうよね、もちろん。わたし……その……だから……」

「なんだい？」

「あなたしだいだと思うの」リリベットは早口に言った。

「ぼくしだい？」彼の口元がほころんだ。

「まだ数日はここにいるわ。その、問題がないか確かめるために。そのあとは……」言葉が宙を漂った。

「リリベット」彼女の右耳に向かって、ペンハロー流ののんびりした口調で呼びかける。

「ダーリン、何かを待っているのかい？」

「そんな！　わたしは……違うわ！　つまり……考えるまでもないと思うのよ。わたしはフイリップを連れて城に戻る。そして、いままでどおりの生活を続ける。山羊や……」

「リリベット」ローランドは体をずらして――いずれにしても、どうにも窮屈になってきていた――彼女を膝からおろした。そして彼女の鼻に、口に、顎にキスをした。徐々に唇をおろしていき、木の床に膝をついて、喉元に、胸に、キスを浴びせていく。最後に丸みを帯びた腹部に、とくにやさしく唇をつけた。そうしてから彼女の手を取り、顔を見あげた。ほつれた髪に囲まれた疲れきった顔が、月明かりに浮かびあがる。「リリベット、愛しいリリベット。ぼくの子の母親。ぼくの妻になってもらえるだろうか？　できたら一カ月のうちに。ぼくたちの子を嫡出子とするために」

リリベットは顔を赤らめて笑い、手を引き抜こうとした。「ローランド、困った人ね。こんなの普通じゃないわ。わたしはまだ離婚が成立していないのよ、それに……」

ローランドはしっかりと彼女の手を握り、烙印を押すかのように強く唇を押しつけた。

「普通じゃないのは、離婚間近なきみが、その大きなおなかでフィレンツェの街を歩きまわることだよ。ぼくらはもういけないことをしたんだ。だから、できるだけ早く正式に婚約するにかぎる」

「ローランドったら」彼女がまた笑う。

彼は立ちあがり、リリベットをベッドの上に押し倒すと、もどかしげに化粧着の前を開いた。「いまだって、ぼくの部屋にひとりで入ってきた。不純な意図がないとは誰も思わないだろうな」

「そんなことないわ。わたしは……」抗議の声はため息にのみ込まれた。

右の胸がむき出しになった。ふっくらと丸みを帯びて、先端が濃い色になっている。ローランドはそっと口に含み、舌でなぞった。「誰だって、きみがぼくを誘惑しに来たと思うぞ。みだらな悪女め」

「そんなつもりはなかったのよ。わたしはただ……あなたに知らせたくて……ああ！」左の胸を手でつかまれ、思わずあえぐ。

「暗くなってから女性が部屋を訪ねてきた場合、男がどんなことを考えるか知らないのか？」唇を胸の谷間に這わせていき、反対側の胸を吸った。

「でも……まだ完全に暗くなってはいなかったわ」リリベットの手が彼の髪をかきむしる。

「間違いなく日は落ちていたよ。議論の余地はない」肩から化粧着をはぎ取り、魅惑的な上半身をあらわにする。片手で彼女の腰を持ちあげ、下半身を覆っていた化粧着を床に落とした。

下には何も身につけていなかった。

「きみって人は」なめらかな肌に手を這わせ、ふくらんだ腹部を手で覆って、その下の小さな奇跡に思いをはせた。いまだに信じられない気持ちだ。これは現実なんだろうか？　ぼくたちは本当に子どもを作ったのか？　ローランドとリリベット。このふたりで？

「わたしは罪深い女ね」彼女の声から笑いが消えた。

「ぼくの知る、誰よりも美しい女性だよ」ローランドはまたおなかにキスをした。それから体を伸ばして唇を重ねる。「誰よりも高潔で、誰よりも賢く、勇気のある女性だ」

「勇気なんてないわ」

「そんなことはない。ぼくみたいな、とんでもないろくでなしと人生をともにしようと考えるだけでも勇気があるさ」

「ろくでなし？」またくすくす笑いがもれた。「ろくでなしなの？」

「ああ、ろくでなしの、ごくつぶしだよ」もう一度キス。今度は女性の興奮をかきたてるような、時間をかけた煽情《せんじょう》的なキスをする。「ぼくと結婚してくれ、リリベット。ぼくらは結婚しなきゃいけないんだ」

リリベットはぐるりと目をまわした。「もちろん結婚するわ、ローランド・ペンハロー。実際のところ、このおなかでは選択の余地はないの。世間体というものもあるし」

「思ったとおりだな」ローランドは大きな音をたてて彼女にキスをした。「さて、話は決まったから……」

最後まで言う暇はなかった。リリベットはあっという間に彼を押し倒し、腰の上にまたがった。月明かりが裸の胸を照らす。なんとも官能的な光景だった。やがて彼女は前かがみになり、顔を近づけてきた。ほつれた髪が肩にかかる。「話は決まったから、もうあなたを好きにできるわね。わたしのすてきなローランド。美しくて、魅力的で、詩を書き、おぼれかかった人を助けるローランド」一度キスをしてから体を起こし、すばやく彼のシャツのボタンをはずしはじめる。「情熱的な恋人で、大胆なスパイ」ローランドは魔法にかけられたように腕をあげ、シャツを脱がせようとする彼女を手伝って袖から手を引き抜いた。「そして誠実な友人でもある。それから、ああ、ダーリン」むき出しになった彼の胸に手を滑らせ、首を通って顔を包み込んだ。「一番大切なことを忘れていたわ。あなたの何よりもすばらしいところ。愛情深くて包容力のある父親だということを」また顔を近づけ、今度は情熱的な深いキスをした。

血が沸きたつようだった。ローランドは夢中でキスを返した。手を腰におろしていき、ズボンをまさぐる。上になったリリベットを落とさないように細心の注意を払いながら、脚を動かして邪魔なズボンを脱いだ。彼女が笑いだすのがわかった。顔をあげ、ローランドに微笑みかける。「あなたのこと、信じないわ」

「なんだって？」ぼんやりとときき返した。

「わたしひと筋だったというわりには、服の脱ぎ方が慣れているもの」

ローランドは無邪気な顔で言った。「諜報員の世界では、ぼくの敏捷さは伝説なんだ。どれだけ重圧がかかった状態でも、すばやく服を脱ぐことができるのさ」

「重圧？」リリベットが眉をあげる。

「ああ、相当な重圧だよ」手を彼女の背中にまわし、丸みを帯びたヒップをつかんだ。「一刻も早くきみを愛したいと焦ってる」

リリベットはうっとりした顔で微笑み、手をおろして彼自身の先端に触れた。ローランドは思わず窓が震えるほどの声をあげた。

「静かに。家じゅうの人が起きてしまうわ。そうしたら、わたしたち、どこで続きをしたらいいの？」

「ああ、リリベット」絞り出すような声で言った。「あまりじらさないでくれ」

彼女は笑い、膝立ちになると、位置を調整して一気に身を沈めた。ひとつになった歓びに今度はリリベットも声をあげ、ふたりの歓喜の叫びが混じり合った。

ローランドは彼女の熱い抱擁がもたらす快感に身をゆだね、目を閉じたいという欲求を抑えて彼女の瞳を見た。ブルーの瞳が自分を見つめている。肌はほてり、赤みを帯びていた。手でそのやわらかな肌をなぞった。ウエストから腹部へ、胸へと。

「一緒に動いてくれ」ローランドがささやくと、リリベットはゆっくり、ためらいがちに体を上下させた。「ああ、きみは美しい。たまらないほど魅力的だ」胸の先端を愛撫し、彼女とリズムを合わせて腰を突きあげる。あらゆる角度を試していると、やがてリリベットがはっと息をのんで目を見開いた。

「ここが感じる？」微笑みながらきいた。

「ああ……」

ローランドは腰の動きを速め、指でやさしく乳首をもてあそんだ。リリベットがすでに官能の頂に達しようとしているのがわかる。けれども、そう簡単に解放するわけにはいかなかった。片手を彼女のヒップにあて、リズムを調整する。彼女の中で、欲望がきついばねのようにきりきりと巻かれていくのが感じられた。呼吸が激しくなり、指がローランドの胸に食い込んできた。

どうしてこれまで彼女なしで生きてこられたのだろう？　美しく情熱的なリリベット。非の打ちどころのないレディでありながら、内に熱い炎を秘めた女性。その彼女がいまは首をのけぞらせて胸を揺らし、その肌を自分の指が這っている。もう我慢できない。強烈な快感に息が止まりそうだ。腰の動きがさらに激しく、速くなり、ふたりはともに高みへと駆けのぼった。やがてリリベットが体をこわばらせ、肌を小さく波打たせながら、歓喜の叫びをあげて絶頂を迎えた。

そのすぐあとにローランド自身も達して、歓びの渦にのみ込まれた。汗で湿った胸に彼女が倒れ込んでくる。ダークブラウンの髪が胸に広がった。絶頂の甘い余韻で頭はぼんやりしていたが、彼女が何かつぶやいたのを聞いた気がした。

リリベットの髪を撫でながら、何度かまばたきをする。それからようやく声を絞り出した。

「ダーリン、なんだい？」

彼女は陶然とした様子で身じろぎした。「なんだいって、何が？」

「いま……何か言っただろう？」

「ううん……」リリベットは彼の喉のくぼみにキスをした。「愛してるって言ったのよ」

ローランドは目を閉じた。体の下のマットレスがやさしく沈み、ほてった肌をくるむシーツはかすかにラベンダーの香りがした。
それとも、これは彼女の香りだろうか？
「だと思った」そう言うと、ローランドは眠りに落ちた。

エピローグ

〝セント・アガタ城〟と書かれた色あせた木製の標識を過ぎ、脇道に入る頃には、太陽は八月の青い空高くぎらぎらと燃えていた。

新しい茶色の子馬に乗り、数メートル先を進んでいたフィリップが、肩越しに振り返って叫んだ。「見えたよ！　あの森の向こう！　あれがぼくの部屋の窓だ。ノーバートはぼくの帰りを待ってるかな？」

ローランドは咳払いした。「そうだな、コオロギの場合……ぼくらが留守にしていた期間を考えると……」

「ノーバートは草地でお友だちと遊んでると思うわ」リリベットはとっさにあとを引き取った。「アビゲイルも、あなたがいないあいだ、ノーバートに寂しい思いをさせたくなかっただろうし」

「そうか」フィリップはしわになった綿の上着の下で肩を落とした。

「でも、ぼくたちも昼食をとったらすぐに外へ出て、彼を探せばいい」ローランドが言った。

「うん！」フィリップはまた明るい声を出した。「きっとぼくが呼んだら飛んでくるよ。すっごくいい子だから。すっかり……か、かい……」

「飼い慣らされてる。そうだね」ローランドはそう言って、ちらりとリリベットを見た。はしばみ色の瞳にはユーモアの光がきらめき、一カ月間フィレンツェの太陽を思いきり浴びた端整な顔は、麦わら帽子で予防していたにもかかわらず日焼けしていた。太陽も彼を愛しているみたい、とリリベットは思った。

「お父さま、先に行っていい？　もうあと少しだから」フィリップが帽子の縁からローランドを見あげて言った。その目には英雄への憧れのようなものが浮かんでいる。

「もちろん。道をはずれないように、それから石には気をつけるんだぞ」

「わかってる！」フィリップは子馬を速歩で歩かせ、慣れた道を城へと向かった。リリベットもあとを追いたかった。いとこたちを抱きしめ、すべてを打ち明けたい。けれども、ゆっくりとしたペースを保つよう、ローランドから言い渡されていた。手綱をつかむ手を見おろし、手袋の畝を見て微笑む。その下にはローランドが四日前にはめてくれた、飾り気のない金の指輪がはまっていた。

「いとこたちに何もかも話して聞かせたくて、うずうずしているんだろうね」ローランドが気持ちを読んだかのように言った。リリベットの笑みが広がった。

「彼女たち、きっとびっくりするでしょうね。この数週間で、それまでのわたしとはすっかり変わってしまったもの」

「それだけじゃない、日ごとに美しくなっているよ」ローランドは請け合った。視線が深い愛情と称賛の思いをこめて、丸みを帯びた腹部をなぞる。脚がリリベットのスカートに触れるくらいまで、彼は馬を近づけてきた。

彼女は笑った。「そのうち何にでもぶつかるようになっちゃうわ。いずれにしても、わたしたちが馬をおりる前に、フィリップが事細かに話してしまいそう。新しいお父さまと弟のことを」

「女の子だったら、さぞがっかりするだろうな。説明はしたんだが」

「そうね。でも、少なくともあなたはあの子をがっかりさせないもの」リリベットは手を伸ばし、彼の手袋をはめた手に触れ、指を絡めた。ローランドとフィリップのあいだに育ちつつある愛は、彼女の体の隅々までを喜びで満たしてくれた。

ソマートンが英国に戻って三週間後、離婚を認める判決が確定したことを知らせる電報を受け取ったあとで、ふたりはフィリップをピクニックに連れていった。そして、フィリップとリリベット、ローランドと生まれてくる子どもの四人は家族になるのだと告げた。あなたのお父さまも賛成してくれているし、休暇で家に帰ったときには会うこともできる、と。

息子がどう反応するか、リリベットには想像がつかなかった。もちろんフィリップはローランドを慕っていて、彼と過ごす時間を楽しんでいる。散歩のときは手をつないでとせがむし、崇めるような目つきで彼を見あげる。けれど、自分の母親と結婚することに関してはどうだろう？　父親が――心の冷たい不愉快な男ではあったが、それでも父親だ――自分の世界から去っていくことをどう思うだろうか？　息子が目を丸くし、口をぽかんと開けてリリベットとローランドを交互に見ているあいだ、彼女は息を詰めていた。とっさに言葉が出ないようだ。

やがてフィリップは言った。「ローランドおじさんがぼくのお父さまになるの？　赤ん坊のお父さまになるの？」

ローランドはみずみずしい夏草の上に膝をついた。「きみの父君はいつだってきみの父君だ、フィリップ。でもぼくは、きみやきみの母君と一緒に暮らせたらいいと思っている。一緒に赤ん坊を育て、父親がするようなことをすべてしたいと思っているんだ。もちろん、きみさえよければだが」

「ああ」フィリップは心もとなげにローランドを見つめた。頭の中で重たい何かをひっくり返しているかのように、考え深げに眉根を寄せている。「でも……お父さまがまだぼくのお父さまで、あなたがお母さまと結婚するなら……」

「なんだい？」

「うーんと、ぼくはあなたをなんて呼べばいいの？」

ローランドがリリベットを見た。彼女はフィリップを見つめ、息子は途方に暮れた顔でふたりを見ている。

「好きなように呼べばいいさ」ややあって、ローランドが答えた。

「ふうん」間があった。「赤ん坊は、お父さまって呼ぶのかな？」

ローランドの声がうわずった。「ああ、そうなると思う」

「なら、ぼくもお父さまって呼ぶよ」フィリップは心を決めたように言い、ローランドの首に腕をまわした。その晩、リリベットが息子を寝かしつけていると、フィリップが小声で言った。「寝るのが怖いよ、お母さま。これが夢だったらって思うと怖いんだ。目が覚めたら、ほんとじゃないかもって」

リリベットは息子にキスをし、これは間違いなく現実だと請け合った。一週間後、小さな教会で彼女はローランドに手を取られ、結婚の誓いを述べた。信者席にはビードルとオリンピア公爵が座っていた。そのあとローランドはフィリップを馬車に乗せ、アンジェリーニ邸へ向かった。そこの馬小屋には新しい子馬が待っていた。

それ以上にフィリップの心をつかむ贈り物はなかった。

そうしていま、トスカーナのあたたかく澄んだ空気の中、子馬に乗って先を急ぐ少年をふたりして見守っているのだった。やがて木々の向こうに見慣れた城の尖塔が現れると、リリベットは思わず喜びの声をあげた。

「どうしたんだい？」ローランドがきく。

「考えていたのよ。三月にこの同じ道を進んでいたとき、わたしはなんてみじめで、不安だったか。あの城がなんて近寄りがたくて、謎めいていたか。誰もいないかと思ったら、突然モリーニが幽霊みたいに大広間に現れて、わたしたち、死ぬほどびっくりしたのよ」リリベットは笑った。

「ああ、噂のモリーニか。みんなその家政婦の話をするが、ぼくは一度も会ったことがないんだ。気の毒なフランチェスカだけでね」

「最初の夜は悲惨だったわ！　雨が降って、寒くて、寂しくて。でも、いまは愛と笑いにあふれてる。みんな、きっと歓迎してくれるわ。ミスター・バークとアレクサンドラはいまごろ婚約しているんじゃないかしら。それに……あなたのお兄さまも……」

ローランドは笑った。「なんだい、アビゲイルと？　そうならないことを祈るね。彼女は兄にはもったいなさすぎる」

「葡萄も熟しはじめるわ。今月末には収穫がはじまるでしょう。リンゴと桃も。ああ、ローランド、わたしはこの土地が好きよ！　今夜、湖へ泳ぎに行きましょう。ずっとここにいましょうよ。持ち主を探して——なんていう名前だったかしら？　そう、ロセッティだわ。賃貸契約を更新しましょう。できると思う？」

ローランドは鞍の上で身じろぎし、手袋をはめた手を持ちあげて上唇をさすった。

「そうだな、できると思うよ。さして問題はないだろう」

彼の口調の何かがリリベットの注意を引いた。顔を傾け、ローランドの顔をじっと見る。何かを隠しているような表情だ。「どういう意味？」

「話さなかったかな？　ちらと言ったと思うんだが。ここ数週間、忙しかったから。ビードルに話したのかもしれない。ひょっとすると……」

「ローランド」脅すような声で促す。

「ああ、いや。古い話なんだ。本当に奇妙な偶然でね。ぼくたちが城を出る前日のこと、夏至前夜祭の日だよ。覚えているだろう。仮面をつけて歌ったり踊ったりのすばらしいパーティだった。もちろん……その、あともすてきだった。ともかく人生最高の夜だったよ。結婚初夜を別にすれば。あれは一生忘れられないだろうな……」

「ローランド！」

「わかった、わかったよ。その日、ぼくはフィリップと城の帳簿を調べていた。そうしたら意外なことがわかったんだ。きみも笑うと思う。想像もつかないと思うよ。あの……書類によると、本当の所有者は……」

「本当の所有者？　つまりロセッティではないってこと？」

ローランドは自分の手を見おろし、手綱をいじった。「ああ。まったくおかしな話なんだが、ロセッティの名前は書類にはまったく出てこない。城はモンテベルディ侯爵によって建てられた。が、どこかの時点で所有権がまったく別の人間に移っているんだ」

「誰なの、ローランド？」

「見てごらん、あそこにいるのはジャコモじゃないか？　あいつは子馬のこと、喜ばないだろうな」

「誰の姿も見えないわ。それで、本当の所有者は誰なの？」

「なんだって？　ジャコモの姿が見えないのか？　すぐそこにいるじゃないか。馬具に手をかけて、フィリップを叱ってる……」

「冗談はいいかげんにして、ローランド。城の所有者は誰？」

彼は咳払いをして馬を止めた。声からは笑いが消えている。「所有権は一五九一年にコッパーブリッジ伯爵に移っている」

「たしかなの？　英国人に？　コッパーブリッジ伯爵？」リリベットもローランドの隣に馬を止め、眉根を寄せて、その名前を聞いたことがあるかどうか思い出そうとした。「でも、それは儀礼称号（称号を有する当主以外の家族が儀礼的に身分に準じて名乗る称号で、法的効力はない）でしょう……？」

「ぼくのおじが死ぬ前にそう名乗っていた。代々、オリンピア公爵の跡取りが使う称号なんだ」

リリベットは思わず目を丸くした。驚きのあまり、表情を取り繕うこともできない。

「つまり、あなたのおじいさまが――」

「ぼくの祖父が城を所有している……らしい」

彼女は無言だった。身じろぎひとつせず、ただその事実を受け入れようとしていた。夏の香りのするあたたかなそよ風が、近くの糸杉の葉を揺らしている。小声でつぶやいた。「裏で糸を引いているとは思ったけれど、ここまでだなんて」

「ああ、まったく」

リリベットは馬を前に進めた。「みんなを探しましょう。アビゲイルはわたし以上に、いまの話を面白がると思うわ」

馬は速歩になり、土埃をあげながら城に向かって駆けだした。ローランドは〝気をつけろ、頼むから赤ん坊のことを考えてくれ〟と必死に訴え、しまいには命令口調で怒鳴ったが、リリベットは無視した。中庭で馬をおり、駆け寄ってきた厩番に手綱を渡すと、あとを追ってきたローランドが馬からおりる間もなく扉へと急いだ。

「フィリップ!」

「あの子は厨房の入り口から入ったんじゃないか」ローランドが言った。扉を開け、リリベットのあとについて短い廊下を抜け、水の涸《か》れた噴水のある内庭を通って大広間に入る。

「フィリップ!」彼女はまた呼んだ。「アビゲイル! アレクサンドラ!」

その声は城じゅうにこだました。石造りの広い空間に人の気配はなかった。リリベットは振り返り、ローランドの腕に手をかけた。「みんなはどこ?」

「わからない。電報は送らなかったのか?」

「送ったわ、数日前に。じきに帰るって伝えたのよ。ほかには何も書かなかったの。驚かせたかったから」

彼がリリベットの手を包み込んだ。がっしりした頼もしい手だった。「昼食を終えたところなんだろう。でなければ外出中かもしれない」

「厨房に行ってみましょう。モリーニがいるはずよ」彼女はローランドの手を引いて厨房の方角に向かった。けれども数歩行ったところで、フィリップが駆け寄ってきた。帽子もかぶらず、上着のボタンもはずして、パンくずだらけになっている。

「お母さま!」少年はリリベットの腕の中に飛び込み、フィレンツェで新調したばかりの黒い乗馬服にパンくずをまき散らした。「モリーニにパネットーネをひと切れもらったんだ。

あと、びっくりするよ！」

「何にびっくりするの？」

「ここには誰もいないんだ！」

リリベットは息子を床におろした。「どういうこと？　誰もいないって？」

「みんな、どっかに行っちゃったんだよ。いとこたちと公爵とミスター・バーク。モリーニも、みんながいつ戻るかわかんないって。ねえ、パネットーネ、食べる？」そう言って、残りを差し出した。

「いえ……いらないわ、ありがとう」リリベットはぼんやりとパンくずを払いながら、落ち着かなげに部屋を見渡した。あたたかな日なのに、ひんやりとした冷気が忍び寄ってくるようだ。

「それは妙だな」ローランドが言った。「実に妙な話だが、考えてみれば、しばらくのあいだこの城をぼくたちだけで使えるということだ。新婚旅行みたいじゃないか？」

「お父さまはぼくらの部屋で寝るの？」フィリップはお行儀がよいとは言えない勢いで、残りのパネットーネを口に押し込んだ。

ローランドは額をかいた。「そうだな……そのことについてはちょっと考えないといけないな。その、誰がどこで寝るかということについてはね。フィリップ、きみもフィレンツェでは自分の部屋でひとりで寝ていたね。もうすっかり大きいんだから、って」

「ローランド」リリベットは低い声で言った。「ひと言いいかしら」

「わっ、まずい」フィリップが言った。「気をつけたほうがいいよ、お父さま。いまのはぼくが何か悪いことをしたとき、お母さまが使う言葉だから」少年は向きを変え、またモリーニのパネットーネ目指して走っていった。

「やれやれ、戦線離脱か。これはいわゆる軍隊用語で、いい意味ではないが――」遠ざかるフィリップのうしろ姿から目を離し、ローランドはリリベットに微笑みかけた。あたたかな、ペンハローの魅力満載の笑み。いつもわたしの世界の軸を正しい位置に戻してくれる。「どうかしたのかい、ダーリン？」彼が手を取って尋ねた。「ここにいて幸せじゃないのか？」

不安はたちまちにして消えた。呪いなんて、ただの迷信だ。みんなは観光か何かに出かけているのだろう。人里離れた城での夏の日常に飽き飽きして。ミスター・バークはローマで自動車の展示会か何かがあるんじゃなかった？　たぶん、みんな楽しくてなかなか帰る気にならないのだろう。ポンペイかカプリ島まで足を延ばしているのかもしれない。

コッパーブリッジ伯爵のことにしたって、単なる偶然という可能性もある。オリンピア公爵は、セント・アガタ城のことは何も言っていなかった。ひと月近くも一緒に過ごしたのに。リリベットはローランドの手を口元に持っていき、キスをした。身を乗り出して、今度は唇にキスをする。午前中いっぱい馬に乗っていたあとで、彼の唇は乾いてあたたかかった。前夜は例の宿屋に泊まった。最高の部屋を取って、夜中には馬小屋をぶらぶらした。

「なんでもないわ」リリベットは答えた。「わたしたちはわが家へ帰ってきた。それだけよ」

ローランドが微笑んだ。「そうだね。となると……」

彼はいきなり身をかがめ、あっと叫ぶリリベットを腕に抱きあげると、内庭を抜けて明るいイタリアの陽光の中へ出た。

「何をしているの？」ローランドの肩をつかんできいた。

リリベットを地面におろすと、彼は自分の袖を直し、襟を正してから、もう一度彼女を抱きあげた。「きちんとしたいんだ。結婚してはじめて家に入るときには、花嫁を抱きかかえるのがしきたりだろう」そう言って、リリベットを抱いたまま敷居をまたぎ、内庭の苔に覆われた泉の端に彼女を座らせてから、自分の帽子を地面に放った。

「ようこそ、わが家へ、レディ・ローランド」そう言って、彼は熱いキスをした。

訳者あとがき

ジュリアナ・グレイの『空高き丘でくちづけを』に続くシリーズ第二弾『星空のめぐり逢いに』をお届けいたします。

前作をお読みの方はお気づきかと思いますが、このシリーズ、三つのロマンスが同時進行で進んでいきます。自動車開発に意欲を燃やすフィニアス・バークが研究に専念するため、友人のウォリングフォード公爵とその弟、ローランド・ペンハローとともにイタリアの片田舎にこもることを決めたのがことの発端。一方同じ頃、社交界の華とうたわれるアレクサンドラ・モーリーも妹のアビゲイルといとこのリリベットを連れて、イタリアを訪れていました。どこで手違いがあったのか、双方とも同じ城の賃貸契約を結んでおり、やむなく共同生活を送ることに。どこか不思議な空気の漂う古城を背景に、六人の英国人男女がちょっぴりファンタジックな恋愛劇を繰り広げます。

この六人、まったく知らぬ仲というわけでもなく、たとえばアレクサンドラとウォリングフォードは過去にちょっとした接点があった模様。焼けぼっくいに火がつくのか……と思いきや、アレクサンドラが惹かれたのは自分とは真逆のタイプ、社交界とはまるで縁のない、科学者のフィニアス・バークでした。前作では、打算的で虚栄心の強いアレクサンドラが真実の愛に目覚めていくさまが、自動車開発競争を背景に丁寧に描かれていました。

さて、本作でスポットがあてられるのは貞淑なことで知られるレディの鑑、リリベット・ソマートンと、ロンドン一のプレイボーイと名高いローランド・ペンハロー卿。ふたりはごく若い頃、ひと夏の恋に落ちました。けれども運命に引き裂かれ、その後は二度と会うことはなかったのです。人里離れたトスカーナの宿で偶然、鉢合わせするまでは——。

さて、このシリーズを通じて中心的な役割を果たすのは、なんといってもセント・アガタ城。登場人物の心情を体現するかのように、城はその表情を変えていきます。それぞれがやむをえない事情を抱えて到着したときは、城は灰色の空の中、近寄りがたい威容をたたえ、中も寒々しく、ひとけもない——。それが季節の移り変わりと、住む者の心持ちの変化に呼応して、緑に囲まれ、生き生きとした風の抜けるあたたかな住まいへと変貌していくのです。ルネッサンス期に建てられたというこの城、数百年のうちには幾多の愛憎入り混じったドラマを見つめてきたのでしょう。古い呪いの噂もささやかれ、どこかミステリアスです。そして、ふっと現れては城を取り仕切る家政婦のモリーニ、管理人のジャコモもただ者ではなさそう。

さらに、大らかなイタリアらしい手違いと思われていた二重の賃貸契約にも、実は何者かの深い意図が隠されているらしく——。

というわけで、次作ではウォリングフォード公爵とアビゲイルの恋の行方もさることながら、ついに城の謎が明かされるのでは、とこちらも大いに期待が高まるところです。どうぞお楽しみに。

二〇一六年五月

ライムブックス

星空《ほしぞら》のめぐり逢《あ》いに

著　者　　ジュリアナ・グレイ
訳　者　　井上《いのうえ》絵《え》里《り》奈《な》

2016年5月20日　初版第一刷発行

発行人　　成瀬雅人
発行所　　株式会社原書房
〒160-0022東京都新宿区新宿1-25-13
電話・代表03-3354-0685　http://www.harashobo.co.jp
振替・00150-6-151594
カバーデザイン　松山はるみ
印刷所　　図書印刷株式会社

落丁・乱丁本はお取替えいたします。
定価は、カバーに表示してあります。
 ISBN978-4-562-04483-2 Printed in Japan